我教孩子学《诗经》（上）

李 静 著

团结出版社

图书在版编目（CIP）数据

我教孩子学《诗经》/ 李静著. -- 北京：团结出版社，2024.7
ISBN 978-7-5234-0689-2

Ⅰ.①我… Ⅱ.①李… Ⅲ.①《诗经》-儿童读物 Ⅳ.①I222.2

中国国家版本馆 CIP 数据核字（2023）第 240023 号

出　　版：团结出版社
　　　　　（北京市东城区东皇城根南街 84 号 邮编：100006）
电　　话：（010）65228880　65244790（出版社）
　　　　　（010）65238766　85113874　65133603（发行部）
　　　　　（010）65133603（邮购）
网　　址：http://www.tjpress.com
E-mail：zb65244790@vip.163.com
　　　　tjcbsfxb@163.com（发行部邮购）
经　　销：全国新华书店
印　　装：三河市东方印刷有限公司

开　　本：170mm×230mm　16 开
印　　张：27.75
字　　数：443 千字
版　　次：2024 年 7 月　第 1 版
印　　次：2024 年 7 月　第 1 次印刷

书　　号：978-7-5234-0689-2
定　　价：108.00 元（全两册）
　　　　　（版权所属，盗版必究）

目录

序：我为什么先教孩子学《诗经》·001

本书使用要点及说明·013

家长辅导要点·017

导言：《诗经》简介·023

第一辑
风诗（上）——温柔敦厚的古风·030

一、《周南·关雎》…………………032

二、《周南·葛覃》…………………043

三、《周南·桃夭》…………………054

四、《周南·兔罝》…………………064

五、《召南·甘棠》…………………073

六、《邶风·绿衣》…………………081

七、《邶风·燕燕》…………………091

八、《邶风·击鼓》…………………102

九、《邶风·凯风》…………………109

十、《鄘风·相鼠》…………………122

目录

第二辑
风诗（下）——思无邪的乐教·132

十一、《卫风·淇奥》…………………… 134

十二、《卫风·硕人》…………………… 143

十三、《卫风·木瓜》…………………… 154

十四、《王风·黍离》…………………… 161

十五、《郑风·子衿》…………………… 170

十六、《魏风·伐檀》…………………… 179

十七、《秦风·蒹葭》…………………… 188

十八、《秦风·黄鸟》…………………… 196

十九、《秦风·无衣》…………………… 206

二十、《豳风·七月》…………………… 215

第三辑
小雅——以雅以南的正音·231

二十一、《小雅·鹿鸣》……………………232

二十二、《小雅·常棣》……………………242

二十三、《小雅·伐木》……………………251

二十四、《小雅·采薇》……………………259

二十五、《小雅·南山有台》………………272

二十六、《小雅·鹤鸣》……………………283

二十七、《小雅·蓼莪》……………………291

二十八、《小雅·青蝇》……………………301

二十九、《小雅·苕之华》…………………309

三十、《小雅·何草不黄》…………………319

目录

第四辑
大雅·颂——德位相应的周族史诗·327

三十一、《大雅·生民》（前5章）…………328
三十二、《大雅·公刘》（前4段）…………343
三十三、《大雅·绵》（前3段）…………354
三十四、《大雅·思齐》…………364
三十五、《大雅·文王》…………374
三十六、《大雅·灵台》…………389
三十七、《大雅·大明》…………399
三十八、《周颂·清庙》…………412
三十九、《周颂·小毖》…………419
四十、《周颂·烈文》…………426

后记·435

序：我为什么先教孩子学《诗经》

中国是一个诗的国度，中国的家长在给孩子进行文化启蒙的时候，往往是从"诗"开始的——"床前明月光，疑是地上霜"，唐诗往往是我们的第一选择。但是在我养育孩子的过程中，根据孩子的语言能力以及自己的专业素养，我最终选择了《诗经》为孩子进行一个"诗学"的"国学"的开蒙。孩子能理解吗？学得会吗？为什么先从《诗经》开始呢？下面，我就根据自己的经验说说我的几点想法。

一、《诗经》更适合低幼儿童的语言能力

这是我首先要为大家解惑的一个问题。很多家长都会觉得，《诗经》那么难，小朋友能懂吗？能学会吗？但是，我恰恰要强调的是，《诗经》以"四言"（四字一句）为主，更适合低幼儿童的语言能力。

为什么这么说呢？做家长的都知道，孩子的语言能力是有阶段性的。举一个例子，我一开始也是先教孩子读唐诗的。记得有一次我教宝贝读古诗，"两个黄鹂鸣翠柳，一行白鹭上青天"，可是每次她都把七言的一句丢两个字，读成五言的。我一开始想不明白这到底是为什么。是宝宝笨吗？好像也不是……后来我弄明白了，这其实就是孩子语言发育阶段性的问题，就是说她那个时候的语言能力还控制不了七个字长度的一句话。孩

子们的语言能力最开始是一个字一个字地发音，然后是一个词一个词地表达，再然后才是三个字、四个字、五个字……逐渐复杂起来，慢慢才可以驾驭五个字、七个字组成的一句话。当理解了这个问题之后，我立刻想到了《诗经》，《诗经》大部分的篇章都是四字一句，那么《诗经》岂不是更适合孩子们在低幼阶段的语言能力吗？

所以，在这里我要特别提醒家长注意的是：

不要用大人对难度的理解来忖度孩子！

什么意思呢？就是说，其实《诗经》是对家长太难了，我们家长认为学习《诗经》就要认识里面的每一个字，理解每首诗的具体意思，所以会觉得非常困难。可是对于孩子来说，《诗经》不过都是音与音韵。我们让孩子读"呦呦鹿鸣，食野之苹"和让他们读"一二三四五，上山打老虎"在难度上是没有什么区别的。甚至说，"呦呦鹿鸣"是四个字，"上山打老虎"是五个字，也许"上山打老虎"对于他们来说，在发音上会更困难一点。因此，我再强调一遍：

不要用大人对难度的理解来忖度孩子！

顺便说一句，我的孩子是从 3 岁开始诵读《诗经》的。

二、《诗经》的语言和意境更质朴天然

我选择《诗经》为孩子开蒙的另外一个重要的原因是，从我们文学专业的角度来看，相比于唐诗宋词在声、韵、词性、句法上有较为严格的规定，《诗经》作为先民的歌唱，它的语言和意境更为质朴天然，更适合教育生力弥满的儿童。

大家知道，诗词的格律是在魏晋南北朝时期发现的，此后就成为文人创作诗歌的一套规律。虽然每个诗人的风格不同，但是或严或松，此后的诗歌作品总是多多少少受到了格律的影响。但是，在《诗经》创作的年代，民风淳朴，毫无造

作,是天然去雕饰的美好。因此,《诗经》中的音韵,是先民最为质朴、天然的歌唱,其中表达的情感也会比后来的文人更加纯粹自然。所以,我认为《诗经》中的作品更适合教育"生气弥满"的孩子。

举个例子,我们看这句诗——

> 青青子衿,
> 悠悠我心。

下两句是什么?

也许很多家长会说:

> 但为君故,
> 沉吟至今。

这是曹操的《短歌行》,而"青青子衿,悠悠我心"其实是曹操借用《诗经·子衿》里的句子,那么《子衿》的后两句是什么呢?

> 纵我不往,
> 子宁不嗣音。

什么意思呢?就是即使我不去,你也不来传个音信啊!我们看这样的情感表达,是不是比"但为君故,沉吟至今"更加淳朴天然呢?"但为君故,沉吟至今"是非常文人化的表达,而且用今天的话来说,很没有行动力,只是"沉吟"而已!但是《子衿》就更为大胆泼辣,"我有事过不去,你就不知道传个音讯过来"!

再举一个例子,《诗经·桃夭》:

> 桃之夭夭,
> 灼灼其华。

之子于归，
宜其室家。

这是一首贺嫁诗，祝福一个即将出嫁的女子宜室宜家。从此以后，用桃花来比喻女子就成为中国诗歌传统中一个非常著名的意象。比如大家都非常熟悉的崔护的《题都城南庄》：

去年今日此门中，
人面桃花相映红。
人面不知何处去，
桃花依旧笑春风。

我们来比较这两首诗，就可以看到《题都城南庄》中的比喻是用桃花的美丽来比喻少女漂亮的容颜。但是在《桃夭》这首诗中，没有出现这个少女任何的身体部分：

桃之夭夭，灼灼其华。之子于归，宜其室家。
桃之夭夭，有蕡其实。之子于归，宜其家室。
桃之夭夭，其叶蓁蓁。之子于归，宜其家人。

只是用这棵桃树艳丽的花朵、肥硕的果实以及茂盛的枝叶来比喻一个充满着旺盛生命力的年轻女子。这样的一个女子要出嫁了，开枝散叶，延续生命的奇迹，生命的喜悦与饱满在这首诗里充沛地表达出来，是一首对生命的礼赞！这样两相对比，大家就可以看出来，崔护的《题都城南庄》就太过柔弱与流于皮相了。这就是我们说的《诗经》的语言、意境更为质朴天然，更适合教育天真烂漫的孩子。这是《诗经》很重要的一个好处。

三、培养孩子的好奇心与求知欲

孔子非常重视"诗教",他说过:"《诗》可以兴,可以观,可以群,可以怨,迩之事父,远之事君,多识(zhī)于鸟兽草木之名。"《诗》可以兴观群怨,迩之事父,远之事君,是比较复杂的"诗教",在这本书里我会一一展开。除此之外,我们看最后一句,学习《诗经》,可以"多识于鸟兽草木之名"。什么意思呢?就是小朋友在学习《诗经》的过程中,可以了解很多小鸟、野兽、花草树木的名字,就是认识自然。我为什么要强调这一点呢,语文课怎么上成了生物课呢?大家听我慢慢说,这个跟我在大学里面的教育经验密切相关。

我在一所高校教书,学生的成绩、素质都是比较高的,基本上都是各个省的前一千名。但是在给他们上课的过程中,我发现有一个很严重的问题,就是很多孩子,即使他们成绩这么好,可是却对知识本身不感兴趣,他们关心更多的是分数,我多给一分、少给一分,他们会追着问,而你教什么,怎么教,他们似乎都无所谓。为什么会这样呢?等我自己的孩子上了小学以后我才明白。上了学,三天一小考,五天一大考,他们从小被训练、被教育的方式,让他们觉得学这个知识只是为了来变现分数的,学知识是工具,分数是目的,所以才那么多的解题技巧被大家趋之若鹜。他们已经理解不到,分数不过是测量他们掌握知识的一个方法而已,知识的理解和掌握才是根本的。对分数的过分强调,使孩子们对知识本身不感兴趣。比如有一次,我上完晚上的课回到家,一进门,孩子就苦巴巴地叫我:"妈妈!"我问怎么了,她说这次数学小测只考了92分。我惊讶地说:"不是挺好的吗?"可是她却懊恼地说:"老师说了,95分以下的孩子要和家长一起反思!"这样的教育模式,当然会让孩子只在乎分数,而不是知识本身!

没有好奇心,对智慧与知识不感兴趣,没有求知欲,我觉得这是当前教育特别严重的问题,也是对孩子学习最大的伤害!怎么解决这个问题呢?我就观察自己,可以说,我是一个好奇心特别旺盛的人。我现在40多岁了,但是仍然对所有我不知道的东西感兴趣。比如,我本硕博都是中文系的,但是我仍然对天文学、物理学感兴趣,霍金的《时间简史》,我读得兴味盎然,虽然很多读不懂,但是仍然读得非常开心。坐地铁,我消磨时间的方式是做数独。

后来我就想，我为什么有这么多的好奇心？我觉得也许和我小时候天天在麦田里疯跑有关。我爸爸在军队工作，宿舍前面有一大片麦田，我会跟小朋友在麦田里面挖野菜呀，捉迷藏啊，晚上坐在院子里看天上的星星，等等。而现在小朋友的成长环境是怎样的呢？城里的孩子都成长于钢筋水泥的丛林，生于斯、长于斯，放了学做作业，然后就是看电视，或者玩手机、玩平板电脑，几乎没有自然的参与，更得不到自然的滋养。"大漠孤烟直，长河落日圆"，他们见过吗？没有！所以这首诗对于他们来说，就是作业，就是考点而已。而如果我们有幸见过这样的景色，恰巧也学过这首诗，就会感受到这首诗的恰切与力量——太美好了，这首诗说出了我涌动在心里却找不到合适词汇表达的那些感情！我们就会永远地记住这首诗，并同时提升了我们对壮阔之美的理解，丰富了我们的感知力、理解力。

回到《诗经》，"多识于鸟兽草木之名"，其实就是带着孩子用文学的方式接触自然，理解自然与我们生命的意义。比如，学了《桃夭》这首诗，如果是春天学的，我就会建议家长周末带着孩子去看什么是"桃之夭夭，灼灼其华"，体会经过了一个冬天的酝酿，生命勃然喷发出来的美丽。如果是秋季学习这首诗，我就会建议家长周末带着孩子去采摘，一定要让孩子看到那些肥硕的桃子把树枝都压得低低的，然后亲手把一个大桃子从树上拧下来。那个时候，他们就能理解什么叫"有蕡其实"，体会到《桃夭》这首诗的美好。

他们会知道，诗描写的就是他们实实在在的生活，他们不再是为了换分数而去学习这些诗歌作品。这样，通过对《诗经》的学习，我们就把有趣的自然和书本上的人文知识联系在一起，这样就可以让孩子感觉到，原来书本上的知识也是可以有趣的，原来我们的生活是这样美好。孩子们在《诗经》里认识了这些鸟兽草木，然后他们就会知道生活中的一草一木都可以成为他们歌咏的对象。将来，用到写作上，他们的笔下就会是有灵气的语句；用到学习上，他们就会体会到知识与他们的生活密切相关，生动有趣；用到人生上，他们的眼睛就会逐渐变成诗人的眼睛，学会了观察与体味，理解了什么是"生活中的诗意"。

四、培养孩子丰盈的生命力

《诗经》里的草木鸟兽，对孩子们还有另外的意义。这里就涉及我在大学里教书遇到的另一个问题——现在的孩子有心理疾病的太多了（相关讨论可以参见北大心理学系徐凯文老师的文章《一位北大教师的沉痛反思》）。我想一部分原因是这些孩子在考上大学之后，再也寻找不到人生的目标与方向，失去了意义的人生当然是无聊且乏味的，另一个原因大概就是他们成长的过程太过枯燥，唯分数的教育已经吸干了他们的生命力。

怎么解决这个问题呢？我的答案还是"回到自然"，但是这种"回到自然"，除了真正地走入自然，还要在文化上理解自然对我们的意义。中国的文化，源自于农耕文明，恰恰是一种最理解自然与人的文化传统。我们最感安全与温暖的是母亲的怀抱，回到自然，其实就是在生命的意义上回到自然这个母亲的怀抱。而"诗"恰恰是一个沟通你我与自然的很宝贵的桥梁。扬之水先生曾经说过：

> 诗是联系自然与人生的最为亲切的依凭！

《诗》中的草木鸟兽复原且升华了我们所存在的这个意义世界，并给予了我们一双可以发现美的眼睛、感知美的心灵，让我们能在琐屑的生活之外，找到我们灵魂的"诗意的栖居"。

另外，在我们阅读诗歌的过程中，读者也在不知不觉中感知着一颗遥远的心灵。《诗经·小雅·巧言》里说："他人有心，予忖度之。"当日诗人感动于物我之间的连接，起兴言志。今日读者通过对诗的体味与阅读，感动着诗人当年的感动，"思接千载"，跨越时空，理解了一颗从未曾谋面，但又于我心有戚戚焉的心灵，此之谓"同情"。孩子在学习文学作品的过程中，他们的"共情"能力就可以被一点点地培养出来。理解他人，对他人保持着最基本的"理解"，甚至是"温情与敬意"（钱穆先生语），是人之所以能在社会上立足，能更好地更善良地在社会上立足的基础。而且，这种"同情"还可以教育孩子们领悟到一人之心与亿万人之心，乃至于千百年前人之心，千百年后人之心，是一而非二，能够体会到一种人类对于宇宙万物与人生的亘古不变的情志，从而能够打破小我，在更广阔的范围内去理解世界与自我的关系。

从根本上讲，一个人的生命与这个意义世界是密切相关的。我们每个人的生命都得益于这个意义世界的成就，从阳光到空气，从小草到大树，从虫蚁到花朵，从山川到河流，从天到地，从父母到邻里，从国家到社会，从科技文明到文化传统，都是我们生命不可或缺的组成部分。所以，当一个人真正对自我的生命有一个深切理解的时候，就会拥有一种感恩与喜悦的生活态度，有了这种感恩与喜悦的生活态度，才能更加严肃地对待自我的生命。叶嘉莹先生说："诗词的研读并不是我追求的目标，而是支持我走过忧患的一种力量。"（《古诗词课》）

我觉得这是对《诗》，对整个儒家思想非常重要的一个认识！我们的一衣一食、一饮一啄都源自这个世界的滋养与生发。而人在对自然的亲切观察与体悟中，亦能收获生命的智慧。

五、"不学诗，无以言"

大家都知道《诗经》是我国第一部诗歌总集，是中国所有诗歌的源头。从很古老的时候起，"诗"就被用作"教育"的材料，是儒家"六经""六艺"最重要的组成部分之一。用"诗"进行"教育"被称为"诗教"。我国伟大的教育家孔子就非常重视"诗教"，他曾在《论语》里多次提到过学习《诗经》的重要意义。比如有一条章句讲，有一次他的儿子伯鱼走过院子，孔子看到他，把他叫住，就问他，"学诗乎"？伯鱼你学诗了吗？伯鱼回答说"未也"，还没有。于是孔子就跟他说，"不学诗，无以言"：

> 陈亢问于伯鱼曰："子亦有异闻乎？"对曰："未也。尝独立，鲤趋而过庭，曰：'学诗乎？'对曰：'未也。''不学诗，无以言。'鲤退而学诗……"

——《论语·季氏》

什么意思呢？就是说，如果你不学习《诗》，就不会说话。怎么能不会说话呢？我们正常人只要口舌正常，都会说话。其实这句话的意思是说，如果你不学习《诗》，就不会很"文雅"地说话，你说出来的话就很粗鄙。一个人言辞粗鄙，就会显得面目可憎。所以，"不学诗，无以言"，就是说我们学习了《诗》，就可以运用《诗》中的语言非常文雅地表达自己的所思所感，成为一个"文质彬彬"的君子。

我给大家举个例子，我给小朋友上课的时候，问过他们一个问题——"你们的妈妈漂亮吗？"小朋友们都回答说："漂亮！"我接着问他们："你们来形容一下自己的妈妈怎么漂亮，好不好？"于是小朋友们都"无以言"了。其实，我也可以问问我的读者，各位家长，各位成年人，你们的妻子都很漂亮，你们怎么形容她的美丽呢？如果大家也是"无以言"，那我们就来学习一下《诗经》中的一首作品《硕人》。这首诗描写了一个美丽的女子——

> 手如柔荑，
> 肤如凝脂，
> 领如蝤蛴，
> 齿如瓠犀，
> 螓首蛾眉，
> 巧笑倩兮，
> 美目盼兮。

我曾在一个台湾的相亲节目中看到，主持人要求一位台湾的男士形容一下和他牵手的女生，那位男士说的就是"巧笑倩兮，美目盼兮"。我当时心里就很感慨，台湾人的国学素养真是好啊！

大家都知道《诗经》中的作品都是古代的歌词，是可以配乐歌唱的，孔子说："诵诗三百，歌诗三百，舞诗三百。"那么我们就拿《硕人》这首诗来和今天的歌曲做个对比。大家有没有听过羽泉的《最美》？这首歌当时还是很流行的。我们看看它的歌词：

……
你在我眼中是最美，
每一个微笑都让我沉醉。
你的坏 你的好，
你发脾气时噘起的嘴
……

多余的话，我就不说了，大家可以自己判断。

诗的语言是精练、简洁且富于意境的。诗的韵律也是人类模仿自然最美好的节奏。长时间学习与浸润其中，一人从语言文辞到气韵风度都会得到极大的改变。

六、中正平和，温柔敦厚的诗教

当今的中国，很多戾气。一些小朋友由于是独生子女，也是被宠溺得性情乖虐，不像样子。儒家的"诗教"强调要养成"中正平和""温柔敦厚"的君子。我们在生活中也喜欢和"中正平和""温柔敦厚"的人交往。扬之水先生曾说：

《诗》生长在一个从物质到精神都被贵族君子风尚所笼罩的社会里。这是"诗"之可以为"教"的基本背景。但是，"诗"之"教"并不是耳提面命式的"政令教化"，其礼仪制度更多是圆融在天地万物的自然节律与一衣一食的生活情趣之中。

——《诗经名物新证》

所以，我提倡用《诗》来教育小朋友，还是因为我们家长可以借由《诗》为我们自己，为社会养成一些"中正平和""温柔敦厚"的孩子。

我们还是来举一个例子，大家最熟悉的《关雎》：

> 关关雎鸠,
> 在河之洲。
> 窈窕淑女,
> 君子好逑。

这句诗是说雎鸠鸟在黄河的沙洲上"关关"地叫着,窈窕淑女,是君子好的配偶。大家都知道"关关雎鸠,在河之洲"是赋比兴中的"兴"。那么怎么理解雎鸠鸟的鸣叫和君子好逑之间的关系呢?也许就是当时诗人正在河边漫步沉思,突然"关关"的鸟鸣声把他从自己的思虑中叫醒。他顺着"关关"的叫声望过去,原来是一只雎鸠鸟在冰雪消融的沙洲上快乐地鸣叫着。你看,春天来了,"嘤其鸣矣,求其友声",就连小鸟都在找寻它们的伴侣。"关关"的叫声,引发了("兴")诗人的情词——"窈窕淑女,君子好逑"。小鸟与人表面上看来似乎全无关系,但是我们分明可以感受到这种人与自然之间生命的连接与情感的流动,互不打扰,但又彼此相依。人和自然都处在同一个生命的节律之中,同样的自然,同样的美好。这里面并没有因为提到情就扭捏不好意思,也没有提到男女就觉得淫荡,都没有,就是非常自然的一个表达。所以我这里引用南宋罗大经的一句话——

> 两间莫非生意,万物莫不适性。

就是说,无论是关关叫的雎鸠鸟,还是君子好逑,都是天地之间勃勃的生意,是对生命的礼赞,都表达着天地之间的生生之德;万事万物,小鸟也好,人也好,莫不都是任情适性,一派自然祥和。

再往下看,

> 求之不得,
> 寤寐思服。

> 悠哉悠哉，
> 辗转反侧。

孔子曾经评价《关雎》："乐而不淫，哀而不伤。"那么这两句说的就是"哀而不伤"，求不到，不是算了，换一个女生追求的冷漠，也不是"死了都要爱"的偏执，而是"寤寐思服"，寤就是睡醒了，寐就是睡着了，就是睡醒了睡着了都在想着这个姑娘，这种思念很悠长，"悠哉游哉，辗转反侧"，不过就是翻来覆去睡不着而已，这就是"哀而不伤"。我们看这就是"中正平和""温柔敦厚"，即使是有些哀怨，但这些哀怨也是文雅的。

孔子说："《诗三百》，一言以蔽之曰，思无邪。"最后我也做一个总结，《诗经》305篇，我们可以用之培养孩子健全的心智与健全的情感。因此，我觉得用《诗经》来给孩子做一个中国诗学的开蒙，一个国学的开蒙，一个人生的开蒙，是一个非常好的选择！

本书使用要点及说明

一、本书是一个《诗经》选本

可能有家长会问,为什么不一首接一首地完整地学习《诗经》的全篇呢?这主要是由于《诗经》体量太大,一共305篇诗歌作品。考虑到精讲的深度,以及每一首诗歌作品需要诵读到熟悉的程度所需的时间,我设定的学习频率是一周一首。所以,如果《诗经》里面的每一首诗歌作品都精讲的话,孩子们基本需要6年的时间才能完成《诗经》的学习,这样时间就不够完成整个国学系列的学习。我计划中的儿童国学教育体系从一年级开始算的话,到初中二年级,需要阅读学习《诗经》《山海经》《古神话》《世说新语》《论语》《古文观止》《史记》《国史大纲》等一系列国学经典。

考虑到可能会遇到的休假时间以及偶尔的顾及不到,我在本书中选了40首诗歌作品进行精讲。可能有一些长的篇章,例如《豳风·七月》《大雅·文王》《大雅·大明》等,在我实际的教学工作中是花费了两周时间才完成的。因此,按照我的规划,《诗经》的学习应该在一年内完成。

目前市面上的《诗经》选本有一个大问题,就是"雅""颂"的部分选得太少了。受"五四"以来新文化观念的影响,许多人认为《诗经》的"风诗"部分是"民歌",所以受到很大的重视,从而忽略了在文化上、思想上非常重要的"雅""颂"的部分。而且,"雅""颂"确实难读难讲,许多国学班、选本都将"雅",尤其是"大雅"和"颂"的部分束之高阁。但是,如果《诗经》的学习是如此的割裂,那就太遗憾了。所以我的选本尽量平衡"风""雅""颂"的篇目。"风诗"占一半的体量,"小雅"占四分之一,"大雅""颂"加起来占四分之一。

二、以亲子共读为目标

为了方便非专业的家长也能在家里带着孩子学习《诗经》,本书的讲授内容是基于我的课堂录音整理而来的。家长基本可以通过给孩子朗读,或者带着孩子一起阅读本书,完成《诗经》的教学、学习工作。

我最提倡的学习方式是"亲子共学"。《诗经》是异常美好的文化作品,本书又进行了精选,每一首诗都是对后世影响很大,且文辞优美、意蕴深厚的作品。《诗经》是既适合大人学习,也适合小朋友学习的经典著作。而且我们很多家长在求学阶段并没有机会接触《诗经》,现在不妨和孩子一起成长、补课。这样既能给孩子树立终身学习的榜样,也能与孩子形成共同的价值观及审美标准,有利于亲子关系的良好展开。

三、展现了多角度教授国学的方法

我曾在《我教孩子学国学》这本书里讲过,我们现在的学校教育分科太过死板,不利于学生对知识的汲取。我的教学原则是多学科多角度进入《诗经》的学习。在这本书里,我也贯穿了这种教学理念。

首先,学习《诗经》需要用到历史、地理学的知识。学习《诗经》一般从"风诗"开始学起。目前,学界对"十五国风"普遍的理解是"乡土之音""地方之诗",即代表了当时不同地方的诗歌或乐调。所以,在我教授《诗经》的过程中,会先给孩子提供一张地图。在学习"风诗"的过程中,每学一"风",我就会让孩子们在地图上找到相应的位置。这项学习活动最重要的训练目的，不是让孩子们在"知识上"知道这些地方在哪里，而是训练他们的学习方法，即将文化上的知识落实到地图上的能力。这个能力，对于孩子们未来学习历史、地理，乃至制定旅游攻略都很有价值！

其次，学习《诗经》顺便要了解相关的生物学知识。我在前面讲到过，孔子说学习《诗经》可以"多识于鸟兽草木之名"。所以，为了让孩子们真正爱上《诗经》，遇到相关的植物、动物，我会稍加介绍。当然我不是生物学家，这种训练只是希望引起孩子们进一步探索自然的兴趣。家长可以在文字教授之余，带着孩子们亲身走进自然去找寻这些植物、动物，以引发他们学习的兴趣。

再次，中国文化"文史哲"不分家。学习《诗经》还可以借机丰富孩子们的文化常识。在讲授和习学的部分，我会展开。例如讲到《周南·兔罝》的时候，我会让孩子们了解古代的五等爵制度——公、侯、伯、子、男。顺便还会让孩子们去查一查，英国五等爵的英文单词。另外，几乎每一首《诗经》作品中都可以总结出一个成语。比如讲《关雎》的时候，就可以学习讲夫妇之德的"琴瑟和鸣"等等。

《诗经》是一本古代先民生活的缩微记录，它是丰富的、有趣的、温柔的诗教。希望本书可以把它的魅力讲出来，用之来影响、教育我们的孩子。

四、精讲之后的"家长课堂"

在从事儿童国学教育的过程中，我有一个非常深刻的体验，家长才是最需要更新观念、接受教育的人。每次下了课，我几乎都要花费半小时以上的时间给家长做各种各样的心理辅导和价值观的纠正。我现在非常明确地知道，教育好孩子，得先有好的家长才行。

而且，有一些偏重"义理"上的辨析，由于孩子的认知水平有限，就需要在家长理解了之后，渗透到日常的与孩子的教育及相处中去浸润出来。比如《诗经》中所体现的人与天地、自然的关系，人伦关系的处理，圣王的德行与我们的人生选择等等这个层面的问题，小朋友们可能一时还不能完全领会，我会把这些内容放到"家长课堂"中去。家长如果能够先一步理解并认同，就可以把这样一种价值观、人生观潜移默化地运用到具体的与孩子相处的日常生活之中，对孩子产生真正的影响。这大概也算是本书的一个"特色"吧。

五、《诗经》作为"经"的高度

本书与市面上一些儿童《诗经》选本最大的不同之处在于，我的讲授是把《诗经》放在"经"的高度上来理解的。所谓"经"，即"常道"，即"事理之当然"。把《诗经》仅仅当做是"文学"作品来阅读无疑大大降低了《诗经》的价值，而且也并不能够真正理解到《诗经》作品的意涵，有一点"买椟还珠"的遗憾。例如，按照历史—政治的划分，周武王才是改朝换代的那个最重要的人。但是为什么在《诗经》的编排中，"四始"——风诗、小雅、大雅、颂的开篇作品——都和周文王有关呢？当然这仅仅是一个例证而已。至于我是如何体现《诗经》作品"经"的高度与意义的，家长们只需阅读几篇讲读即可有所体会。

当然本书也满足了家长对提高孩子"古文"阅读能力、"语文"学习能力，以及提高"国学"素养的要求。作为教育者，我希望做到的是，能够将家长的真实需求与我的教育理想有机结合。希望这本书能够让读者和我都满意。

六、加强《诗经》学习与地图的结合

为配合出版要求，本书原本附随的"诗经地图"未能刊印。家长可以参考《我教孩子学国学》一书中的地图，或结合网上下载的地图，贴于本书空白页，便于使用。

家长辅导要点

一、和孩子一起喜爱和成长

孩子是家长的投影。如果想让孩子爱上一样事物,家长首先要自己喜欢这样事物。如果想让孩子爱上《诗经》,家长一定要先喜欢《诗经》。我自己的经验就是如此。在我家宝宝两三岁的时候,有一天我靠在床上看《诗经》,她在旁边跑来跑去,最后跑到我跟前问:

"妈妈您在看什么?"
"妈妈在读《诗经》啊。"
"《诗经》是什么啊?"

于是,我给她读了一首《鹿鸣》,简单地告诉她,这首诗是说家里来了客人,很开心的意思。不知道到底是什么吸引了孩子,也许是美好的音韵,也许是看到妈妈的喜爱。结果就是,后来每晚睡觉前,她都要求我给她读一首《诗》中的作品。我们就是这样开启了学习《诗经》的道路。

《诗》是美好的!这种美好属于永恒!在我们家长自己成长的过程中,大多没有接触过正规的国学教育。那么,为什么不借助这个机会,和孩子一起成长呢!

二、辅导孩子的几个心得

1. 固定时间固定学习，养成学习规律

一周之中，家长可以根据孩子的时间安排，选择固定的一天作为集中讲读、学习一首《诗经》作品的时间。

同样，在一天中，根据孩子的作息，家长也应该找到一个恰当的时间并固定下来，作为孩子每日诵读《诗经》中作品的习学时间。重点是固定，比如早晨洗漱后、早饭前，或者睡觉前，等等。这样做的好处是养成有规律的学习习惯。

另外要特别提醒的是，三年级之前的孩子，家长不应该强迫"背诵"，而是要"熟读成诵"。如果没有记住，就多读几遍。家长在教育中要善加引导，让学习成为有趣的事情。当然，我也遇到过特别好学的孩子，一年级就积极主动地可以把作品背下来，这样当然应该鼓励。不过，我也遇到过三年级之后仍然不愿意背诵，觉得背诵压力大的孩子。家长要善于观察孩子的情绪，一旦发现有抵触的情况，就应该放松要求。

2. 孩子一起讨论、学习和玩耍

在解读中，我会再现课堂上的提问以及孩子们的回答。家长在阅读到老师提问的时候，不妨停一下，问一问自己孩子对这些问题的想法，可以先和孩子讨论一下，然后再看我后面的解读。即使孩子最后回答不出来，家长也要保证有这种思考的机会，而不是"填鸭式"灌输相关的答案和知识。会提问题，会思考，才是真正的学习。我在教育的过程中，不仅仅希望教授相关的知识，更重要的是养成孩子们良好的学习能力和学习习惯。从教学效果来看，我的教育方式得到了很多家长的认可，也得到了孩子成绩与学习态度的背书。所以，这也是这本书力图再现现场授课场景的主要原因。

每次课后，家长可以把孩子当做老师，让孩子再讲一遍课程的内容和知识。

这里特别需要强调的是，我并不要求低年级的孩子记住每一个字词、每一个知识点。参考第 1 条最后的要求。学习《诗经》最重要的是培养孩子学习的兴趣，以及对文学文化的美好感受。有了对知识的好奇心和热爱，等到孩子大了，

这些知识点花费半天时间就能记住、补回来。但是如果让孩子产生了抵触学习的情绪，当时记住多少也是没有意义的。家长切记。

把对《诗经》的学习当成一种乐趣，无疑是最好的学习方式。比如，可以和孩子一起诵读，比赛背诵，和孩子对诗（孩子一句，家长一句），和孩子一起画一画《诗》中涉及的各种名物等等。记得有一次学习完《卷耳》，下周上课的时候一个小朋友就给我带来了好几颗苍耳子。原来是他的爸爸利用周末的时间带他去野外采摘了苍耳。他非常得意地向我炫耀，也引起了班里其他小朋友的羡慕。这是最好的《诗经》课后的延续活动。

3. 关于"生字生词"

很多家长对于学习诗歌方法的认知往往是从自己所受的语文教育中来的。每遇到一个生字生词都需要记住、理解、会写、知道意思……可是，《诗经》中的生字生词对于小朋友们来说也太多了吧。要是"不动脑筋"地教小朋友，就会把这些生字生词都给小朋友们教一遍，既显得"认真负责"，又能事实上偷懒。但是，这样教学的结果就是让小朋友们"知难而退"。《诗经》当中有太多在后来的古文中不再那么常用的生僻字、生僻词，这一部分我们无须让小朋友精确掌握，不影响理解作品的意思就过去好了。同时，《诗经》当中也会有一些在后来的古文中经常还会用到的生字生词，这一部分就必须挑出来，给孩子们讲一下以加深印象。注意：这里仍然不是要求必须一次性记住。既然是常用词汇，必然在后面的学习中会反复出现，所以一次没记住，下次遇到再记一次就好了。我在给小朋友上课的时候，有一个原则，每一首诗最多只挑出五个常出现的字词来重点教授，其他的暂时放过就好了。还是那个原则，保护孩子们的兴趣是第一要义。

4. 作业

本书在每一讲的最后都有"习学"的部分。这一部分是为了家长辅导的方便而设计的。所以，家长最好要求孩子自己有一个《诗经》学习的笔记本。学会记笔记，找重点。然后再和我的"习学"部分对照一下，哪里漏了，哪里过度精细学习了，等等。学会听讲、学会记笔记，对孩子任何一门功课的学习都是非常重要的。

5. 不翻译成白话文

我历来主张，诗是不可以翻译的。就像我们学习英语，最好的学习方式就是学会用英语来思考并表达，而不是每一次都先想到中文，再在脑子里翻译成英文表达出来。同样，家长在辅导孩子学习《诗经》的过程中，最好不要参考任何白话文翻译。在本书中，在作品的部分，我只是简单标注出一些生字生词的意思，并没有进行整体的白话文翻译（当然在讲读诗歌的时候，难免会遇到需要解释句意的时候），孩子们需要在理解了一些基本词汇的意思后，体味诗句的意蕴。《诗经》的白话文翻译，看起来似乎帮助了理解，但是却限制了诗意的丰富性，剥夺了想象的空间，败坏了孩子们的文学品位。所以，切记不要翻译成白话文，不要看任何白话文译文。

6. 重复的地方作为复习

本书的写作，由于再现了上课的场景，所以课堂上很多复习的环节，呈现为文字，就会是内容的重复。我并没有按照通常写作书籍的方式删除这些略显冗赘的文字，就是希望孩子们在学习的过程中，可以不断反复学习、理解、记忆这些知识点。孩子们的忘性是很大的。但是学习，要允许孩子们"不会"。"不会"就再学一遍，一直是我坚持的教育方式。不会就学，学了就会了，是我希望可以给孩子们培养出来的学习心态。

7. 蒙学阶段只"诵读"不"背诵"

家长经常问我的另一个问题是"要不要让孩子背诵这些诗篇"？我的建议是，三年级之前的小朋友，以养成"好奇心"与"热爱"为主，可以熟读，家长最好不要强迫背诵，以免破坏小朋友学习的兴趣。家长们想一想自己小时候背课文时的心情和心理就清楚了。人同此心，心同此理。要求太小的孩子背诵，会极大地增加他们的心理负担，造成其对学习的抵触情绪。而且孩子背不好的时候，家长的态度难免恶劣，这就更增加了孩子的心理压力。所以，蒙学阶段的时候，我还是建议家长们不要强迫孩子背诵。那怎么办呢？我的建议是——

熟读成诵

在固定的学习《诗经》的时间让孩子多诵读几遍当周学习的诗歌作品、复习之前学过的诗歌作品，才是学习的正道。家长会惊奇地发现，孩子们多读几遍之后，自然就会不经意间背下来。不过，家长们还会发现，前几天会背的作品，过了几天孩子们又忘记了。没关系，这是小孩子学习的正常状态，那就再读几遍好了。总之我强调，在孩子的蒙学阶段，以养成"兴趣"为主，家长不能强迫背诵。

当然，这只是基于我的经验的建议。每个小朋友的情况不一样，可以各自斟酌。家长可以自行把握一个度，就是不能以自己的虚荣为原则，要以小朋友自愿为原则，不能破坏孩子们的学习兴趣。一旦发现孩子有逆反心理了，不愿意学了，就需要适当调整学习的强度。

我遇到过一个家长，白天上班，晚上回到家的时候，觉得孩子白天的时间都浪费了，于是自己回来后赶紧带着孩子读《诗经》《山海经》《论语》《笠翁对韵》……结果宝宝开始厌烦，问我怎么办。对于一个 6 岁的宝宝来说，这些学习抢走了妈妈的陪伴和爱，而且一大堆又难又不知所谓的东西要学习，时间长了，孩子肯定不喜欢啊。幸好家长是一个非常能听进去劝解的人，及时调整学习策略，立刻就收到了很好的效果。

当然，三年级以上（含）的小朋友就要提一提要求了。这个阶段是"理性"逐渐建立的阶段。学习从来不是什么请客吃饭，是要付出努力和辛苦的。如果前两年"兴趣"的基础打得好，孩子们就可以"痛并快乐"地学习了。各个阶段的学习建议，请参考《我教孩子学国学》那本书。

导言：《诗经》简介

一、《诗经》的书名

阅读一本书，首先要了解这本书标题的意义。例如，2022 年北京市语文高考试卷中就有这样一道题：

5.（10 分）根据要求，回答问题。

《红楼梦》甲戌本第一回开头，作者自道书名说：

（空空道人）因空见色，由色生情，传情入色，自色悟空，遂易名为情僧，改《石头记》为《情僧录》。至吴玉峰题曰《红楼梦》。东鲁孔梅溪则题曰《风月宝鉴》。后因曹雪芹于悼红轩中披阅十载，增删五次，纂成目录，分出章回，则题曰《金陵十二钗》，并题一绝云："满纸荒唐言，一把辛酸泪。都云作者痴，谁解其中味。"

（1）除了《红楼梦》外，这里还提到了小说另外四个书名。请从中任选三个，解释这些书名和作品内容有何关联。

（2）小说第五回中，贾宝玉神游太虚幻境时听到的仙乐套曲就叫《红楼梦》。今天的通行本也多以《红楼梦》为书名。结合作品内容，谈谈《红楼梦》作为书名的合理性。

整道题都围绕着《红楼梦》的几个书名展开,考查学生对《红楼梦》原著的理解程度。所以,我们学习《诗经》也要从《诗经》的名字开始。

像《红楼梦》一样,《诗经》也有其他的名字,可以被称为《诗》或《诗三百》。根据历史记载,《诗》被正式称为《诗经》,成为国家认证的"经典",其实是从西汉时期才开始的。之前是被称为《诗》或《诗三百》。因为古人的文献没有标点符号以示分别,所以如果我们看到古籍文献中只言一个"诗"字的时候,就要意识到这不是指随便的哪首诗,而是特指《诗经》这部作品,因为《诗经》是中国历史上第一部诗歌总集。类似的情况还有古文的"书",很多时候特指《尚书》这部书,等等。《诗》之所以又被称为《诗三百》是因为《诗》中一共记录有 305 篇诗歌作品,另外还有 6 首只有标题没有内容的"笙诗"。所以,盖言之为"三百",称为《诗三百》。

二、诗言志

下面我们来看一下什么叫"诗"。许慎在《说文解字》里说:

诗,志也,从言寺声。

这是什么意思?"诗"的正体字(或曰繁体字)是一个左右结构的字,左边是一个"言"字,右边是一个"寺"字:

诗

"从言寺声"指的是"诗"这个字是一个"形声字","言"表达这个字的意思,"寺"表达这个字的读音。寺,是祭祀的场所。"诗"就是古代在祭祀时的言辞或诗歌,这是它原初的意思。几乎所有的文明在最早期的时候都与宗教信仰有关,我们中华文明最初的源头也来自信仰,祭祀的诗篇被记录下来就成为最早的"诗"。

所谓"诗，志也"，就是"诗言志"。所谓"志"，就是"情志"。诗，是一个人情志的表达。《尚书·虞书·舜典》中说：

> 诗言志，歌永言，声依永，律和声。

意思是：诗是用来表达思想感情的，歌是唱出来的语言，五声是根据所唱而制定的乐调，六律可以使五声达到和谐的状态。所以，古之《诗》其实是可以配乐歌唱的。《史记·孔子世家》记载："三百五篇，孔子皆弦歌之，以求和《韶》《武》《雅》《颂》之音。"就是说三百零五篇的《诗经》作品，孔子都配乐歌唱了出来，以求能够合乎古代雅乐《韶乐》《大武》《雅》《颂》的乐调。其实，《诗》不光可以配乐歌唱，这些诗歌作品还有相配合的乐舞。《墨子·公孟》里记载："颂《诗三百》，弦《诗三百》，歌《诗三百》，舞《诗三百》。"颂，是朗诵；弦，是配乐；歌，是演唱；舞，是跳舞。我们观察现在流传下来的一些少数民族的祭祀典礼，仍然是"诗""乐""舞"不分的。为什么会这样呢？古人解释说：

> 诗者，志之所之也。在心为志，发言为诗，情动于中而形于言。言之不足，故嗟叹之。嗟叹之不足，故咏歌之。咏歌之不足，不知手之舞之足之蹈之也。
>
> ——《诗·大序》

就是说，我们每个人心里都有各种各样的感情。这种情感在心里被称为"志"，用语言表达出来就是"诗"。人都有情感，这些情感在内心深处涌动，然后表达为语言。有的时候，语言还不足以表达，就发出感叹。有的时候，感叹也不足以表达，于是就唱起来了。可是如果唱起来还不足以表达这种情感，就会手舞足蹈地来表达。因此，《诗》和人的情感是密切相关的。

我看社会上常常有人抱怨自己的男朋友或者丈夫是"直男"，不太能够体贴女朋友或者妻子的情绪，或者说某人"情商低"。我推想，这些都是未曾好好学《诗》的人，没有经过良好的情感熏陶与训练。所谓"他人有心，予忖度之"（《诗经·巧言》），诗歌表达了作者的情感，千年之后的我们阅读到这首诗，其实就是通过这首诗体会另一个人的心灵。在不断地阅读体验中，我们个人的情感体验超越了个体的有限性，超越了时间与空间，得到了丰富与训练，与他人的相处也更容易建立"理解之同情"。我们会渐渐发现这些作品"于我心有戚戚焉"，渐渐地，我们看待世界的眼睛变得更加清晰而明亮，这个世界在我们的眼中已经呈现出更有魅力的色彩。进而，当我们在人生中遇到痛苦、喜悦、失落、伤心的时候，我们也可以渐渐地从审美的意义上去审视这些情绪，使我们的生命真正得到一个诗意的栖居。

三、《诗经》的结构

请小朋友们拿出书来，同时拿出你们的笔。我们先来看《诗经》的目录。这里老师要告诉你们一个读书的方法：拿到一本书，我们理解完它的书名之后，首先要看它的目录，因为目录里面有这本书的结构。

下面我们来看一下《诗经》的结构。《诗经》分为三个大的部分：第一个是"风"（或"国风"）。我们翻到目录页，先找到"风"（或"国风"）。然后记住"风"（或"国风"）的字体字号的大小，再往后翻看目录，找出一样字号大小规制的标题，那就是"雅"。再往后翻看目录，还有一个字号大小规制一样的标题就是"颂"。再往后还有吗？没有了。因此我们就知道了，《诗经》分为三个大的部分，分别是"风""雅""颂"。

然后我们翻回到目录"风"（或"国风"）开始的地方，再看一看下面的小标题有几个，找到并圈出来，分别在每一个风上写上序号1、2、3、4……然后数一数一共有多少"风"啊？

第一个是《周南》。小朋友们可以在"周南"前面写上"1"。

再往下看，找到和"周南"一样字体的标题就是《召（shào）南》，这是第二个，那么就在前面写一个"2"。小朋友们要跟着老师做笔记，会拼音的小朋友可以把拼音标注在上面,防止以后再读错。

再往后看,第三个是《邶(bèi)风》,大家在前面写上"3"。

第四个是《鄘(yōng)风》。

第五个是《卫风》。大家在前面写上"5"。这里老师要提醒小朋友们注意,这个"卫"是"卫生"的"卫"。因为后面还有一个《魏风》,就是"鬼委""魏"了。

第六个是《王风》。

第七个是《郑风》。

第八个是《齐风》。

再往下,第九个《魏风》。我们看,这就到了第二个"wèi 风"。

第十个是《唐风》。

第十一个是《秦风》。

第十二个是《陈风》。

第十三个是《桧(kuài)风》,这个字在这里读 kuài。

第十四个是《曹风》。

第十五个,也就是最后一个,是《豳风》。这就是我们的十五国风。

然后,我们再往下看一下"雅"的部分。"雅"下面的小标题有两个,分别是"小雅"和"大雅",它的顺序是先小后大,先是"小雅",后是"大雅"。再往后"颂"的部分分成了三个小部分,分别是《周颂》《鲁颂》和《商颂》。这样我们就了解了《诗经》的大体结构——"十五国风""二雅""三颂"。大家可以写一个总结的笔记——

风:十五国风

诗经　雅:小雅 + 大雅

颂:周颂、鲁颂、商颂

老师留一个作业,小朋友们可以去数一数"风诗""雅诗""颂诗"分别有多少首。老师在下节课公布答案。

很多人会问为什么"风""雅""颂"要这么排列，关于这个问题有很多种解释，但是老师觉得有一个说法特别有趣，在这里分享给大家。

我们先看"风"。当时周天子分封天下，"风"基本上是以诸侯国为地理单位的诗歌作品，每一"风"都有其相对应的地理位置。因此，所谓"十五国风"其实是周天子统御的天下的代表。"雅"为天子之乐，是周王畿（都城）附近的乐歌，此即天子统御之中心。"颂"是宗庙祭祀祖先神灵的用乐。那么"风""雅""颂"为什么这么排列？按道理说不应该是天子最重要吗？为什么"雅"诗不放在最开始？

不知道大家有没有去过北京的故宫（紫禁城）？故宫（紫禁城）是九五之尊的天子所在的地方；故宫整体建筑面南背北，如果我们也面朝南方，则故宫的左边是太庙，太庙就是祭祀祖先的地方；故宫的右边现在是中山公园，中山公园里面有一个社稷坛，社稷坛里面有五色土，代表的就是天子所统御的四方。这种建筑的布局是中国建筑史上一种非常重要的结构，叫作"左祖右社"。它和《诗经》有什么关系呢？对比一下，"风"诗代表了天子所统御的四方，类似于社稷坛的功能；"雅"诗代表的就是天子所在之地，类似紫禁城；"颂"是祭祀的诗歌，符合太庙的功能。所以，故宫建筑群的排列跟"风""雅""颂"以"雅"为中心的排列结构非常相似。更进一步，我们会发现，天子所在之地为中心，右边为一个统御的王朝在"地理"上的展开，左边则是这个王朝在"时间"上的绵延。"时""空"辅翼在现任执政者的两侧，揭示了古人对一个王朝的定义与理解。

四、《诗》成为"经"

我们刚才讲过了，《诗经》原来的名字是《诗》或《诗三百》。那么，它后来为什么就成为"经"了呢？"经"又是什么意思呢？

话说，汉朝有一个皇帝，我们后世尊称他为"汉武帝"。他在位的时候，听从了董仲舒的建议"罢黜百家，独尊儒术"。这是什么意思呢？当时天下有很多种思想学说，秦朝的时候统治者尊奉的是法家的思想，但是我们都知道后来秦朝二世而亡。汉代初年的时候，统治者吸取了秦朝灭亡的教训，让老百姓休养生息，恢复生产，所以当时是黄老思想流行，政府强调无为而治。但是经过了一段时间以后，新的问题又出现了。各地新兴的力量，隐隐有威胁中央领导的势头。所以这个时候，董仲舒提出要"罢黜百家，独尊儒术"，就是希望汉朝政府放弃其他各家学说，独尊儒家为唯一的正统的治国思想，以加强中央集权的政治统治。汉武帝采纳了董仲舒的意见，将儒家学说认定为唯一的官方学说。所有孔子曾经整理或编订过的书在此后就被尊称为"经"，《诗》就变成了《诗经》了。

那么"经"是什么意思呢？"经"的本意就是织布机上的纵线，这是它最原初的意思。刘勰在《文心雕龙》里面解释：

> 经也者，恒久之至道，不刊之鸿论。

即永恒的最重要的道理就叫"经"。朱熹在解释《论语》"行有余力，则以学文"的时候说，所谓"文"即六经六艺之文。他认为如果不学习六经六艺，则——

> 无以考圣贤之成法，识事理之当然。

也就是说，六经所言为"圣贤之成法"，是往圣先贤的经验总结，但是其所揭示的道理，并不仅仅是他们那个时代的道理，而是"事理之当然"，即万事万物当然的不易的道理。所以，古人认为《诗》《书》《礼》《易》《春秋》就是我们通向那个"事理之当然"的唯一路径。因此，我们不能仅仅把《诗经》当作文学作品来阅读，那样就会损失太多的文本信息，让我们与智慧擦肩而过。

最后，我们总结一下关于《诗经》的最基本知识。

1.《诗经》是我国最早的诗歌总集。

2.《诗经》又称《诗》或《诗三百》,一共305篇。

3.《诗经》分为"风""雅""颂"三个部分,"风"一共是十五国风;"雅"分为"二雅","二雅"的顺序是先"小雅"后"大雅";"颂"有三个部分:《周颂》《鲁颂》《商颂》。

《诗经》分为"风""雅""颂"三个主要的部分。"风"诗又分为"十五国风",共计160篇,占《诗经》整体篇幅的一半以上。因此,"风"诗入选的学习篇目相对多一些,所以我们将"风"诗分成两辑来学习。

从古至今,专家学者对《诗经》为何分为"风""雅""颂"三个部分,以及"风""雅""颂"的区分到底是什么,众说纷纭。目前比较受到大家认可的说法是,三者在"政教功能"上有所不同。《毛诗序》中说:

> 风,风也,教也,风以动之,教以化之……上以风化下,下以风刺上,主文而谲谏,言之者无罪,闻之者足以戒,故曰风。

这段话的意思是,风,兼有讽刺(风通"讽")和教化的双重意思。百姓用风诗表达对统治者的不满,用讽刺触动统治者;统治者用风诗教化百姓。风诗表达讽刺意思的时候,含蓄委婉,所以说者无罪,但是统治者听到了却可以进行反思,深怀戒惧,所以称为"风"。

从使用范围来看,"风"诗是"地方"之诗,有一点类似于我们今天的地方小调。但是也不一定就是"民歌"。我们在很多诗歌作品中可以看到"贵族"生活的痕迹。

第一辑

风诗（上）
——温柔敦厚的古风

一、《周南·关雎》

关关雎鸠，　　关关：拟声词，鸟叫声。
在河之洲。　　河：黄河。洲：水中小块陆地。
窈窕淑女，　　窈窕：美心为窈，美状为窕。
君子好逑。　　逑：配偶。

参差荇菜，　　参差：长短不齐。
左右流之。　　流：采。
窈窕淑女，　　淑：善。
寤寐求之。　　寤寐：寤，睡醒。寐，睡着。

求之不得，
寤寐思服。　　思服：思念。
悠哉悠哉，　　悠哉：思念绵长。
辗转反侧。　　辗转反侧：翻来覆去，睡不着。

参差荇菜，
左右采之。

窈窕淑女,
琴瑟友之。

参差荇菜,
左右芼之。
窈窕淑女,
钟鼓乐之。

芼:采。

解读

我们进入《诗经·周南·关雎》的学习。我们翻开书,找到《诗经·周南》,就是十五国风的第一个。然后《周南》的第一篇就是《关雎》。

首先,我们需要知道"周南"在哪里?"周南"和"召(shào)南"怎么区分呢?《史记·燕召公世家》记载:"其在成王时,召公为三公。自陕以西,召公主之;自陕以东,周公主之。"这里的"陕",指的是"陕县",现在隶属于河南省三门峡市。现在的河南省三门峡市博物馆里还保存着一根"周召分陕"的石柱。据说当年石柱立在地上,从石柱往东归周公管理,从石柱往西归召公管理。

其实,"周南"到底在哪里,历来有很多种说法。不过,我们可以通过《诗经·周南》里面的诗歌,大致了解周南的所在区域。《周南·关雎》"关关雎鸠,在河之洲"的"河"指的就是黄河,在地图上呈"几"字形的河流就是黄河。然后《汉广》里面又提到"汉之广矣,不可永思",汉水就在淮水的下面。然后《汝坟》"遵彼汝坟",汝水是淮水的一条支流。我们根据《周南》里面提到的这三条河流,可以大致知道这三条河流中间的区域就应该是周南的地理范围。

《诗经名物图》中的雎鸠鸟

《关雎》是《诗经》的首篇，历来颇受瞩目，对它的解读也反映了时代文化的变迁。先秦时期的"毛传"将之解读为"后妃之德"，认为展现了周文王的"齐家"之德。近代以来，国人颇为重视民间文学，把《诗》中的"风诗"理解为民歌，《关雎》也因此被解读为民歌中表达爱情的诗歌作品。我们如果想理解《关雎》真正的主旨，还需从这首诗的开头四句说起。

"关关雎鸠，在河之洲"，"关关"是小鸟的叫声，什么鸟在叫呢？原来是雎鸠鸟。《诗经》常用的参考书《诗经名物图》上画的雎鸠鸟，可能并不是特别准确。因为北方的雎鸠鸟应该是一种水鸟，通常水鸟的嘴应该是扁的，像鸭子一样。

雎鸠鸟在哪里叫呢？"在河之洲"。"河"指的是"黄河"，水中的小陆地被称为"洲"（本字是"州"）。

从文学的角度来看前两句，我们可以从中学习到写作的技巧。古人云："未见其人，先闻其声。"《红楼梦》里王熙凤的出场即是如此：

一语未了，只听后院中有人笑声，说："我来迟了，不曾迎接远客！"黛玉纳罕道："这些人个个皆敛声屏气，恭肃严整如此，这来者系谁，这样放诞无礼？"心下想时，只见一群媳妇丫鬟围拥着一个人从后房门进来。

要说这种写作方式的鼻祖，恐怕要算是《关雎》这开头两句了。我们不妨做一个对比：

1. 关关雎鸠　在河之洲
2. 在河之洲　有雎关关

庸手一般都是第二种表达，平铺直叙。圣手都作第一种表达，先声夺人。而且，第一种表达更符合生活的真实，细腻生动。诗人先听到"关关"的叫声，然后顺着声音望过去，原来是雎鸠鸟在鸣叫，最后才会观察到雎鸠鸟是在沙洲之上。《关雎》的描述非常符合一个人的观察视角，小朋友们以后写作文也可以借鉴这种方法。

在这里，我们要学习本首诗的一个生字生词，"在河之洲"的"河"。在古代汉语里面，95%以上的"河"字都特指黄河；"江"基本上都特指长江，比如"江之永矣，不可方思"的"江"指的就是长江。可能小朋友会问，那其他的河流怎么命名呢？老师告诉你，其他的河流基本上都通称为"水"，比如说"汉水""汝水"，这个"水"其实就是河流的意思。

再往下看，"窈窕淑女，君子好逑"。这里要强调，窈窕（yǎo tiǎo）的读音都是第三声，很多人都会读成第二声，那是不对的。何谓"窈窕"，古人讲"美心为窈，美状为窕"，就是说一个美好的女子内外兼美。"君子好逑"，"逑"是配偶的意思，就是说，这个美好的女子是君子的良配（好的配偶）。

从"关关雎鸠"到"窈窕淑女"，这种转折乍一看起来非常突兀，但是却内有乾坤。"关关雎鸠，在河之洲"是本诗的"兴"。《诗经》分为"风""雅""颂"三个部分，表现手法有"赋""比""兴"三种主要方式，此为"诗"之"六艺"。"赋"乃直陈其事，就是直接写，"窈窕淑女，君子好逑"即为"赋"。"比"即"比喻"，《周南·桃夭》一篇以"桃之夭夭"比喻女子丰沛的生命力即为"比"。"兴"则较为复杂,历来注者众说纷纭。读者可以通过《关雎》的前四句体会"兴"之意义。"关关雎鸠,在河之洲"和"窈窕淑女,君子好逑"之间有关系吗?如果有关系,到底是一种什么关系呢?

扬之水先生在《诗经别裁》中用宋人罗大经的"两间莫非生意,万物莫不适性"来解释此四句,真是一语道尽。"两间"为天地之间,四海八荒之内,藉由着小小的鸟鸣,表达着欣欣然活泼的生机。万物,包括小鸟、淑女和君子,都在这欣欣的生机之中。"嘤其鸣矣,求其友声"(《诗经·小雅·伐木》),鸟鸣求友,君子求淑女,不过都是天地间万物任情适性的表达。人见小鸟嘤鸣求友,不禁兴起自己"窈窕淑女,君子好逑"之思,天地大化,同频共振。人、小鸟、河流、沙洲、阳光、空气,它们之间互不打扰,又温柔相伴。这样的自然,这样的天地,对于现代人来说早已陌生,幸好我们的祖先帮我们记录了下来。

在这里老师要强调的是,《关雎》的主题是婚姻诗,而不是爱情诗。"逑"字的意思是"配偶",而非"追求"。这个与《诗》作为"经"的意义密切相关。

师:什么是婚姻?
生:比如说爸爸和妈妈结婚了,就叫婚姻。
师:太棒了,还有别的吗?类似的还有什么?
生:婚姻就是结婚。
师:那除了爸爸妈妈还有谁?
生:我觉得动物结婚应该也叫婚姻。
师:哈哈哈,对,有一些动物也是有类似的关系。但是我们人类中间,除了爸爸妈妈,还有爷爷奶奶,还有姥姥姥爷,也构成了婚姻关系,对不对?这就是婚姻。《关雎》是一首婚姻诗,一个君子想要找到一个好的配偶。

我们再往下看,"参差荇菜,左右流之。窈窕淑女,寤寐求之"。荇菜,是一种水生植物,俗称"金莲儿",开黄色的小花,嫩茎与叶可作食用,在《诗经名物图》里也有。关于此处为何描写采择荇菜,历来注家解释不同。以民歌为此诗主旨者,以为就是简单地采集野菜以为食用。但是,《左传·隐公三年·周郑交质》中言,水中"蘋(pín)、蘩、蕴藻之菜"是"可荐于鬼神"的。因此,采集荇菜也可能有祭祀之用,表达了女性在家庭事务中的重要作用。

这里我们来学习第三个生字生词——"参差"。"参差"就是长短不齐的意思,组词就是"参差不齐"。"参差荇菜"就是指荇菜有的长得高,有的长得矮,高高低低,"参差不齐"的样子。"左右流之","流"就是"采"的意思,女子左采一把,右采一把,可以想见其活泼娇俏的身影,这大概就是让君子"寤寐求之""寤寐思服"的原因吧。

"窈窕淑女,寤寐求之。"睡醒过来是"寤",郑庄公就叫"寤生";睡着了为"寐",比如《聊斋志异》里面"一狼假寐"就是狼假装睡觉。醒了是"寤",睡着是"寐","寤寐求之"就是说无论是睡醒了还是睡着了,君子的心里都在想着要求娶那个美好的女子。

然后怎么样呢?"求之不得,寤寐思服",没有求到那个美好的女子,结果引发了更多的思念,君子醒着睡着都在想着这个姑娘。"悠哉悠哉,辗转反侧",这种思念特别悠长,所以在床上翻来覆去睡不着。"辗转反侧"后来就成了一个成语。

我们看整首诗在提到男女之情的时候,既没有扭捏做作的撇清,也没有"死了都要爱"的偏执,更没有钻穴逾墙的苟且,不过就是"悠哉悠哉,辗转反侧"而已。孔子说《关雎》"乐而不淫,哀而不伤"(《论语·八佾》),于此可证。

"求之不得""辗转反侧"之后怎么办呢?放弃吗?当然不是。君子还是很有行动力的。"参差荇菜,左右采之。窈窕淑女,琴瑟友之",这样美好的女子,怎能轻言放弃,于是君子想到了一个好办法,就是用琴瑟之音来亲近她,先跟她做朋友,即"琴瑟友之"。古代的君子有四种修养——琴、棋、书、画。孔子无故不撤琴瑟。所以,会鼓琴(演奏琴)是君子最基本的修养。

因古代的琴上有七根弦,所以古人又称琴为七弦琴。瑟又是什么呢?我们今后会背诵一首唐诗"锦瑟无端五十弦,一弦一柱思华年"(李商隐《锦瑟》)。

西汉马王堆汉墓出土的瑟

古今"瑟"的制式应该是有所改变的。

再接着,"参差荇菜,左右芼(mào)之。窈窕淑女,钟鼓乐(lè)之"。不但弹琴、鼓瑟,还要敲钟、击鼓来取悦于她。

"钟鼓乐(lè)之",就是敲钟击鼓取悦于她。"琴瑟友之""钟鼓乐之"。这几句就到了此诗的关键处。首先的一个常识是,先秦时期钟鼓为金奏之乐,王国维先生说:"金奏之乐,天子诸侯用钟鼓;大夫士,鼓而已。"所以,家里有琴瑟、有钟鼓的,不可能是平民百姓,因此这首诗并不是"民歌",它描述的对象是"君子"、是"贵族"。其次,君子与淑女之间的互动是通过"雅乐"来完成的。这正好呼应了前文"窈窕淑女"的设定。杨雄《方言》中记载:"美心为窈,美状为窕。"所以这个"淑女"应该是一个内外兼修的女子。君子雅乐以求,淑女接受这种追求,间接说明了君子与淑女品位德行的匹配。这并不是一场以"白瘦幼""高富帅"为评价标准的羸弱虚幻的爱恋,而是德行与德行的呼应,美好与美好的选择。更为可贵的是,诗中并没有任何板着面孔的道德说教,而是将教义温柔地隐藏在"窈窕""淑女""君子""琴瑟""钟鼓"这些意象之中。

"逑"者,毛传解释为"匹也"。放到先秦的历史语境中,君子淑女相"匹",当然是以"婚姻"为最美好的收束。《关雎》体现了儒学对夫妇关系的理解与想象——夫妇关系应该是男女之间"琴瑟和谐"的"友"与"乐"。而"友"与"乐"的前提,是夫妇双方德行的一致与"匹敌"。《诗经》在其他篇

左：老师在上海博物馆里面拍的，是鼓的底座
右：鼓，插在底座上面

章中也有类似的比喻，如《小雅·常（táng）棣》"妻子好合，如鼓琴瑟"，《郑风·女曰鸡鸣》"琴瑟在御，莫不静好"等等。所谓"诗教"大概就是这样一点一点通过诗歌的语言与意蕴，涵育读者的情性于潜移默化之中。

在这里讲一下"音乐"与"快乐"的关系。我们看"乐"这个字很有意思，它是一个多音字，一个是"yuè"，指音乐、乐器，是一个象形字：

像一个木架上摆着大鼓小鼓，以表达"乐器""音乐"这个概念。同时，古人认为人在内心快乐喜悦的时候，就会敲锣打鼓、载歌载舞，所以"乐器"之"乐"也表达了"快乐（lè）"之意，这就是"钟鼓乐之"的意思了。

《关雎》作为《诗经》的开篇，其主导情绪最终落在了"友"与"乐"上。这很有趣，因为《论语》的开篇章句"学而时习之"中也提到了"友"和"乐"的问题。一个人德行的完善"学而时习之"固然是值得喜悦的事情，但是在儒家看来，人是群居的生物，"亲亲而仁民，仁民而爱物"（《孟子·尽心上》），意思是亲爱自己的亲人，然后推己及人，就会仁爱百姓；仁爱百姓，才能将这份爱推广到爱惜万物。所以，在儒学看来，人的自我是需要在群体中理解、实现和完善的。我们需要朋友，也需要有品质的两性关系，所以"有朋自远方来，不亦乐乎""琴瑟友之""鼓钟乐之"。而人之所求不过就是一个"乐"字,幸福、快乐、安稳。所以,李泽厚先生把儒学理解为"乐(lè)感文化"。什么才是真正的快乐,如何获得真正的快乐,我们也许可以在儒学的经典中慢慢找到答案。

家长课堂

　　《周南·关雎》之"任情适性",在根源处大有讲究,其核心就是"一任自然"。天地之间,万物都在表达着它们的"自然","自然"的生命,"自然"的节律,"自然"地表达,这些都体现在它们的"任情适性"之中。"天地之间"充满生机,儒学将其解说为天地的生生之德。"生"即"性"之所在,"性"即"生"之根本。"任情适性"是对"生"的具体表达,也是"生"的最高状态。这种"任情适性"并非是现代人所理解的无所顾忌地随意妄为,不是"六月飞雪",而是处在天地大的节律之中,春作夏长、秋敛冬藏,此即"礼"之根源。而这节律(礼)也是"性"之一部分,只有充分理解了"礼"对于"生"之意义,"任情适性"才是"从心所欲而不逾矩"的自由。

　　《诗》之"兴"勾连起小鸟与人似有似无的关系,若即若离的距离,在"物以类聚"的界限之外,表达出天地之间的自由与温情。窈窕淑女是君子的匹配,雌鸟是雄鸟的匹配。人、小鸟、沙洲、河流互相陪伴,氤氲的阴阳二气在其间流转不息。我们在《诗》中理解何谓"兴",重获这样的感知,对人的意义是什么呢?首先,我们可以重新理解自己的生命不是孤独的,野花、小草、蓝天、风雨,其实都是对你我生命的呼应与陪伴。其次,我们每个人都生活在具体的时空之中,我们的智慧也受限于我们的时空视野。庄子说:"朝菌不知晦朔,蟪蛄不知春秋。"(《庄子·逍遥游》)早晨出生的菌菇,中午之前就死去,因而它不能理解何谓黑夜、何谓黎明;只活一个夏天的蟪蛄,也不能理解何谓春天、何谓秋天。所以,《诗》之"兴"是一种帮助读者打破"小我","感通"天地的方式。卡西尔在《人论》中提出了一个"生命一体化"(solidarity of life)的概念。生命的一体性和不间断性在空间(同时性秩序)和时间(连续性秩序)两个维度中展开。用《礼记·乐记》的话说，就是：

著不息者天也，著不动者地也。一动一静者天地之间也。

生生不息的是天，广大不动者是地。天生生不息，运转无穷，展开就是时间的绵延。大地不动，宽广地承载着万物，是空间的展开。一动一静，时间与空间就在天地之间，万物就在这天地之间。扬之水先生说："我们若解得诗人原是把天地四时的瞬息变化、自然万物的死生消长都看作生命的见证、人生的比照，那么兴的意义便很明白。它虽然质朴，但其中又何尝没有体认生命的深刻。"

《易经·序卦传》说："有天地，然后有万物。有万物，然后有男女。有男女，然后有夫妇。有夫妇，然后有父子。有父子，然后有君臣。有君臣，然后有上下。有上下，然后礼义有所错（设置）。"《诗》以《关雎》为始，正是强调"夫妇"为"人伦"之始的意义。而且，《关雎》为我们树立了一个夫妇关系的榜样，以德相求，琴瑟和鸣。《论语·学而》篇有一条章句说："贤贤易色。"朱子认为这是讲"娶妻重德不重色"的意思。康有为在《论语注》中说："此为明人伦而发。人道始于夫妇，夫妇胖合之久，所贵在德。以贤为贤，言择配之始，当以好德易其好色。盖色衰则爱驰，而夫妇道苦，惟好德乃可久合。"

习学

主旨：《周南·关雎》是一首婚姻诗。

生字生词：

1. 河：黄河。
2. 洲：水中小块陆地。
3. 逑：配偶。

4. 参差：长短不齐。

5. 寤寐：寤，睡醒；寐，睡着。

名物：

1. 雎鸠：多解释为"鱼鹰"。李山老师认为能发出"关关"叫声的鸟，应该是扁嘴的鸟。

2. 荇菜：见"解说"。

成语：

1. 琴瑟和鸣：夫妻之间的关系像琴和瑟配合在一起演奏一样，非常和谐美好。

2. 参差不齐：长短（质量等）不一致。

3. 求之不得：想要却得不到。

4. 辗转反侧：翻来覆去睡不着，心事重重的样子。

文化常识：

1. 孔子赞美《关雎》："乐而不淫，哀而不伤。"（《论语·八佾》）意思是：快乐但是不过分，哀婉而不伤痛。

2.《诗》之"六艺"：风、雅、颂、赋、比、兴。

作业：

1. 画一画"荇菜"或者"雎鸠鸟"。

2. 每日在固定的时间诵读两遍《周南·关雎》，养成良好的每日诵读的习惯。下同。

二、《周南·葛覃》

葛_{gé}之_{zhī}覃_{tán}兮_{xī}，
施_{yì}于_{yú}中_{zhōng}谷_{gǔ}，
维_{wéi}叶_{yè}萋_{qī}萋_{qī}。
黄_{huáng}鸟_{niǎo}于_{yú}飞_{fēi}，
集_{jí}于_{yú}灌_{guàn}木_{mù}，
其_{qí}鸣_{míng}喈_{jiē}喈_{jiē}。

葛：一种藤蔓植物。覃：长。

施：蔓延。中谷：山谷之中。

维：句首发语词。萋萋：茂盛的样子。

于：语气助词。

集：栖止。

喈喈：鸟鸣声。

葛_{gé}之_{zhī}覃_{tán}兮_{xī}，
施_{yì}于_{yú}中_{zhōng}谷_{gǔ}，
维_{wéi}叶_{yè}莫_{mò}莫_{mò}。
是_{shì}刈_{yì}是_{shì}濩_{huò}，
为_{wéi}绤_{chī}为_{wéi}绤_{xì}，
服_{fú}之_{zhī}无_{wú}斁_{yì}。

莫莫：茂盛的样子。

刈：割，杀。濩：煮。

绤：细葛布。绤：粗葛布。

服：穿。斁：厌烦。

言_{yán}告_{gào}师_{shī}氏_{shì}，
言_{yán}告_{gào}言_{yán}归_{guī}。
薄_{bó}污_{wū}我_{wǒ}私_{sī}，

师氏：贵族年轻女性的女师。

归：回家。

薄：发语词。污：洗涤。私：内衣。

薄 浣 我 衣
báo huàn wǒ yī
害 浣 害 否？
hé huàn hé fǒu
归 宁 父 母。
guī níng fù mǔ

浣：洗涤。

害：通"何"，哪个。

归宁：女性出嫁后回家探望父母。

解读

今天，我们来讲一个新的内容，即"周南"的第二首诗《葛（gé）覃（tán）》，"葛"是多音字，它作为姓的时候读葛（gě），三声，比如老师有一个好朋友就姓葛（gě）。但是在这里要读成二声葛（gé），是一种植物。

《诗经名物图》里面就有"葛"的形象。葛是藤本植物，一般在地上爬着生长。葛还是一种经济作物，有很高的商业价值。

除了《葛覃》，"葛"在《诗经》里面出现了很多次，例如：

《王风·采葛》："彼采葛兮，一日不见，如三月兮。"
《唐风·葛生》："葛生蒙楚，蔹蔓于野。"

这说明在先秦时期，在《诗经》产生的时代，"葛"是一种非常常见的植物，而且是一种经济作物。据说在很古老的时代，尧就"冬日麑裘，夏日葛衣"，冬天穿动物皮毛做的衣服，夏天穿葛布制成的衣服。古人通过洗和煮的方式，把葛的藤蔓中的纤维分离出来，然后用纤维来纺织成布，做衣服。所以，《越绝书》里面说"勾践种葛，使越女织治葛布，献于夫差"。"葛衣"通常用作夏天的衣服，因为它的纤维比较粗，透气性比较好。白居易有一首诗里面说："天寒身上犹衣葛。"（《醉后狂言，酬赠萧、殷二协律》）天气很冷了，但是老百姓还穿着夏天的单薄的衣服，因为家境贫寒，没有过冬的棉衣，显现出人民的疾苦。所以，只有我们知道"葛"通常是用来做夏衣，才能读懂这首诗的意思。我们从"天寒

《诗经名物图》里的"葛"

身上犹衣葛"这首诗里面可以得到两个知识点，第一就是"葛"这种经济植物，在棉花引进来之前，其实是一种特别重要的服装材料，到了唐代仍然在使用和种植。因为白居易是唐代的诗人，所以可以说明从特别古老的尧的时候一直到唐代，葛都是一种重要的经济作物。第二就是葛通常用于做夏季的服装。

"葛之覃兮，施（yì）于中谷，维叶萋萋。"这首诗以"葛"起兴，长长的葛藤蔓延在山谷之中，枝叶茂盛。本来"施"字在现代汉语中比较常见的读音是"shī"，但是在这里要读为"yì"，绵延、蔓延的意思。"维"这个字在《诗经》里面经常出现，当它放在一句话的最前面的时候，通常就是语气词，没有什么具体的意思，就好像我们平常感叹的语气一样。"维叶萋萋"，"萋萋"就是茂盛的样子，意思就是葛藤的叶子长得非常繁茂。

"黄鸟于飞，集于灌木，其鸣喈喈（jiē）。""黄鸟"在《诗经》里也是经常出现的一种意象，例如《诗经·秦风·黄鸟》也是用"黄鸟"起兴，"交交黄鸟，止于棘"。回到这首诗，这一句的意思是，黄鸟在天上飞，最后落在灌木丛里，"喈喈"地鸣叫着。

《诗经名物图》里的"黄鸟"形象

"葛之覃兮，施（yì）于中谷，维叶莫莫。"葛藤在山谷里蔓延生长，茂盛浓密。长得茂盛了，就该收割了。"是刈（yì）是濩（huò），为絺（chī）为绤（xì），服之无斁（yì）。""刈（yì）"的本意就是割，这里就是说把葛割下来。如果把"刈（yì）"字用在人身上，就是杀戮的意思，比如《大戴礼记》里面的这句话："及后世贪者之用兵也，以刈百姓"，就是说后世贪者总是去打仗，其实就是滥杀百姓，置百姓的生命于不顾，这里"刈（yì）"就是杀的意思。"濩（huò）"就是煮。把藤条割下来以后要放到水里煮，把那些植物性的部分，比如说叶子什么的煮烂了，剩下纤维的部分，然后把它纺织出来。"为絺（chī）为绤（xì）"，这是另外两个生字生词，"絺（chī）"和"绤（xì）"也经常在《诗经》里出现。什么叫"絺（chī）"？什么叫"绤（xì）"呢？"絺（chī）"是细葛布；"绤（xì）"是粗葛布。这两种都是葛布，只不过精粗的程度不一样。

葛布上有很多孔洞，所以就比较透气，不适合保暖，只能做夏衣。"服"，作为"衣服"的"服"本来是名词。但是在这里它变成了动词，是"穿衣服"的意思。穿上粗葛布、细葛布做成的衣服。"斁（yì）"是厌烦的意思，"无斁（yì）"就是一点也不厌烦，粗葛布和细葛布做的衣服穿着很舒服，凉爽透气，百穿不厌，就叫"服之无斁（yì）"。

"言告师氏，言告言归。""言"是语气词，"告"是告诉。这首诗的作者向自己的女师请了假，想回家探望父母。根据这一句诗我们可知，同样地，《周南·葛覃》也不应该是一首"民歌"。所谓"师氏"，是一种给贵族女子配备的女性老师，兼有保姆与教师的责任，用以指导贵族女子的言行与饮食起居，有一点像"教养嬷嬷"。所以贵族女子要做什么事情之前，需要先征得这个女师的同意。那她要去干嘛呢？"言告言归"，她要回家去。

"薄污我私，薄浣我衣"，"薄"也是发语词，就是放在句首的语气词。"污"在这里是"搓洗""洗干净"的意思。"私"就是内衣，贴身穿的衣服。"浣（huàn）"也是洗的意思。以后我们会学一个词牌叫"浣溪沙"，这个"浣"也是"洗"的意思。作者在这里换了一个词来表示相同的意思，是因为如果还是用"污"，就有一点重复了，所以换了个词，但是也表示"洗"的意思。我们在写作的时候，要借鉴这一点，表达同样意思的时候，尽量换个同义的其他词语，以免文气显得呆板。这里的"衣"指的是外衣，与"私"相对。

师：老师提个问题，小朋友们判断一下这个老师批准她回家的请求了吗？

生：批准了。

师：你是根据什么判断出老师批准的呢？

生：这个姑娘洗衣服了。应该是女师批准了请假，所以诗人开始准备回家的东西。因为她想穿得干干净净的去见父母。

师：赞！就是这个逻辑。老师再问一下，这个姑娘被批准回家后，是什么心情啊？

生：开心吧。

师：对了，就是非常开心。我们看她在开心地准备着，洗这件衣服，还是洗那件衣服，带这个还是带那个，心情非常愉悦轻松。

"害（hé）浣害（hé）否？归宁父母。""害"这个字在现代汉语里面读"害怕"的"害（hài）"，但是在这里"害"通"曷"，是"什么"的意思。这一句就是讲诗人在整理东西的时候作规划，哪个需要洗一下，哪个不用洗。最后一句

"归宁父母",我要回家去看看爹娘。大家要记住"归宁"这个词,"归宁"的意思就是指女子回家,很多时候都指的是出嫁的女子或者长期外出的女子。"归宁父母"就是回家去向父母问安。因为在古代,女子出嫁通常是要在婆家(男方家)居住的。我们今天可能夫妻两个人都是在第三个城市,然后建立一个小家庭。但是古代不是这样的,女方通常都是要住到男方家里面去,所以女方回自己父母家就叫"归宁"。

《周南·葛覃》这首诗并不复杂,讲的是一个女子请假准备回家探望父母。老师首先要问大家的问题是,这首诗的情绪是什么?悲伤、忧愁,还是欢乐?是的,我们在学习这首诗的时候,应该着重去体会诗中所蕴含的那种简单的天然的快乐,体会这个姑娘天真烂漫的状态,以及快要回家了的抑制不住的开心。那我们再来思考一下,这个女子的快乐是从何而来的呢?不过就是一片赤子之心,来源于即将见到父母那种单纯的开心。小朋友们可能很少有离家的经历,不过上幼儿园的时候,期待家长来接我们放学的心情应该可以类比。我在大学里教书,很多学生上大学才是第一次长时间离开父母,所以假期回家之前都洋溢着这种简单而诚挚的、迫不及待的快乐。

所以,这首诗的主题就是女子准备回娘家探望父母。那么老师问一下,这和"葛"有什么关系呢?我们思考一分钟,也可以和父母讨论一下。

这位姑娘准备回家探望父母,走之前要整理衣物,看到絺与綌制成的夏衣,就联想到絺綌之所从来,以"葛"为根本,正如父母是我们的根本一样。《孔子诗论》言:"夫葛之见歌也,则以絺綌之故也"。为什么要用"葛"来起头歌唱呢?那是因为"絺綌以葛为本"。葛是絺和綌的根本。同样地,父母就是我们的根本,我们都是父母所生养长大的。因此,这首诗体现了诗人对父母深挚的依恋。

诗教的好处在《葛覃》这首诗里表现得特别明显。我们可以对读《论语·学而》中的一条章句:

孝弟也者,其为人之本与。

善事父母者为"孝",善事兄长者为"悌"(弟通"悌"),在家行孝悌是为人求仁的根本。这是一句带有训诫意义的章句。但是在《葛覃》里面,虽然其最终的教化目的是一样的,但是它却通过小儿女那种活泼可爱的行为质朴天然地展现了出来——我要回家了,要干干净净地去见爹娘,洗洗我的内衣吧,洗洗我的外衣吧,哪个要洗,哪个不用洗呢,哎呀我要去见我的爹娘。真是一派天真烂漫,这就是所谓的"赤子之心"吧。中国的文化常常强调要"情理兼容",《论语》里多为"理"的教育,《诗经》里常常是"情"的引导,二者不可偏废。不过情感之引导更可化人于无形,移风易俗更容易被人所接受。所以,《诗》成为"经"并没有改变《诗》的特性,只不过是儒学思想家们看到了《诗》更易疏导人情于常情常理之中的作用与意义。

这里我还想再就"赤子之心"多说几句。我是一个母亲,在养育了自己的孩子之后对这个词的理解才更为深刻。当年我一边写博士论文,一边生养孩子,将两个最艰难的任务放在一起完成,真是苦不堪言。记得当时特别想让娃娃早点睡觉,好腾出时间写论文,往往以为孩子睡着了,就赶快去旁边写东西。结果娃娃没过几分钟就又醒了过来,然后大声号哭着爬向我。那个时候我突然感悟,这就是赤子之心。我们长大了,知识丰富了,能力变强了,对父母的孺慕之情就会有所减少。我们会突然发现,爸爸妈妈并不是超人,只是普普通通的人,不富有,地位不高,甚至有很多性情上的缺点。可是,在我们还是婴儿的时候,我们并不会在意父母有没有钱、有没有地位、有没有学识,我们只是想依偎在父母的身边。

家长课堂

传统儒学认为一个人有五种最基本的伦常关系。什么叫伦常关系?用我们现在的话说,就是一个人生活在社会上,有五种基本的社会关系。在古代这五种社会关系被总结为君臣、父子、夫妇、兄弟、朋友,此之谓"五伦"。

五伦观念的形成有其漫长的历史过程。不过,更令我感兴趣的是,随着不同时代文化—政治氛围的改变，以及不同思想者立场观点的差异，"五伦"的排序所产生的变化及其背后的意义——夫妇、父子、君臣，到底哪一个才是人伦之第一义呢？让我们先看看文献：

> 有天地然后有万物，有万物然后有男女，有男女然后有夫妇，有夫妇然后有父子，有父子然后有君臣，有君臣然后有上下，有上下然后礼义有所错。夫妇之道不可以不久也，故受之以《恒》。恒者，久也。
> ——《易经·序卦传》

> 圣人有忧之，使契为司徒，教以人伦：父子有亲，君臣有义，夫妇有别，长幼有序，朋友有信。
> ——《孟子·滕文公上》

> 天下之达道五，所以行之者三。曰：君臣也，父子也，夫妇也，昆弟也，朋友之交也。五者，天下之达道也。
> ——《礼记·中庸》

在儒学的经典中，对天地之间大道与秩序的理解首推《易经》。《易经·序卦传》里的那段话意思非常明显，有天地然后生万物，有万物然后生男女，男女阴阳相配才有夫妇的婚姻关系。有了夫妇才能有父子，有了父子才能有君臣。有了君臣就有上下的分别，有了上下的分别，然后才有礼义可以施行的地方。但是在古代儒学的思想史中也长期存在以"父子"或"君臣"为最首要人伦关系的观点。

古为今用，如果我们今天承认儒学之"五伦"对我们的现代生活仍然具有重要意义的话，我们需要在现代的世界中理解"五伦"的排序问题。五伦的确立，其设想的人格主体应该是一个"成年人"。考究一个成年人的生活世界，夫妇关系优先于父子关系，我认为更符合现代中国的人伦实践。当前国人的家庭关系，已经从大家族式的聚居，发展为以核心家庭为最基本生活单位的现状。而核心家庭之中，夫妇关系是最为根本最为重要的关系。我们常说，在子女成年后，尤其是在他（她）组建了核心家庭之后，父母要得体地退出他（她）的生活，就是要保障一个人可以作为独立的人格主体参与组建一个核心家庭。而当代国人的婚姻问题，很多都来源于与原生家庭分割不清的混乱关系或错误的排序。"妈宝""巨婴""凤凰男（女）""扶弟魔"等现象的出现所引发的婚姻危机，都是因为已婚男女将原生家庭的利益或关系置于小家庭（配偶）之上而引发的矛盾。而"啃老"、强迫（外）祖父母过多承担养育孙辈的责任所引发的家庭矛盾，除了社会保障需要承担的责任外，不能以"核心家庭"成员为第一责任对象也是造成这些问题的重要原因之一。如果要在现代中国重新建立伦常秩序，就要保证其现实性、合理性、可操作性。将夫妇之伦重新置于父子之伦之前，应该是更为合理的安排。而《诗》作为"五经之一"，以"窈窕淑女，君子好逑"的《关雎》为始，以讲父子有亲的《葛覃》居其后，也可以解读为在原典儒学的时代，强调"夫妇"为"人伦"之始的意义。《中庸》里说：

> 君子之道，造端乎夫妇，及其至也，察乎天地。

君子修习大道，以体察夫妇关系（或解释为男女、阴阳）为起始，以小见大，以近及远，达到极致，就可以体察天地之间的大道。

老师再讲深一点，我们从刚才的问题里面，可以看到什么？

《左传》里面记载了一个故事，吴国的公子季札到鲁国出使，请求观赏一下周人的整套礼乐（当年周成王颁赐给周公的，以表达对其功绩的感谢）。于是鲁国的乐工为他演奏，每歌一曲，季札就对这一乐曲作出一些评价。当然，后世的人认为这些评价是非常中肯的。

> 使工为之歌《周南》《召南》，曰："美哉！始基之矣，犹未也，然勤而不怨矣。"

一开始鲁国的乐工就给他演奏了《周南》和《召南》。季札听完后说:"《周南》和《召南》太美了,这是周刚刚开始奠基的时候,教化万民、治理天下、奠定基础。"所以我们可以看到《诗经·周南·关雎》讲夫妇之德,《诗经·周南·葛覃》讲父子之亲,这就是人伦教化的开始。

而这种人伦教化的开始,是基于"人情"——男女相求,父子有亲。但是,这种感情的表达需要受到"礼"的约束和训练。比如说"窈窕淑女,君子好逑",但是怎么追求这个好的配偶呢?只能是"琴瑟友之""钟鼓乐之"。你们想爸爸妈妈了,但是你正在上课,你能跑回家里面去看爸爸妈妈吗?当然不可以,你要先跟老师请假对吧?所以要"言告师氏,言告言归"。人类有丰富的情感,但是情感的表达需要以正确的方式呈现出来,需要一定的约束和节制。而《诗经》的这些作品就为我们确立了一种表达的规范,这就叫"以礼节情"。

习学

主旨:《周南·葛覃》是一首表达子女对父母的孺慕之情的诗。

生字生词:

1. 集:栖止。
2. 刈:割,杀。
3. 濩:煮。
4. 污:洗涤。
5. 浣:洗涤。

名物:

1. 葛:见"解读"。
2. 黄鸟:黄雀。在《诗经》中多有所见,如《秦风·黄鸟》"交交黄鸟,止于棘",如《邶风·凯风》"睍睆黄鸟"等。

成语：

攀藤附葛：攀附着藤葛前进，常常用来比喻事情纠缠不清，道路艰难。

文化常识：

五伦：夫妇、父子、兄弟、君臣、朋友。

作业：

1. 画一画"葛之覃兮，施于中谷"。
2. 诵读《周南·葛覃》。

三、《周南·桃夭》

桃(táo)之(zhī)夭(yāo)夭(yāo)，
灼(zhuó)灼(zhuó)其(qí)华(huá)。
之(zhī)子(zǐ)于(yú)归(guī)，
宜(yí)其(qí)室(shì)家(jiā)。

夭夭：茂盛的样子。

灼灼：花朵盛开的样子。华：花朵。

之：这。子：这里指一个姑娘。于归：出嫁。

宜：适宜，恰当。

桃(táo)之(zhī)夭(yāo)夭(yāo)，
有(yǒu)蕡(fén)其(qí)实(shí)。
之(zhī)子(zǐ)于(yú)归(guī)，
宜(yí)其(qí)家(jiā)室(shì)。

蕡：果实肥大的样子。实：果实。

桃(táo)之(zhī)夭(yāo)夭(yāo)，
其(qí)叶(yè)蓁(zhēn)蓁(zhēn)。
之(zhī)子(zǐ)于(yú)归(guī)，
宜(yí)其(qí)家(jiā)人(rén)。

蓁蓁：枝叶茂盛的样子。

解读

我们来看一下《桃夭》这首诗,首先要记得这还是《周南》里面的作品。

"桃之夭夭,灼灼其华",整首诗用"桃树"起兴,但也可以说是用"比"(比喻)。北方的春天,桃花是最早开放的花朵之一,未叶先华。所以头两句就是"桃之夭夭,灼灼其华"。经过了一个冬天的酝酿,满树的桃花灿烂地开放,仿佛要把空气烧灼起来。在这明媚而充满生机的春天里,一个女子要出嫁了,她一定会宜室宜家。"夭"这个字在甲骨文里面被写成一个人头歪了的样子。通常一个人生病了,他的头就歪在一边,所以我们经常说"夭折",意思就是一个人没有长大就去世。在这里的"夭夭"形容的是桃花特别繁茂,摇曳生姿的样子。"灼"的本意是灼烧、炙烤。中国有很多做饭的方法,"灼"就是把肉放到火里面直接烧。所以"灼灼"形容花朵的美艳,像燃烧的火一样。"华"字在很多《诗经》书上标注的都是第一声"华(huā)",也可以。但是老师希望你们把它读成华(huá),因为无论是在古代汉语还是在现代汉语中,这个字都读"华(huá)",而且古文的"华(huá)"就是"花朵"的意思,比如成语"春华秋实",春天开花秋天结果实,我们现在也是读成"huá",因此没有必要在这里把"华"算作通假字,通"花",增加小朋友们学习的难度。

甲骨文　　　　金文　　　　古文字　　　　小篆

这也是我教授《诗经》的原则,在正确的前提下,尽量减少孩子学习的障碍。学习《诗经》,家长遇到的最头疼的问题就是"读音"。《诗经》的读音太麻烦了!各家的注本很多不一样的看法,"淇奥"的"奥"是读"ào"还是"yù",就是我们做专业的都很头疼。我个人的建议是,家长不要太纠结。比如"窈窕淑女,钟鼓乐之"中的"乐"字到底读什么?很多教育机构标榜自己很"专业",

读为"yào"。错是不错,这是古音,意思是"快乐"或"取悦"。但是,这个音在普通话版的现代汉语中几乎已经不再使用了,被"lè"这个音取代。读为"lè",不影响孩子们理解意思,也没有人为地造成孩子们学习的障碍,所以我在上课的时候就读为"lè"。

这里建议家长可以在春天的休息日带小朋友们去看一看漫山遍野的桃花像燃烧的火焰一样美丽的样子。尤其是在经过了一个冬天的干枯寂寥之后,这种突然爆发出的鲜艳的花朵,使人不由得开始赞叹生命的力量和美好,这就叫"灼灼其华"。

《诗经名物图》中的桃花

接着,"之子于归",大家把"之"也圈一下,"之"在这里是代词。然后"子"在这里不是男子的意思,"子"在这里指的是一个姑娘,古代男女都可以称为"子"。"于归"是什么意思呢?我们是怎么知道这个"子"是指姑娘呢?因为"于归"就是女子出嫁的意思。"宜其室家",就是这个女子嫁过去之后会非常的宜室宜家,她嫁过去会为夫家带来很多的福气。

老师在这里要讲一个问题,为什么女子出嫁叫作"于归"?我们说"归"的本意是回家,那么女子出嫁不是离开她的父母家吗?为什么把女子出嫁叫"于归"呢?因为在古代,一个女子出嫁之后,她就要长期生活在夫家,就是她的丈夫家，或者说是她的婆婆家。而且在正常的情况下，在她去世之后她是要葬到夫家的坟墓里面去，和他的丈夫埋在一起的。甚至有些时候，女子在嫁到夫家之后会被冠以夫家之姓。比如说原本自己的娘家姓李，如果她嫁给了一个姓王的人，那么古代就可以把她叫作王李氏。因此古人认为女子在出嫁之后，她此后的生活内容就会集中在夫家，夫家才是她真正的归宿，所以叫"于归"。所以《桃夭》这首诗就是说这个姑娘要出嫁了，她出嫁之后会给夫家带来幸福，这就是第一章。

下面我们来学习第二章，"桃之夭夭，有蕡（fén）其实。之子于归，宜其家室"。"蕡（fén）"就是肥大，"实"就是果实。"有蕡（fén）其实"就是桃树结出来的桃子非常硕大肥美。然后"之子于归"，这个姑娘要出嫁了。"宜其家室"，她嫁过去会特别有利于男方的家庭。家长在秋天的时候，也可以带着孩子去果园采摘，让孩子自己把肥美的桃子从树上拧下来，体验一下什么叫"有蕡其实"。

"桃之夭夭，有蕡其实"

第三章，"桃之夭夭，其叶蓁（zhēn）蓁（zhēn）"，桃花灿烂之后，枝叶长了出来，繁密茂盛，"蓁蓁"就是茂盛的样子。"之子于归，宜其家人。"还是对这个要出嫁的姑娘的赞美。

这就是我们今天讲的《周南·桃夭》这首诗。

师：《桃夭》这首诗，它的主题是什么呢？或者老师把这个问题再具体一下，你们觉得这首诗在什么场合来演唱是比较合适的呢？

生：我觉得应该是关于桃子的一首诗。

师：为什么呢？

生：因为它每一章都说了桃子。

师：那么它后面又说"之子于归，宜其室家"，那么桃子和这个姑娘要出嫁之间是什么关系呢？

生：我也不知道。

师：没事，我们再想一想好吗？其他同学的想法呢？

生：我认为可能是在男女结婚的时候。

师：为什么是在婚礼上呢？

生：因为"宜其家人"应该是指的丈夫和夫人。

师：对，"于归"就是说这个姑娘出嫁。这首诗你觉得在什么场合来演唱比较合适？或者是它的主题是什么呢？

生：比如说家里面有一个人出嫁，而且在婚礼的时候应该可以。

师：很好，你的根据是什么？

生：因为它说的就是一个人出嫁，她的家人都很开心，在这里面有一种很有福气的感觉。

我们来看一下这首诗的主题——这是一首新婚典礼上唱给新娘的歌。用古人的话说，这是一首嫁贺诗，祝贺姑娘出嫁的诗就叫嫁贺诗。我们来回顾一下：《关雎》是一首婚姻诗；《葛覃》是一首讲父子有亲的诗；《桃夭》则是一首贺嫁诗。

然后我们要借着《桃夭》这首诗讲一讲在《诗经》当中特别重要的一种结构——"重章叠句"。何谓"重章叠句"呢？例如《桃夭》这首诗在形式上呈现出非常整饬的复沓之美。在复沓中，三章诗作在个别的字句上选择了不同的语汇，以比较轻盈灵动的方式避免了重复可能带来的呆板问题。我们常称这种诗歌结构为"重章叠句"。

> 桃之夭夭，灼灼其华。之子于归，宜其室家。
> 桃之夭夭，有蕡其实。之子于归，宜其家室。
> 桃之夭夭，其叶蓁蓁。之子于归，宜其家人。

为什么会出现这样的表现形式呢？因为《诗》三百篇都是可以配乐歌唱的。《史记·孔子世家》记载说："三百五篇，孔子皆弦歌之，以求合《韶》《武》《雅》《颂》之音。"《墨子·公孟》里也记载："诵《诗三百》，弦《诗三百》，歌《诗三百》，舞《诗三百》。"所以，我们现在看到的《诗经》中的文字，其实都是那个时代的"歌词"而已矣。现在的歌曲大多是有段落的，不同的段落之间歌词常常有重复的部分，所以古今都是一样的。大家可以在《关雎》和《葛覃》里面找一找"重章叠句"的部分。另外，掌握了"重章叠句"的要义，记诵起来就会更加容易了。

人类对重复的喜好不仅体现在音乐中，绘画、舞蹈、建筑等多种表达形式中都可以见到"重复"之美。

这是一块在南非洞穴中找到的赭石，上面的菱形图案大约是在七万五千年前刻画上去的，呈现出原始人对重复的喜好。

为什么人类会有这样的偏好呢?大概我们自身的心跳、呼吸都呈现出有节奏韵律的重复。我们所身处的世界也遵循着一定的节律,如春夏秋冬的轮回、日月星辰的运转、花草树木的枯荣等等。所以,有节奏韵律的表达很容易得到我们的共鸣和喜爱。这大概就是"人之常情"吧。小朋友们可以在身边找一找带有"重复"特征的事物。

可惜的是,《诗经》的音乐部分由于中国古代记谱法的不完善,并没能保存下来。但是好在诗歌强调音韵之美,哪怕只有文字也多少保留了一些原始的音乐气息。所以,我在教授《诗经》的过程中会特别强调"诵读"的重要意义。比如我们读"关关雎鸠,在河之洲。窈窕淑女,君子好逑"的时候,仿佛身体都在跟着节奏摇荡起来,而心灵也在《诗》特有的那种温润平和的韵律中得到了滋养。其实,中国的文字有四声平仄之不同,先秦的很多作品尤其能够体现出汉语的音韵之美。通过"诵读"这些文字,先民质朴天然的节奏气韵就可以跨越千载回荡在我们周围。比如,我们诵读"泰山不让土壤,江河不择细流"的时候,是不是能体会到一股宽广博大之气在胸中涌动?这个时候,这些经典带给我们的是润物细无声的涵养。

"重章叠句"如果细分,是有不同的方式的。像《关雎》"左右流之""左右采之""左右芼之"其实是完全一样的意思。但是老师觉得在《桃夭》中,其实有一个时间的线索在里面,首先是开花——"桃之夭夭,灼灼其华",然后结果——"桃之夭夭,有蕡其实",最后是枝繁叶茂——"桃之夭夭,其叶蓁蓁"。那么相对应的"宜其室家""宜其家室""宜其家人",其实可以把它们理解为有一点递进的关系。因为"宜其室家"强调的是"室"这个字,古人夫妇所居的内室就是"室",就是说这个姑娘嫁过去,首先夫妻关系会非常的和美。我们讲"登堂入室",这就是进入人家的里屋了,关系已经非常亲密了。"宜其家室","家"在前面,所以强调的是"家"。"家"就是一门之内了,不光是夫妻关系,还包括跟整个家庭成员的关系,比如说跟对方的兄弟姐妹、对方的父母等,也非常友好和谐。到最后"宜其家人",然后它是跟"其叶蓁蓁"相对应的。那么这个姑娘嫁过去以后,她可能会生很多宝宝,然后宝宝长大之后又生宝宝,这就像桃树开枝散叶一样,为夫家绵延子嗣,是对男方整个家族都非常有利的事情。

家长课堂

《桃夭》把女子比作花儿，这为后世的文学创作带来了巨大的影响（孩子们可以找一找古诗中出现"桃花"的诗句，和家长玩一玩关于"桃花"的飞花令）。文学史上另外一个关于女子和桃花的动人故事发生在唐朝。唐朝有一个大才子叫崔护。有一天，崔护来到了长安城的南郊。当他走到一处桃花盛开的农家小院时，遇到了一位美丽的姑娘。第二年，崔护故地重游，只有桃花还如去年般盛开，但是那位美丽的姑娘已经不知去向。崔护心有所感就写下了流传千古的《题都城南庄》这首诗：

> 去年今日此门中，
> 人面桃花相映红。
> 人面不知何处去，
> 桃花依旧笑春风。

对读这两首诗我们会发现，《题都城南庄》以花朵的娇媚明艳比喻女子美丽的容颜。但是在《桃夭》中却没有出现这个女子的任何身体部位，而是用"灼灼其华""有蕡其实""其叶蓁蓁"来表达新婚女子旺盛的生命力。两相对比之下，崔护的诗作对女性的描写不免是带有男性视角的皮相之美，而《桃夭》中的女子才是充满生机与魅力的人。所以，我常常说《诗经》是先民质朴天真的歌唱，更适宜教育生机弥满的孩子。

习学

主旨：《周南·桃夭》是一首贺嫁诗。

生字生词：

1. 华：花。
2. 之：这个。
3. 于归：女子出嫁。

名物：

桃是蔷薇科的植物。春天百花齐放，桃花和杏花常常难以分辨。这里教大家一个分辨的方法，杏花的花萼会向外反折过去，而桃花花萼不会。另外，桃花的枝干上是比较光滑的树皮。这些都是非常明显的区分的地方。

杏花花萼会反折　　　　　　桃花花萼正常

如果小朋友学习《周南·桃夭》的时间是春天，建议家长一定在周末带孩子去野外看"桃之夭夭，灼灼其华"。如果是秋天学习，家长就带孩子去果园采摘桃子，理解什么是"有蕡其实"。

《尔雅·释草》中说："木谓之华，草谓之荣，不荣而实者谓之秀，荣而不实者谓之英。""荣、华、英"都指花，是同义词。但是古人长于农耕，对自然草木了解得非常细腻，命名也更为细致——木本植物的花朵称为"华"，草本植物的花朵称为"荣"（"一岁一枯荣"），不开花就结果实的称为"秀"，只开花不结果实的称为"英"。后世已经疏于这种区分了。

成语：

1. 春华秋实：春天开花，秋天结果实。
2. 开枝散叶：树木生长繁茂，比喻人繁育子嗣。

文化常识：

婚礼，古人称为"昏礼"，一般在黄昏时举行。按照《易经》的观点，世间万物都有阴阳两极。男为阳，女为阴；日为阳，月为阴；白天为阳，夜晚为阴。所以，黄昏时分被认为是阳往而阴来的时刻，与迎娶新娘进入夫家一致，故古人常常是于黄昏时分迎娶新娘的。

作业：

1. 画一画"桃之夭夭，灼灼其华"，或者"有蕡其实"。
2. 诵读《周南·桃夭》。
3. 找一找有关"桃花"的诗句。

四、《周南·兔罝》

肃(sù)肃(sù)兔(tù)罝(jū)，
椓(zhuó)之(zhī)丁(zhēng)丁(zhēng)。
赳(jiū)赳(jiū)武(wǔ)夫(fū)，
公(gōng)侯(hóu)干(gān)城(chéng)。

肃肃：整齐的样子。兔罝：捕兔子的网。
椓：敲打。丁丁：拟声词。
赳赳：威武的样子。
公侯：有爵位的人。干：盾。城：城墙。

肃(sù)肃(sù)兔(tù)罝(jū)，
施(yì)于(yú)中(zhōng)逵(kuí)。
赳(jiū)赳(jiū)武(wǔ)夫(fū)，
公(gōng)侯(hóu)好(hǎo)仇(qiú)。

施：放置。中逵：路口。

仇：同"逑"，匹配。

肃(sù)肃(sù)兔(tù)罝(jū)，
施(yì)于(yú)中(zhōng)林(lín)。
赳(jiū)赳(jiū)武(wǔ)夫(fū)，
公(gōng)侯(hóu)腹(fù)心(xīn)。

中林：林中。

腹心：心腹。

解 读

今天我们来学习《周南·兔罝（jū）》。

"肃肃兔罝"，"肃肃"就是整齐的样子。"兔罝"，就是捕兔子的网。"肃肃兔罝"表面的意思是说作者在森林里看到了一张捕兔子的网，排布得特别整齐严密。我们小时候都说过儿歌"小白兔，白又白"，兔子长着长耳朵、红眼睛、短尾巴，非常可爱。据说兔子还很胆小，我的同学跟我说，他们在军队里面军训的时候，有一次在草场打草就打出一只兔子，然后大家一起围捕，兔子跑来跑去左冲右撞的也逃不脱，然后突然就头一歪，躺倒吓死了。

但是这里的"兔"到底是不是兔子呢？闻一多先生在《诗经新义》中说，古人称呼老虎为"於菟"，所以这里很可能指的是"老虎"。那么"兔"到底是解释成兔子合适还是老虎合适呢？我们先继续往下看。

"椓（zhuó）之丁（zhēng）丁（zhēng）"，"丁丁"是敲击木头发出的声音，是拟声词。那么为什么会"椓之丁丁"？布一个网需要敲木头吗？古人是需要的。我们来看一下，这个是古人的"网"字的写法。

甲骨文　　　篆文　　　楷体

古人在布网之前，要先竖两根木桩在地里，作为拴网绳的支撑。所以他需要先把两个木桩子砸到地里面去，让它能够立起来，立稳了。然后大家在围猎的时候，动物慌不择路，一头撞到网上，才能把猎物给网住，因此要"椓之丁丁"。

看到捕兽网排布得如此整齐，就会自然想知道这是谁布的网。一定是一个非常勇猛的武士——"赳（jiū）赳（jiū）武夫"，"赳赳"就是气宇轩昂的样子。各位同学的爷爷奶奶、姥姥姥爷应该都唱过一首歌"雄赳赳，气昂昂，跨过鸭绿江"，这是一首抗美援朝时期的歌曲，赞美了人民解放军气宇轩昂的样子。"武夫"就是武士。所以说，这是一个气宇轩昂的武士布下的网。

"赳赳武夫"，他是"公侯干（gān）城"。这里，我们这首诗的第一个难点就出来了。首先，什么是公侯？在周代，周天子分封的诸侯有不同的爵位，一共有五个等级，从高到低是——公、侯、伯、子、男。最高等级的是公爵，然后是侯爵、伯爵、子爵，最后是男爵。《左传·庄公十六年》记载：

> 冬，十有二月，会齐侯、宋公、陈侯、卫侯、郑伯、许男、滑伯、滕子同盟于幽。

"冬，十有二月"就是十二月。"齐侯"就意味着齐国国君的爵位是侯爵；"宋公"是说宋国国君的爵位是公爵，这是最高的爵位；"陈侯"意味着陈国的爵位也是侯爵。然后我们看郑国国君的爵位就是第三等的伯爵；"许男"意味着许国国君的爵位是最低的男爵；然后"滑伯、滕子"意味着滑国国君是伯爵，滕国国君是子爵。"同盟于幽"，就是说这些诸侯在幽这个地方结盟，互相表达友好。

大家如果有一点历史的知识，就会产生一个疑问，齐国、鲁国都是当时的大国，为什么其国君是侯爵，而小小是宋国国君却是最高的公爵呢？这是因为宋人是殷商的后代，周人虽然灭了殷商，取代了殷商成为天下的共主，可是他们对于殷商的后代也是非常尊重的，授予其公爵的爵位，在宴享聘问的时候，周天子通常不会以"臣"礼对待之，而是把他们当作宾客来对待。同样的情况，还有杞国，大概就是"杞人忧天"的杞国，也是公爵。为什么杞国国君也是公爵？因为杞国是夏的后代，是大禹的后代，出于尊重，周人封杞国国君为公爵。而我们经常说的"诸侯"这个词，"诸"就是"众多"的意思，"侯"代表了所有的爵位，因此"诸侯"其实包括了所有的公、侯、伯、子、男这些爵位，意思是众多的有爵位的封国国君。

那何谓"干城"呢？古代把盾牌叫做"干"。"城"就是城墙的意思。"干"和"城"有一个共同的特点，就是它们都是起到"保护"作用的。所以"公侯干城"就是说勇猛的武士是公侯的保护者，能为公侯守卫四方。

我们理解了第一章，后面两段就比较容易，因为它还是重章叠句的结构。然

彩绘铜盾，作者拍摄于秦始皇帝陵博物馆

后我们来看一下第二章，"肃肃兔罝（jū），施（yì）于中逵"，"施"字现代汉语中读"shī"，这里读"yì"，是布置的意思。那么这次的捕兽网布置在哪里呢？"施（yì）于中逵"，布置在大路的中央，"中逵"就是大路的中央。"赳（jiū）赳（jiū）武夫"指雄赳赳气昂昂的武士，"公侯好仇（qiú）"，这个"仇"字是什么意思呢？

师：我们在哪儿还学过一个"qiú"字，大家还记得吗？《关雎》里面对不对？那句诗是怎么背的？

生甲：窈窕淑女，君子好逑。

师：《关雎》里面的"逑"是一个追求的求加一个"之"，那里的"逑"字是配偶的意思。这里的"仇（qiú）"，在现代汉语里面读"仇（chóu）"，是"仇敌"的"仇"。在这里读"qiú"，它是匹配、助手的意思，"公侯好仇（qiú）"就是说这个"赳（jiū）赳（jiū）武夫"是公侯的好搭档。

师：学了两段，老师问一下，你们觉得这个"兔"是把它解释成兔子更好，还是解释成老虎更好？

生乙：我觉得兔子更好。因为没有兔子叫虎兔。

生丙：我觉得应该是老虎，因为老虎更加威猛。因为它更加威猛，所以它更符合后面两句。

师：我们想象一下，一个特别孔武有力的人，我们是觉得他抓到一只兔子更威武，还是抓到一头老虎更威武呢？其实能捕到兔子也是很不错的，因为兔子跑得特别快。所以"兔"解释成兔子或者老虎都可以，只要大家言之成理，然后有古汉语的语言学支持就可以。

我们接着再往下学第三章，"肃肃兔罝（jū），施（yì）于中林"，这一次是把捕兽网放在林子中央。"赳（jiū）赳（jiū）武夫，公侯腹心"，这个勇猛的人是公侯的心腹。我们看电视剧中经常有人说这是我的心腹之人，什么叫心腹？就是非常受到信任的人。这句话是说气宇轩昂的武士，得到了公侯的信任。

整首诗结构整饬、节奏明快，颇有铿锵鼓舞的气势。

然后我们看《兔罝》这首诗的主题是什么呢？

师：这首诗是讲什么的？

生甲：我觉得可能讲的是他觉得猎人很好，然后比较赞赏猎人的行为。

师：很好。这位同学首先抓住了这首诗的主要色调或者情绪，它是一首赞美的诗，对不对？赞美的是猎人，对吧？

生甲：对。

师：很好，还有哪位同学想说一下？

生乙：这是一首赞美猎人的诗，那个猎人撒那些网之后，他就觉得他很英姿飒爽那种意思。

师：好。我们再请下一位同学说一下。

生丙：这是一首赞美武夫的诗。

我们在一些参考书上会看到上面写——"这是一首赞美猎人的诗"。说猎人当然也没问题。但是就我们今天对猎人的理解来看，猎人应该是一个远离庙堂、

古代狩猎图

远离朝廷政府的人,他就是一个普通老百姓。但是我们看这首诗,它一再强调,"赳(jiū)赳(jiū)武夫,公侯干(gān)城""赳(jiū)赳(jiū)武夫,公侯好仇(qiú)""赳(jiū)赳(jiū)武夫,公侯腹心",就说明这个人不是一个普通的老百姓,不是一个普通的猎人。所以老师觉得更准确的表达,我们可以说这是一首赞美武士的诗。

但是可能有的同学就会问,这个武士他为什么又去打猎?在古代,统治者往往会通过打猎、围猎等方式训练手下的士兵。因为战争毕竟不是常态,并不是经常会有战争。但是，没有战争的时候，军队也需要为战争做好准备，但是又不能随便找一些人来打，于是就通过打猎、狩猎的方式训练自己和军队的军事技能，比如说射箭、骑马，怎么组织等。所以，中国的绘画中有很多以"狩猎"为题材的作品。

上面展现的是古人狩猎的壁画。中间的是抓了一头动物，把它扛回来，对不对？下面的是清朝的狩猎图。满人入关之前就是游牧民族，所以他们经常要进行春、秋的围猎，通常在承德的避暑山庄，就是不放弃他们尚武的传统。

所以我们可以看到，《桃夭》是在赞颂女子的生命力，《兔罝》这首诗其实就在赞颂男子的生命力，特别强壮，特别孔武有力。

这首诗的意象在后来的中国诗歌传统中一直源远流长，后面很多的边塞诗或者是军旅题材的诗作都有类似的主题。比如说王昌龄的《出塞》："秦时明月汉时关，万里长征人未还。但使龙城飞将在，不教胡马度阴山。""但使龙城飞将在，不教胡马度阴山"，其实就是"国之干城"的意思，护卫国家不被异族入侵。这是中国古代诗歌传统当中非常重要的一个主题。

家长课堂

鸦片战争以来，东、西洋的坚船利炮以及士兵军队的整饬威武，与清政府的腐败无能以及中国军队的孱弱散漫形成了鲜明的对比，给长期自以为"天朝上邦"的国人留下了深刻的印象。因此，在中国走向现代化的历史过程中，崇尚"力"与"强"就一直成为主流的舆论导向。1895年3月，严复在天津《直报》上发表《原强》一文。他根据达尔文以及斯宾塞的学说，提出一个国家的强弱存亡，决定于那个国家国民的"血气体力之强""聪明智虑之强"以及"德行仁义之强"，即国民"力""智""德"三素质的高下。1901年，梁启超发表了《中国积弱溯源论》。他认为，"右文"的传统导致了中国国民怯懦、无勇的品性，而这正是中国在近代世界的生存竞争中一败再败的根源。

"文明其精神，野蛮其体魄"，是我一直赞同的教育方向。但是将一切推诿给古人则是我所不赞同的观点。先秦之君子教育提倡"六艺"——礼、乐、射、御、书、数。其中两项"射""御"（驾车）都和身体锻炼关系密切。《诗经》中也不乏对勇武之士的颂美。除《周南·兔罝》外，如《齐风·猗嗟》就对男子在射礼等活动中的高超技巧表达了赞美之情：

> 猗嗟娈兮，清扬婉兮。
> 舞则选兮，射则贯兮。
> 四矢反兮，以御乱兮。

身体的锻炼、户外活动，不但可以增强人的体质，还可以塑造不畏艰难、乐观开朗、团结协作的精神。我们阅读学习先秦的典籍，可以让我们回到文明的源头处，对自身的文明有一个更新的理解。

习学

主旨：《周南·兔罝》是一首赞美武士的诗。

生字生词：

1. 赳赳：威武有力的样子。
2. 干城：干，盾；城，城墙。
3. 施：放置。
4. 仇：通"逑"，配偶，匹配，这里指助手。
5. 腹心：即心腹，亲信之人。

名物：兔

《诗经名物图》中的兔子形象

成语：

国之干城：国家的护卫者。

文化常识：

1. 周代分封的贵族爵位包括：公、侯、伯、子、男五个等级。

2. 在中国古代，健康男子到了一定的年龄都必须服兵役。没有战争的时候，从军的士兵常常借助狩猎练习排兵布阵以及射箭骑马等技艺。所以，古代的狩猎活动常常具有军事意义。

作业：

1. 画一画"兔"，可以画成"小兔子"，也可以画成"大老虎"。

2. 诵读《周南·兔罝》。

3. 西方历史上也有五个爵位的说法。我们在翻译英文的时候，就用公、侯、伯、子、男对应英语世界里面的五个爵位。大家可以去找一找这五个爵位对应的英文单词。

五、《召南·甘棠》

蔽(bì)芾(fèi)甘(gān)棠(táng)，
勿(wù)翦(jiǎn)勿(wù)伐(fá)，
召(shào)伯(bó)所(suǒ)茇(bá)。

蔽芾：茂盛状。
勿：不要。伐：砍伐。
茇：休息。

蔽(bì)芾(fèi)甘(gān)棠(táng)，
勿(wù)翦(jiǎn)勿(wù)败(bài)，
召(shào)伯(bó)所(suǒ)憩(qì)。

败：毁坏。
憩：休息。

蔽(bì)芾(fèi)甘(gān)棠(táng)，
勿(wù)翦(jiǎn)勿(wù)拜(bài)，
召(shào)伯(bó)所(suǒ)说(shuì)。

拜：毁坏。
说：休息。

解读

今天我们进入"召南"的学习——《召南·甘棠》。

首先，我们每学一个风诗，就应该在地图上找一找它的大致位置。大家还记得我们上一次的周南大致在哪里吗？我们上次讲《史记·燕召公世家》里面说："其在成王时，召公为三公。自陕以西，召公主之；自陕以东，周公主之。"这个"陕"指的是陕县。我们姑且放下学界的争论，在地图上在"周南"的西边大致圈出"召南"的位置。大家不必苛求准确，这主要是学习方法的训练——利用地图来学习。

"蔽（bì）芾（fèi）甘棠"，"蔽芾"就是茂盛的样子。甘棠树长什么样子呢？我们可以看看《诗经名物图》里面的甘棠树，老师有一天带着我家小朋友去山上转了一圈，正好看到甘棠——就是我们现在的杜梨树——在开花。据说这种杜梨树有两种果实：一种果实偏白色；另一种是红色的。"蔽（bì）芾（fèi）甘棠"就是甘棠树长得非常茂盛。

"勿翦（jiǎn）勿伐"，大家把"勿"圈起来，这是生字生词，"勿"就是"不"的意思。"请勿入内"就是麻烦不要进来。然后把"伐"也圈起来，这也是我们今天学的生字生词，"伐"就是砍伐。"勿（wù）翦（jiǎn）勿伐"就是说不要毁坏它，不要砍伐它。

甘棠树的花与果实

师：老师提一个问题，为什么作者说不要砍伐这棵甘棠树呢？为什么要保护这棵甘棠树不让别人破坏呢？

生：我觉得应该是因为召伯在这里休息过。

小朋友们在语文考试中会遇到"阅读理解"的题目,一定要知道答案应该来自对"文本"的理解,而不是主观臆想。我们来看看这首诗里是怎么回答"为什么勿翦(jiǎn)勿伐"这个问题的。诗里面说"召伯所茇(bá)","茇(bá)"这个字在这里是"休息"的意思,这句话的意思就是说,(因为)召伯曾经在这棵树下休息。

那我们需要接着提问:为什么召伯在这棵树下休息过,他们就爱护这棵甘棠树呢?

要回答这个问题,我们首先要知道召伯是谁。

关于"召伯"是谁,历史上是有争议的。如果认为"周南""召南"产生的年代是西周初年的作品,那么"召伯"可能指的是周武王去世后,与周公分治东西的"召公奭(shì)"。但是如果认为"召南"产生于西周末年到东周初年,那么"召伯"就应该是指邵穆公虎,姬姓,周宣王时的大臣,封地在召,伯爵,故称为召伯。他曾率兵征伐淮夷的叛乱,抗击过猃狁(xiǎn yǔn)的入侵,保卫了中原文明。他为官清廉,爱民如子,备受人民的爱戴。《史记·燕召公世家》中,太史公赞同第一种理解,认为"召公奭"就是《甘棠》中的召伯:

> 召公之治西方,甚得兆民和。召公巡行乡邑,有棠树,决狱政事其下,自侯伯至庶人,各得其所,无失职者。召公卒,而民人思召公之政,怀棠树,不敢伐,歌咏之,作《甘棠》之诗。

意思是,召公和周公分治东西,召公治理西方,得到了百姓的爱戴。召公曾经在乡下巡视,遇到一棵甘棠树,就在树下判断处理政事,使得其治下之民,从侯伯贵族到庶人百姓,都能够各得其所、各安其位、人尽其用。召伯去世之后,百姓思慕召公,感怀甘棠树,不敢毁伐其枝叶,作歌咏叹,即为这首《召南·甘棠》。至于召伯为何在树下判断政事,汉代经学家郑玄解释说:"召伯听男女之讼,不重烦劳百姓,止舍小棠之下而听断焉,国人被其德,说(悦)其化,思其人,敬其树。"召伯巡行乡邑的时候需要调停、裁判各家的矛盾。他不想劳民伤财,不让百姓给他盖行宫,就在一棵甘棠树下做他的工作,帮大家分辨对错。这样的治理者当然会得到百姓的喜爱和追慕。因此，当召伯去世之后，老百姓都特别怀念他，为了纪念召伯对百姓的爱护，"爱屋及乌"，召公曾经听松的甘棠树就被大家珍视起来，以寄托思念。太史公司马迁认为这就是这首《甘棠》诗的由来。

现在，洛阳市颐和县下面有一个村就叫甘棠村，在这个村口立着一块大石碑，石碑上写着"召伯听政处"。根据当地史料记载，这里从周代开始就建有驿站，唐代还建有甘棠馆，也许这里就是《甘棠》这首诗产生的地方。什么时候小朋友们来一趟河南文物考察之旅，一定要去看看。

我们再接着读第二章，"蔽（bì）芾（fèi）甘棠，勿（wù）翦（jiǎn）勿败，召伯所憩（qì）"。把"败"字圈起来，这里的"败"意思是毁坏。"勿败"就是不要折它的枝条。为什么呢？"召伯所憩（qì）"，大家把"憩"也圈起来，这也是我们今天的生字生词，"憩"的意思就是休息。"召伯所憩（qì）"就是召伯曾经在这棵大树下面休息。

第三章，"蔽（bì）芾（fèi）甘棠，勿（wù）翦（jiǎn）勿拜，召伯所说（shuì）"。这个"拜"在这里指的是把枝条弯曲、折枝，其实还是一样的意思。"勿剪勿伐""勿翦勿败""勿翦勿拜"，都指的是不要伤害这棵树，不要折它的枝条，不要砍伐它。为什么呢？"召伯所说（shuì）"最后这个字在这里读成"说（shuì）"，它的意思就是休息。

老师问一下这首诗的主题是什么？这首诗又是一首赞美诗，但是跟前面我们学的《兔罝》赞美的对象是不一样。《兔罝》赞美的是武士，是一个雄赳赳气昂昂的武士，国之干城。但是《甘棠》这首诗赞美的是一个贤臣——一个有德行的臣子，一个有德行的治理者。

古人表达赞美往往和思慕放在一起，总体而言有两种方式：一种是直白地描写赞美对象的特征，如《卫风·硕人》"手如柔荑，肤如凝脂，领如蝤蛴，齿如瓠犀，螓首蛾眉，巧笑倩兮，美目盼兮"。另一种则是通过诗人的思念来表达对那个人的慕恋，如"一日不见，如三月兮"（《王风·采葛》），"青青子衿，悠悠我心。纵我不往，子宁不嗣音"（《郑风·子衿》）。但是《召南·甘棠》这一篇诗作，作者通过对一棵甘棠树的爱护表达自己对召伯的思慕之情，是多加了一层的婉转深挚。他不是直接说——"召伯啊，你真好啊，我们爱你啊"，而是

河南省宜阳县甘棠村的"邵伯听政处"石碑

将全篇的诗意放在甘棠树上,只轻轻地点一下"召伯所说"。所谓"不学《诗》,无以言",大概就体现在这样的地方吧。而且整篇诗歌采用了"重章叠句"的结构,一唱三叹,令人动容。"温柔敦厚"的诗教无过于此者。

后世,"甘棠"作为典故,就成为"仁政"的代表。比如唐代的刘禹锡有一首诗——《同乐天送令狐相公赴东都留守》。乐天就是白居易,这首诗就是刘禹锡和白居易一起送别令狐相公去当官的一首诗。最后两句是:

从发坡头向东望,春风处处有甘棠。

即是祝愿令狐相公可以像《甘棠》诗里所歌颂的召伯一样成为受人民爱戴的好官。这就是用"甘棠"的典故,如果没有学过《召南·甘棠》这首诗,就无法理解作者为什么在这里提到"甘棠"而不是春天里的其他植物。当然,古人的这类诗多为奉承之作,均不如《召南·甘棠》这首诗里的感情诚恳深挚。

家长课堂

《左传·襄公十四年》记载了一个小故事：

秦伯问于士鞅曰："晋大夫其谁先亡？"对曰："其栾氏乎！"秦伯曰："以其汰（tài）乎？"对曰："然。栾黡（yǎn）汰虐已甚，犹可以免。其在盈乎！"秦伯曰："何故？"对曰："武子之德在民，如周人之思召公焉，爱其甘棠，况其子乎？栾黡（yǎn）死，盈之善未能及人，武子所施没矣，而黡（yǎn）之怨实章，将于是乎在。"秦伯以为知言。

有一次秦景公询问晋国的大夫士鞅，当时把持着晋国国政的六个卿大夫中，哪一家会先灭亡？士鞅回答说："恐怕是栾氏吧！"秦景公说："由于他的骄横吗？"士鞅回答说："对。栾黡太骄横了。不过他还可以免于祸难，祸难恐怕要落在他的儿子栾盈的身上吧！"秦景公问为什么。士鞅回答说："他的父亲栾武子的恩德留在百姓中间，就像周朝人思念召公，会爱护他的甘棠树一样，百姓爱戴栾武子，也会延及到他的儿子身上。但是栾黡死后，栾盈的德行还没能展现出来，而栾武子的恩情已经被逐渐淡忘，人们对栾黡的怨恨已经非常明显，所以灭亡将会落在栾盈身上了。"秦景公认为这是非常有见识的判断。根据史书的记载，士鞅的预言果真应验了。就在这次对话的九年之后，栾氏家族就被其他的卿大夫联合起来灭掉了。

《周易》里面有这样的话："积善之家，必有余庆。积不善之家，必有余殃。"如果这一家人都积善积德，经常做好事，对周围的人非常友善，乐于帮助别人，那么这样的家族就会给子孙留下很多的福气，他的子孙就会受到他德行的庇佑，这叫"积善之家，必有余庆"。相反，如果有一个人总是干一些缺德的事情，比如说欺负别人或者是做一些很不好的事情，也许在他活着的时候，由于他有权势、有地位或者有钱，可能暂时还没有什么灾祸发生。但是因为他干了很多的坏事，很可能给他的子孙留下很多灾祸，这就叫"积不善之家，必有余殃"。

很多人常常试图寻找所谓的"捷径",殊不知所谓的"捷径"不过就是鼠目寸光的选择。以我四十多年的人生经验来说,做一个有德行的人,才是人生真正的"捷径"。

习学

主旨:《召南·甘棠》是一首赞美贤臣的诗。

生字生词:
1. 勿:不,不要。
2. 伐:砍。
3. 败:毁坏。
4. 憩:休息。

名物:
甘棠,又名杜梨、棠梨。早春三月,会开白色的小花,金秋八月,棕色的果实累累串串,望之悦目,食之舒心。

成语:
爱屋及乌:出自《尚书》,"爱人者,兼其屋上之乌。"就是你爱一个人,你连他屋顶上的乌鸦都会喜欢,由人及物。《甘棠》这首诗表达的是爱召伯,然后及于甘棠树。

文化常识:
"甘棠"用于诗词歌赋之中,代表了"仁政"以及"有品德的官员"。

《诗经名物图》中的甘棠

作业：

1. 画一画"甘棠"，或者更进一步画一画"召伯听政图"。
2. 诵读《召南·甘棠》。

六、《邶风·绿衣》

绿(lù)兮(xī)衣(yī)兮(xī),
绿(lù)衣(yī)黄(huáng)里(lǐ)。　　里:衣服的里衬。
心(xīn)之(zhī)忧(yōu)矣(yǐ),
曷(hé)维(wéi)其(qí)已(yǐ)!　　曷:什么。维:语气词。已:停止。

绿(lù)兮(xī)衣(yī)兮(xī),
绿(lù)衣(yī)黄(huáng)裳(cháng)。　　裳:下衣。
心(xīn)之(zhī)忧(yōu)矣(yǐ),
曷(hé)维(wéi)其(qí)亡(wáng)!　　亡:通"忘",忘记。

绿(lù)兮(xī)丝(sī)兮(xī),
女(rǔ)所(suǒ)治(zhì)兮(xī)。　　女:通"汝",你。治:做,纺织。
我(wǒ)思(sī)古(gǔ)人(rén),　　古:故人,应该指诗人的妻子。
俾(bǐ)无(wú)訧(yóu)兮(xī)!　　俾:使。訧:错误。

绨(chī)兮(xī)绤(xì)兮(xī),　　绨:细葛布。绤:粗葛布。
凄(qī)其(qí)以(yǐ)风(fēng)。　　凄:凉爽。

我sī思古gǔ人rén,
实shí获huò我wǒ心xīn!

解读

今天,我们学习《邶风·绿衣》。

我们前面已经学过两个"风"了,就是"周南"和"召南"。我们今天来学"邶风"。那么"邶"在哪里呢?

邶(风)、鄘(风)、卫(风)都是卫地。卫地是原来的殷商故地朝(zhāo)歌所在地。周武王灭商,有一个讲法叫作"小邦周吞并大邑商",周人原本是西部的小小邦国,最后却把整个商朝的大片国土吞并了。但是周人灭商之后立刻遇到一个问题,就是周人的武力没有强大到能够统御整个天下。于是经过武王、周公的两次分封,册封了大量的诸侯统御四方来"藩屏周",就是做周族统治者的"篱笆",拱卫中央。这就是我们讲的封建制。商人的都城几经迁移,最后盘庚定都于"殷"地,后来商人就被称作"殷商"。殷商的都城在朝歌,大家可以去看一下《封神演义》。周武王灭了商纣王之后,朝歌这个地方被分成了三个部分,就是邶、鄘、卫,因此形成了邶、鄘、卫三风。程俊英等研究者认为"朝歌北边是邶,东边是鄘,南边是卫"(《诗经译注》)。但是谭其骧先生主编的《简明中国历史地图集》中"西周时期全图"里,鄘地在邶、卫之地的西南方。

我们来学习一下《邶风·绿衣》。

"绿兮衣兮","兮"是语气助词,"绿兮衣兮"就是作者看到了一件绿色的衣服。"绿衣黄里",绿色的衣服,黄色的里衬,这个"里"是里衬的意思。"心之忧矣,曷(hé)维其已!""已"是"停止"的意思,我心里的忧伤,什么时候才能停止呢?这里我们就应该有一个疑问,为什么作者看到这件衣服,心里就充满了忧伤呢？我们接着往下看。

第二章，"绿兮衣兮，绿衣黄裳（cháng）"。"绿兮衣兮"还是绿色的衣服的意思。"绿衣黄裳（cháng）"，绿色的上衣，黄色的下衣。"裳"字在现代汉语里读"shāng"，在这里读"cháng"。"裳（cháng）"就是下衣的意思。老师在这里要讲一个中国古代的文化常识：在先秦时期，很多衣服是分上、下两截的，上边的衣服就叫衣，下边的衣服（其实更多的时候指的是裙子，就是一块布给它裹起来），就叫"裳（cháng）"，男生也是穿这样的衣服，比如苏格兰、英格兰那边他们传统的服饰中男生也是要穿裙子的，这就叫"上衣下裳"。"心之忧矣，曷维其亡"，"亡"是我们今天的第二个生字生词，通假"忘记"的"忘"，它的意思就是"忘记"。"心之忧矣，曷（hé）维其亡"的意思就是说我什么时候才能忘记我心里的忧伤？还是没有给出答案。

第三章，"绿兮丝兮，女（rǔ）所治兮"。"女（rǔ）"通"汝"，"你"的意思。绿色的衣服由绿色的丝线纺织而成，这件衣服是你做的啊！

师：这里老师要提一个问题，这个"我"是谁？

生：可能是诗人他自己。

师：对，肯定是。老师再接着问一下，这个诗人跟"女（rǔ）"是什么关系？

生：是夫妇。

师：谁是夫，谁是妇？

生：诗人是夫，"女（rǔ）"是妇。

师：为什么？

生："女（rǔ）所治兮"，那个"女（rǔ）"织衣服，所以她应该是妇。

师：是的，这个"我"当然就是作者自己，但是作者又是谁呢？他就是做出这件绿衣服的这个女子的丈夫。古代中国，老百姓主要以农耕为生，有一个词叫"男耕女织"——男子（丈夫）主要负责种地，女子（妻子）负责在家里纺线、织布。所以诗里面出现的这两个人应该是夫妻关系。

师：老师再问一下，为什么诗人非常悲伤？

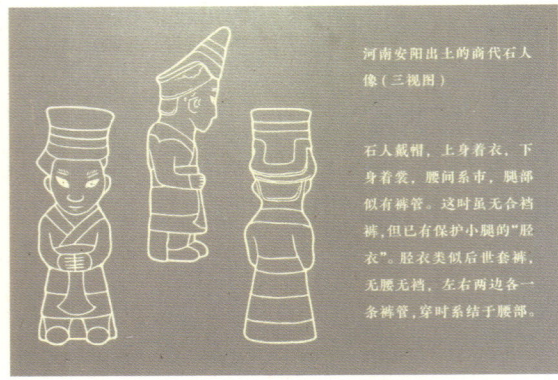

商周时期人们的穿着打扮

生：因为他的妻子死了，他怀念他的妻子，然后看到这件衣服就悲伤。

师：你从哪看出来他的妻子死了？

生："我思古人"。

师：对，这里就不太像是说分隔两地，对不对？那么他的妻子估计就是去世了，所以他才这么悲伤。

师：然后我们来判断一下，这个女子怎么样，是个什么样的人呢？

生：对家里的人都很好，德行很好。

师：为什么？

生：因为她在家里织布做衣服很辛苦。

师：很好。我们首先可以判断她是一个勤劳的女子。我们从"女（rǔ）所治兮"就能看出来，这些衣服都是她纺纱织布做出来的。还有同学有其他的意见吗？老师给一个提示啊。下一句，"俾（bǐ）无訧（yóu）兮"。"俾（bǐ）"就是"使"的意思，它后面省略了宾语"我"，这句话的意思就是使我没有错误，她总是能够以德行规劝我，让我不会犯错。所以，这个姑娘不但勤劳，而且她的品德还非常好，她知道什么是对、什么是错，还能规劝丈夫不犯错误。

我们虽然不知道她究竟做了什么具体的事情。但是我们可以通过一则古代的故事略略窥探一二：

> 晏子为齐相，出。其御之妻从门间而窥。其夫为相御，拥大盖，策驷马，意气扬扬，甚自得也。既而归，其妻请去。夫问其故。妻曰："晏子长不满六尺，身相齐国，名显诸侯。今者妾观其出，志念深矣，常有以自下者。今子长八尺，乃为人仆御，然子之意，自以为足。妾是以求去也。"其后，夫自损抑。晏子怪而问之，御以实对。晏子荐以为大夫。

晏子是齐国的宰相，有一天坐车外出。给他驾车的车夫的妻子从门缝里偷看。因为是替相国驾车，坐在大伞盖之下，驱赶着高头大马，所以她的丈夫特别意气风发、扬扬得意。车夫回到家里，他的妻子就要跟他离婚。车夫慌忙问为什么。他的妻子说："晏子身高不满六尺，是齐国相国，在各诸侯国中很有名望。刚才我看他外出，仪表沉稳、态度谦逊。而你身高八尺，不过是个替人赶车的车夫罢了，然而却一副志得意满的样子。所以，我要跟你离婚。"从此之后，这个车夫变得谦逊起来。晏子感到奇怪，车夫就把前因后果告诉了晏子。最后这个车夫被晏子推荐做了大夫。从这个故事中，我们可以看到一个有德行和智慧的妻子对丈夫的重要意义。落实到这首诗中，想必这位已经亡故的女子也是如此贤惠淑德的人吧。

所以第三章是整首诗的核心，作者作为丈夫对于自己妻子的思念，并不仅仅是出于情感的需求，更多的是源自对德行的认可。所以当这样一个又勤劳、顾家、体贴，还有品德的女子去世了，哪怕是我们普通人心里都会难过吧，何况是曾经和她朝夕相处的丈夫。所以，之前诗里面讲的"心之忧矣，曷维其亡"就有了扎扎实实的落脚处，显得更加恳切动人。

最后一章，"绨（chī）兮绤（xì）兮，凄其以风。我思古人，实获我心"！

师："绨（chī）"、"绤（xì）"我们在哪里学过？

生：《葛覃》——"为绨为绤，服之无斁"。

师："绨（chī）""绤（xì）"分别是什么意思？

生："绨（chī）"是细葛布，"绤（xì）"是粗葛布。

"葛"用做线，纺织出来的衣服纤维比较粗，不是特别保暖，但是却凉爽。所以"葛布"一般是用来做夏服。所以说"绨（chī）兮绤（xì）兮，凄其以风"，穿上这些衣服非常风凉。我们可以合理地推测，这些用粗葛布、细葛布做成的衣服，估计也是出自这位已经去世的女子之手。最后一句，"我思古人，实获我心"，我看到妻子当年做的这些衣服，实在是太思念她了，因为她实实在在地俘获了我的心。可是，当我们转念一想，当时多少幸福，现在就有多少痛苦。"实获我心"的背后是结结实实的失去的痛苦。而整首诗就在这一句看似轻轻的叹息"实获我心"中结束了……

师：这首诗的主题是什么呢？

生：这是一首怀念诗。

师：对，但是这个怀念，是怀念已经去世的人。和普通的怀人诗就不太一样。例如，一个人出远门了，我很想念他，就可以写一篇怀人诗，"何当共剪西窗烛，却话巴山夜雨时"（李商隐《夜雨寄北》）。但是如果怀念的是一个已经去世的人，我们通常把这样的诗称为"悼亡诗"——哀悼死去的人的诗。而《邶风·绿衣》就可以算是中国悼亡诗之祖了。

古今中外的悼亡诗最是沉痛。我们和人交往，其实都是在交付我们一部分生命在对方身上。尤其是当对方是我们的亲人、家人、朋友的时候，这种交付由于发生在更长的时间、更多的频次、更亲密的交往中，所以我们的生命和对方的生命交织得更多更深。梁漱溟先生在《中国文化要义》中说：所谓"亲人"者，必为"形骸上日夕相依，神魂间尤相依以为安慰"在先，然后才可有"一啼一笑，彼此相和答；一痛一痒，彼此相体念的心理共鸣"。所以，当这些人离我们而去的时候，而且这种离开是永远的，无法后悔、无法回头的时候，他们也带着我们的一部分生命离开了。从此以后，我们的生命就有了无法弥补的缺失。我们之间的关系越紧密，这种缺失就会越大。所以古人认为，人生最悲惨的境遇是变成了一个"无告"之人。何谓"无告"呢？就是当一个人有悲伤、有快乐、有恐惧、有痛苦的时候，却没有人可以分享，没有人可以给他安慰。

身边的亲友去世了，我们常常会有"物是人非"的感叹。所以，悼亡诗常常由一些器物触发作者的哀思。这首诗里触发哀思的就是"绿衣"了。古代家庭男耕女织，女子为家人提供保暖的衣物，一针一线之中，最是有一种爱意蕴藏其中。可是现在，衣物还在，做衣服的那个人却不在了。恍惚间，诗人似乎还能通过这件衣服感受到亡妻手上的温度。当年让诗人试衣时，她温婉的语气、和善的笑容仿佛就在眼前。可是过去越幸福美好，如今的"失去"就越难挨。因此，古今中外的悼亡诗大多是非常令人感动的作品：

江城子
苏轼

十年生死两茫茫，不思量，自难忘。千里孤坟，无处话凄凉。纵使相逢应不识，尘满面，鬓如霜。

夜来幽梦忽还乡，小轩窗，正梳妆。相顾无言，惟有泪千行。料得年年肠断处，明月夜，短松冈。

浣溪沙
纳兰性德

谁念西风独自凉，萧萧黄叶闭疏窗，沉思往事立残阳。

被酒莫惊春睡重，赌书消得泼茶香，当时只道是寻常。

小朋友们不妨去找一找这些悼亡诗，在诵读之后，和《邶风·绿衣》比较一下诗人不同的表现手法。另外，不知道小朋友们有没有经历过身边人的去世，理解死亡永远是我们人生必修的功课。

家长课堂

儒学非常重视丧祭之礼。但是这种重视并非出自所谓"封建迷信"。"子不语、怪、力、乱、神"（《论语·述而》）应该是儒士遵循的基本态度。儒家重视丧祭之礼是希望可以通过这些礼仪来敦睦人情、移风易俗。《论语·学而》篇记载：

> 曾子曰："慎终追远，民德归厚矣。"

慎终者，丧尽其哀。追远者，祭尽其敬。这条章句的主旨是：君上行孝，丧尽其哀，祭尽其诚敬，就可以引导人民的道德变得醇厚。为什么呢？为什么我们对待去世的人的态度会影响活人的品性呢？《礼记·檀弓》里记载的一段话，似乎可以提供找到答案的线索。

> 孔子曰："之死而致死之，不仁而不可为也；之死而致生之，不知（zhì）而不可为也。"

孔子认为，我们在对待死者的态度上，在去吊唁死者的过程中，有两种态度均不可取。一种是"人死灯灭"，把死者完全当作是无知无识的物体来对待，这种方式是不仁的，不能这样做。去世的人曾经是我们所熟识的人，虽然他已经去世，但是我们也不忍心把他当作物品一样处理。另一种是"事死如事生"，对待死者还像对待生者一样，比如陪葬的礼器、仪文一如生前，甚至是人殉。这样的方式是不智的，也不能这样做。那究竟应该如何做呢？孔子建议："竹不成用，瓦不成味，木不成斫，琴瑟张而不平……"就是说，丧礼的用品只具其行，无须和真的一样就可以了。所以当我去湖南博物馆看马王堆汉墓出土的乐器"瑟"的时候，那床"瑟"并没有被挖出共鸣腔，实际上是不能演奏的。我们今天为去世的人准备的纸人纸马纸钱大概就是从这个思想传统而来的。

钱穆先生在《论语新解》中说："生人相处，易杂功利计较心，而人与人间所应有之深情厚意，常掩抑不易见。惟对死者，始是仅有情意，更无报酬，乃益见其情意之深厚。故丧祭之礼能尽其哀与诚，可以激发人心，使人道民德日趋于敦厚。儒家不提倡宗教信仰，亦不主张死后有灵魂之存在，然极重葬祭之礼，因此乃生死之间一种纯真情之表现，即孔子所谓之仁心与仁道。孔门常以教孝导达人类之仁心。葬祭之礼，乃孝道之最后表现。对死者能尽我之真情，在死者似无实利可得，在生者亦无酬报可期，其事超于功利计较之外，乃更见其情意之真。明知其人已死而不忍以死人待之，此即孟子所谓不忍之心。于死者尚所不忍，其于生人可知。故儒者就理智言，虽不肯定人死有鬼，而从人类心情深处立教，则慎终追远，确有其不可已。曾子此章，亦孔门重仁道之一端也。"

儿童对于死亡的理解大概是非常模糊的。家长在教育小朋友的时候，一方面可以借助于一些家中豢养的小动物来让孩子们理解陪伴和死亡，另一方面也可以借助于现实当中的事例让孩子们理解死亡。例如，在疫情期间，我讲到这首诗的时候，就会给孩子们看一看疫情的死亡数据。我会引导他们思考，每一个数字"1"背后都是一个生命，他（她）曾经有血有肉，会哭会笑，这个世界上还有爱他（她）的人，也有他（她）爱的人。现在这个人去世了，他（她）的位置空了，那些爱的链接断掉了，没有回应了。这是非常令人难过的事情。哪怕我们并不认识他们，我们也会感到难过。

习学

主旨：《邶风·绿衣》是一首悼亡诗。

生字生词：

1. 已：止，停止。
2. 女：通"汝"，你。
3. 古：通"故"，故人，这里指诗人的妻子。
4. 訧：错误。

成语：

睹物思人：看到物品，就想到和物品相关的那个人。

朱红菱纹罗丝锦礼袍

文化常识：

关于中国古代汉族的服饰有一些基本的知识：一个是"上衣下裳"（cháng，类似于裙的服装）。

还有一个原则是"交领右衽"（大襟向右开）。孔子曾经在《论语》中说："微管仲，吾其披发左衽矣。"意思是，如果没有管仲辅佐齐桓公尊王攘夷，中原之地恐怕就要被蛮夷占领，那我也得披散着头发，穿衣襟向左开的蛮夷服饰了。

作业：

1. 画一画"绿衣"。
2. 诵读《邶风·绿衣》。
3. 找一找古今的悼亡诗。

七、《邶风·燕燕》

燕燕于飞，差池其羽。
之子于归，远送于野。
瞻望弗及，泣涕如雨。

于：语气词。
差池：长短不齐。
之：这。子：姑娘。于归：出嫁。
瞻望：远望。弗：不。及：到。
泣涕：哭泣。

燕燕于飞，颉之颃之。
之子于归，远于将之。
瞻望弗及，伫立以泣。

颉，颃：上下翻飞。
将：送。
伫立：长时间站立。

燕燕于飞，下上其音。
之子于归，

远送于南。　　　　　南：南郊。
瞻望弗及,
实劳我心。　　　　　劳心：忧愁。

仲氏任只,　　　　　仲：排行老二。任：信任。只：语气词。
其心塞渊。　　　　　塞：诚实,笃厚。渊：深,缜密。
终温且惠,　　　　　终……且……：既……又……。惠：贤惠。
淑慎其身,　　　　　淑：文雅。慎：慎重。
先君之思,　　　　　先君：死去的国君。
以勖寡人。　　　　　勖：勉励。寡人：君主自称之词。

解读

　　我们继续研读《诗经》。有的时候,阅读对于老师来说是另外一种方式的旅行。身体不方便出门的时候,阅读可以带着我们的心灵去做一场精神性的旅行,而且这种精神之旅会比实际的身体旅行更加宽广,因为它可以跨越时间与空间,可以带领我们跨越2000年的时光,来到《诗经》的世界,看看当时人的所思所感。

　　今天我们要学习的内容是《邶风·燕燕》。《燕燕》属于"十五国风"中的"邶风"。老师上次讲过邶、鄘、卫三风,其实是一组诗,都产生于原来的殷商故都——朝歌这块地方。周武王灭了商纣王之后,朝歌这个地方就被分成了三部分,由武王的三个兄弟来负责监管,史称三监。因此,邶地乃殷商故地。《燕燕》

一诗以"燕子"起兴，而燕子与殷商文明大有关系。

在这里，老师要给大家讲个小故事，这个小故事就是殷商始祖的传说。殷商这一族人是从哪儿来的呢？根据史料记载，殷商是东方的部族，殷商被认为是少昊氏的后代。在《史记·殷本纪》（殷就是商）中，太史公记载了这样一个传说。殷商的始祖叫契（xiè），这个字在这里读"xiè"，不读"qì"。他的母亲叫简狄，是有娀氏这个部族的女子，是帝喾的次妃。有一次，契（xiè）的母亲简狄和她的朋友们一块儿去河里洗澡，见到了一只玄鸟——"玄"就是"黑色"的意思，"玄鸟"就是"黑色的鸟"。这个黑色的鸟是什么呢？好多同学说是乌鸦。不是的，古代说的玄鸟，通常指的是燕子。三个人在河水里面玩，突然飞过来一只燕子，下了一个蛋掉在她们面前，简狄就把它吃了。回去之后就怀孕生出了一个宝宝，这个宝宝就是契（xiè），就是殷商人的始祖。这当然是一个非常神秘的传说。不过商人总是和小鸟有特别密切的关系。他们以"鸟"为图腾。在出土的甲骨文和青铜器上我们常常可以看到鸟形图案被刻印在商族人名之前，如：

释文：父辛

与殷商始祖出生相类似的传说，一般被称为感生故事，或感生神话。著名的感生神话有盘古与天地并生，玄鸟生商，周人始祖弃，乃其母踩了巨人足迹而生，汉高祖刘邦乃其母"梦与神遇"所生，等等。感生故事常常带有神异的色彩，古人认为王者之先祖皆感天地之精以生，称其为"感生帝"，这样他们才能配天以祭祀。感生故事大概反映了古人母系氏族时期"知母而不知有父"的历史遗迹。而且，如果是正常生养的人，就很难说谁是一个族群的"始祖"，因为父父子子就会无限追索下去。

我们今天学的这首诗《邶风·燕燕》就是用小燕子——玄鸟来起兴的。

"燕燕于飞",小燕子在飞翔。"差(cī)池其羽",我们在《周南·关雎》里面学过"参差荇菜"。

师:"参差荇菜"是什么意思?

师:"参差"就是高高低低,我们学了一个成语"参差不齐"。"参差荇菜"就是高高低低的荇菜。这里的"差(cī)池其羽"的"差(cī)池"其实和"参差"的意思是一样的。"差(cī)池其羽"就是它的羽毛长短不齐。

我们看一下《诗经名物图》里面的小燕子,也可以观察一下大自然里的小燕子,羽毛是不是参差不齐的?这就是"差(cī)池其羽"。

"之子于归,远送于野。"前面讲"燕燕于飞",很有可能描绘的是两只小燕子在互相追逐、互相打闹、上下飞翔的样子。当作者看到这样的情景,不禁感从中来。小燕子都有小伙伴,有一起长大的兄弟姐妹,可是作者现在在干什么呢?"之子于归,远送于野。""于归"我们前面学过了。

《诗经名物图》里面的小燕子

师："于归"是什么意思？

生：是出嫁的意思。

师：我们在哪学过？

生：《桃夭》。"桃之夭夭，灼灼其华。之子于归，宜其家室。"

那么我们就明白"于归"就是"女子出嫁"的意思。一个姑娘要出嫁了，"远送于野"，是谁送呢？是作者在送行。所以，这里描述的是一个送别的场景。

师：为什么要一直送到野外呢？这说明了什么？

生：说明她要出嫁了。

师：她要出嫁了，可以只送到门口，为什么非要送到那么远呢？

生：因为出嫁的地方远。

师：你们有没有过小朋友到你们家来玩的经验啊？到了晚上小朋友要回家了，你就会把这个小朋友送到门口。然后小朋友说不要送了，我自己走了。有没有这个情况？

生：有。

所以"远送于野"就是作者不忍心分别，想要尽量多待一会儿。《尔雅》和《说文》当中都有对"郊"和"野"的解释：

郊：城市周围的地区，上古时代国都外百里以内的地区。

野：郊外，田野。在古代，野是在郊之外的地方。野，郊外也。

如下图所示：

我们再往下看，不仅是"远送于野"，而且还"瞻望弗及"，我们先把"瞻（zhān）"字圈起来，这是我们今天的第二个生字。"瞻（zhān）"就是往远看，"望"也是往远看。"弗及"也圈起来，第三个生字就是"弗"，"弗"就是"不"的意思。但是送君千里终须一别。到了分别的时刻，诗人仍然不肯回返，而是站

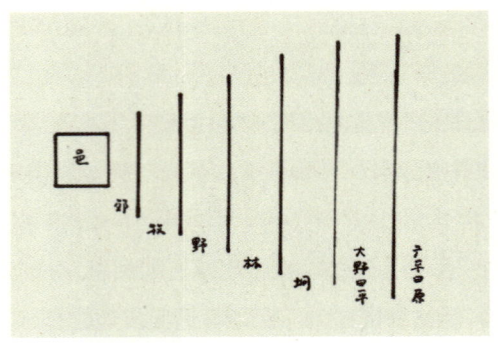

"郊"与"野"的位置关系图示①

在原地一直望着渐行渐远的车驾，不肯离去。"瞻望弗及，泣涕如雨"，直到远行的车驾再也看不见了，大滴大滴的眼泪如雨滚落。所谓"黯然销魂者，惟别而已矣"（江淹《别赋》）。

我们再看第二章，"燕燕于飞，颉（xié）之颃（háng）之。之子于归，远于将（jiāng）之。瞻望弗及，伫立以泣"。所谓"燕燕"，双燕也，双燕上下盘旋，欢快地一起玩耍。"颉之颃之"就是向上飞、向下飞。"之子于归，远于将之"，这个姑娘要出嫁了，远远地送别。"将"还是送别的意思。送得再远，还是要分别的，"瞻望弗及，伫立以泣"，作者还是站在道别的地方久久不肯离去。"伫立"就是长时间站立，"伫立以泣"就是站了很长的时间，看着远方的车驾逐渐消失在地平线上，一边望一边哭，真是非常难过。

第三章，"燕燕于飞，下上其音。之子于归，远送于南。瞻望弗及，实劳我心"，还是采用的"重章叠句"的结构，用这种结构表达感情，给读者的感觉像是大海的波浪一样，一重接一重地奔涌而来，感染力极强。"燕燕于飞，下上其音"，燕子一边飞一边欢快地叫着，连小燕子都有小伙伴陪着它，可是作者现在却形单影只，就剩下他孤零零的一个人了。"之子于归，远送于南"，这个姑娘要出嫁了，远远地送到南郊。"南"就是南郊、城南的意思。"瞻望弗及"，远远地看不见了，"实劳我心"，让我十分忧愁。这个"劳"我们已经遇到过很多次

---

① 董梅老师制图，特此致谢！

了，不是劳动的意思，而是"忧愁"的意思，诗人的心里充满了忧伤，充满了分离的忧伤。

如果这首诗就此打住，三章内容"重章叠句"，以复沓的方式加强表达离别的悲伤是完全可以的。不过，作者最后又加了一章，令整首诗有了一个升华。"仲氏任只，其心塞渊"，"仲氏"是什么意思？这里我们要学习一个古代的文化常识。古人有专门用于兄弟排行的称呼，我们今天所说的老大、老二、老三、老四，在古代比较文雅地表达就是"伯、仲、叔、季"。老大被称为"伯"，老二是"仲"，老三是"叔"，老四称为"季"。老师举几个例子，比如说孔子的儿子字"伯鱼"，我们一看到这个名字就应该知道他是孔子的第一个儿子。另外，我们将来学《史记》，会讲到历史上特别著名的人物——伯夷、叔齐，孔子曾多次赞美过这两个人，"伯夷"就是老大，"叔齐"应该是老三。我们再看孔子的字"仲尼"，这说明孔子应该在家里排行老二。"季"就是老四。比如《论语》里出现了多次的"季氏"就是鲁桓公的第四个儿子传下来的家族分支。另外在春秋时期有一个特别著名的公子叫"季札"，他就是当时吴国的公子里面排行老四的。

《燕燕》里说"仲氏任只"，我们推测这个姑娘应该是二妹，就是出嫁的姑娘。"只"是语气词，无意。"任"到底怎么解释，有不同的说法。有人认为"任"是这个姑娘的姓氏。卫国是姬姓国，那么这首诗就变成了卫君送别情人的诗。但是后文的"先君之思，以勖寡人"则无法理解。朱熹认为"任"是值得信任的意思。今从此解。这个二妹是一个值得信赖的好姑娘。"其心塞（sè）渊"，什么叫"塞（sè）渊"？就是说这个姑娘心思特别诚实，特别实心眼儿，就是"其心塞（sè）渊"。"终温且惠"，"终……且……"，既怎么样又怎么样，"终温且惠"就是说这个姑娘又温和又贤惠。"淑慎其身"，我们在《关雎》里讲过"淑"就是"善"，"慎"是"慎重"的意思，她做起事情来又文雅又慎重，这些都是夸奖的话。这样我们可以理解为什么诗作者会如此舍不得这个二妹出嫁。他们两个人的交往不是利益之交，也不是酒肉之会，而是基于这个姑娘的美好品德。最后一句，"先君之思，以勖（xù）寡人"。"先君"指已经去世的国君，"先君之思"，先君的德行，"以勖（xù）寡人"，"勖（xù）"是勉励的意思，这是我们今天要学的又一个生字生词。"寡人"指的就是作者。"先君之思，以勖（xù）寡人"就是说这个姑娘总是用我们死去的父亲（死去的国君）的话、死去的国君的德行来勉励我。

为什么知道是国君？因为"寡人"有特殊的意思。《礼记·曲礼》里面说："寡人者，言己是寡德之人。"就是说我德行非常少，这是一个谦虚的说法。《孟子·公孙丑下》也说："得道多助，失道寡助。"如果一个国君、一个统治者没有德行，那就没有人会帮助他，大家都不喜欢他，远离他，他就成为"孤家寡人"了。因此"孤家寡人"都是古代国君自己的谦称。所以我们可以猜想这首诗是一个可以自称为寡人的人写的。

当然，对于怎么解释"仲氏任只"和"寡人"之间的关系，专家学者一直有不同的看法。其实，不管他们之间是什么关系，我们只需知道，由于这个女孩美好的德性，诗人非常舍不得她出嫁，所以"远送于野""泣涕如雨"。

师：这首诗的主题是什么？
生：这是一首送女子远嫁的诗作。

《邶风·燕燕》被称为"中国送别诗之祖"，描绘的是一个送别的场景。我们上节课讲的《邶风·绿衣》是"死别"，《燕燕》是"生离"。

我们今人已经很难理解古人送别时的悲伤。我们今天有电话、微信、视频聊天等通信方式，哪怕隔绝天涯，也如在眼前。但是这种便捷也不过十年左右的时间而已。我记得自己在二十年前出国生活了一段时间，那个时候最方便的通信工具也不过是越洋电话，而且非常贵，往返的机票则更贵。此前我在北京上大学，离家并没有很远，可以经常见到父母，所以那次是我离家最久的一段时间。等我一年后利用暑假回国，我妈妈和我说，我回来之前她就想好了，等我回到家，就是去卫生间，她都跟着我。古代的交通则更为不便，通信设备只能依靠书信，出个远门至少月余，甚至是几年。其间，音讯隔绝，未知生死，所以亲人朋友之间多有感怀，"此去经年，应是良辰美景虚设，便纵有千种风情，更与何人说"（柳永《雨霖铃·寒蝉凄切》）。

"亲"（简化字）这个字的正确写法应该是"親"。人和人之间只有经常能够相"见"，互通音讯，才能有"亲"。"亲"而不"见"，这份"亲"情就会淡薄乃至于淡漠了。汉字的简化固然可以普及识字率，但是很多汉字简化之后失掉了一些非常重要的意思，也是令人叹息的事情。

根据《邶风·燕燕》里面的文字，这首诗的作者很可能是卫君（寡人），他送别的是自己的妹妹。根据古礼，贵族女性出嫁异邦，或被废，或国灭，才会返回本国。《古文观止》里面有一篇《触龙说赵太后》，就讲到类似的问题：

> 左师公曰："父母之爱子，则为之计深远。媪之送燕后也，持其踵，为之泣，念悲其远也，亦哀之矣。已行，非弗思也，祭祀必祝之，祝曰：'必勿使反。'岂非计久长，有子孙相继为王也哉？"太后曰："然。"

赵太后的女儿嫁给了燕国国君。虽然在女儿出嫁的时候，赵太后非常悲伤，但是每次祝祷祈福，她都会说："千万别让女儿回来啊。"并不是赵太后不思念自己的女儿，而是希望自己的女儿在燕国可以过得好，她的子孙可以继位为燕君。因为如果燕后回了家，只能说明她被废黜或者燕国灭国了。同理，如果《邶风·燕燕》讲述的是卫国国君送自己的二妹远嫁的场景，那么他们两个人大概此一别将终生不复相见。只有理解到这一层，我们才能明白为什么诗人会一送再送，"远送于野""远于将之""远送于南"。

整首诗前面三章"重章叠句"，加强了分离的感伤。最后一章的加入，表面看起来是作者在看不见远行之人后，对其平日言行的回想，以另一种方式表达了诗人的思念，但是深究起来我们可以发现，作者对二妹的感情是有一个德行基础的，并不仅仅是亲人之间的依恋。"任""塞""渊""温""惠""淑""慎""勖"，八个赞美之词集中于此，密集地表达了二妹德行的美好，以及卫君对她的认可。所以我们才能够体会到卫君送别情义之深，乃是由于远行之人的德行令人怀想，非为利益酒肉之交也。这首诗和《邶风·绿衣》的结构非常类似，都是前三章以复沓的方式表达诗人的思念及不舍，但是在最后的部分都加入了对所思之人德行的描述。德行的加入，使得死别之悲痛以及生离之感伤更添一份郑重，当然，也就有了更多一层的哀伤。朱熹读到此诗时说:"不知古人文字之美,词气温和,义理精密如此。秦汉以后无此等语。某读《诗》,于此数句,深诵叹之。"(《朱子语类》)

家长课堂

《邶风·燕燕》被称为"中国送别诗之祖",但是对于诗中到底是何人送别何人,因为什么事而分离,历来众说纷纭。毛诗(指毛亨和毛苌所辑注的古文《诗》)认为,这首诗是卫庄姜送戴妫回国所作。卫庄姜无子(卫庄姜的故事参见后面的《卫风·硕人》),于是就抱养了戴妫所生的儿子公子完,两个女性也因此结下了深厚的情谊。后来公子完继位为卫桓公,但是最终被公子州吁弑杀(事见《左传·隐公三年》,或《古文观止》卷一的"石碏谏宠州吁")。州吁成为国君后,逼迫戴妫返回其母国陈国。庄姜不得不与戴妫分离,同时又担忧自己的命运,故写下了此诗。毛诗的解读在很长时间内都是大家所尊奉的,辛弃疾在《贺新郎·别茂嘉十二弟》中写"看燕燕,送归妾",即用此意。

但是,姚小鸥老师认为诗中的"寡人"应该是卫国国君,任氏家("任"当姓氏讲)的二姑娘是他所钟情之人。但是二人无法结合,最终诗人送她远嫁他方。李山老师则同意宋代王质在《诗总闻》中的讲法,认为应该是卫国国君送别自己出嫁的二妹,是兄妹相送之诗。

我认为如果从毛传解,此时卫庄姜和戴妫别离,互相安慰的应该是互相珍重,谨言慎行,以存性命之类的言语,而不是"先君之思,以勖寡人"的"勖"(勉励)。或将"勖"解释为"畜","畜,孝也","孝,好也,爱好父母如所悦好也"(参见清人马瑞辰《毛诗传笺通释》),都与"先君之思"无法前后联络贯通。如果从姚小鸥老师讲,普通情况下一个国君想娶一个姑娘似乎应该没有那么大的困难。另外,"先君之思,以勖寡人"似乎还是讲不通。所以,本文从王质、李山老师的理解。

习学

主旨：《邶风·燕燕》是一首送别诗。

生字生词：

1. 差池：参差，不整齐。

2. 瞻：远望。

3. 弗：不。

4. 伫立：长时间站立。

5. 勖：勉励。

名物：燕子

成语：

折柳相送：古人在送别的时候，常常折下一根柳条，送给即将远行的人。因为"柳"与"留"谐音。所以古人用折柳表达挽留之意。

文化常识：

1. 感生神话
2. 古人兄弟姐妹的排行通常以"伯、仲、叔、季"来行次。

作业：

1. 画一画"燕子"。
2. 诵读《邶风·燕燕》。
3. 找一找古今的送别诗。

八、《邶风·击鼓》

击鼓其镗，　　　镗：拟声词。
踊跃用兵。　　　踊跃：向上跳，欢欣的样子。兵，兵器。
土国城漕，　　　土：土工。城：修城。漕：漕邑。
我独南行。

从孙子仲，　　　从：跟从。孙子仲：卫国将领。
平陈与宋。　　　平：平定、调解。
不我以归，　　　此句为倒装句，应为"不以我归"。
忧心有忡。　　　忡：忧虑不安。

爰居爰处？　　　爰：哪里。
爰丧其马？　　　丧：丢失。
于以求之？
于林之下。

死生契阔，　　　契：合在一起。阔：分开。契阔：不分开。
与子成说。　　　子：你。成说：誓约。

执：拿着，握着。
偕：一起。

执子之手，
与子偕老。

于嗟：吁嗟。
活：团聚。
洵：久别。
信：遵守诺言。

于嗟阔兮，
不我活兮。
于嗟洵兮，
不我信兮。

解读

我们今天来学习《邶风·击鼓》。这首诗里面有中国最美的婚姻誓言。

"击鼓其镗（tāng），踊跃用兵"，我们先来看"鼓"。古人认为鼓声特别激越雄壮，并且可以传声很远，所以常用之以鼓舞士气，进兵抗敌。中国有特别丰富的"鼓"文化，北方有陕西的安塞腰鼓，云南、广西的博物馆里也有当地的铜鼓，小朋友们参观博物馆的时候可以留意一下。"击鼓其镗（tāng）"，鼓声镗镗地响。家长可以找一些鼓乐让小朋友们听一听，感受一下"击鼓其镗"的风姿，我一般选用《韩信点兵》这首乐曲。

"踊跃用兵"，大家把"踊跃"这个词画下来，这是我们今天要学的第一个生字生词。"跃"是向远跳，"踊"是向上跳。鼓声激动了士兵的情绪，争先恐后地挥舞着兵器。这里的"兵"指的是"兵器"，古代的"兵"字在绝大多数的情况下都是指兵器。比如我们常说的十八般兵器：刀枪剑戟、斧钺钩叉等。"士兵"在古代一般被称为"卒"或"士"。

"土国城漕（cáo）"，中国古代的建筑被称为"土木工程"，因为主要是用土和木头来建造建筑。如果小朋友们有机会去希腊罗马,你们会发现希腊罗马的古建筑主要是用石头砌成的,跟中国非常不一样。"漕(cáo)"本来是水沟的意思,比如通过京杭大运河来运东西,古代就称为"漕运"。古代的城市都有城墙,然后城墙外面会有一圈水沟,叫护城河,这个"漕"是要人力挖出来的。而且很多时候可能水流着流着就会沉积淤泥,也要用人力把它疏通。"土国城漕"就是指的建造城墙,疏通沟渠,都是土木工程。

"我独南行",绝大部分的人都留在家乡干一些修路筑城的活,可是唯独我要往南边出发。根据这一章的文字,小朋友们来判断一下作者的情绪是怎样的?"土国城漕,我独南行",这个"独"字就体现了作者的情绪,不甘心,不开心,他在抱怨自己为什么这么倒霉,大家都可以在家里面守着家干活,为什么只有我一个人要跟着大部队出征呢?

我们看第二章。在这一章中大家要注意它的断句。《诗经》中的大部分内容都是四字一句,所以我们常常习惯于"二 + 二"的结构,比如"击鼓／其镗(tāng),踊跃／用兵。土国／城漕(cáo),我独／南行"。但是在第二章我们就会遇到不一样的断句,"从／孙子仲,平／陈与宋",跟从孙子仲将军,平定了陈、宋两国的叛乱。"不我以归,忧心有忡",大家可以把"不我以归"画下来,这是一个古文的特殊句式——倒装句,具体来说就是"否定句宾语前置"。在古代汉语里面,如果遇到否定句,宾语常常被提到动词的前面,就是否定句宾语前置。本句中"不"领导一个否定句,"我"是宾语,放到了前面,变成了"不我以归",但实际的顺序应该是"不以我归",不让我回家。这就叫"否定句宾语前置"。类似的例子有很多,比如"子不我思,岂无他人"(《诗经·郑风·褰裳》),意思就是说你不思念我,难道就没有其他人想念我吗?"子不我思"也是否定句宾语前置,它原本的语序应该是"子不思我,岂无他人"。又比如"三岁贯汝,莫我肯顾"(《诗经·卫风·硕鼠》),我从三岁就开始养着你,但是你却不愿意照顾我,它原本的语序应该是"莫肯顾我"。再比如"我无尔诈,尔无我虞"(《左传·宣公十五年》),"尔"就是"你"的意思,我不欺骗你,你也不要欺骗我,正常的语序应该是"我无诈尔,尔无虞我"。当然有的时候宾语也会放到动词的后面,不改变原本正常的语序,比如"知我者谓我心忧,不知我者谓我何求",这里是正常的语序,没有倒装。

再回到第二章,"从孙子仲,平陈与宋。不我以归,忧心有忡",跟着孙子仲将军平定了陈国和宋国的叛乱。平定以后,按道理就应该让我们回家了。可是不知道为什么却不让我们回家,所以我的心里就非常难过。

师:"忧心有忡"这句诗里面衍生出了一个成语,有哪位同学知道吗?

生:是"忧心忡忡"。

师:是的,就是"忧心忡忡"。"忧心忡忡"就是心事重重,非常忧虑不安的样子。这是我们今天学的成语,大家可以把"忧心忡忡"写在"忧心有忡"的旁边。

第三章,"爰(yuán)居爰处?爰丧其马?于以求之?于林之下"。"爰"就是何处、哪里、这里、那里的意思。"爰居爰处"的"居"是"居住"的意思,"处"是"歇息"的意思,哪里可以住呢?哪里可以歇呢?这里用来表达作者彷徨不安,居处不宁的样子。"爰丧其马",大家把"丧"圈起来,"丧"的意思就是"丢失"。我把我的马丢到哪里去了?一个人忧心忡忡、心不在焉的时候,都是糊里糊涂的,士兵把马都丢了,找不到了。"于以求之",我要到哪里去找我的马呢?"于林之下",原来马跑到树林里去了。这一章还是描写作者不能回家,心绪不宁的状态。

后面两章就到了这首诗的高潮,也是这首诗最为有名的两段话。第四章,"死生契阔,与子成说(shuō)。执子之手,与子偕老"。首先我们看"说(shuō)"这个字,有的版本把它的注音注成了"说(yuè)",当做"快乐"的意思讲。《论语》里面说:"学而时习之,不亦说(yuè)乎?"学习了,并且把学的东西实践出来,不也快乐吗?这里的"说"通"悦(yuè)",就是"快乐"的意思。一会儿我们读了上下文,我们再看看它到底应该读说(shuō)还是应该读说(yuè)。

"死生契阔","契阔"的意思是什么呢?我们今天有"契约","契约"也叫"合同"。两个人在一起合作做一件事情,然后相互有一个约定,就叫"契约",也就是合在一起干事情的约定,所以也叫"合同"。"阔"就是离开、分开,有一个词叫"阔别",它的意思就是两个人分开。但是"契阔"放在一起是一个"偏语词",它偏重于"契"的部分,意思是"在一起不分开"。所以"死生契阔"的意思就是说无论我们死了还是活着,我们都不分开。这个就是"生则同衾,死则同穴",永远不分开。无论活着还是死亡,都不能将我们分开。

"死生契阔"有一点像誓言,所以"与子成说"的"说",应该就是"约定"的意思,还是读"shuō"更为合适。我曾经跟你有一个约定,我们发了誓言。这个誓言的内容是什么呢?"执子之手,与子偕老",我要拉着你的手和你一起慢慢变老。后来有很多流行歌曲的歌词,用的都是这句古老的誓言,比如"我能想到最浪漫的事就是和你一起慢慢变老"(《最浪漫的事》),所以我们看学《诗经》是多么重要。"执子之手,与子偕老",这是天底下最美好的情感,《诗经·邶风·击鼓》用八个字就说得这样清楚,又这样婉约,执着中夹着温情,真是天底下最美好的情诗,天底下唯一能够打败时间的大概就只有感情了吧。

这一章就是作者回顾了他和妻子曾经的约定,可是回到现实中来,"于(xū)嗟(jiē)阔兮,不我活兮。于嗟洵(xún)兮,不我信兮",可惜现在我们分开了——"于(xū)嗟"是感叹语,"阔"就是"分开"的意思——我们相隔遥远。"不我活兮",有的解释说是"我活不了了",但是这里"活"字的意思是"相会",我们分别两地不能相见。这又是一个否定句宾语前置的句子。我们已经离别("洵")得太久了。"不我信兮",又是一个否定句宾语前置,不是我不守信用啊,我是没有办法啊!

那么这首诗的主题是什么呢?通观全篇,这首诗表达了士卒因长时间外出作战,不能回家而充满的怨愤之情,通常我们把这样的诗称为"征戍诗",就是出征戍边的诗。而且,这首诗可以被称为"征戍诗之祖",因为这是中国文学史上最早的一首征戍诗,就是跟军旅生活有关的诗。

家长课堂

撕咬和猎杀是自然界每天都在发生的事情。同样的,战争是人类永恒的主题之一。从原始社会开始,部落或氏族之间就已经存在着大量的战争。文明的进步往往伴随着无情的杀戮,历史的车轮滚滚向前,车轮下被碾压的是千百万具无名者的尸体。所以,历来和战争有关的诗歌,往往有两种情绪:一种是气吞万里的豪迈;另一种是彷徨疲敝的哀伤。本诗就属于后者。

"何代何王不战争,尽从离乱见清平"(唐·韦庄《悯耕者》),从"离乱"中是否可以见到"清平"是未可知的事情,但是有战争就会死人,"可怜无定河边骨,犹是春闺梦里人"(陈陶《陇西行》)却一定是不可改变的事实。所以,孔子说他慎重对待的三件事,就是祭祀、战争和疾病(《论语·述而》:"子之所慎:齐,战,疾。")。战争诗,或曰征戍诗,是中国古代诗歌的重要组成部分。《击鼓》这首诗可以说是"征戍诗之祖"。与古希腊文明不同的是,从一开始,我们的诗歌中咏唱的就不是战争中的英雄形象(例如《荷马史诗》),不是"孙子仲"将军的勇武,而是战争中普通人的哀伤。战争带来的两地分隔,乃至于天人永诀,一直是中国古代征戍诗的重要主题。如果说"可怜无定河边骨,犹是春闺梦里人"的沉痛尚是他人代言,那么《邶风·击鼓》中就是痛彻心扉的切身之感了。新中国成立以来,我们的国家承平日久,很多人已经没有了关于战争的理解。但是人的智慧和见识,除了可以通过自身的经历获得外,还可以通过阅读扩展人生的体验,使我们可以更为广阔且深刻地理解这个世界,理解他人,以及这个世界的一切。

习学

主旨:《邶风·击鼓》是一首征戍诗。

生字生词：

1. 踊跃：跳跃、欢欣的样子。

2. 从：跟着，跟从。

3. 平：平定，和平。

4. 爰：这里，那里。

5. 丧：丢失。

6. 契阔：契，合；阔，离。放在一起是"不分离"的意思。

名物： 鼓

成语：

1. 忧心忡忡（原文"忧心有忡"）：心里充满了忧虑。

2. 执子之手，与子偕老：拉着你的手，和你一起白头到老。

文化常识：

周武王灭商之后，曾追封历代先王的后裔，以奉祭祀。封舜之后裔妫（guī）满于陈地（今河南省淮阳区一带），并让自己的长女下嫁第一代陈国君主。孔子周游列国曾到过陈国，去楚国的路上曾困于陈蔡之间。后陈国被楚国所灭。陈国，妫姓。周公二次分封时，将商人的后裔微子启封在了宋地，今河南商丘一带。宋国，子姓。

作业：

1. 画一画"鼓"。

2. 诵读《邶风·击鼓》。

3. 找一找古今的征戍诗。

九、《邶风·凯风》

凯风自南，　　　凯风：南风，长养万物之风。
吹彼棘心。　　　棘：酸枣树。心：初生的嫩芽。
棘心夭夭，　　　夭夭：脆嫩的样子。
母氏劬劳。　　　劬劳：辛劳。

凯风自南，
吹彼棘薪。　　　薪：枝条已经长大到可以做薪柴。
母氏圣善，　　　圣：明事理。善：善良。
我无令人。　　　令：美好。

爰有寒泉，　　　爰：这里、那里。寒泉：泉水常寒，故名。
在浚之下。　　　浚：地名，卫国浚邑。
有子七人，
母氏劳苦。

睍睆黄鸟，　　　睍睆：婉转的鸟鸣。
载好其音。

yǒu zǐ qī rén
有子七人,
mò wèi mǔ xīn
莫慰母心。　　莫：不。慰：安慰。

解读

　　母爱，一直是文学作品重要的主题之一。《邶风·凯风》就是一首歌颂母爱的诗。

　　看第一句——"凯风自南，吹彼棘心"。诗以"凯风"起兴、作比。"凯风"是什么？古人认为：凯之义本为大，夏为大而主乐。"凯风"就是夏季从南方吹来的风。中华文明早期发育的核心区域夏季高温多雨，冬季寒冷干燥，四季分明。对于这个区域来说，南方是更温暖的地方，夏季的季风从南方吹来，温暖湿润，"南风长养，万物喜乐，故曰凯风"。据说古代的舜帝曾经做过一首《南风歌》：

南风之薰兮，可以解吾民之愠兮，
南风之时兮，可以阜吾民之财兮。

什么意思呢？就是说南边吹来的风特别温暖，可以解决老百姓的困苦。古代的取暖材料非常有限，不像现在有暖气和空调。古代的有钱人家可以烧木炭、柴薪。但是没钱人家就没东西可烧，没法取暖。有钱人家可以盖很好的房子抵挡寒风，但是穷苦人家的衣服都很单薄，房子更是破烂，所以冬天是非常难熬的。但是到了刮南风的时候，天气就暖和了。这个时候，不管你有钱没钱，不管你屋子破还是好，大家的日子都好过了，这就叫"南风之薰兮，可以解吾民之愠兮"。"南风之时兮，可以阜吾民之财兮"，南方的风按时到来，可以让老百姓的资材丰富起来。因为到了北方的冬天，万物都不再生长，老百姓就只能靠积蓄度日。经过整个冬天和早春的消耗，可能到了夏季的时候，物资基本上就告罄了。这个时候南方的风按时而来，万物开始繁育，百姓的生活就会稍稍好一点。有一首古琴曲就叫《南风歌》，大家可以找来听一听。

在文明的早期，计量时间的工具是很有限的。那么如何掌握四季的变化呢？古人发现了很多"物候"，即自然万物的变化，作为季节到来的征兆，比如说什么鸟会在什么季节飞回来、什么季节会刮哪个方向的风等。在北京的国家图书馆里收藏有一块著名的"四方风甲骨"：

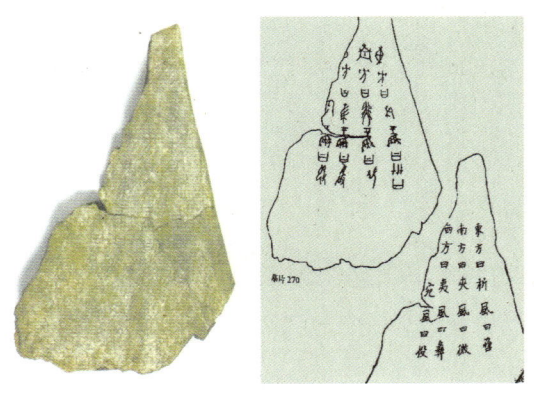

"四方风甲骨"及其示意图

上面有残存的四行字，解析出来就是"东方曰析，风曰协；南方曰夹，风曰微；西方曰夷，风曰彝；北方曰宛，风曰（役）"。这片甲骨说明，我们在殷商时期就已经有了东、南、西、北四方的概念，并了解了四方与季风的相对关系。这些概念的产生有什么意义呢？我们今天如果要准确定位自己在哪里，可能用到经纬度。古人虽然没有这么先进的计量方法，但是借助于四方、四季这些概念，就可以对他们所身处的时空世界有一个初步的定位和理解。这是文明发生的开端。

生活在北方的小朋友们可以观察一下四季与风向的关系。一般来讲，风从东方吹来的时候就是春天到了，朱熹讲"等闲识得东风面，万紫千红总是春"（《春日》）。风从南方来的时候就到夏天了，"凯风自南，吹彼棘心"。风从西方来就进入秋天，民国时候有一首歌叫《西风的话》，里面唱"池里荷花变莲蓬，花少不愁没颜色，我把树叶都染红"，这就是秋天的景色。大家可以找来听一听。风从北方来的时候就到冬天了。北方的风应该是从西伯利亚来的，非常寒冷。所以歌剧《白毛女》最著名的选段，第一句就是"北风那个吹，雪花那个飘"，以之来衬托比喻喜儿被压迫欺凌的凄苦状态。所以四方风在整个中国的文化传统当中都是特别重要的存在，跟百姓的生活、跟我们的文明息息相关。因为中国古代以农耕为主，所以我们对四季的气候、物候都非常关注。

回到文本，"凯风自南，吹彼棘（jí）心（xīn）"。"棘（jí）"就是酸枣树，大家看一下这个图。

 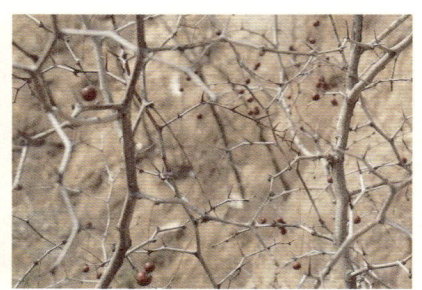

夏秋时分结满酸枣的棘　　　　　　　　　冬天的棘

右边是酸枣树冬天没有叶子的样子，树上的尖刺非常明显。左边则是夏天、秋天长满树叶和果实的样子。酸枣树在北方非常常见，大家去爬山的时候可以留意一下，但是要小心酸枣树上的那些尖刺，这就是这种植物为什么会被称为"棘（jí）"的原因，"棘"就是"刺"的意思。"棘"结出的果实，形似枣，小而圆，我们通常称之为酸枣，酸枣的心以及酸枣磨成的面，可以治疗失眠。小朋友们有机会可以尝一尝，酸酸甜甜的很好吃。

"吹彼棘心"的"心"指的是酸枣树刚开始发芽的样子。通常树木是在春天发芽，但是老师查了一下，酸枣树的发芽和花期都比其他植物要晚，基本上是在初夏的时节发芽，正好就是"凯风自南"的时候。凯风煦暖，吹到酸枣树上，酸枣树开始发芽。"棘心夭夭，母氏劬劳"——我们在《桃夭》里面学过"桃之夭夭"，"夭夭"就是艳丽茂盛的样子——小小的嫩芽在风中舒展着自己的身体，像孩子们在母亲的照拂下快乐地成长。看到嫩芽，吹到凯风，诗人不禁联想起自己和妈妈的关系。妈妈养育我们真是辛苦了。"劬（qú）劳"是今天的生字生词，大家把它圈起来，要学会做笔记，"劬劳"就是非常辛苦的意思。

我们之前讲过"赋、比、兴"是后人总结出的《诗经》的三种写作手法。"赋"就是"直陈其事"，直接说事情，有什么说什么。比如说"母氏劬（qú）劳"就是直说妈妈特别辛苦，这就是"赋"，"之子于归，宜其家室"也是赋。"比"和"兴"我们原来也讲过。比如说在"关关雎鸠，在河之洲"之后突然转到"窈窕淑女，君子好逑"，乍看起来，这些景物、动物、植物跟后面讲的主题似乎没有直接的关系，只是用来引发感情，这就叫"兴"。"比"就是用景物、动物、植物跟后面要讲的主体进行比喻。但是有的时候，"比"和"兴"的界限是非常模糊的。例如，"桃之夭夭，灼灼其华"，有人认为是"比"，也有人认为是"兴"。《邶风·凯风》的第一章也是比兴兼用，只不过"比"的比重更多一些罢了。

师：在第一章里，作者用什么比喻什么？

生："凯风"比喻的是妈妈的辛劳。酸枣树比喻的是孩子。在妈妈的养育下，小孩子不断长大。

师：非常好。温暖的风（凯风）从南方吹来，吹到酸枣树上，就好像在养育它一样，酸枣树开始发芽长大。妈妈的关心和爱，就像南方吹来的温暖的风一样，落到我们身上，我们就开始像小树一样发芽长大，这就是比喻。

我们再看第二章，"凯风自南，吹彼棘（jí）薪（xīn）"。大家注意，第一章是"发芽"的"心"，第二章则变成了"薪火"之"薪"，它的本意是"柴薪"，就是从树上砍下来可以用于生火的枝条，言外之意就是小嫩芽已经长成了枝条。"母氏圣善，我无令人"。妈妈的品德非常好，可是"我无令人"。我们把"令"圈起来，这是我们今天学的第二个生字生词。"令"的意思就是"善""好"，组个词，比如"令誉""令名"——就是说这个人有非常好的名声。

如果将"我无令人"直译为"我们做子女的没有好人"，恐怕也不是什么对母亲的赞美之词，所以这里"勉强"意译为"颇为惭愧"。说"勉强"，是因为我自来不主张翻译诗歌，这里因为要写作此书，故勉为其难而已。我一直认为诗歌是不可译的，无论是从韵文翻译为散文，从古文翻译为白话文，从外国话翻译为自己国家的语言，基本上都会让原诗的灵动之气、深挚之情、丰富之内涵消失大半，所以我从不主张孩子们去看带有白话翻译的《诗经》注本。大家贪图方便往往会直接通过阅读白话文翻译理解诗文的意思，而不是自己努力去体会诗文原意，这简直像买椟还珠一样令人惋惜，而且那些白话译文通常会败坏孩子们的文学品位。

回到这句诗"母氏圣善，我无令人"，并不是子女真的不够好，而是子女在母亲面前，认为自己无论如何也无法回报母亲的养育之情，无法配得上母亲的圣善之德，这其实是一种非常自然且深挚的孺慕之情。我自己也是人子，也是母亲，于此就会有特别深切的体会。所以，《论语》里面孔子在弟子子夏问怎么做才是孝的时候说"色难"，就是说对父母的态度容色一直保持和婉才是孝，服劳奉养未足为孝。《礼记·祭义》里说："孝子之有深爱者必有和气，有和气者必有愉色，有愉色者必有婉容。"所以，"母氏圣善，我无令人"无关乎事实到底如何，而是这一份纯质之情令人感动。

第三章，"爰有寒泉？在浚（jùn）之下。有子七人，母氏劳苦"。"爰"就是这里、那里的意思。"爰有寒泉？在浚之下"是什么意思呢？卫国有一个地方叫"浚"，在"浚"地有一眼泉水，这一眼泉水被称为"寒泉"，冬夏泉水都异常冰冷。"有子七人，母氏劳苦"，我们家里有七个孩子，母亲非常辛苦。我不知道各位小朋友家里有几个兄弟姐妹，可能大多只有一个或者两个，有三个的都特别少。我们想一想自己的妈妈，养育我们是不是特别辛苦？如果有七个孩子，妈妈肯定非常劳累，所以诗人说："有子七人，母氏劳苦。""劬劳"和"劳苦"是同样的意思，只不过在行文的过程中需要换一个词避免语词重复，显得更有文采。

可能有的小朋友会问"爰有寒泉？在浚（jùn）之下"和"有子七人，母氏劳苦"之间是什么关系？关于这个问题，历来注家众说纷纭。有人认为此处借寒泉比喻母心之凄凉。但是我比较认同朱熹在《诗集传》里面的讲法，他认为第三章的寒泉和第四章的黄鸟，都是用来和子女做对比。黄鸟以清脆的鸟鸣悦纳人心,寒泉以凛冽之水滋益于人。可是反观我们七个子女,不但让母亲操劳不停,还不能让母亲得到安慰。对于这个问题,我自己也有一个想法,是否是因为泉水出自浚地,但是可以回馈滋养浚地的人,滋养浚地的物?那么我们自母而出,却让母亲那么辛苦,好像没有什么可以回馈母亲的地方,增益了诗人的愧疚之情。不知道这样是否能够讲通,小朋友们也可以和家长一起讨论其他的可能性。

老师为什么这么猜测呢?我们来看下一章:"睍(xiàn)睆(huǎn)黄鸟,载好其音。有子七人,莫慰母心。"什么叫黄鸟?《诗经》里面"黄鸟"出现过很多次,是一种非常受人喜欢的小动物,它的叫声悦耳动听,我们通常称之为黄鹂鸟。黄鹂鸟经常入诗入歌,小朋友应该都唱过《蜗牛与黄鹂鸟》这首歌。作者说"睍(xiàn)睆(huǎn)黄鸟,载好其音",你看连小鸟都可以用它的叫声取悦于人,可是我们这七个孩子却不能安慰母亲的心。当然老师更愿意把这句话当成是作者的谦虚之词,越觉得自己不够好,就越能衬托出在诗人的心目中妈妈是如此美好,这就是最后一章的意思。这里要注意"载(zài)"的读音,是第四声。这是小朋友们经常会弄混的一个多音字,它有两个音:一个是"zǎi",一个是"zài"。怎么分辨呢?老师特意请教了我的一个师妹,她现在在教初中,她说除了"三年五载(zǎi)""一年半载(zǎi)"和"记载(zǎi)"这几个词读三声,剩下的都是读四声,所以是"装载(zài)""载(zài)歌载(zài)舞",这里也是"载(zài)好其音"。

这是我们今天学的一首特别温厚的诗。儒家希望培养的士君子的品性就是中正平和、温柔敦厚,而《邶风·凯风》这首诗就是温柔敦厚之诗。这首诗的主题是什么?要了解这个问题,我们可以先来找一下这首诗里面的关键词。

师:这首诗里面哪个字出现的次数最多?这首诗的主题是什么?
生:是"母亲"的"母"吗?
师:是的。"母亲"的"母"在每一章里都出现了。所以这首诗它是一首歌颂母爱的诗。

母亲,确实是一个伟大的身份,是一个一开始就注定有所牺牲的工作。怀孕的时候,孩子在妈妈肚子里胎动,是任何一个人也无法分享的喜悦和连接。孩子出生,妈妈需要哺育,还是与孩子有亲密的互动,但是其他人已经可以分享孩子的成长。再长大,孩子开始上学、工作、结婚建立新的家庭,再为人父母……所以,做一个合格的母亲,就是要经历看着自己养大的孩子逐渐远离自己的过程,一个好的母亲需要得体地退出孩子的生活。所以,她心里的不舍又如何能够得到安慰呢?

甲骨文　　　　金文　　　　小篆

《邶风·凯风》这首诗非常重要,诗里出现的"凯风""棘""寒泉""黄鸟"这些意象,在此后的中国诗歌史中经常被当做表达颂美母爱的词汇。如古乐府《长歌行》:

> 远游使心思,游子恋所生。
> 凯风吹长棘,夭夭枝叶倾。
> 黄鸟鸣相追,咬咬弄好音。
> 伫立望西河,泣下沾罗缨。

《后汉书·光武十王列传》中记载光武皇帝曾将光烈皇后的遗物颁赐给东平宪王刘苍,说让他"可以时时看看,以慰凯风寒泉之思"。胡宗愈曾任北宋礼部尚书,与苏东坡为莫逆交。胡宗愈的母亲去世时,苏东坡写了一首挽诗——《为胡完夫母周夫人挽词》,最后两句就使用了《凯风》中的意象:"回首悲凉便陈迹,凯风吹尽棘成薪。"以后小朋友们在古诗文阅读中,如果遇到这些词汇,可以去观察一下是不是确实和颂美母亲有些关系。

在这里,老师想再延伸一下,谈一谈儒学思想对家庭关系以及家庭教育的理解。儒家特别强调一个人的教育要从家庭开始。为什么呢？因为人一出生就是在父母的养育之下长大的。我们不是孙悟空，不是从石头缝里蹦出来的，我们是爸爸妈妈生养出来的，所以家庭是一个人成长的起步阶段。所以父母的价值观，父母的德行与养育的方法，对一个人的塑造是非常重要的。

那么我们在家庭里面可以学到什么呢？首先应该学到"爱"，父母对我们的爱是最初的教育与熏陶。然后我们也在潜移默化之中，借由这份爱学会了反馈爱，给予别人爱。其次，我们还可以在家庭里面学到"秩序"的意义。在一个人很小的时候，他对于很多事情的好坏对错都没有清晰的看法，这个时候就需要家长加以合理的指导。当小朋友们和家长的想法不太一样，而且双方已经充分交流了彼此的看法，还不能达成一致之后，老师觉得小朋友们还是应该暂时听从父母的意见，这就是基本的对"秩序"的理解和尊重。

家长课堂

关于《凯风》这首诗的主题，历来也是众说纷纭。《毛诗序》认为，"卫风淫，七子之母不安于室，所以孝子以诗讽谏"。我实在不能接受这样的讲法，而且于原文中也找不到任何可以做此解的依据。我也不愿意用这样主题的诗来教育孩子。也有人认为这是七子孝其继母的诗。我认为这种解读也颇为牵强，违背人性。我们就是简单地把这首诗作为孩子对母亲的赞美之诗理解就很好了。

另外，我要特别在"家长课堂"里强调的一点是，作为子女，强调父母养育之"恩"是有德之行为。但是，作为父母，认为养育子女是自己施加给子女的"恩"，并高高在上地要求子女报恩，甚至要求子女不能违逆父母的任何意志，则有违于父母之"慈"德，并不是儒家所真正提倡的亲子关系。我最反感的一句话就是"天下无不是的父母"。可能吗？合理吗？还有一句"家不是讲理的地方"。为什么家里不能讲理啊？亲人之间为什么不能讲理啊？不能讲理的地方，不过就是用情感来绑架，遮蔽那些不合理的行为或要求。不合理的行为得到执行，一定是有人受了委屈。为什么要让人受委屈呢？这是"仁"吗？所以，这恰恰是我们需要对传统社会中流行的观念进行现代更新的地方，其实也是将渗透进儒学思想中的法家思想剥离出来，回到原典儒学的地方。

《论语·里仁》篇讲孔子说："事父母几谏，见志不从，又敬不违，劳而不怨。"《礼记·内则》里说："父母有过，下气怡色，柔声以谏。见志不从，又敬不违。谏若不入，起敬起孝，悦则复谏。"这两条经文说得非常清楚，侍奉父母的时候，如果父母有错，应该"几谏"。何谓"几谏"？就是态度和蔼地提出你的建议。这里的"几"强调的是提出意见的态度，"谏"是最终的目的。所以，认为父母之命不可违的人一定是误读了《论语》的章句，错会了夫子的意思，和不求甚解的孟懿子一样：

> 孟懿子问孝。子曰："无违。"樊迟御，子告之曰："孟孙问孝于我，我对曰：'无违。'"樊迟曰："何谓也？"子曰："生，事之以礼；死，葬之以礼，祭之以礼。"
>
> ——《论语·为政》

孟懿子问孔子怎么做才是孝。孔子回答说：无违。读到这里，如果读者断章取义地认为，孔子的答案就是"无违于父母"，那么就和孟懿子一样了。孔子回答之后，孟懿子自以为明白，就没有追问下去，这让孔子非常郁闷。于是，等到他的学生樊迟替他驾车的时候，孔子就把这件事告诉了他的学生："孟孙问孝于我，我对曰无违。"幸好，夫子的学生樊迟是一个好学深思之人。樊迟听到这个答案后追问了一句："何谓也？""无违"到底是什么意思呢？孔子立刻对自己的"无违"下了一个定义——父母活着的时候，要根据礼制来侍奉父母。父母去世的时候，要根据礼制埋葬他们、祭祀他们。所以，"无违"的宾语并不是"父母"，而是"礼"，不是无违于父母，而是无违于礼。因为在儒家看来，"父母"并不是最高价值的来源，在父母之上还有一个"礼"存在，无论是父母还是自己，都是在"礼"的规约之内，不应该做违背于"礼"的事情。

认为儒学所提倡的"孝"是"愚孝"（"忠"是"愚忠"）的人，还常常拿一句话安在儒家的头上，那就是——"父叫子亡，子不得不亡"（"君叫臣死，臣不得不死"）。这个观点是否符合儒学的教义呢？在这里我想借用"帝舜"的故事来加以说明。司马迁在《史记·五帝本纪》中记载：

> 舜父瞽叟盲，而舜母死，瞽叟更娶妻而生象，象傲。瞽叟爱后妻子，常欲杀舜，舜避逃；及有小过，则受罪。顺事父及后母与弟，日以笃谨，匪有解。

这里非常清晰地记录着父亲瞽叟欲杀舜，但是舜"避逃"，并没有甘愿赴死。太史公的这种记录是有其儒学依据的：

春秋时期有一个故事"晋献公杀世子申生"，申生的做法与舜正相反。晋献公受到他的妃子骊姬的诱骗，欲杀掉自己的儿子申生。申生的兄弟重耳劝他为自己申辩，但是申生认为，父亲正宠爱骊姬，如果申辩自己是为骊姬所害，会伤了父亲的心，于是慨然赴死，被后人称为"恭世子"。对于父亲想让自己死亡的意图，申生和舜采取了不同的应对措施，那谁的行为才是儒学所提倡的呢？《古文观止》的编者吴楚材、吴调侯二人在选录了此篇文献后，写了一句批语：

> 陷亲不义，不得为纯孝，但得谥恭而已。结寓责备申生意，文情宕逸。

意思是，申生无辩赴死的行为使得他的父亲晋献公永远地被放到"不慈不义"的境地了，所以申生的行为不能算是"纯孝"的行为，所以只能给他一个"恭"的谥号。

我们常常听到"不孝有三，无后为大"的话。那其他两个不孝是什么呢？汉代赵岐著《十三经注疏》时说：

> 阿意曲从，陷亲不义，一不孝也。

意思就是父母长辈如果有过错，自己不去劝说，就是在无形中让他们陷于不义的境地而不作为，这就是不孝。认为父母的话大过天，"父叫子亡，子不得不亡"，这的确是需要批判的"愚孝"，但却与原典儒学没有关系。对于这种"愚孝"，真正秉持着儒学精神，提倡"孝道"的人也是会主动批判的。《荀子·子道》篇说：

> 入孝出弟，人之小行也；上顺下笃，人之中行也；从道不从君，从义不从父，人之大行也。

人之行，当求其大。以儒学之"孝"为"愚孝"，不过证明自己是个不读书的"愚人"罢了。《旧唐书》卷七十九说：

> 天子有诤臣，虽无道不失其天下；父有诤子，虽无道不陷于不义。故云子不可不诤于父，臣不可不诤于君。

有了谏臣，即使天子行为不正，也不至于失掉天下；家里有能劝谏的儿子，那么父亲就不会陷入不义之中。维护君父虚荣的面子而有愚忠愚孝，还是维系天下家国而有诤臣孝子，孰大孰小，孰优孰劣，孰轻孰重，不是非常清楚的事情吗？

习学

主旨：《邶风·凯风》是一首赞美母爱的诗。

生字生词：

1. 劬劳：操劳，辛苦。
2. 薪：柴。
3. 令：善。例如，令誉，令名。

名物：风

成语：

1. 生我劬劳：父母生养子女非常辛苦。

2. 寸草春晖：来源于孟郊的《游子吟》，"慈母手中线，游子身上衣。临行密密缝，意恐迟迟归。谁言寸草心，报得三春晖。"寸草春晖之喻其实也是脱胎于凯风棘心。

文化常识：

了解"四方风甲骨"的基本知识。

作业：

1. 画一画"棘"。

2. 诵读《邶风·凯风》。

3. 找一找古今颂扬母爱的诗。

十、《鄘风·相鼠》

相_{xiàng} 鼠_{shǔ} 有_{yǒu} 皮_{pí}，
人_{rén} 而_{ér} 无_{wú} 仪_{yí}！
人_{rén} 而_{ér} 无_{wú} 仪_{yí}，
不_{bù} 死_{sǐ} 何_{hé} 为_{wéi}？

相：看。
仪：礼仪，威仪。

相_{xiāng} 鼠_{shǔ} 有_{yǒu} 齿_{chǐ}，
人_{rén} 而_{ér} 无_{wú} 止_{zhǐ}！
人_{rén} 而_{ér} 无_{wú} 止_{zhǐ}，
不_{bù} 死_{sǐ} 何_{hé} 俟_{sì}？

止：节制。

俟：等待。

相_{xiāng} 鼠_{shǔ} 有_{yǒu} 体_{tǐ}，
人_{rén} 而_{ér} 无_{wú} 礼_{lǐ}！
人_{rén} 而_{ér} 无_{wú} 礼_{lǐ}，
胡_{hú} 不_{bù} 遄_{chuán} 死_{sǐ}？

遄：赶快。

解读

下面让我们来学习这首诗。

首先,我们要知道的是《相鼠》属于"鄘风"。老师在讲《邶风·燕燕》的时候讲过邶、鄘、卫三地原来是商的都城朝歌所在的地方。但是武王伐商占领了朝歌之后,为了方便管理,就把这块土地"分而治之",形成了邶、鄘、卫三个地方。我们上次学的《凯风》就属于"邶"地的乐歌。今天学的《相鼠》是"鄘"地的乐歌。

《鄘风·相鼠》又是一首"重章叠句"结构的作品(参见《周南·桃夭》解读),诗三章。

我们首先来看第一个字,"相"是什么意思呢?"相"的意思就是"看",比如"相面"——通过看一个人长什么样去推断这个人是一个什么样的人,有什么样的命运,这就叫相面。再比如说"看手相",都读"xiàng"第四声。所以我们在这里也读第四声,表示"看"的意思。"鼠"我们都知道是小老鼠,小老鼠其实还挺可爱的。但是在中国的文化传统当中,老鼠通常是一个反面的形象。我们这首诗就用老鼠来起兴,"相鼠有皮,人而无仪"。"仪"就是"威仪""礼仪"的意思。那么这句话是什么意思呢?你看连老鼠都有皮,可是人却没有礼仪,意思是你怎么连老鼠都不如呢。俗话说得好"人要脸,树要皮",小老鼠都有皮,人却不要脸。"人而无仪,不死何为?"人要是没有了礼仪,不死还等什么?

第二章,"相鼠有齿,人而无止!人而无止,不死何俟(sì)?"你看啊,大老鼠尚且有牙齿,人却没有节制。"齿"的甲骨文本来是一个象形字,后来加上了"止"表音,就变成了形声字。这一章正好利用"齿"和"止"这两个字在字音上的相近形成了音韵的美感。"止"原本的意思是"停下来",在这里它不仅是"停止"的意思,还有一个引申的意思就是"节制"。节制就是你要知道应该在哪里停下来,比如说小朋友都喜欢吃零食,但是零食不能一直吃,因为这样就会耽误我们的正餐。这个时候我们就要知道在什么时候就应该停下来不吃零食了,这就是一种节制——就是要控制我们的欲望。所以《礼记·大学》里

"齿"的演化过程

面说"止于至善",我们要知道我们追求的是什么,我们要停到"至善"——最好的善那里。"止"就是"节制"的意思,这是我们今天学的生字生词。"人而无止,不死何俟(sì)?"一个人只知道贪得无厌,不知道节制,不去死还等什么呢。"俟(sì)",就是"等待"的意思。

第三章,"相鼠有体,人而无礼!人而无礼,胡不遄(chuán)死"你看连小老鼠都有身体,可是你作为一个人却不讲礼仪。如果一个人不讲礼貌,不讲礼仪,为什么不马上去死呢?大家把"遄(chuán)"圈起来,"遄(chuán)"就是"赶快""马上"的意思,"胡不遄死"为什么不赶快去死?

师:这首诗的主题是什么?
生甲:这是一首讽刺统治者的诗。
生乙:我觉得应该是批判那些官吏(朝廷的官吏)的诗。
师:很好。刚才很多小朋友都提到了这是一首讽刺统治者或者讽刺官僚的诗。其实这首诗从字面上来看,并没有非常明确地针对统治者,它只是说"人而无仪""人而无止""人而无礼",并不一定特指统治者。但是,当我们考虑到《诗经》产生的年代是先秦时期,在那个时代,如果说一个人要有威仪,要守礼,确实通常指的是贵族,因为这个时候老百姓还不可能登上历史的舞台。有一个说法叫"刑不上大夫,礼不下庶人",对于老百姓来说他们是不需要讲礼的,所以这首诗确实是一首讽刺在上位者、统治者或者是贵族的诗。

《鄘风·相鼠》是一首讽刺诗。我要借着这首诗和大家讲一讲"风"的意义。我们都知道《诗经》分为"风""雅""颂"三部分。为什么作此区分呢?古人认为三者在"政教功能"上有所不同。《毛诗序》中说:

> 风，风也，教也，风以动之，教以化之……上以风化下，下以风刺上，主文而谲谏，言之者无罪，闻之者足以戒，故曰风。

这段话的意思是，风，兼有讽刺（风通"讽"）和教化的双重意思。百姓用风诗表达对统治者的不满，用讽刺触动统治者；统治者用风诗教化百姓。风诗表达讽刺意思的时候，含蓄委婉，所以说者无罪，但是统治者听到了却可以进行反思，深怀戒惧，所以称为"风"。

我们之前讲过的大部分风诗作品可以说都体现了"上对下"的"教化"功能，《周南·关雎》展现了夫妇关系的正确方式，《周南·葛覃》温婉地涵育儿女对父母应有的态度，《召南·甘棠》为我们树立了执政的楷模，《邶风·绿衣》表达了我们对死者应有的纪念，《邶风·燕燕》让我们感动于人情之淳厚……这些作品都通过一种中正平和、温柔敦厚的情感输出，让读者浸润于其中，在不知不觉中陶养出人情之正，所谓"移风易俗易"是也。但《鄘风·相鼠》这首诗却是一首"下对上"的讽刺诗。整首诗把大老鼠和统治者相比，结果还比不上，写得诙谐有趣、酣畅淋漓，确实有底层人民泼辣真率的气质。

老鼠总是偷粮食，不劳而获，所以在中国文化中的形象着实不好，什么鼠目寸光、胆小如鼠、老鼠过街人人喊打、抱头鼠窜、贼眉鼠眼等，几乎都是带有贬义的词语。不过，哪怕是老鼠，境遇不同，"鼠"生也会不同，关键要看它自己如何自处。历史上就有一个人替老鼠发出了这样的感叹，这个人就是秦朝的丞相李斯。根据《史记·李斯列传》记载：

> 李斯者，楚上蔡人也。年少时，为郡小吏，见吏舍厕中鼠食不絜，近人犬，数惊恐之。斯入仓，观仓中鼠，食积粟，居大庑之下，不见人犬之忧。于是李斯乃叹曰："人之贤不肖譬如鼠矣，在所自处耳！"

李斯是楚国上蔡人。他年轻的时候，曾在郡里作一个小官，看到办公室附近的厕所里有老鼠在吃脏东西，每当有人或狗走近，老鼠都会受惊。有一次李斯在粮仓中也看到了老鼠，发现它们吃的都是囤积起来的粮食，住在大屋子里，也不害怕

《诗经名物图》中的老鼠形象

人和狗的惊扰。于是李斯就感慨道:"一个人有出息还是没出息,就好像老鼠一样,是由自己所处的环境决定的。"所以他后来力争上游,做到了秦朝的丞相。所以我们看,哪怕天生是一只老鼠,也可以为自己争取更好的生存空间。可是如果生而为人,却不讲礼仪,不知节制,一味贪婪,让人怨憎,那就连老鼠都不如了。

我们今天要学的成语是"鼠目寸光",当然汉语中还有很多跟老鼠有关的成语,大家可以去搜集一下。"鼠目寸光"是什么意思?小老鼠往往没有长远的眼光,它只会盯着眼前的一点点利益,例如它眼前只有一粒米,更远的地方有一碗饭,他就只会看到这一粒米从而忽视更多的更重要的财富或未来。"鼠目寸光"就是形容有的人只顾眼前利益而看不到长远的利益,为了眼前的利益而牺牲长远的利益。

师:老师今天讲《相鼠》,"相鼠有皮,人而无仪",就是讽刺了那些不讲礼貌、不讲礼仪的行为。老师想问各位小朋友,你们觉得我们在生活中都应该遵守哪些礼仪的规定呢?

生甲:比如上课的时候打人。

师：不能欺负别的小朋友，对吧？非常好，要跟小朋友友好相处。非常好。

生乙：吃饭不能吧唧嘴。

师：这是吃饭的时候要遵守的礼仪，非常好。我们说"食不言，寝不语"对不对？吃饭的时候不能吧唧嘴。

生丙：在学校里见到老师应该叫"老师好"，老师走了应该说"老师再见"。

师：见到老师要尊师敬长。

生丁：我觉得在学校的时候，比如说老师讲课的时候不能乱说话，然后要尊重老师。

师：非常好，我们要遵守课堂纪律，要对老师的工作表达尊敬和支持。

生戊：得守信。

师：不能撒谎，言出必行，很好，就是这样的。我们每个人不管年纪大小都应该守信用，不能撒谎。

我们就说到这里，其实还有很多对不对？小朋友们可以和家长一起总结一下。我们学了《诗经·鄘风·相鼠》这一篇诗歌作品，我们就要知道一个人应该遵守礼仪，不然就会被别人批评"你还不如小老鼠呢"，对不对？

家长课堂

可能细心的家长会有疑问，这首诗里只说"人"而无仪，并没有更进一步的身份信息，为什么历代注家对这首诗的解读都说是对"统治者"的讽刺呢？这是因为在先秦时期，礼的要求只针对精英阶层，所谓"礼不下庶人"是也。我们今天可能认为这是一种不平等，但是古代的文化无论中西都是以精英文化为主。一来普通百姓受教育的机会少，二来人虽生而平等，但是我们必须承认人在智识、品德上有非常大的不同。

原典儒学源自王官，是具有精英意识的政治哲学，它强调人与人的不同，强调"君子"(在上位者)与"小人"(在下位者)在德行与智识上的不同。《论语》中有太多的章句对这种不同进行了总结,我们姑且列举几条:

> 君子怀德,小人怀土。君子怀刑,小人怀惠。
>
> ——《论语·里仁》
>
> 君子固穷,小人穷斯滥矣。
>
> ——《论语·卫灵公》
>
> 君子喻于义,小人喻于利。
>
> ——《论语·里仁》

"怀",这里是"惦念"的意思。君子心心念念的是德性,小人关心的是安居乐业的物质保障。君子关心的是制度建设,而小人只考虑实际利益。"喻"指的是明白。君子能明白什么是合乎道义的事情,小人只能明白什么是对我有利的事情。所以,老百姓有恒产才会有恒心,无恒产则无恒心。小人落到穷困的境地就会无所不为。然而士君子可以做到无恒产而有恒心(《孟子·梁惠王上》),遇到困穷的境遇也会有所持守。所以,"礼"是给在上位者设定的"紧箍咒"。有大力量者有大责任,有大责任者有大约束。《左传·襄公三十一年》里有一段话就解释了"君子"的意义,恰好可以和《鄘风·相鼠》形成对照:

> 故君子在位可畏,施舍可爱,进退可度,周旋可则,容止可观,作事可法,德行可象,声气可乐,动作有文,言语有章,以临其下,谓之有威仪也。

意思是,君子在位可使百姓敬畏他,布施恩德可使百姓爱戴他,君子进退周旋可以作为百姓的榜样,容貌举止值得百姓欣赏,他所做的事情可以让别人效法,他的德行可以让人学习,他的声音气度充满欣悦、举动有修养,说话有条理,这样的君子治理百姓,就叫做有威仪。

儒学的政治思考建基于对人性的基本理解——人在智识和德性上有区别。所以，区分上下是儒学首先坚持的政治原则，有德者居位，一直是儒学坚持的政治理念。基于"君子""小人"的分别，在《论语·雍也》篇中，孔子干脆说：

> 中人以上可以语上，中人以下不可以语上。

钱穆先生解释说："道有高下，人之智慧学养有深浅。善导人者，必因才而笃之。中人以下，骤语以高深之道，不惟无益，反将有害。"（《论语新解》）但是，这种对人的区分在近代遭遇到了"启蒙"的挑战。"启蒙"之后的世界，人人都可以为自己代言，在法律面前人人平等似乎被理所当然地等同于人和人在智识和德行上的一致。这是儒学在现代语境中遭遇到的困难。但是当我们有了更多人生经验的时候，对人的理解大概会更赞同儒家的看法吧。

《鄘风·相鼠》一篇里有一个"止"字，说"人而无止，不死何俟"。人生之中知所有止，是儒学特别重要的教诲。《礼记·大学》里面说："知止而后有定，定而后能静，静而后能安，安而后能虑，虑而后能得。"知止就是知所有止。人生在世，往往被很多利欲裹挟着不知所止。如果个体的情欲没有节制，就会产生各种各样的流弊。《礼记·乐记》中对这个问题有极为详细的分析：

> 好恶无节于内，知诱于外，不能反躬，天理灭矣。夫物之感人无穷，而人之好恶无节，则是物至而人化物也。人化物也者，灭天理而穷人欲者也。于是有悖逆诈伪之心，有淫泆作乱之事。是故，强者胁弱，众者暴寡，知者诈愚，勇者苦怯，疾病不养，老幼孤独不得其所，此大乱之道也。

如果一个人的好恶之情在内没有受到节制，又不断地被外界诱惑，而且还没有能力反躬自省，他天性中的灵明就会被湮灭（注意此处强调的是节制欲望而非消灭欲望）。外物感动人心是无穷无尽的，如果人的好恶没有节制，结果就是人的"物化"。人心被外物占据，欲望就会无穷无尽而来。为了满足自己的欲望，与他人产生矛盾就不可避免。当一个人被欲望控制，又无法通过正常的合理的方式

129

满足自身欲望的时候，就会产生悖逆诈伪之心，做出过分暴乱的事情，用孟子的话说就是"不夺不餍（餍：满足）"。强有力的人就会胁迫弱小的人，人多的就欺负人少的，聪明的人欺负愚笨的人，勇敢的人欺负胆小的人，生病的人没人照顾，老幼孤独这些社会上无依无靠的人，没有人来关心他们，整个社会就会处于大乱的状态，陷入恶性循环之中。所以我们看到，个体德行的败坏会引发整个社会秩序与德行的崩塌。此乃个体情欲没有节制所引发的社会问题。而在上位者如果不"知止"，那么他利用手中权力与下民夺利，老百姓就没有活路了。这也是为什么《鄘风·相鼠》对君子不知所止那么愤恨的原因。

习学

主旨：《鄘风·相鼠》是一首讽刺诗，讽刺在上位者不讲礼仪，没有品德。

生字生词：

1. 相：看。如，相看，相面。
2. 仪：威仪。
3. 止：停止，引申为"节制"，控制欲望。
4. 俟：等待。
5. 遄：快，速。

名物：鼠

成语：

鼠目寸光：目光短浅，没有远见。

文化常识：

1. 礼与仪：对外在行为举止的规范是为了修养一个人与外在世界协调共存

的能力。在儿童的成长过程中，礼仪规范的教导是非常重要的部分。"长幼有序"——为长辈让座；"父母呼，应勿缓"；吃饭的时候，长辈先动筷子，公众场合遵守秩序，保持安静等等行为准则，是需要家长特别教导孩子的地方。这些行为规范可以让孩子从小培养自己的"理性"而不是"任性"，长大了在学习、生活等其他方面，就更容易养成良好的行为习惯，比如对玩游戏、玩手机的克制，其实就是"理性"的一种表达。

2. "风"者"讽"也。古代有所谓"采诗观风"的制度，周天子派人到各地采集当地的民间歌谣，通过这些歌谣来了解当地治理的好与坏。有人认为这就是《诗经》"风"诗的来源。例如，我们通过《召南·甘棠》可以推测出当地治理者是深得民心的；透过《鄘风·相鼠》就可以大体看出当地治理者的不堪。

作业：

1. 画一画"鼠"。
2. 诵读《鄘风·相鼠》。
3. 找一找古今的讽刺诗。

第二辑

风诗（下）
——思无邪的乐教

十一、《卫风·淇奥》

瞻(zhān) 彼(bǐ) 淇(qí) 奥(yù)，　　瞻：远望。淇：淇河。奥：水转弯的地方。
绿(lù) 竹(zhú) 猗(yī) 猗(yī)。　　猗猗：丰美之貌。
有(yǒu) 匪(fěi) 君(jūn) 子(zǐ)，　　匪：通"斐"，文采彰明。
如(rú) 切(qiē) 如(rú) 磋(cuō)，　　切：加工骨器。磋：加工象牙器。
如(rú) 琢(zhuó) 如(rú) 磨(mó)，　　琢：加工玉器。磨：加工石器。
瑟(sè) 兮(xī) 僩(xiàn) 兮(xī)，　　瑟：庄重之貌。僩：威仪之貌。
赫(hè) 兮(xī) 咺(xuān) 兮(xī)。　　赫：显赫之貌。咺：彰明之貌。
有(yǒu) 匪(fěi) 君(jūn) 子(zǐ)，
终(zhōng) 不(bù) 可(kě) 谖(xuān) 兮(xī)。　　谖：忘记。

瞻(zhān) 彼(bǐ) 淇(qí) 奥(yù)，
绿(lù) 竹(zhú) 青(qīng) 青(qīng)。
有(yǒu) 匪(fěi) 君(jūn) 子(zǐ)，
充(chōng) 耳(ěr) 琇(xiù) 莹(yíng)，　　充耳：古人冠冕上垂在两侧的玉石，用于塞耳，装饰品。琇：一种宝石。莹：有光泽。
会(kuaì) 弁(biàn) 如(rú) 星(xīng)。　　会弁：皮帽子。如星：指帽子上的玉石。
瑟(sè) 兮(xī) 僩(xiàn) 兮(xī)。

赫兮咺兮,
有匪君子,
终不可谖兮。

瞻彼淇奥,
绿竹如箦。   箦:竹编床席。
有匪君子,
如金如锡,   金、锡:金属,质地精密,以喻君子之德。
如圭如璧。   圭、璧:玉制礼器,身份贵重。
宽兮绰兮,   宽:宽容。绰:温柔。
猗重较兮,   猗:即"倚",倚靠。重较:古代车子上的横木。
善戏谑兮,   善:擅长。戏谑:开玩笑。
不为虐兮。   虐:刻薄。

解读

  我们来学习"卫风"。首先我们要知道"卫风"是哪个地方的歌曲。之前我们讲邶风的时候就说过,邶、鄘、卫三风其实是一个地方,就是原来殷商的都城朝歌所在的地方,后来在武王灭商之后被分为三部分。前面我们已经学过几首邶风和鄘风的诗歌,我们今天来学习卫风里面大名鼎鼎的《淇奥》。

  "瞻彼淇奥","瞻"就是远望。我们之前在《燕燕》里面学过"瞻望弗及,

竹子青翠挺拔，在中国人的植物世界中，竹与梅、兰、菊并称为"四君子"

泣涕如雨"。"彼"是什么意思呢？"彼"就是"那个""那里"，"这个""这里"在古文里说为"此"。这里是此，那里是彼，所以我们有一个词叫"彼此彼此"，就是大家都差不多的意思。"淇"指的是淇水，黄河支流，今天河南省还有淇县，是卫国都城所在地。"淇"在《诗经》中多次出现，如"送子涉淇，至于顿丘"（《诗经·卫风·氓》）等。"奥"指的是水岸的弯曲之处。在河水水湾的地方通常会长一些植物。让我们看看淇水的水奥处长着什么啊？原来是——"绿竹猗猗"。猗猗，秀美茂盛之状。这个叠音词放在这里，让读者仿佛能够感受到风吹过竹林，竹子在风中起舞，婀娜多姿的样子。

看到竹子，古人往往可以联想起君子。为什么呢？因为古人觉得竹子的植物特性可以表达出君子应有的品德。

师：大家想一想竹子的哪些特性与君子的品格相像呢？

生甲：竹子一节一节往上长，像君子不断成长。

师：还有吗？

生乙：……

师：古人认为竹子是有节的，就像君子一样是有节操的。竹子是中空的，古人认为像君子谦虚的内心。当然，刚才小朋友也说了，竹子还是节节长高的，就好像君子不断精进自己的学问和德行一样。

所以古人看到竹子，就想到了君子——"有匪君子，如切如磋，如琢如磨"。"匪"，通"斐"，有才华、有文采的意思。一个特别有才华的君子，他的德行是如何养成的呢？"如切如磋，如琢如磨"。切，是古人制骨器的方法；磋，是古人制象牙器的方法；琢，是古人制造玉器的方法；磨，是古人制造石器的方法。结合起来，就是一个成语"切磋琢磨"，意思是把一个器物从它原始的材料状态，通过不断地雕琢打磨，使它成为一个完美的器物。同样地，每个人生出来，和那些玉石象牙一样，都带有一些先天的缺点，只有通过后天不断地努力、精进，过以日改，学以日进，德以日修，"切磋琢磨"，才可以成就一份如美玉一般的君子德行，这就叫"有匪君子，如切如磋，如琢如磨"。切磋琢磨之后，君子变得"瑟兮僩兮，赫兮咺兮"，又庄严又威武，又光明又显赫。如此美好的君子，真是令人难以忘怀啊，"有匪君子，终不可谖兮"。"谖"，忘记。

第二章、第三章和第一章的结构非常类似，这就是我们之前讲过的《诗经》的特点，尤其是风诗的特点——"重章叠句"。第二章还是以绿竹起兴，远远望去，在淇水的拐弯处，绿色的竹子青青翠翠。看到这些竹子，就想到了那些文

兴隆沟遗址出土的新石器时代石器（作者拍摄于中国考古博物馆）

采斐然的君子。第一章描写了君子的内在品德，第二章则集中于君子的外在——"充耳琇莹，会弁如星"。充耳，是古人礼帽上的一种装饰品，通常用两根丝线各系着一块小玉石，悬挂在帽子两侧，用以在必要的时候堵住耳朵。当然，充耳大部分时候只起到装饰的作用，表达君子有所不闻，非礼勿听的意思。"充耳琇莹"说的就是君子礼帽上的充耳玉质温润，莹然有光。会弁，是一种皮质的帽子。帽子上的宝石如星辰一般闪耀，就是"会弁如星"。这样的君子，内有精进之德，外有仪容之美，文质彬彬，见之难忘。这不禁让我们想起《相鼠》里对大人君子的讽刺，实在是鲜明的对比。

第三章，"瞻彼淇奥，绿竹如箦"，"箦"是竹子床席，在这里形容竹枝茂密的样子。"有匪君子，如金如锡，如圭如璧"。第一章讲君子的德行和学问，第二章讲君子的威仪和风采，第三章是对君子做了一个整体性的评价，"如金如锡"，金与锡都是古代的贵金属，质地精密，以喻君子之德。"如圭如璧"，圭与璧都是玉质的礼器，古人通常以圭祭祀山岳，以璧祭祀上天，以圭璧比拟君子，彰显了君子器识之高。而且，这样的君子还非常宽和、温厚，"宽兮绰兮"。你看他倚靠在车子的横木上开着玩笑，"猗重较兮，善戏谑兮"，却并不尖酸刻薄，

陕西咸阳秦始皇陵出土的戴弁骑兵俑

"不为虐兮"。这样的描写真是生动形象,君子温润如玉,却并不呆板,非常有亲和力,令人神思不已。

> 师:小朋友们想一下,《淇奥》这首诗的主题是什么?
> 生:赞美君子。
> 师:很棒,就是这个答案。

《卫风·淇奥》里提到的"切磋琢磨",给了后世的思想者很多启发,受到了非常多的推崇。例如,《论语·学而》篇中记载了子贡与孔夫子之间的一场对话,子贡闻音知雅意,就用此诗来与老师讨论了德行精进的意义:

> 子贡曰:"贫而无谄,富而无骄,何如?"子曰:"可也。未若贫而乐,富而好礼者也。"子贡曰:"《诗》云:'如切如磋,如琢如磨。'其斯之谓与?"子曰:"赐也,始可与言《诗》已矣!告诸往而知来者。"

这段话的意思是:子贡问老师,一个人贫穷但是不谄媚,富足却不骄纵,怎么样?《论语·先进》篇曾记载子贡"货殖焉,亿则屡中"(子贡去经商,猜测行情,每每猜中),其他的文献也记录子贡是富于资财的。这句话的引出,大概就是一个学生委婉地想让老师表扬自己一番。孔子当然明白子贡的意思,所以说了一句"可也",还不错,还可以。但是接着说,不过还比不上贫穷却能够快乐、富足却喜欢依礼而行的境界。夫子在肯定学生的基础上,又有所勉励,孔子为中国教育第一人,诚不我欺啊!子贡立刻明白了老师的殷殷期许,回应道,《诗·淇奥》里面说"如切如磋,如琢如磨",就是这个意思吧?有子弟如此,做老师的也是非常欣慰。于是,孔子开心地表扬子贡:赐呀,我可以和你谈《诗》了。告诉你一点,你就能有所发挥,举一反三。一个人,想要成为君子,就要经过"切磋琢磨"的努力,这大概是《卫风·淇奥》留给我们最宝贵的精神财富。

这是我的学生学习《卫风·淇奥》之后所写的感悟,作为老师深感欣慰。

> 所以我认为君子要像《淇奥》诗中说的青青绿竹一样,里面永远是空的,能不断接受新的知识,不断去切磋琢磨它们。做一个"如金如锡,如圭如璧"的人。

家长课堂

君子(在上位者)德行与学问的养成,一直是儒学非常关注的重点问题。一个人德行的养成与学问的探求,不可能是一蹴而就的,所以需要"切磋琢磨"。除了上面讲到的《论语》中孔子与弟子子贡借用《淇奥》的诗句讨论德行的养成外,《礼记·大学》中也引用此诗来说明君子"日新"的意义。

《大学》开篇即彰明"为学"的三个目标,通常被称为"三纲领"——"大学之道,在明明德,在亲(新)民,在止于至善"。所谓"日新"即三纲领中的"作亲(新)民",其中的"亲(新)民",有的学者认为应该解释为"亲近百姓"。但是也有的学者认为应该解释为"新民"。因为《大学》后面有一大段话讲了"新民"的问题:

> 汤之盘铭曰:"苟日新,日日新,又日新。"《康诰》曰:"作新民。"

商汤所用之盘上刻着铭文:"如能一日自新,就能日日自新,每日自新。"《康诰》说:"要作一个新的人。"据此,我更倾向于将"亲民"解释为"新民"。君子的养成就是要完成"日新"的精进。朱子说:"德必修而后成,学必讲而后明，见善能徙，改过不吝，此四者日新之要也。"德行不断修习才能成就，学问必须讲习才能明白，看见善德善行，一定要从善而行，改正自己的过失要态度坚决，不要犹豫，这四个方面就是我们"日新"的功课要点。所以，"日新"之德总结起来主要可以在两个方面展开，一个是德行学养的进步，一个是缺点问题的改正，双向用力，切磋琢磨，才能成就一个如美玉般品行的君子。所以《大学》里说：

《诗》云："瞻彼淇澳，菉竹猗猗。有斐君子，如切如磋，如琢如磨。瑟兮僴兮，赫兮喧兮。有斐君子，终不可谖兮。""如切如磋"者，道学也。"如琢如磨"者，自修也。"瑟兮僴兮"者，恂慄也。"赫兮喧兮"者，威仪也。"有斐君子，终不可谖兮"者，道盛德至善，民之不能忘也。

《礼记·大学》借用《淇奥》强调君子自省、日新的"修身"之德，为我们理解这首诗的主旨，为我们能够跳出文学的视角，理解《诗》之为"经"的意义，提供了非常明确的指导。

习学

主旨：《卫风·淇奥》是一首颂美君子的诗。

生字生词：

1. 瞻：远望。
2. 彼：那。此，这。
3. 匪：通"斐"，有文采。
4. 谖：忘记。
5. 戏谑：开玩笑。
6. 虐：刻薄。

名物：竹

成语：

切磋琢磨：本意是指制作骨气象牙器等物品的工艺，引申为学习、研究、进步的过程中改正缺点，不断进步。

文化常识：

古人寄物咏志，常以梅、兰、竹、菊入诗，称之为"四君子"，以比拟高洁的品格。梅，迎雪绽放，"墙角数枝梅，凌寒独自开"（王安石《梅花》）；兰，深谷幽香，"草木有本心，何求美人折"（张九龄《感遇》）；竹，谦逊雅致，"霜雪满庭除，洒然照新绿"（郑板桥《竹》）；菊，澹泊飘逸，"采菊东篱下，悠然见南山"（陶渊明《饮酒》）。"四君子"都没有媚世之态，遗世独立，谨守本心，超然物外，令人赞叹。

古人习惯把很多植物赋予精神性的意义。一方面，是因为我国古代是农耕文明，生活方式就是和植物与天地自然打交道，所以植物于我们来说是非常亲切的，"宁可食无肉，不可居无竹"。另一方面，文人雅士习惯把自己的精神世界寄托在植物身上，通过植物与宇宙自然沟通，植物也就有了人的气质神韵。这与西方世界，很多人将精神寄托于神是非常不同的。

作业：

1. 画一画"竹"。
2. 诵读《卫风·淇奥》。

十二、《卫风·硕人》

硕(shuò)人其颀(qí),	硕：高大，长。颀：长。
衣(yī)锦(jǐn)褧(jiǒng)衣(yī)。	衣：穿着。褧衣：罩衣。
齐(qí)侯(hóu)之(zhī)子(zǐ),	子：女儿。
卫(wèi)侯(hóu)之(zhī)妻(qī)。	
东(dōng)宫(gōng)之(zhī)妹(mèi),	东宫：太子的宫殿，这里指齐国太子。
邢(xíng)侯(hóu)之(zhī)姨(yí),	姨：男子称妻子的姐妹为"姨"。
谭(tán)公(gōng)维(wéi)私(sī)。	维：语气助词。私：女子称姐妹的丈夫为"私"。
手(shǒu)如(rú)柔(róu)荑(tí),	荑：白茅的嫩芽。
肤(fū)如(rú)凝(níng)脂(zhī)。	凝脂：凝结的油脂。
领(lǐng)如(rú)蝤(qiú)蛴(qí),	领：脖子。蝤蛴：天牛的幼虫，通体白色。
齿(chǐ)如(rú)瓠(hù)犀(xī)。	瓠犀：葫芦籽。
螓(qín)首(shǒu)蛾(é)眉(méi),	螓：一种似蝉的虫子。首：头。
巧(qiǎo)笑(xiào)倩(qiàn)兮(xī),	倩：脸上的酒窝。
美(měi)目(mù)盼(pàn)兮(xī)。	盼：眼眸黑白分明。
硕(shuò)人(rén)敖(áo)敖(áo),	敖敖：高大。

说于农郊。　　说：通"税"，休息。
shuì yú nóng jiāo

四牡有骄，　　牡：公马。骄：矫健。
sì mǔ yǒu jiāo

朱幩镳镳。　　朱幩：系在马头上的绸巾。镳镳：飘逸。
zhū fén biāo biāo

翟茀以朝。　　翟：野鸡，用野鸡毛装饰。茀：席子。
dí fú yǐ cháo

大夫夙退，　　夙退：早点退朝。
dà fū sù tuì

无使君劳。
wú shǐ jūn láo

河水洋洋，　　洋洋：水流浩大。
hé shuǐ yáng yáng

北流活活。　　活活：拟声词，水流动的声响。
běi liú guō guō

施罛濊濊，　　施：布、张。罛：渔网。濊濊：拟声词。
shī gū huò huò

鱣鲔发发。　　发发：鱼在网里拍打水的声音。
zhān wěi bō bō

葭菼揭揭，　　葭、菼：水边的植物。揭揭：长。
jiā tǎn jiē jiē

庶姜孽孽，　　庶姜：陪嫁的姜姓女子。孽孽：华美。
shù jiāng niè niè

庶士有朅。　　庶：多。庶士：护送的臣子。朅：威武。
shù shì yǒu qiè

解读

《卫风·硕人》是一首非常著名的诗，描写了卫国夫人庄姜的美，以及她出嫁时的场景。

"硕人其颀"，硕，颀长之意，就是大高个。颀，也是指身材修长。这首诗描写的对象是姜姓美女，出自齐国。齐国，在现在的山东省境内，我们常说山东大汉，历史人物孔子、小说里的人物武松，都是山东大汉的代表。相应地，山东的女子一般也是身形高大。人与人交往，一打眼首先看到的就是对方的身材。古人会觉得大高个儿非常漂亮，我们今天似乎也继承了这样的审美。"身高八尺有余"常常是古人描述英雄的套语。《水浒传》里描写武松与哥哥武大郎相见时的场景，就有一段画外音描写两个人在身量上的差别：

> 看官听说：原来武大与武松，是一母所生两个。武松身长八尺，一貌堂堂，浑身上下，有千百斤气力，不恁地，如何打得那个猛虎？这武大郎，身不满五尺，面目丑陋，头脑可笑。清河县人见他生得短矮，起他一个诨名，叫做"三寸丁谷树皮"。

《史记·孔子世家》里面记载："孔子长九尺有六寸，人皆谓之'长人'而异之。"有学者研究说春秋时期一鲁尺等于20.5厘米，也有的学者说西汉时期一尺约等于23.1厘米。小朋友可以算一算，孔子大概的身高是多少？其实，中外历史上，身材不高大却能成就一番伟业的大有人在。小朋友可以和家长一起想一想这样的人物都有哪些。

"衣锦褧衣"，第一个"衣"的读音，可以读为一声，也可以读为四声。古人在一个名词用做动词的时候，常常会将原来的字音变为第四声，这是古代汉语里面特别常见的一个读音现象。比如，我们说到纣王（wáng）、武王（wáng），这里的"王"都是正常发声，但是如果说到"做天下的王"这样一个意思的时候，"王"就读为四声，比如"王（wàng）天下"。这句诗里第一个"衣"也是这个情况，"穿着……衣服"的意思，可以读作四声。不过现代汉语里这种情况已经非常少见。这位身材高大的女子，穿着华丽的锦袍，外面还套着薄薄的罩衣（褧衣）。锦袍的样子，大家在电视剧里比较常见。但是褧衣却非常少见了。湖南省博物馆里收藏着马王堆汉墓出土的一件素纱单衣，大概和春秋时期的褧衣有些传承的关系。那件衣服，非常轻薄，总重量才49克，不足一两。

那么，这个"硕人其颀，衣锦褧衣"的姑娘是谁呢？后面用五句诗解释了这

马王堆汉墓出土的素纱单衣,轻若烟雾,薄如蝉翼

个姑娘的身份,"齐侯之子,卫侯之妻,东宫之妹,邢侯之姨,谭公维私"。她是齐侯的女儿,嫁过来作卫侯的妻子("子"在古文里,可以指儿子,也可以指女儿,我们在前面《桃夭》"之子于归"处,已经讲过这个问题)。她是齐国太子的妹妹(东宫在古代通常是太子居住的地方,这里代指太子),还是邢侯的小姨子。什么叫"小姨子",就是说这个姑娘有一个姐姐嫁给了刑侯。齐姜是刑侯的妻妹。谭公也是她的妹夫(或姐夫)。所以我们看,这个硕人的身份是非常尊贵的。我们可以以这个姑娘为中心,画出一张人物关系图,在这张图上,齐国、卫国、邢国、谭国,因为姻亲关系,被连接在了一起。换个角度看,其实就是齐侯将一个女儿嫁到了卫国,将另一个女儿嫁到了邢国,还有一个女儿嫁到了谭国。先秦时期,贵族之间的婚姻,大多是政治联姻,不像我们今天首要考虑的是两个人的感情。古人强调婚姻应该"门当户对",这种观念曾在很长一段时期受到过批判。但是,随着现代生活经验的积累,最终大家发现婚姻的建立,意味着两个人将长期生活在一起,共同承担生儿育女的责任,共同维系双方的社会身份与责任,并传承双方家庭的血脉,融入双方家庭的生活。因此,当爱情褪去,两个人原生家庭的教养、教育背景以及社会地位所决定的价值观、消费观、品位、生活习惯等问题,才是决定两个人能否长期幸福生活在一起的最重要的因素。慢慢地,现代人发现古人的一些习俗、观念还是非常有智慧的。

第二章非常有名，直白地描绘了这个姑娘的美丽，后世许多对美女的描写词汇都出自这里。美人之美首先表现在手上，"手如柔荑"。柔荑，就是白色的茅草根。姑娘的纤纤玉手就像白色的茅草根一样又白又细又直。其次是女子的皮肤，"肤如凝脂"，像凝固的脂膏一样细腻滑润。领，指的是脖子，美人一定要有一个修长的天鹅颈。蝤蛴，是天牛的幼虫，白白的软软的。美人要有一口洁白整齐的牙齿，"齿如瓠犀"，瓠犀就是葫芦籽。"螓首蛾眉"，螓是一种蛾子，形容女子额头方正。女子的眉毛也像蛾子的触须一样又细又长又弯。

　　第二章的前五句都是形容女子的静态之美，最后两句则描写了这个姑娘的动态之美，"巧笑倩兮，美目盼兮"。这个姑娘一笑起来，脸颊上有两个小酒窝，一双黑白分明的大眼睛顾盼生姿。这样看来，她不但是一个漂亮的姑娘，还是一个很活泼爱笑的美人。其实《诗经》里描绘过的姜姓女子都很美丽，例如《郑风·有女同车》里面的"孟姜"：

　　　　有女同车，颜如舜华。
　　　　将翱将翔，佩玉琼琚。
　　　　彼美孟姜，洵美且都。

　　　　有女同行，颜如舜英。
　　　　将翱将翔，佩玉将将。
　　　　彼美孟姜，德音不忘。

　　第三章讲的是这个姑娘来嫁于卫的过程。"硕人敖敖"，这个姑娘身材修长高大，"敖敖"也是高大的意思。"说于农郊"，"说"通"税"，停车休息，这个姑娘在郊区休息，做着入城前（完成婚礼）的最后准备。她的车驾由四匹壮硕的公马拉着，"四牡有骄"，"骄"是矫健的意思。这里需要记住的一个知识点是，"牡"，发音虽然是 mǔ，但却是"公"的意思，相对应的表示母的词是"牝"。武王伐纣历数纣王十大罪状，其中有一条就是"牝鸡司晨"，指的是纣王什么事都听妲己的意见，国家大事被妲己所左右。所以，"牝"是母，"牡"是公。这

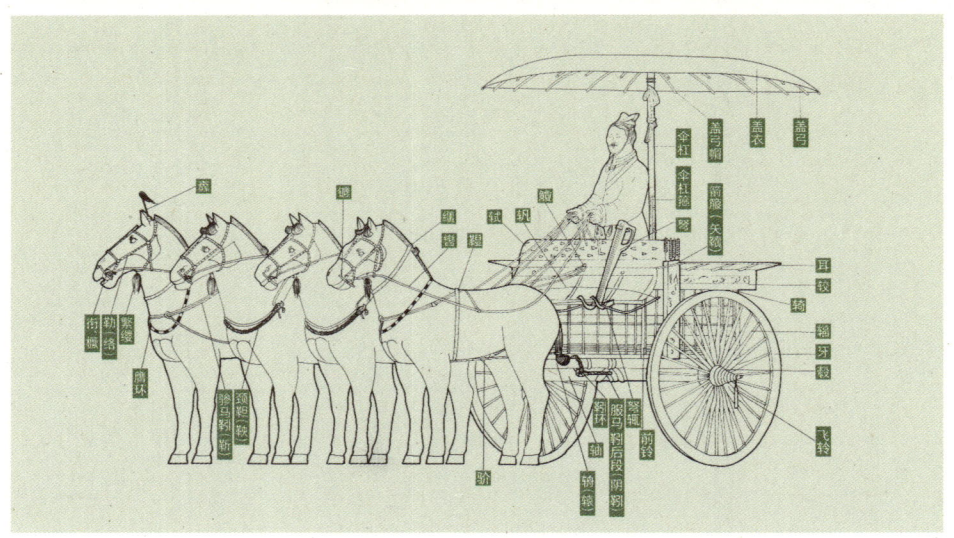

秦始皇陵铜车马,按秦代真人车马 1/2 比例制作,被誉为"青铜之冠"
(作者拍摄于秦始皇帝陵博物馆)

个姑娘的车驾由四匹威武健壮的公马拉着,马的口衔处还装饰着朱红色的飘带,"朱幩镳镳",车子上铺着雉鸡羽毛装饰的席子,"翟茀以朝",齐姜已经做好了入城与卫侯完成婚礼的准备。所以诗人劝诫上朝的大臣——你们赶快退朝吧,"大夫夙退",不要再去烦扰卫侯,"无使君劳",他今天可是要做新郎官啊!

最后一章，以"兴"开头，"河水洋洋，北流活活"，黄河之水浩浩荡荡向北流去。"施罛濊濊，鳣鲔发发"，"施"张网，"罛"就是渔网，"濊濊"为撒网入水之声。渔民撒开渔网，满网的鱼儿哗哗啵啵地挣扎跳跃。"葭菼揭揭"，河边的芦苇稠密挺拔。在这样祥和美好的景色中，"庶姜孽孽"，众多衣饰华美的姜姓女子，以及众多威武雄壮的臣子（"庶士有朅"），陪伴着这个"硕人"嫁到了卫国。

师：老师问一下，大家知道齐国的国君姓什么吗？

生甲：不知道。

师：大家知道齐国的始封君，就是第一个被分封到"齐"地建国的国君是谁吗？

生乙：好像是姜子牙吧？

师：对，就是大名鼎鼎的姜尚。所以大家要记住这个知识点，齐国的国君应该姓"姜"。所以这个"硕人"是齐国国君的女儿，也应该姓姜。这里讲"庶姜孽孽"，就是齐姜出嫁的时候，也有很多其他姜姓的女子陪嫁。

师：另外，大家知道周人姓什么吗？

生丙：姓"姬"。

师：对，周人是姬姓。许多古老的姓，包括"姓"这个字，都有一个"女"字边，这是早期母系氏族社会的遗迹。小朋友可以想一想还有哪些古老的姓也是女字边。

讲到这里，这首诗就读完了，是不是"从此以后，公主和王子就幸福地生活在一起"了呢？非常遗憾，此后就是一个悲伤的故事了。《左传·隐公三年》里记载了相关的故事：

> 卫庄公娶于齐东宫得臣之妹，曰庄姜，美而无子，卫人所为赋《硕人》也。又娶于陈，曰厉妫，生孝伯，早死。其娣戴妫生桓公，庄姜以为己子。公子州吁，嬖人之子也，有宠而好兵。公弗禁，庄姜恶之。

庄姜风风光光出嫁之后，却因为没有生子遭到冷落，生活并不愉快。她后来抱养了陈国之女戴妫所生的儿子，这个孩子就是后来的卫桓公。卫庄公还有一个儿子叫州吁，非常受宠，喜好武力，卫庄公也不加管教，老臣石碏（què）就此提出了自己的劝谏。劝谏的言辞被《左传》的作者记录了下来，后来又被选录到《古文观止》中，就是大名鼎鼎的《石碏谏宠州吁》。小朋友们可以提前看一看，里面有一句非常著名的关于教育子女的话："臣闻爱子，教之以义方，弗纳于邪。"可惜的是，卫庄公并没有听从石碏的建议。后来卫桓公继位，州吁果然作乱，弑杀了卫桓公，自立为君。据说州吁上位后，就把庄姜赶回了齐国。庄姜临行前写下了《邶风·燕燕》这首诗。除此之外，宋代的理学家朱熹认为，《诗经》中的《终风》《柏舟》《绿衣》和《日月》四首诗也是出自庄姜之手。

家长课堂

在《论语·八佾》篇中有一条章句记录了孔子和弟子子夏的一段对话：

> 子夏问曰："'巧笑倩兮，美目盼兮，素以为绚兮。'何谓也？"子曰："绘事后素。"曰："礼后乎？"子曰："起予者商也，始可与言《诗》已矣。"

子夏拿来一句诗，问老师是什么意思。我们发现，这句诗有三个分句，前两句就是《卫风·硕人》里面的句子，后一句却不见于目前的《诗经》版本。这是什么情况呢？古人也注意到了这个问题，而且类似的例子还有很多。先秦文献喜欢引经据典，常常引用诗句，但是有一些诗句并不在目前所见的《诗经》版本中，如《论语·子罕》篇中的最后一条章句：

> "唐棣之华，偏其反而。岂不尔思，是室远而。"子曰："未之思也。夫何远之有？"

其中的"唐棣之华，偏其反而。岂不尔思，是室远而"就不见于目前的《诗经》中。针对这一问题，司马迁在《史记·孔子世家》中解释道：

> 古者诗三千余篇，及至孔子，去其重，取可施于礼义……三百五篇孔子皆弦歌之，以求合《韶》《武》《雅》《颂》之音。礼乐自此可得而述，以备王道，成六艺。

太史公认为在《诗经》之前，流传着三千多篇诗歌作品。孔子有意识地删除了重复的部分，又挑选了一些可以用于教化礼义的作品，最后剩下了305篇，成为现在的《诗经》的定本。

太史公的说法在很长时间里一直是定论。直到唐代经学家孔颖达在《诗谱正义序》中提出质疑：

> 案《书》《传》所引之诗，见在者多，亡逸者少，则孔子所录，不容十分去九，马迁言古诗三千余篇，未可信也。

就是说，如果按照太史公司马迁的说法，孔子删古诗为《诗经》。那么，应该有将近十分之九的诗歌作品被剔除在了现有的《诗经》版本之外。但是根据孔颖达当时可见的先秦典籍约略统计，先秦文献中所引用的诗歌作品，不见于《诗经》中的少，见于《诗经》中的多，离十分之九相去甚远。为了弄清楚这个问题，清代的学者赵翼干脆用了笨功夫，做了一个非常严谨的学术统计：《国语》中引诗31条，逸诗仅1条。《左传》中引诗共217条，其中逸诗不过13条。可见，孔颖达所说"见在者多，亡逸者少"是站得住脚的。

另外，《左传·襄公二十九年》记载了吴国公子季札在鲁国观周乐的史实。当时乐师所演奏的乐诗和目前《诗经》中的十五国风只有顺序的不同（虽然只提到14风，没有提到"曹风"，但是文献记载季札"自'郐'以下无讥焉"），风诗之后又演奏了"小雅""大雅"和"颂"，基本的结构也与现在的《诗经》相同。而鲁襄公二十九年时，孔子只有8岁，不可能删诗。

既然这样，为什么有些古人会强调孔子对《诗》曾经做过删定编辑的工作呢？

一方面，我们必须承认，根据古代文献记载，孔子确曾对《诗经》进行过整理。《论语·子罕》中说：

> 子曰："吾自卫反鲁，然后乐正，"雅""颂"各得其所。"

孔子周游列国之后，从卫国返回鲁国，对《诗经》进行了编辑整理的工作。另一方面，汉代正是"罢黜百家，独尊儒术"的时代，"独尊儒术"主要是通过"表彰六经"来体现的。而所谓"六经"（乐经失传后，变为"五经"），汉代人会认为只有经过孔子手定的才能被尊为"经"。清代学者皮锡瑞在《经学历史》中将此意揭示得非常明确。他说："不以经为孔子手定，而属之他人，经学不明，孔教不尊……故必以经为孔子作，始可以言经学；必知孔子作经以教万世之旨，始可以言经学。"

不管怎样，我们必须承认的是，孔子之所以伟大，是因为他是其之前文化传统的继承者，发扬者。除孔子外，晚周诸子基本上将"六经"作为"先王之陈迹"进行抛弃，并纷纷推陈出新。只有孔子继承传统，以应世变。在孔子这里，先王先圣留下来的六经六艺非但没有沦为历史的陈迹，反而成为昌明大道的大经大典。孔子通过自己对六经之文的删述整理，将先圣先贤的历史经验经典化、原理化，这即是司马迁所谓："中国言'六艺'者，折中于夫子，可谓至圣矣。"（《史记·孔子世家》）

习学

主旨：《卫风·硕人》是一首颂美卫庄姜的诗。

生字生词：

1. 硕人：高大健美的人。

2. 颀：长，身体修长。
3. 倩：酒窝。
4. 牡：公马。
5. 庶：众多。

名物：荑、凝脂、蝤蛴、瓠犀、螓、蛾

成语：

1. 手如柔荑：形容手指纤细柔嫩。
2. 肤如凝脂：形容皮肤洁白细嫩。
3. 巧笑倩兮：形容女子笑容美好。
4. 美目盼兮：形容眼睛顾盼生姿。

文化常识：

《论语·八佾》篇中有一条章句曾引用《硕人》里面的诗句：子夏问曰："'巧笑倩兮，美目盼兮，素以为绚兮。'何谓也？"子曰："绘事后素。"曰："礼后乎？"子曰："起予者商也，始可与言《诗》已矣。"子夏问老师这句诗是什么意思，孔子说绘画的时候，要先有白底子，再在上面描画色彩。子夏问，这是不是就说明，"礼"是（人类文明中）后发展起来的？孔子表扬子夏说，你的话对我很有启发，以后我可以和你谈论《诗》了。

作业：

1. 画一画"硕人"。
2. 诵读《卫风·硕人》。

十三、《卫风·木瓜》

投我以木瓜，
报之以琼琚。
匪报也，
永以为好也！

投：赠送。

报：报答，回报。琼琚：美玉。

匪：通"非"，不是。

投我以木桃，
报之以琼瑶。
匪报也，
永以为好也！

琼瑶：美玉。

投我以木李，
报之以琼玖。
匪报也，
永以为好也！

琼玖：美玉。

解读

《卫风·木瓜》是一首非常著名的诗。诗三章。

师：老师问一下，这首诗的结构有什么特点，小朋友们能看出来吗？
生：重章叠句。
师：对了，还是我们之前讲过的"重章叠句"。

我们来复习一下，何谓"重章叠句"。我们看这首诗一共三章，古人把一段称为一章，所以是诗三章。每章的结构基本相同，每章里面句子的表达也基本类似，这就叫"重章叠句"。为什么会出现这种结构呢？老师之前也给大家讲过，这是因为《诗经》里面的作品是可以配乐歌唱的。《墨子·公孟》里提到："颂《诗三百》，弦《诗三百》，歌《诗三百》，舞《诗三百》。"《史记·孔子世家》也记载："三百五篇，孔子皆弦歌之，以求合韶、武、雅、颂之音。"这些记录都证明《诗经》三百零五篇，均可以配乐歌舞。所以《诗经》里面的作品其实就相当于我们现在的歌词。我们今天的歌曲大多会有很多段落，而段落与段落之间往往会有一些重复的部分，其实古今是一样的道理。"重章叠句"用于诗歌的表达，不但在音乐上有一种复沓的旋律之美，更可以让一种情绪通过回旋往复、百转千肠的方式表达出来，增强艺术的感染力，所以是古今都喜欢运用的表达方式。

第一章，"投我以木瓜，报之以琼琚。匪报也，永以为好也！"投，就是扔的意思。我们喜欢一个人，就会愿意把自己的好吃的分享给对方。古代有一个美男子叫潘安，美仪容，所以我们现在夸奖一个男子长得俊美通常会说他"貌比潘安"。据说潘安年少时，有一次坐车到洛阳城外游玩。女孩子见了他，都情不自禁地把鲜花和瓜果扔到他的车内以表达爱意。等潘安回家的时候，车内已经瓜果如山，这就是著名的典故"掷果盈车"的来历。所以我们可以根据这个故事来推测，"投我以木瓜"大概率是一种善意的表达。别人给予我们一份善意，我们也需回报一份善意，所以"报之以琼琚"。报，就是回报。琼琚、琼瑶、琼玖，都是美玉的名称。我用一块美玉琼琚回报给对方。不过诗里又接着说，"匪报也"，这不是一份回报。那是什么呢？"永以为好也"，原来是希望可以和对方永结为好。

　　第二章、第三章，"投我以木桃，报之以琼瑶。匪报也，永以为好也"，"投我以木李，报之以琼玖。匪报也，永以为好也"，理解了第一章，后面两章的意思小朋友们就可以自己讲给父母听了。后两章里引起大家争论的一个问题是植物学问题，"木桃""木李"这两种水果到底有没有？古人讲"君子耻一事不知"，所以学术研究中专门有"名物学"一门，孔子讲学习《诗》可以"多识（zhì，记住）于鸟兽草木之名"，学习《诗经》可以顺便学一下生物学知识，可见古人并不如我们想象的那样死板。关于"木桃"和"木李"的问题，研究者通常会认为就是"桃子"和"李子"，加了一个"木"字，作为衬字，是为了和之前的"木瓜"配合，达到音韵的美感。大家可以试着读一读没有"木"字的版本，就可以理解衬字的作用：

　　　　投我以木瓜，报之以琼琚。
　　　　投我以桃，报之以琼瑶。
　　　　投我以李，报之以琼玖。

　　是不是读起来，在音韵节奏上就没有原诗那么美妙了？

　　师：小朋友们都见过"木瓜"吗？
　　生：见过。还吃过。
　　师：这里再继续展开一个生物学知识，《木瓜》里面的木瓜，并不是我们现在通常在超市里看到的那种木瓜。那种木瓜应该称为"番木瓜"（番，外来之意），原产热带美洲，至于何时传入我国，专家尚有争议。而且这种木瓜一般生长在南方，而卫风是在北方，所以这首诗里面提到的"木瓜"是北方的一种传统的植物。木瓜属蔷薇科，一般春末开花，果实成熟后如拳头大小，椭圆、光滑、

《卫风·木瓜》中所描述的木瓜形态

青黄色,味道酸涩,口感像木屑,不适于生食。人们通常将它拿来蒸食,更多的是用来制药。而且这种木瓜成熟之后是中空的,所以古人说一个人笨是"木瓜脑袋",说的就是这种木瓜。

下面我们来讨论一下这首诗的主题。关于这个问题,历来有很多不同的看法。有学者认为这就是一首男女互赠礼物、表达感情的爱情诗。但是,《毛诗序》说:"《木瓜》,美齐桓公也。卫国有狄人之败,出处于漕,齐桓公救而封之,遗之车马器物焉。卫人思之,欲厚报之,而作是诗也。"意思是,《木瓜》这首诗是卫国人为了报答齐桓公的复国之恩,所以作诗赞美。这里就涉及一个历史故事——"爱鹤失国"。话说卫国历史上曾经有一个非常昏庸的君主卫懿(yì)公。他有一个嗜好,就是养仙鹤。他不但聚敛了很多财富,用于养仙鹤,还给仙鹤封官职,配车驾,国事因此大坏。北方的狄人部族趁机攻打卫国。卫懿公想召集百姓应敌,百姓却对他说,还是让你的仙鹤去保卫国家吧。仙鹤拿着国家的俸禄呢,我们能做什么呢?卫懿公这个时候才意识到自己的问题,可是已经为时晚矣。因为没有人守护这个国家,所以狄人长驱直入占领了卫国的都城,最后只剩下七百多名百姓逃到了黄河边。这个时候,正是齐桓公争霸天下的时代。他带领着齐国的军队护卫卫国残余的百姓,并带来许多车马器物,帮助卫国人在漕邑重建家园。《左传·闵公二年》记载了相关的史实:

冬十二月,狄人伐卫。卫懿公好鹤,鹤有乘轩者。将战,国人受甲者皆曰："使鹤，鹤实有禄位，余焉能战！"……齐侯使公子无亏帅车三百乘、甲士三千人以戍曹。归公乘马，祭服五称，牛羊豕鸡狗皆三百，与门材。归夫人鱼轩，重锦三十两。

因此，《毛诗序》认为《木瓜》一诗是卫国人感念齐桓公复国之恩的作品。不过，也有研究者提出了反对的意见。他们认为，将复国之恩比拟为"木瓜""木桃""木李"一样的轻贱之物，却说自己的回报像"琼琚""琼瑶""琼玖"这样贵重的美玉，有自高之嫌，似乎有点儿不伦。这个反驳似乎也有点儿道理。不过很多时候，诗人作诗也不过是即景咏志，逻辑上不大通也是有的。小朋友们可以和家长一起讨论一下这个问题。正因为有这样的疑虑，所以宋代的理学家朱熹才会觉得这首诗"疑为男女相赠答之辞"。但是这种解释似乎也有问题。因为我们在整首诗里并没有找到特别明确的表达男女两性关系的字句。所以，就产生了第三种关于《木瓜》主题的理解，那就是《卫风·木瓜》只是一首普通的赠答诗，记录了一种正常的人与人之间的礼尚往来，只不过其中感情之绵密、真挚，令人动容。真正的学术研究，强调"有一分材料说一分话"的严谨态度，所以在没有更多材料之前，我们还是把这首诗的主题标定为"赠答诗"。

家长课堂

礼尚往来，是中国非常优良的文化传统与生活行为规范。《礼记·乐记》中说："礼也者，报也。"《礼记·曲礼上》强调："太上贵德，其次务施报，礼尚往来。往而不来，非礼也；来而不往，亦非礼也。"

提到"报答"，国人的第一反应是子女对父母养育之恩的报答。我曾在《邶风·凯风》的"家长课堂"里讲了"为人父母"的行为规范。这里借着"礼尚往来"讲一讲"为人子女"所应该做的部分。

记得曾经看过一篇文章，标题是《孩子，我不需要你的回报》。这篇文章的作者是一名受过高等教育的家长，毕业于名校。大概是受到西方教育理念的影响，认为家长养育孩子并不是为了将来要捆绑孩子为自己养老，家长养育孩子不是一场精心策划的交易。这种"高姿态"，在没有细细分辨之前，往往非常让人感动。我相信这个家长在写这篇文章的时候，甚至会自我感动。但是，如果细细分辨，我们会发现，在教育子女的过程中，恰恰不需要这种"高姿态"。为什么呢？

我们每一个人的生命其实都来源于许多外在事物的成就——从生身父母，到阳光、空气、山川、大地、河流、花草树木，以及朋友、老师、邻里、社会、国家……培养对他人赠与（或帮助）的感激，是打破自我中心主义最好的方法，同时也是养成和谐人际关系的基本条件。而这种能力，这种情商的养成，需要从一个人身边的事情开始，孔子讲"能近取譬"是也。所以，对父母养育之恩表达感激，并付诸行动，恰恰是作为一个人回馈社会、回馈他人的开始。

更为重要的是，通过这种"回报"，我们可以更加深刻地体认自我生命的珍贵与不易，从而更为严肃且负责地面对自我的生命，理解自我的生命并不仅仅归自己所有。然后把自我的生命作为一种回报，反馈给这诸多的成全——父母、空气、阳光、山川、大地、社会、国家……同时，我们对他人的"回报"也完成了对他人的"成全"。在这种"成全"中，我们可以体认到自己的责任、能力与价值，从而在内心深处获得一种自我升腾的喜悦。只有把生命放在这样的理解中，我们才能真正地实现自我生命的意义。

习学

主旨：《卫风·木瓜》是一首赠答诗。

生字生词：

1. 投：赠送。
2. 报：报答，回报。
3. 匪：通"非"，不是。

4. 琼琚、琼瑶、琼玖：都是美玉的名称。

名物： 木瓜

成语：

礼尚往来：礼节上注重有来有往。

文化常识： 爱鹤失国

作业：

1. 画一画"木瓜"。
2. 诵读《卫风·木瓜》。

十四、《王风·黍离》

彼黍离离，　　　　　　彼：那个。黍：黄黏米。离离：茂盛状。
彼稷之苗。　　　　　　稷：小米。
行迈靡靡，　　　　　　行迈：远行。靡靡：迟缓状。
中心摇摇。　　　　　　中心：心中。摇摇：愁闷。
知我者，
谓我心忧；　　　　　　谓：说。
不知我者，
谓我何求。
悠悠苍天，
此何人哉？

彼黍离离，
彼稷之穗。　　　　　　穗：禾苗抽穗。
行迈靡靡，
中心如醉。
知我者，
谓我心忧；

彼黍离离，
彼稷之苗。
行迈靡靡，
中心摇摇。
知我者，
谓我心忧；
不知我者，
谓我何求。
悠悠苍天，
此何人哉？

彼黍离离，
彼稷之穗。
行迈靡靡，
中心如醉。
知我者，
谓我心忧；
不知我者，
谓我何求。
悠悠苍天，
此何人哉？

彼黍离离，
彼稷之实。
行迈靡靡，
中心如噎。
知我者，
谓我心忧；
不知我者，
谓我何求。
悠悠苍天，
此何人哉？

实：果实。

噎：堵塞。

解读

今天我们来学习《王风·黍离》这首诗。首先我们来复习一下《诗经》的整体结构。

师：《诗经》一共多少篇诗歌作品啊？

生甲：我记得是305篇。

生乙：好像还有另外6首只剩题目而没有内容的作品。

师：非常赞，就是305+6篇。所以《诗》还被称为《诗三百》。《诗》被称为"经"，"诗经"的称谓开始流传，是汉代以后的事情。

师：《诗》分为几个部分啊？

生：《诗经》分为三个部分——风、雅、颂。

师：正确。

"风诗"一般被认为是地方的乐歌，一共有十五个部分，因此被称为"十五国风"。但其实，"风诗"之前的名字是"邦风"。因为汉代要避讳汉高祖刘邦的名字，所以改"邦"为"国"，称为"国风"。"雅"的部分一般认为是周天子王畿附近的乐歌，分为两部分："小雅"和"大雅"。"颂"诗是祭祀所用的乐歌，分为三部分："周颂""鲁颂"和"商颂"。我们今天学习的《王风·黍离》就是"十五国风"中的"王风"。

"王风"既然为地方之诗乐，那"王风"产生的地域在哪里呢？所谓"王"即"王都"的意思。周人定鼎天下之后，有三个王都，两个是位于西部被称为"宗周"的"丰京"和"镐京"，另一个是位于东部被称为"成周"的东都"洛邑"。何谓"宗周"？就是周王朝肇始之基，宗庙之地，是为宗周。何谓"成周"？即周道始成于天下而王所建都之地，是为成周。"宗周"之地的"丰京"和"镐京"在今天的陕西西安附近。以沣水为界，沣水之西为丰京，据说为文王所建，镐京则在沣水之东，据说为武王所建。"洛邑"即今洛阳附近，是周成王时期，尊奉武王遗嘱，周公召公所建的陪都。中国历史上有一个著名的"烽火戏诸侯"的故事。周幽王失信于诸侯之后，犬戎带领着军队攻破了镐京。他的儿子周平王继位之后，眼见宗周残破不堪居住，于是东迁入洛邑，这就是历史上东周的开始。"王风"就是王都洛邑附近的乐歌，所以"王风"中的乐歌都是平王东迁之后的作品。

但是这里产生了一个问题，洛邑不是王畿吗？王畿附近的乐歌不应该归为

"雅"诗吗，为什么这些乐歌归属为表示地方之乐的"风诗"中呢？汉代的经学家郑玄早就注意到了这个问题，他分析说："幽王之乱而宗周灭，平王东迁，政遂微弱，下列于诸侯，其诗不能复'雅'，而同于'国风'焉。"意思是，周平王东迁洛邑之后，政事微弱，其实力已经等同于诸侯，所以这个时候王都附近的乐歌也只能归于"国风"了。

"彼黍离离，彼稷之苗"，黍和稷是北方最常见的两种谷物。黍，长出来的是黄黏米，比小米大一点点，有黏性。稷，就是小米。先秦时期的农官常常被称为"后稷"（后，尊称），周人的始祖弃就做过后稷。北京故宫旁边有"社稷坛"（社，土地神。稷，谷神），是古代皇帝祭祀的地方。这首诗以"黍稷"起兴。"行迈靡靡，中心摇摇"，"迈"也是行之意，"行迈"，行行复行行。"靡靡"，走路缓慢，委顿彷徨之状。人心情好的时候，走路都是轻快的，我们讲这个人"走路带风"。可是心情不好的时候，却像背负着大山一样，走路都没有力气。"中心"，就是心中。"摇摇"，彷徨不安之状。看到庄稼长出了小苗，不应该心中愉悦吗？作者为什么会"中心摇摇"呢？我们回到这首诗，这是"王风"中的一首，是平王东迁之后的作品，诗作者又走了很远的路，所以毛诗即解读此诗为"闵宗周也。周大夫行役至于宗周，过故宗庙宫室，尽为禾黍，闵周之颠覆，彷徨不忍去，而作是诗也"。古人推测此诗为东周初年周大夫行役（出差办事）路过西周都城镐京时，看到昔日的宗庙已经毁弃，长满了黍稷，心中感伤而作此诗。可是，他心中的这份悲叹却无法向人言明，也没有几人能够理解，故而发出了"知我者，谓我心忧；不知我者，谓我何求"的感叹。理解我的人，知道我心里充满忧伤；不理解我的人，却会说你还要求什么呢，你还不满足吗？哎，"悠悠苍天，此何人哉"，苍天啊，理解我的那个人在哪里呢？

师：小朋友们有没有过，觉得别人不理解自己的时候？

生：有。有的时候妈妈冤枉我。

师：那你是怎么解决的？

生：我觉得很难过。

师：当我们感受到别人没有理解我们的时候，我们还是应该努力去沟通，消

《诗经名物图》中的黍稷

除误会,对不对?

生:对。

《王风·黍离》这首诗也是"重章叠句"的结构,不过与《木瓜》又有所不同。诗三章开头的部分排列起来,其中隐含着时间的流逝,与《木瓜》只是单纯的复沓不同:

> 彼黍离离,彼稷之苗
> 彼黍离离,彼稷之穗
> 彼黍离离,彼稷之实

黍稷从"苗"到抽"穗"到结"实",春来暑往,暑往秋来,在物候变化的衬托之下,在时间的流逝之中,作者的情绪却没有改变——"中心摇摇""中心如醉""中心如噎"。他绵长的悲伤与复沓的音韵节奏相辅相成,让这份哀伤浓郁得化都化不开了。最后一句"悠悠苍天,此何人哉",悲伤中夹杂着愤懑,如鲠在喉,却也只能化为一声叹息,令人动容。

兴亡成败，是历史永恒的主题，也是诗歌吟咏的重要内容。《王风·黍离》是中国诗歌史上最早表达这一主题的作品，我们称之为"怀古诗"。后人从这首诗中总结出了一个成语——"黍离之悲"，昔日宫殿巍峨，繁花着锦，今日却成为农田两行，沧海桑田，物非人是。造成这一切的是谁呢？谁应该为此承担责任呢？眼看着大厦倾颓，众人却苟且偷安、及时行乐。作者心中的悲愤无以言说，只能呼叫"知我者，谓我心忧，不知我者，谓我何求。悠悠苍天，此何人哉"？

"怀古诗"是中国诗歌创作中非常重要的主题。其中著名的篇目还有李白的《登金陵凤凰台》（"吴宫花草埋幽径，晋代衣冠成古丘"），以及苏轼的《赤壁怀古》等作品。后代的许多怀古诗多感慨前朝兴亡，或月旦（评价）古人，或指点江山，多是局外人语，均不如此诗为切肤之痛，故深切哀致之极矣。

家长课堂

我们在上面讲了"王风"里面的诗歌应该是周平王东迁至东都洛邑，中国历史进入到东周时期，周王畿附近的诗歌作品。那么，犬戎攻破丰京镐京之后，怎么就有这样一个现成的东都供平王迁移，使得周朝又得以延续了五百多年的历史呢？关于这个问题，我们后人不得不赞叹周族打天下的那批伟大的政治家们的宏图伟志。

周族本来是偏安西部的方伯（本书后面"大雅"的部分会具体讲），而商则是东方的大族，是天下的共主。武王伐纣成功，在周人自己的历史表述中都是"小邦周"打败"大邦殷"（《尚书》）。可是，打败大邑殷商之后，武王等人立刻面临着如何统御如此庞大疆域的问题，"会纣之乱而周初定，未能集（安定）远方"（《史记·齐太公世家》）。《孟子》记载，文王的发迹不过"百里"之地。此言虽有夸张之嫌，但是殷周革命，周人蛇吞象，却是不争的事实。为了巩固东部的故殷属地，周初进行了最重要的制度建设，即封建政体之创兴，所谓"封建亲戚，以藩屏周"（《左传·僖公二十四年》）。面对东部以及南方广大的疆域，周初统治者把亲属、贵戚、有功之臣，以及愿意归附的方伯分封到各地，作为周王室的"樊篱"，拱卫京畿，戍守疆域。钱穆先生在《国史大纲》中对此有过非常详尽的论述：

> 周人封建，亦由当时形势之实际需要逐步逼拶而成，同时亦是周民族对于政治组织富于一种伟大气魄之表见……武王灭纣之后，并不能将殷人势力彻底铲除……（周公二次封建后）周人从东北、东南张其两长臂，抱殷宋于肘腋间，这是西周的一个立国形势，而封建大业即于此完成。（《第三章 封建帝国之创兴》）

吴稼祥认为，周朝以封建兼制天下具有显著的制度优势，它通过血缘权威和地域权威的结合，大大缓解了超大规模国家的治理本身所必然要求的集权压力，在保持国家统一的前提下，提高了社会自治程度，激发了社会活力和创造力（《中国历代政治之得失》）。

但是封建兼制天下之后，另外一个问题随即出现，所谓"天高皇帝远"，周天子如何统御这些分封出去的诸侯呢？此即礼乐制度创制的政治基础。天子九鼎八簋，诸侯七鼎六簋，卿大夫五鼎四簋……天子八佾，诸侯六佾，卿大夫四佾……如果各地诸侯遵从这个礼制的规定，那么就意味着他仍然服从于这套政治秩序，安守于自己的政治地位。但是如果似鲁国的季氏家族"八佾舞于庭"，一个诸侯的臣子僭越用天子之八佾，就说明其不臣之心已经昭然明矣。所以钱穆先生认为："周人在数百年间，不用兵力，单赖此等松弛而自由的礼节，使那时的中国民族益趋融合，人文益趋同化，国家的向心力，亦益趋凝定。此乃中国传统所谓'礼治'的精神。"（《中国文化史导论》）

此外，为了控制东方，威服南土，督责诸侯，联络感情，周成王时，根据武王的遗愿，由召公、周公主持，在河南境内营建了东都洛邑。

为什么会选在此地呢？《史记·周本纪》中记载："此天下之中，四方入贡道里均。"意思是，此处是天下的中央，四面八方的诸侯来朝见周天子，他们走的路程差不多一样远，所以就选在了此地。大家可以在我们的学习地图上找到"成周"的位置，就可以对西周初年政治家们选择此地作为宰治天下的东都，有一个直观的体会了。

钱穆先生说:"西周的封建,乃是一种侵略性的武装移民与军事占领,与后世统一政府只以封建制为一种政区与政权之分割者截然不同。因此在封建制度的后面,需要一种不断的武力贯彻。"(《国史大纲·第三章 封建帝国之创兴》)因此,当平王东迁至东都洛邑,其所直接统御的疆域已经大不如前,周天子的实力大大削弱,对诸侯的政治威慑力也急剧下降。所以东周时期王畿附近的乐歌也就只能等同于地方之乐,列于"国风"之中了。

习学

主旨:《王风·黍离》是一首怀古诗。

生字生词:

1. 迈:行。
2. 谓:说。
3. 实:果实。
4. 噎:喉咙堵塞。

名物:六谷——稻、粱、菽、麦、黍、稷

稻(水稻,我们吃的大米)、粱(高粱)、菽(豆类)、麦(麦子,我们吃的面粉)、黍(糜子、黄米)、稷(谷子、小米)

成语:

黍离之悲:比喻亡国之痛。

文化常识：

天的几种说法：尊而君之则称皇天，元气广大则称昊天，仁闵覆下则称旻天，自上降鉴则称上天，据远视之苍苍然则称苍天。

作业：

1. 画一画"黍稷"。
2. 诵读《王风·黍离》。

稷

稻

菽

高粱

麦

十五、《郑风·子衿》

青青子衿，悠悠我心。纵我不往，子宁不嗣音？　　衿：衣领。

纵：即使。

宁：难道。嗣音：传音讯。

青青子佩，悠悠我思。纵我不往，子宁不来？　　佩：佩戴。

挑兮达兮，在城阙兮。一日不见，如三月兮。

挑、达：欢快的样子。

城阙：城门两边的角楼、观楼。

解读

郑风,即郑地的乐歌,郑国在今天河南省新郑市附近。

"青青子衿",青青,青色。"子"就是"你","衿"即古人的衣领。"悠悠我心",青色的衣领,存于我心。

师:诗人说我心里总是想着你青色的衣领,她想的是衣服吗?

生:不是吧。她应该想的是那个穿着青色衣服的人。

师:对了。诗人没有直说我想念你,而是说我想着你青色的衣领。她为什么不直接说呢?

生:她有点儿害羞吧?

师:应该是的。但是我们也通过这种描写体会到了诗人这种羞涩的小儿女的情态,颇令人莞尔,同时还有一种深挚的情感在其中流动。

"纵我不往,子宁不嗣音",这一句就直抒胸臆了,我们都已经很久没见面了,即使我不去,你就不知道捎个音讯来吗?这一份嗔怪,是恋爱当中常常出现的场景。

"青青子佩","佩"就是"佩巾"。"悠悠我思",存于我心。"纵我不往,子宁不来",纵使我没过去找你,你就不知道来看看我吗?话都说到这份上了,估计两个小儿女约好要见一面了。

在哪里见面呢?"在城阙兮"。关于"城阙",小朋友们最熟悉的还是王勃《送杜少府之任蜀州》中的两句"城阙辅三秦,风烟望五津"。"城阙"二字最早即出现于《诗经》此处。根据孔颖达的解释"谓城上别有高阙,非宫阙也",即城阙指的是城墙上的高楼。当时周人封建天下,诸侯国都需要"封土建邦",故城邑皆有城墙四面围住。我们现在偶尔还可以在一些地方看到当年城墙的遗存。

《论语》中出现的鲁国南武城故城城墙遗址

在城墙上再盖高楼，一般是为了瞭望和防卫。所以只要是州郡城市，城头上一般都有高楼，可称为城阙。

汉语中"高"这个字即是模仿城阙高楼而会意为"高"的：

高	高	高	高	高	高
甲骨文	金文	篆文	隶书	楷书	简体

由于城阙高耸，故往往先映入观察者（诗人）的眼中，所以古诗中"城阙"出现的频率颇多。

师：小朋友们能不能想出几句带有"城阙"的古诗句？
生："城阙辅三秦，风烟望五津。"
师：不错。这是唐朝王勃的《送杜少府之任蜀州》。还有吗？
生：……
师：其实还有很多，例如"丘坟满目衣冠尽，城阙连云草树荒"（韩愈《题楚庄王庙》），"山亭一以眺，城阙带烟霞"（解琬《晦日宴高氏林亭》），"天秋月又满,城阙夜千重"(戴叔伦《客夜与故人偶集》),"远近山河净,逶迤城阙重"(李颀《望秦川》),"邑居环若水,城阙抵新丰"(杨炯《和辅先入昊天观星瞻》),"寂寞到城阙,惆怅返柴荆"(韦应物《澧上寄幼遐》)。小朋友们可以在平时背诵古诗的时候留意一下,积累一下。

回到这首诗,两个人约在"城阙"见面,心情如何呢?"挑兮达兮"。"挑""达",表达一个人欢快的样子。正常的语序应该是"在城阙兮,挑兮达兮",但是这样说就索然无味了。调整一个顺序"挑兮达兮,在城阙兮",就非常鲜明生动地表达出作者喜悦欢脱的心情。"一日不见,如三月兮",虽然他们并没有分开多久,但是情到浓处,每一分每一秒的分开都会让人感觉度日如年。这一句应该是当时的俗语,《诗经·采葛》中也有使用:

彼采葛兮,一日不见,如三月兮!
彼采萧兮,一日不见,如三秋兮!
彼采艾兮,一日不见,如三岁兮!

曾经因为分离而度日如年,此刻的相聚才显得更加甜蜜、难得与快乐。

这是一首相对简单的诗歌作品。诗三章,前两段使用了重章叠句的结构。虽然简单,但是这首诗的头两句却几乎家喻户晓,非常有名。不过,如果你问一个人"青青子衿,悠悠我心"的后面是什么,他大概率会回答"但为君故,沉吟至今",而不是"纵我不往,子宁不嗣音"。这是为什么呢?因为曹操在大名鼎鼎的《短歌行》里面借用了《子衿》的诗句:

对酒当歌,人生几何!譬如朝露,去日苦多。
慨当以慷,忧思难忘。何以解忧?唯有杜康。
青青子衿,悠悠我心。但为君故,沉吟至今。
呦呦鹿鸣,食野之苹。我有嘉宾,鼓瑟吹笙。
明明如月,何时可掇?忧从中来,不可断绝。

> 越陌度阡，枉用相存。契阔谈䜩，心念旧恩。
> 月明星稀，乌鹊南飞。绕树三匝，何枝可依？
> 山不厌高，海不厌深。周公吐哺，天下归心。

这种借用，对古人来说是常见的情况，不算抄袭。但是我们也可以从中看出来《诗经》作为中国诗歌源头的重要意义。我们学习了《诗经》才能对中国古代的诗歌作品有更为深入的理解。

在这里，老师想让你们对比一下两种表达之间的不同：

> 青青子衿，悠悠我心。纵我不往，子宁不嗣音。
>
> ——《子衿》
>
> 青青子衿，悠悠我心。但为君故，沉吟至今。
>
> ——《短歌行》

两首诗都以"青青子衿，悠悠我心"表达了作者的思念之情。《短歌行》的后两句"但为君故，沉吟至今"把这种思念明朗化了，我是因为你的缘故，所以至今沉吟思念。但是《子衿》篇却把这种思念转化成了小儿女的嗔怪和行动力，"纵我不往，子宁不嗣音""纵我不往，子宁不来"，显得更加泼辣、大胆、直接，更加有生命力。这样一对比，《诗经》确实是更为质朴的先民的歌唱，自然、古拙，更加生力弥满。而曹操的《短歌行》是"文明人"的表达，充满了文人式的含蓄，不过"沉吟"而已矣。既然想念，为什么不想办法相聚呢？《论语·子罕》篇的最后一条章句说：

> "唐棣之华，偏其反而。岂不尔思，是室远而。"子曰："未之思也，夫何远之有！"

杨伯峻先生的翻译是：古代有几句这样的诗"唐棣树的花，翩翩地摇摆。难道我不想念你？因为家住得太遥远"。孔子道："他是不去想念哩，真的想念，有什么遥远呢？"这真是通透之言啊。

家长课堂

郑国的都城一开始并不在"新郑"，而是在宗周附近的郑邑（今陕西省渭南市华州区附近）。为什么后来迁都到新郑了呢？这里面还有一个见微知著的故事：

> 郑桓公友者，周厉王少子而宣王庶弟也。宣王立二十二年，友初封于郑，幽王以为司徒。和集周民，周民皆说……为司徒一岁，幽王以褒后故，王室治多邪，诸侯或畔之。于是桓公问太史伯曰："王室多故，予安逃死乎？"太史伯对曰："独洛之东土，河济之南可居。"公曰："何以？"对曰："地近虢、郐，虢、郐之君贪而好利，百姓不附。今公为司徒，民皆爱公，公诚请居之，虢、郐之君见公方用事，轻分公地。公诚居之，虢、郐之民皆公之民也。"……桓公曰："善。"于是卒言王，东徙其民雒东，而虢、郐果献十邑，竟国之。二岁，犬戎杀幽王於骊山下，并杀桓公。郑人共立其子掘突，是为武公。
>
> ——《史记·郑世家》

郑桓公，名友，是周厉王的小儿子，周宣王的弟弟。宣王二十二年，友被封为诸侯，立国于郑，是郑国的始封君。此时的郑国，地近王畿（周王室都城丰京镐京，今陕西西安附近）。宣王去世后，周幽王继位，任命他为司徒。司徒为掌管教化的官员。据《尚书·尧典》记载："帝曰：'契，百姓不亲，五品不驯，汝为司徒，敬敷五教，在宽。'"帝舜看到人民之间不亲睦，伦常秩序紊乱，就认命了契（商人始祖，音 xiè）做司徒，掌管教化，命令其要谨慎地施行五常教化，对待百姓要宽容。郑桓公就是担任了司徒这个官职。在他的治理下，周朝百姓和睦相处，百姓都十分爱戴他。

在郑桓公做了一年司徒的时候，由于周幽王宠爱褒姒，朝政逐渐废坏，一些诸侯开始反叛王室。郑桓公就去咨询太史伯自己到哪里去才能躲避灾难。太史伯回答说："只有洛邑之东、黄河济水之南可以居住。"因为那里邻近虢国、郐（kuài）国，而虢国、郐国的国君都很贪婪，好占小便宜，百姓不归服他们。如果郑桓公请求住在那一带，虢国、郐国的国君威慑于桓公的政治地位，会很容易地分一部分土地出来。如果那样，虢国、郐国的百姓就都归属桓公的了。桓公听从了太史的建议，请求幽王允许他把百姓迁移到洛水东部。虢、郐二国国君果然献给他十座城邑，他就在那里建立了新的郑国，称之为"新郑"（今河南新郑附近）。

第二年（771），犬戎果然在骊山下杀死了周幽王。郑桓公可谓见微知著的智者了。烽火之乱，乃周王朝从西周转入东周的分水岭。桓公能提早预知，并安排好避乱的退路，一个人于大时代中的能动性于此为极了。虽然最后郑桓公忠于职守，披坚执锐，因护驾而亡，自己以身殉国。但是，由于郑已经迁入新址，未受到烽火之乱的太多牵扯，其族人宗庙得以保全，也算是其一部分生命的延续了。桓公之后是武公，武公去世后，儿子寤生继位，为郑庄公，即"郑伯克段于鄢"的主人公。庄公在位时，郑国国势强大，曾经打败过周王的军队，此乃后话了。

孔子曾屡次赞美能苟全性命于乱世的人，也为我们提供了乱世之下如何安身立命的准则，如：

子谓南容："邦有道，不废，邦无道，免于刑戮。"以其兄之子妻之。
——《论语·公冶长》

子曰："笃信好学，守死善道。危邦不入，乱邦不居，天下有道则见，无道则隐。邦有道，贫且贱焉，耻也。邦无道，富且贵焉，耻也。"
——《论语·泰伯》

子曰："直哉史鱼。邦有道如矢，邦无道如矢。君子哉蘧伯玉！邦有道则仕，邦无道则可卷而怀之。"
——《论语·卫灵公》

一个人的生存往往不能超脱于大环境之外。个体与国家、社会、民族之间的关系一直是哲学、文学、历史讨论描绘的重要主题。郑桓公预见到国家的危难,能安排好后事,却也不逃避自己应尽的义务,可谓忠、智两全之人。

习学

主旨:《郑风·子衿》是一首爱情诗。

生字生词:

1. 衿:古人的衣领。
2. 纵:纵然,即使。
3. 往:去。
4. 宁:难道。例如:王侯将相宁有种乎。
5. 嗣音:寄个音讯。
6. 城阙:城门上的望楼,有的时候代指国都。

名物:衿、佩

成语:

魂牵梦萦:比喻对一些事情(或人)特别牵挂,魂魄梦境之中都有所惦念。

文化常识:

我们在《绿衣》里面学习过中国古人的服饰传统"交领右衽"。这里也有一个与服饰相关的文化常识。所谓"青衿",后来被用来指代学子,"一领青衿"是也。类似的词汇还有"青袍""青衫",如刘长卿《别严士元》中写道:"东道若逢相识问,青袍今已误儒生。"唐代官制三品官以上服紫,五品以上服绯,六品、七品服绿,八品、九品服青。所以有的时候"青袍""青衫"也指代低级的官员，如白居易在《琵琶行》中说："座中泣下谁最多？江州司马青衫湿。"类似的例子还有"缙绅"。"绅"指的是古人束在衣服外面的带子。"缙绅"的本意应该是指把笏板（古代朝会时官员所执的手板，可以记事）插在腰带上。这是传统官员的装束，所以古人用"缙绅"代指官员，或者曾经做过官的人。

作业：

1. 画一画"城阙"。
2. 诵读《郑风·子衿》。

十六、《魏风·伐檀》

坎坎伐檀兮，　　坎坎：拟声词，砍树的声音。
置之河之干兮。　干：岸边。
河水清且涟猗。　涟：水面上的小波纹。猗：语气词。
不稼不穑，　　　稼：种庄稼。穑：收庄稼。
胡取禾三百廛兮？胡：为什么。廛：量词，束。
不狩不猎，　　　狩、猎：捕杀野生动物。
胡瞻尔庭有县貆兮？瞻：远望。县：通"悬"，挂。貆：獾。
彼君子兮，
不素餐兮？　　　素：平白无故地。素餐：白吃饭。

坎坎伐辐兮，　　辐：车轮上的辐条。
置之河之侧兮。
河水清且直猗。
不稼不穑，
胡取禾三百亿兮？亿：周代以十万为一亿。
不狩不猎，
胡瞻尔庭有县特兮？特：大的野兽。

彼 君 子 兮,
不 素 食 兮!

坎 坎 伐 轮 兮,
置 之 河 之 漘 兮。　　漘:河边。
河 水 清 且 沦 猗。　　沦:水里的漩涡。
不 稼 不 穑,
胡 取 禾 三 百 囷 兮?　　囷:粮仓。
不 狩 不 猎,
胡 瞻 尔 庭 有 县 鹑 兮?　　鹑:鹌鹑。
彼 君 子 兮,
不 素 飧 兮!　　　　　　　飧:熟食。

解读

《魏风·伐檀》还是一首重章叠句结构的诗歌作品。

第一章,"坎坎伐檀兮,置之河之干兮","坎坎"为拟声词,模仿砍树的声音。伐的是什么树呢?檀树。把檀树砍下来,把它放到哪儿呢?"置之何之干兮",把砍下的檀木放到河岸边。"河水清且涟猗",河水清澈,泛着小小的波纹,一派祥和的景象。但是陡然之间,诗歌的情绪急转直下,"不稼不穑,胡取禾三百廛兮",你们不种庄稼也不收庄稼,但是为什么却能收走三百束的粮食?"不狩不猎,胡瞻尔庭有县貆兮",你们不去打猎,为什么我远远望到你们家院子里有悬挂着的獾呢？"彼君子兮，不素餐兮"，你们这些所谓的君子啊，不是白吃饭吗？

师：为什么一章之内，作者前后的情绪差别这么大呢？
生甲：我猜测可能是诗人刚做完工作，伐檀，趁着"置之河之干兮"的工夫休息一下，看着美丽的景色。
师：那应该非常开心啊。为什么后面变得非常愤怒呢？
生乙：是不是他特别累，虽然有美丽的景色，但是他累得无法欣赏？
生丙：或者是看到自己这么辛苦，别人不辛苦？
师：很好，这些都是非常合理的推测。

毫无疑问，诗人在伐檀、伐轮、伐辐。檀木是比较坚硬的木头，这些工作做起来应该非常辛苦。人在辛苦的时候，看到别人不用辛苦就可以享受生活，心情自然不是非常愉快。所以诗作者的情绪才会发生如此大的转变。

"稼穑"放在一起说，就是指农业生产。如果分开说，"稼"则指种庄稼，"穑"则指收庄稼。《史记·孔子世家》记载孔子曾经说过这样一句话"良农为稼而不能为穑"，意思是好的农夫可以很好地种庄稼，但是最后能不能有所收获却不是他能掌握的。因为生活中会有各种各样无法预测的事情发生，例如水灾、旱灾、蝗灾等等问题，都会影响农民的收获。孔子用这句话想说明的是，一个人能控制的事情是有限的，他能控制自己做什么，但是这个事情的结果怎么样，很多时候是他自己决定不了的。所以，孔子一生行其大道，却不能为当时的诸侯所信用，也是命也夫命也夫！

后面两章的意思，大体类似。"坎坎伐辐兮"，辐，为车轮上的辐条，起到对车轮的支撑作用。檀木致密坚硬，大概是做辐条的好材料。"置之河之侧兮"，把辐条放在河岸旁。"河水清且直猗"，河水清澈，笔直地流淌着。"不稼不穑，胡取禾三百亿兮"，你们不种庄稼不收庄稼，家里却堆满粮食。"不狩不猎，胡瞻尔庭有悬特兮"，"特"为大兽，你们不狩猎，庭院里却悬挂着大的野兽。"彼君子兮，不素食兮"，你们这些大人君子啊，难道不是白吃饭吗？"坎坎伐轮兮"，做完辐条，做车轮。"置之河之漘兮"，把车轮放置在河水边上。"河水清且沦猗"，看着清澈的河水，卷着小小的漩涡。"不稼不穑，胡取禾三百囷兮"，你们不种庄稼不收庄稼，家里的粮仓却装得满满的。"不狩不猎，胡瞻尔庭有悬鹑兮"，你们不狩猎，庭院里却悬挂着鹌鹑。"彼君子兮，不素飧兮"，"飧"为熟食，你们这些大人君子啊，难道不是白吃饭吗？诗人心里充满了愤懑的情绪。一唱三叹，用重章叠句的诗歌形式加强了自己情绪的宣泄与表达。所以，《魏风·伐檀》是一首讽刺诗，讽刺贵族不劳而获。

那么贵族为什么可以不劳而获呢？这里老师要给你们讲一讲古代的地租问题。如果一个农民没有自己的土地，或者自己的土地不足，就需要租种别人的土地。我们通常把拥有土地但是出租给别人种的人称为"地主"，即地之主人的意思。当地主把自己的土地租给他人耕种的时候，通常会收取一定的费用或酬劳。酬劳与总收获的比例因时而异，董仲舒曾经说过"或耕豪民之田，见税什五"的情况，意思就是要把收获的一半，即十分之五当做田租付给地主。然后农民还需要承担国家的"什一之税"，即再上交十分之一的收入给国家。因此农民如果失去了自己的土地，他们的生活往往是非常悲苦的。

出借生产资料（例如钱、土地等可以用于生产的物资）给他人，通常会收取一定的费用。例如很多小朋友的家长可能需要付买房的贷款，就是自己的钱不够的时候，又需要提前消费，就可以从银行里借一些钱出来先消费，然后慢慢还这些钱。当然归还的时候除了要还本金以外，还要支付借款所产生的利息费用。利率就是计量这部分利息费用高低的重要指标。收上来的税收、利息，国家可以用于再生产、再分配，例如修建铁路、补贴医疗等。所以，收税、收利息是促进整体社会生产，提高生活水平的一种方法。但是税率和利率如果太高，就会对社会的生产生活产生负面的影响。因此，合理的税收、合理的利率是政治治理中非常重要的经济课题。①

《论语·颜渊》篇中有一处章句记录了一次关于国家税收的讨论：

---

① 此段文字曾请教好友黄建军先生修下，特此致谢！

哀公问于有若曰："年饥，用不足，如之何？"有若对曰："盍彻乎？"曰："二，吾犹不足，如之何其彻也？"对曰："百姓足，君孰与不足？百姓不足，君孰与足？"

根据《左传》的记载，鲁哀公十二年（公元前483年）春，开始在国内征"田赋"，即按亩分摊军费。这一年及下一年，鲁国遇到虫灾，粮食减产。鲁国又连年用兵于邾，又有齐国军队的滋扰，所以鲁哀公问孔子的学生有若说，收成不好，国库空虚，怎么办呢？有若回答道，为什么不征收"彻"赋呢，即"什一之税"（收成的十分之一交税）呢。鲁哀公说，我都征收十分之二了，还不够用，征收彻赋有什么用呢？于是有若对鲁哀公说了一句很有道理的话：百姓富足了，您怎么可能不富足呢？要是百姓不富足，您怎么可能富足呢？太多的剥削，在短时间内会为统治者收获超额的利润好处，但是长期看起来，这无异于杀鸡取卵，在走向灭亡的不归路。因此，汉朝文景之治的时期，减免"什一之税"为十五税一，有时甚至是三十税一，执行轻徭薄赋（减轻百姓为国家负担的徭役和赋税）的政策，藏富于民，国家反而呈现出繁荣昌盛的局面。传说当时国库中串钱的绳子都烂掉了，国库的粮食多到发霉，人民安居乐业，开创了汉朝的强盛局面。

家长课堂

家长在引导孩子学习《伐檀》的意义时，也需要引导孩子对社会分工有更为平和的理解。我们可以和孩子一起讨论是否每个人都应该去种地，或者狩猎，以获得他自己生存所需的粮食和肉类。是否每个人都需要去亲自织布以获得自己所需的衣饰。或者可以问问孩子们，家里的肉、粮食、衣服都是怎么来的，从而让孩子们能够初步理解社会分工的意义。

将"治理者"粗暴地等同于"压迫者"是浅陋之人常犯的错误。《伐檀》恰恰可以加深这样的理解。所以，孟子和他的弟子曾经就《伐檀》有过一段对话：

> 公孙丑曰："《诗》曰：'不素餐兮。'君子之不耕而食，何也？"
>
> 孟子曰："君子居是国也，其君用之，则安富尊荣；其子弟从之，则孝悌忠信。'不素餐兮'，孰大于是？"
>
> ——《孟子·尽心上》

孟子的弟子公孙丑问老师，《诗经》里面有一首诗讲"不白吃饭啊"，讽刺君子不耕而食，怎么理解呢？孟子说：君子在一个国家里，如果国君任用他，国君就可以平安、富足、尊贵、荣耀；如果少年子弟信从他，就会孝顺父母、友爱兄长，忠诚而守信。君子"不白吃饭"，还有比这些更重要的工作吗？孟子意思非常清楚，一个君子虽然不亲自去耕种，但是他所从事的工作更为重要，因此并不需要他亲自去耕种，只要他能履行自己的职责，完成好他自己的工作，就可以了。这就是我们常说的"各安其位，各尽其职"。

孟子对这个问题的理解，渊源有自。《论语·子张》中就有一条章句，讲了类似的意思：

> 樊迟请学稼，子曰："吾不如老农。"请学为圃，曰："吾不如老圃。"樊迟出，子曰："小人哉，樊须也。上好礼，则民莫敢不敬；上好义，则民莫敢不服；上好信，则民莫敢不用情。夫如是，则四方之民，襁负其子而至矣。焉用稼？"

樊迟请求和孔子学种庄稼。孔子道："我不如老农。"又请求学种菜蔬。孔子道："我不如老菜农。"樊迟退了出来。孔子道："樊迟的志向怎么和老百姓一样呢。在上位者讲求礼仪，百姓就没有人敢不尊敬；在上位者行为得当，百姓就没有人敢不服从；在上位者言出必行，百姓就没有人敢不说真话。做到这样，四方的百姓都会背负着小儿女来投奔，为什么要自己种庄稼呢？"这处章句的意思，并不是说孔子看不起种地种菜的人，而是孔子希望可以培养出治国平天下的人才。从对一个国家的重要性而言，一个能够治国的良才比一个好的农夫更为难得。

《荀子·王制》里说：

  （人）力不若牛，走不若马，而牛马为用，何也？曰：人能群，彼不能群也。人何以能群？曰：分。分何以能行？曰：义。故义以分则和，和则一，一则多力，多力则强，强则胜物。

荀子认为，人的力量比不上牛，跑起来比不上马，但是牛马却为人所用，这是为什么呢？答案是：这是因为人能借助于群体的力量，而牛马不能借助于群体的力量。那么，人为什么能组成群体呢？答案是：因为群体之中有分工协作（等级名分）。分工协作（等级名分）为什么可以实现呢？答案是：因为分工协作（等级名分）是合乎正义，合宜的。有德者、有能力者居于治理的地位，能力不足者居于被领导的地位。有能力有智慧的人做更关乎全局的事情，能力不足的人各以其才德做具体的事情。这样的区分合乎道义，因此以道义来划分等级名分，让大家分工协作，人们就能和谐相处，团结在一起，各安其位，各尽职责。这样，群体的力量就可以显现出来。人群团结为一，就比一盘散沙式的单打独斗更有力量。有力量就会更强大，强大了就能战胜外物，所以人"力不若牛，走不若马，而牛马为用"。因此我们可以这样说，人群之所以有秩序、有团体、有领导者和被领导者的划分，是人类在文明演进过程中的历史选择。

习学

主旨：《魏风·伐檀》是一首讽刺诗。

生字生词：

1. 涟：水面的波纹。

2. 稼、穑：稼，种植。穑，收获。

3. 胡：为何。

4. 素餐：白吃饭，不劳而获。
5. 辐：车轮上的辐条。

名物：
檀木是中国人非常喜欢的木材，质地坚硬，且有淡淡的香气。而且檀树生长缓慢，所以通常比较珍贵。

成语：
不劳而获：不劳动却有收获。

文化常识：
小朋友们应该都吃过鹌鹑蛋。鹌鹑虽然长得丑，羽毛都是褐色或黑色的纹路，但是由于它的名字里有"an"这个发音，可以谐音为"安"（平安，安全），所以还是很受古人的欢迎（类似的情况还有"蝙蝠"，"蝠"谐音为"福"，还有"鱼"谐音为"余"等）。

有宋一朝战火频仍，人民期盼安居乐业，因此"鹌鹑纹"成为宋代花鸟画的流行主题，其中南宋画家李安忠以擅长画鹌鹑而闻名。他曾经画了一幅《安居图》以祈求平安，画面的内容就是两只鹌鹑。

南宋李安中所作的《安居图》

和"鹌鹑"有关的,还有一个有趣的成语——鹑衣百结。在外形上,鹌鹑身体瘦小,羽毛或黑或褐,看上去像打满补丁一样,因此古人用"鹑衣百结"形容衣服破烂不堪。

作业:

1. 画一画"车轮"或"车"。
2. 诵读《魏风·伐檀》。

十七、《秦风·蒹葭》

蒹(jiān)葭(jiā)苍(cāng)苍(cāng)，　　蒹葭：芦苇。苍苍：或曰苍翠色，或曰物老之状。
白(bái)露(lù)为(wéi)霜(shuāng)。
所(suǒ)谓(wèi)伊(yī)人(rén)，
在(zài)水(shuǐ)一(yī)方(fāng)。
溯(sù)洄(huí)从(cóng)之(zhī)，　　溯洄：逆流而上。从：追随，跟从，寻找。
道(dào)阻(zǔ)且(qiě)长(cháng)。
溯(sù)游(yóu)从(cóng)之(zhī)，　　溯游：顺流而下。
宛(wǎn)在(zài)水(shuǐ)中(zhōng)央(yāng)。　　宛：仿佛。

蒹(jiān)葭(jiā)凄(qī)凄(qī)，　　凄凄：茂盛的样子。
白(bái)露(lù)未(wèi)晞(xī)。　　晞：干。
所(suǒ)谓(wèi)伊(yī)人(rén)，
在(zài)水(shuǐ)之(zhī)湄(méi)。　　湄：水与草交接的地方。
溯(sù)洄(huí)从(cóng)之(zhī)，
道(dào)阻(zǔ)且(qiě)跻(jī)。　　跻：高。
溯(sù)游(yóu)从(cóng)之(zhī)，
宛(wǎn)在(zài)水(shuǐ)中(zhōng)坻(chí)。　　坻：水中的小沙洲。

蒹葭采采，　　采采：众多的样子。
白露未已。　　已：消失。
所谓伊人，
在水之涘。　　涘：水边。
溯洄从之，
道阻且右。　　右：盘旋，曲折。
溯游从之，
宛在水中沚。　沚：水中的小陆地。

解读

今天我们进入"秦风"的学习。所谓"秦风"，即秦地的乐歌。秦王朝是中国历史上第一个真正的统一王朝。对秦人历史的理解可以参考太史公司马迁的《史记·秦本纪》和《秦始皇本纪》两篇文章。

《秦风·蒹葭》是一首非常著名的诗歌，下面我们就来进入它的世界。"蒹葭苍苍"，"蒹葭"就是芦苇，"苍苍"是什么意思呢？有人解释为苍绿之色，描绘出蒹葭青翠茂盛的样子，与下文的"凄凄""采采"呼应。但是也有学者认为"苍苍"是"物老之状"。我们先往下看。"白露为霜"，这一句为读者提供了时间的线索。由于空气寒冷，早晨的露水已经在蒹葭上凝结为一层薄霜。因此我们可以合理地推测，这首诗描绘的季节应该是在深秋。但是这里面就出现了一个问题，不知道大家有没有观察过河边的芦苇，到了深秋时节，芦苇应该已经呈现出枯萎的黄褐色，不应该是苍翠鲜明的样子了。因此，老师比较同意第二种理解，"苍苍"为"物老之状"。"蒹葭苍苍，白露为霜"作为开篇，为整首诗定下了一个清冷孤寂的色调。

在这样一个深秋的季节，在这样一个清冷孤寂的早晨，我们仿佛可以看到作者一个人落寞的身影在河边徘徊。他在想什么呢？"所谓伊人，在水一方"，我所想念的那个人啊，她似乎在水的另一方。"溯洄从之"，"溯洄"为逆流而上，我要逆流而上去寻找她。"道阻且长"，无奈道路阻隔，漫长无涯。"溯游从之"，我要顺着水流的方向去寻找她，"宛在水中央"，却见她仿佛站在河水的中央，可望而不可即。

读完第一章，我们需要体会一下这首诗别有风致的韵律之美。这种美，着重体现在最后一句，加入了一个"宛"字，把原来整齐的四字结构破掉，使得原来颇显得呆板的韵律，突然一滞，一个"宛"字加入，整章诗突然温柔起来。而且"宛"，为仿佛、似乎之意，这个字的加入，诗意也显得更为朦胧。人生中的求不得，最让人难过的往往是似乎伸手就可以抓到，但却永远若即若离的惆怅。姚际恒在《诗经通论》中说："'在'字上加一'宛'字，遂觉点睛欲飞，入神之笔。"

第二章，"蒹葭凄凄，白露未晞"，太阳刚刚出来，蒹葭上还挂着露水。"所谓伊人，在水之湄"，我所思念的那个人啊，仿佛就站在水草丰美的岸边。"溯洄从之，道阻且跻"，我想逆流而上去寻找她，可是道路险阻又陡峭；"溯游从之，宛在水中坻"，我想顺流而下去寻找她，却见她仿佛站在水中的沙洲之上。第三章，"蒹葭采采，白露未已"，蒹葭茂盛繁密，偶尔可见未干的露水。"所谓伊人，在水之涘"，"涘"，水边。我所心心念念的那个人啊，我还没有找到她。"溯洄从之，道阻且右。溯游从之，宛在水中沚"，我还要继续求索，我还要继续追寻，我还要把我的歌谣继续唱下去。一唱而三叹，说的大概就是这样的歌谣吧。

著名的歌星邓丽君曾经把这首诗改编成为现代的歌曲《在水一方》，一时风靡无两：

绿草苍苍，白雾茫茫，有位佳人，在水一方。
绿草萋萋，白雾迷离，有位佳人，靠水而居。

我愿逆流而上，依偎在她身旁。
无奈前有险滩，道路又远又长。
我愿顺流而下，找寻她的方向。
却见依稀仿佛，她在水的中央。
我愿逆流而上，与她轻言细语。
无奈前有险滩，道路曲折无已。
我愿顺流而下，找寻她的足迹。
却见仿佛依稀，她在水中伫立。
绿草苍苍，白雾茫茫，有位佳人，在水一方。

下面，我们将两首作品对读一下，通过比较来理解诗歌语言的运用原则。

师：首先，歌词将"蒹葭苍苍"改为"绿草苍苍"，小朋友们觉得哪一个更好呢？

生：我觉得草更好。草地更舒服。

师：我们更熟悉草地，对不对？所以，我们也需要了解一下蒹葭这种植物。蒹葭通常会长到半人多高。人在其中，会有掩映朦胧之感。而绿草通常只能没过人的脚踝，人在其中非常显豁，老师觉得这样就缺少了一些韵致。

师："所谓伊人"被改成了"有位佳人"，你们觉得哪个更好？

生：差不多吧。

师："伊人"就是"那个人"，那个人如何呢？诗中并没有任何具体的描写，而且用诗人不懈地反复地求索，从侧面烘托出"伊人"的美好。但是究竟有多好，也只能让读者自行想象了。这样的描写增加了许多想象的空间，多少的美好都能承载，此为不落言筌之美。相比之下，"有位佳人"就非常具体，而具体也就缺少了想象的空间，写得有些太"实"了。

师：最后，《蒹葭》一诗中并没有说明作者"溯洄从之"最终想要干什么，也许他仅仅是想表达这种求索呢。但是《在水一方》的歌词却非常明确地说"我愿逆流而上，依偎在她身旁""我愿逆流而上，与她轻言细语"。一下子从一个

蒹葭

本可以非常宽泛地理解的诗歌作品，变成了非常明确的爱情的歌曲，感觉品格下降了不少。

屈原在《离骚》中有一句非常著名的诗句"路漫漫其修远兮，吾将上下而求索"。不知道屈原写作这句诗有没有受到《蒹葭》的影响。不管怎样，从诗歌意象的宽度而言，屈原的那句话似乎可以比肩《蒹葭》，只不过《蒹葭》似乎更为萧瑟沉郁罢了。陈继揆在《读风臆补》中评价《蒹葭》"意境空旷，寄托元（玄）淡"，实在是恰如其分的评论。

我在学习《蒹葭》的过程中，一直有一个令我非常惊异的地方就是《蒹葭》竟然属于"秦风"。我们都知道"秦人"是一个尚武善战的民族，我们在后面要讲的《无衣》特别能体现秦人的特征。但是，在这样一批"莽汉子"中竟然也有这样的铁骨柔情，在血与火的淬炼中，竟然能产生《诗经》中最柔美的诗篇，实在是令人感叹人性的宽广，以及警觉阅读文学作品万不可先入为主，执一而论。

家长课堂

《史记·秦本纪》里记载：

> 秦之先，帝颛顼之苗裔孙曰女修。女修织，玄鸟陨卵，女修吞之，生子大业。

秦人的祖先是颛顼帝的后代女修。有一天，女修织布，一只"玄鸟"（有学者认为玄鸟是燕子，也有学者认为玄鸟是鸱鸮，即猫头鹰）掉下了一颗蛋，女修吞了，后来就怀孕生下了儿子大业。这个记载和太史公对商人祖先的记载如出一辙：

> 殷契，母曰简狄，有娀氏之女，为帝喾次妃。三人行浴，见玄鸟堕其卵，简狄取吞之，因孕生契。（《史记·殷本纪》）

殷的始祖叫契（xiè），他的母亲是简狄，简狄是有娀（sōng）氏（族）的女儿，她是帝喾（kù）的次妃。简狄和伙伴到河里洗澡，看见"玄鸟"掉下一颗蛋，简狄就捡来吃了，因而怀孕生下了契。在我们的认知中，秦人的历史记录从西部边陲发端，即现在的甘肃、陕西一带，而商人应为东方民族。但是二者的祖先神话却惊人地相似，均追溯至"玄鸟陨卵"，女性始祖吞而生子的故事。所以中国史中一直有"秦人东来"的猜测，秦人的祖先有可能和商人的祖先是同宗同族。

近年来，考古的资料越来越证明了这种猜测的可能性。首先，秦人在很长一段时间里有人殉的制度，秦献公元年（公元前384年）才"止从死"，商人也有人殉的制度，而周人不流行人殉。其次，秦人的墓葬坑中间会多出一个腰坑，常常会殉一条狗在腰坑中，这也与商人的葬俗相同，但是对于西方部族来说，狗是朋友，一般不会殉狗。最后，秦人的车马殉坑中，车马是以驾乘的状态埋葬的，即车马合葬，这也与商人的方式相同。但是周人的车马殉坑却是车马分葬（参见梁云《西陲有声》，P29，三联书店）。所以，我们现在可以比较有把握地说，秦人大概确实本是东方民族，后迁居于西部。那么，秦人迁居大概是发生在什么时代呢？根据太史公的记载，秦族祖先曾为商朝诸侯。蜚廉、恶来父子在商末周初的时代，服务于商纣王，抵御周师。而我们通过历史的记载可知，西周封建天下，很多原来的商人贵族被迫随着周人的诸侯迁徙到各个封国，甚至是边远地区。推测秦人很可能就是在这个时期被迫从东方迁徙到了西方居住。

习学

主旨：《秦风·蒹葭》表达了求而不得的惆怅。

生字生词：

1. 伊人：那个人，心中所思念的人。
2. 溯回：逆着水流的方向往回（上）走。
3. 阻：阻碍。
4. 溯游：顺流而下。
5. 宛：好像。
6. 湄：岸边。

名物：蒹葭

成语：

蒹葭之思：指恋人之间的思念，或者指求而不得的怅惘。

文化常识：

秦人出现在历史舞台上与周人非常不同，他们以"调训鸟兽"为传统。先祖非子的时代，才得为周孝王的附庸，为其牧马（我在家里给孩子讲这段历史的时侯,她说:"哦,原来就是弼马温啊!")。后来,祖先造父以善于驾车被周穆王宠幸。传说曾为周穆王驾车去昆仑山见西王母。遇到徐偃王作乱,造父驾车长驱归周,一日千里以救乱。到了周平王时期,由于犬戎作乱,周人的都城丰京镐京付之一炬,周平王只能往东迁徙到东都洛邑居住。秦襄公派兵护送周平王东迁,平王为了感谢襄公的帮助,就封其为诸侯。所以,我们必须知道的是,秦是直到东周才成为诸侯,才开始与列国通聘问之礼的。

作业:

1. 画一画"蒹葭"。
2. 诵读《秦风·蒹葭》。

十八、《秦风·黄鸟》

交交黄鸟，
止于棘。
谁从穆公？
子车奄息。
维此奄息，
百夫之特。
临其穴，
惴惴其栗。
彼苍者天，
歼我良人！
如可赎兮，
人百其身！

交交黄鸟，
止于桑。
谁从穆公？
子车仲行。

交交：拟声词，鸟鸣声。黄鸟：黄鹂。

止：停。棘：酸枣树。

从：跟从，殉葬。

特：杰出。

临：从高向低看。

惴惴：不安的样子。栗：战栗。

歼：灭绝。

赎：替换。

交交黄鸟，
止于桑。
谁从穆公？
子车仲行。
维此仲行，
百夫之防。
临其穴，
惴惴其栗。
彼苍者天，
歼我良人！
如可赎兮，
人百其身！

防：相当。

交交黄鸟，
止于楚。
谁从穆公？
子车鍼虎。
维此鍼虎，
百夫之御。
临其穴，
惴惴其栗。
彼苍者天，
歼我良人！
如可赎兮，
人百其身！

楚：荆棘。

御：抵挡。

解读

《秦风·黄鸟》是一首非常著名的诗,《史记·秦本纪》里记载了这首诗的由来:

> 三十九年,缪公卒,葬雍。从死者百七十七人,秦之良臣子舆氏三人名曰奄息、仲行、鍼虎,亦在从死之中。秦人哀之,为作歌黄鸟之诗。

秦穆公(缪通"穆")在位三十九年而崩,葬在雍地。殉葬的人有一百七十七个人,其中包括三名当时秦国的贤良臣子,他们都是子舆(舆通"车")家族的人,为奄息、仲行、鍼虎。秦国人哀叹不已,因此为他们写下了《黄鸟》这首诗。

"交交黄鸟,止于棘","交交",鸟之鸣叫声。"黄鸟",即黄鹂鸟。一只鸣叫着的黄鹂鸟,栖息在酸枣树上。诗的开篇,和《关雎》一样,还是使用"先声夺人"的手法,由更为具有吸引力的鸣叫声引起诗人(读者)的注意。"棘",酸枣树,我们在《凯风》里面学过,大家还记得吗?"凯风自南,吹彼棘心。"

"谁从穆公?子车奄息。""穆公"是谁呢?就是大名鼎鼎的秦穆公。说起秦穆公,《史记·秦本纪》里记录了秦始皇统一天下之前的秦国三十多位君主的历史,或详或略。其中秦穆公一人独自占据了将近五分之一的篇幅。秦穆公曾经广纳贤才,先后得到了百里奚、蹇叔、由余的辅佐。他还曾经数次安定晋国,虽然屡遭背叛,但是当晋国遇到粮食危机时,他还是慷慨地伸出了援助之手。秦穆公不仅对待他国人很仁德,对待自己的百姓更是非常仁爱。最著名的故事是他曾释放"食善马者",后来在秦晋战争中又被"食善马者"所救的故事。

> 初,缪公亡善马,岐下野人共得而食之者三百余人,吏逐得,欲法之。缪公曰:"君子不以畜产害人。吾闻食善马肉不饮酒,伤人。"乃皆赐酒而赦之。三百人者闻秦击晋,皆求从,从而见缪公窘,亦皆推锋争死,以报食

黄鸟

马之德。于是缪公虏晋君以归。

当初,缪(通"穆")公丢失了骏马,岐山下的百姓把马抓住分而食之,一共有三百多人参与。官吏追捕到他们,想要依法处置。缪公却说:"君子不会因为牲畜而害人命。我听说吃过骏马肉的人如果不饮酒,马肉会伤人。"于是他赐给这三百人美酒,还赦免了他们。当这三百个人听说秦穆公要迎击晋军的时候,都争着要随军前往,去了正好碰上缪公处于困境。他们个个拼死力战,希望可以报答当初偷吃骏马却被赦免的恩德。最终,缪公反败为胜,反而活捉了晋君。

引申一下,我们生活在这个世界上一定要知道,一个人的德行会"传染"他人以德行,一个人的恶行也会"传染"他人以恶行。德行渐多,最终德行会回馈到自己身上。恶行渐多,最终恶行也会返归到自己身上。所以孔子说:"仁者安仁,知者利仁。"仁德的人会安于做一个有德行的人;有智慧的人会知道做一个有德行的人是有利的选择。老师总是不知道为什么会有人做缺德的事情呢?最近这几年逐渐明白,他们主要是智慧不足,只能鼠目寸光地看到眼前的利益。老师的人生经验告诉我,"德行"才是人生真正的捷径。那些看似"捷径"的选择,最终都是装扮得美丽的陷阱而已。

最终，秦国在秦穆公的治理下"广地益国，东服彊晋，西霸戎夷"，往东一直把秦国的土地扩展到黄河边，与老牌诸侯国晋国争强，往西让少数民族戎狄各部归服麾下，秦国的领土在他的领导下空前扩大。所以当他的后代秦孝公意图变法强盛秦国的时候，他心目中的偶像就是"秦穆公"，希望可以"复缪（通"穆"）公之故地，脩缪公之政令"。

回到这首诗，"谁从穆公，子车奄息"。这里的"从"为"跟从"之意，但是这里的"跟从"指的却是一种葬俗，古人根据"事死如事生"的观念，在一些地区，或者在一些时代，一个有地位有权势的人去世之后，会杀掉一些人来殉葬，希望他们可以在死后的世界继续为那个贵族服务，称为"从死"或"人牲"。可是，这一次"从死"的人，却是子车（《史记》中的"子舆"）家族的"奄息"。这个人是奴隶吗？他是怎样的一个人呢？

"为此奄息，百夫之特。""特"，即杰出之意。这个奄息啊，他是众人当中的佼佼者。"百"并非实指"一百"，取其多也。"临其穴，惴惴其栗。"当诗人走到墓穴前，看到已经从死的奄息时，惴惴战栗。

师：小朋友们思考一下这个问题，诗人为什么会"惴惴其栗"？有几种原因，几种可能呢？

生甲：怕看到死人。

生乙：是不是有鲜血啊？

生丙：是不是害怕自己也会死啊？

小朋友们可以先和家长讨论一下。老师的理解是，一方面良人从死，一个活生生的人非要让他去殉葬，残忍至极，作者不禁有兔死狐悲之"惴惴其栗"。此其一。一个大臣，都能这样轻易地被牺牲，诗人会联想到自身的安全问题，也是非常脆弱，毫无保障的。此其二。其三，良人从死，以后这个国家还能依靠谁来治理呢？诗人有可能想到未来，惶恐不安而"惴惴其栗"。

可是，再惶恐不安，却毫无办法，唯有诉告于苍天，"彼苍者天，歼我良人"，老天爷啊，为什么让这样的好人去死？老天爷啊，你长没长眼睛？"如可赎兮，人百其身"，如果有办法赎回他的性命，我们愿意用一百个人去换。

> 师：老师问一下，你们觉得用一百个普通人去换奄息，值得吗？
> 生甲：不值得。一百个人换一个人，不值得。
> 生乙：值得吧。因为奄息更有用。

现代社会提倡平等，我们应该尊重每一个个体生命的价值，不应以其身份、地位、财富而有差别对待，这就像泰坦尼克号即将沉没的时候，当时世界上的首富宁愿把逃生的位置让给一位普通的妇人。但是，我们也必须承认，对于一个集体来说，人与人基于其能力的不同，重要性并不一致。一支军队，一个士兵战死，虽然也值得哀悼，却对全局没有太大的影响。但是主帅阵亡，却会动摇军心，甚至是决定战争的成败。所以，我们千万不能"死读书"。这首诗并不是真的想说他一个人的命比这一百个人的生命更重要更有价值，而是用一种夸张的语气表达了对奄息从死的愤怒与悲伤，并突出了奄息对国家的价值。因此，把"如可赎兮，人百其身"放到历史的语境、政治的语境中去理解，才不会穿凿附会地用现代的观念批评古人。

后面两章与第一章几乎相同。"交交黄鸟，止于桑。谁从穆公？子车仲行。"啊？还有一个！"维此仲行，百夫之防"，子车仲行的才能可以抵得上一百个人。"临其穴，惴惴其栗。彼苍者天，歼我良人！如可赎兮，人百其身！""交交黄鸟，止于楚"，"楚"为荆棘之意，我们通常把长江中游汉水下游一带称为"荆楚之地"。"谁从穆公？子车鍼虎"。啊？还有第三个从死的良臣吗！"维此鍼虎，百夫之御"，子车鍼虎，可以抵敌百人。"临其穴，惴惴其栗。彼苍者天，歼我良人！如可赎兮，人百其身！"

整首诗，诗三章，在重复之中，三位良人从死的惨剧展现在读者面前。而诗人的悲愤也通过一次又一次地加强，逐渐到达情绪的高峰，对于三良从死的怨愤，表达得淋漓尽致，连读者也不由自主地被卷入这一沉重愤怒的情绪之中。太史公在《史记》中借助"君子"之口对此事件做了一番极为中肯的评价：

> 君子曰："秦缪公广地益国，东服彊晋，西霸戎夷，然不为诸侯盟主，亦宜哉。死而弃民，收其良臣而从死。且先王崩，尚犹遗德垂法，况夺之善人良臣百姓所哀者乎？是以知秦不能复东征也。"

君子说："秦缪公开疆扩土，东面打败强晋，西面称霸戎夷，然而不能做诸侯的盟主，不也是应该的吗？死后放弃百姓（指的是一共一百七十七人殉葬），还要把自己的贤臣也带去陪葬。先王去世，是要为后代留下好的道德和制度的，何况是夺走令百姓哀痛的好人和贤臣呢？由此可以预见，秦国虽然在穆公手里变得强大，但是也仅只如此，不可能再向东征伐扩大领土了。"

在《诗经》的解释史中，历来都有人把每一首诗力图联系到一个具体的历史史实（故事）中去，比如说认为《关雎》讲的是周文王的后妃之德，等等。但是这种联系有一些会显得牵强附会。不过，《黄鸟》这首诗却有非常明确的历史依据，而且我们应该感谢有这首诗流传下来，使我们似乎可以真切地触摸到被客观冷静的历史记述所遮盖住的那些曾经鲜活的生命和情感。

家长课堂

历史上的"人殉""牺牲""祭祀"确实充满了血与火的色彩。家长如果带孩子去河南安阳参观殷墟博物馆，千万不要错过河对岸的王陵区。那里是商王大墓所在地，著名的后母戊大方鼎就出土于此。那里有大量的祭祀坑，当然也包括"人牲"的祭祀坑。在商王大墓里还能看到成排的人头骨……古代的"祭"字，即为一只手（又）拿着一块带血的肉（月），后世又加上了"示"，表示把肉放到祭台（示）之上：

甲骨文

以现代人的价值观来看，这的确是不仁道、不博爱的。但是，我们需要把历史放到历史当中去理解。李泽厚先生在《美的历程》中讲到商人青铜器上的纹饰，尤其是"饕餮纹"时说：

> 你看那些著名的商鼎和周初鼎，你看那个兽（人）面大钺，你看那满身布满了雷纹，你看那与饕餮纠缠在一起的夔龙夔凤，你看那各种变异了的、并不存在于现实世界的各种动物形象，例如那神秘的夜的使者——鸱枭，你看那可怖的人面鼎……它们完全是变形了的、风格化了的、幻想的、可怖的动物形象。它们呈现给你的感受是一种神秘的威力和狞厉的美。它们……恰到好处地体现了一种无限的、原始的、还不能用概念语言来表达的原始宗教的情感、观念和理想，配上那沉着、坚实、稳定的器物造型，极为成功地反映了"有虔秉钺，如火烈烈"（《诗·商颂》）那进入文明时代所必经的血与火的野蛮年代。
>
> 暴力是文明社会的产婆。炫耀暴力和武功是氏族、部落大合并的早期宗法制这一整个历史时期的光辉和骄傲……"非我族类，其心必异"，杀掉甚或吃掉非本氏族、部落的敌人是原始战争以来的史实，杀俘以祭本氏族的图腾和祖先，更是当时的常礼。因之吃人的饕餮倒恰好可作为这个时代的标准符号。《吕氏春秋·先识览》说，"周鼎著饕餮，有首无身，食人未咽，害及其身。"神话失传，意已难解。但"吃人"这一基本含义，却是完全符合凶怪恐怖的饕餮形象的。它一方面是恐怖的化身，另方面又是保护的神祇。它对异氏族、部落是威惧恐吓的符号；对本氏族、部落则又具有保护的神力。

所以，一方面有极大的可能，秦人的葬俗源自商人（见前文）；另一方面秦人一直和戎狄纠缠，虎口夺食，惨烈异常。因此，秦人在很长一段时间有人殉的风俗。直到秦穆公后面大约15代之后的秦献公元年才"止从死"。后秦人以人俑代替活人以殉，这就是我们现在看到的秦始皇兵马俑的由来。

儒学对于殉葬一直持反对态度。《礼记·檀弓下》记载了这样一件事：

秦兵马俑是古代以俑代人殉葬的典型和顶峰（作者拍摄于秦始皇兵马俑）

陈子车死于卫，其妻与其家大夫谋以殉葬，定，而后陈子亢（kàng）至，以告曰："夫子疾，莫养于下，请以殉葬。"子亢曰："以殉葬，非礼也；虽然，则彼疾当养者，孰若妻与宰？得已，则吾欲已；不得已，则吾欲以二子者之为之也。"于是弗果用。

陈子车客死于卫国，他的妻子和管家计划用活人殉葬，已经确定了殉葬的人选，就在这时候陈子亢到来，他们把有关殉葬的事告诉了子亢，说："夫子有病，没有人在地下侍候他，我们想用活人来殉葬。"子亢说："用活人殉葬，是违礼行为。尽管如此，如果一定要有人在地下侍候他养病，谁也不能比他的妻子和管家更合适。如果能取消这个计划，我也愿意取消；如果不能取消这个计划，那么我想就用你们两人殉葬吧。"于是殉葬的计划没有执行。人生在世，很多事情的取舍不过就是一个"己所不欲，勿施于人"罢了，可惜很多人不明白。

习学

主旨：《秦风·黄鸟》是一首悼亡的挽歌。

生字生词：

1. 从：跟从、丛葬、陪葬。
2. 特：超出平常，出色。
3. 歼：消灭、杀害。
4. 赎：用财物换回抵押品，交换。

名物：棘

酸枣树。酸枣树上长满了细长的尖刺，因此"棘"为象形字，《说文》解释为"小枣丛生者。从并束（刺）"，意思是小的枣树（我们叫小酸枣），一丛一丛地生长着。字形像并列的两个刺。

成语：

百夫之特：特，杰出。一百人中数他杰出。赞美杰出人才。唐·张九龄《故韶州司马韦府君墓志铭》："公迹不由径，必期乎直；学不为辨，每抑其华。志尚则然，风流自远。斯有万里之望，岂伊百夫之特。"宋·李清照《上枢密韩肖胄诗》："身为百夫特，行足万人师。"

文化常识：

秦穆公到底算不算霸主，历史上有不同的看法。因此，春秋五霸的一种说法是齐桓公、晋文公、楚庄王、吴王阖闾和越王勾践，另一种说法是齐桓公、宋襄公、晋文公、秦穆公和楚庄王。

作业：

1. 画一画"黄鸟"。
2. 诵读《秦风·黄鸟》。

十九、《秦风·无衣》

岂曰无衣？　　　　岂：难道。
与子同袍。　　　　子：你。袍：战袍，斗篷。
王于兴师，　　　　于：语气助词。师：军队。兴师：起兵。
修我戈矛，　　　　修：修理。戈、矛：两种武器。
与子同仇！　　　　同仇：共同对敌。

岂曰无衣？
与子同泽。　　　　泽：通"襗"，内衣，汗衫。
王于兴师，
修我矛戟，　　　　戟：武器。
与子偕作！　　　　偕作：一起。作：起。

岂曰无衣？
与子同裳。　　　　裳：下衣，此指战裙。
王于兴师，
修我甲兵，　　　　甲兵：铠甲与兵器。
与子偕行！　　　　行：往。

解读

《秦风·无衣》是非常著名的一首诗,反映了秦人尚武慷慨的特点。我们在《秦风·蒹葭》的"文化常识"里简单讲过秦人的历史。据《史记·秦本纪》记载:

> 周避犬戎难,东徙洛邑,襄公以兵送周平王。平王封襄公为诸侯,赐之岐以西之地。曰:"戎无道,侵夺我岐、丰之地,秦能功逐戎,即有其地。"与誓,封爵之。襄公于是始国,与诸侯通使聘享之礼。

周幽王宠妾灭妻,爱褒姒,欲以褒姒之子伯服为世子,废黜原来的申后,以及申后所生的世子宜臼。宜臼母族愤而造反,申侯联合缯国,以及西夷犬戎攻幽王。最终幽王死于骊山之下,宜臼被拥立继位是为周平王。但是"请神容易送神难",申侯引狼入室,犬戎不但掳走了褒姒,还在丰京、镐京大肆烧杀掠夺。此后,他们见周王室混乱孱弱,不断侵扰。国破之后,平王无力反击,而且两京已经残破不堪,于是平王为避犬戎之难,于公元前770年东迁都于洛邑,史称东周。此时,秦襄公带兵护送平王东迁,为了报答襄公,平王封襄公为诸侯,所以秦人为诸侯是从东周才开始的。天子封诸侯,需要给他一块封地,平王就把岐山以西的地方封赐给了秦襄公。但是当时那些土地尚在犬戎手里,所以平王不过是说了一句便宜话,只有秦人把犬戎赶走,才能拥有。此后为了赢得生存空间,秦人开始了艰苦卓绝地与犬戎相攻伐的立国进程。因此,秦人尚武,于《秦风·无衣》一诗中可以得到很好的体现。

"岂曰无衣?与子同袍",谁说没有衣服穿,我和你共享战袍。行军打仗,多风餐露宿,所以战袍对于野外保暖非常重要。战友之间,亲如兄弟,性命相托,所以以分享战袍来表达战友之间的情义。"王于兴师,修我戈矛",君王要兴兵征伐,我要做好战前准备,修整好武器。"与子同仇",我要和你同仇敌忾。"岂曰无衣?与子同泽",谁说没有衣服穿,我和你共享汗衫。每次讲到这里,小朋友们常常发问，内衣汗衫也能和别人共用吗？古代普通百姓的生活其实是非常悲苦的，常常食不果腹，衣不蔽体。所以能无私地与他人分享衣物，是一种值得称赞的美德。孔子曾经问几个弟子的人生理想，子路说："愿车马衣轻裘与朋友共，敝之而无憾。"意思是，子路愿意把自己的车马、衣服和朋友一起共同使用，即使用坏了，自己也不会有什么不满。所以《秦风·无衣》的三章诗句中都用了共享衣物这个话题表达战友之间亲密无间的情义。

师：小朋友们有没有和他人分享过东西？

生甲：我借给同桌橡皮用。

生乙：我愿意分享我的滑板。

师：非常好。我们看我们分享东西给别人使用之后，如果有一天，我们自己忘记带橡皮了，同桌也会分享他的橡皮给我们用，对不对？

生甲：对。

师：这就是我们之前讲过的"礼尚往来"。这样小朋友之间的关系才会和谐，对不对？

生乙：对。

"王于兴师，修我矛戟，与子偕作"，君王要兴兵征伐，修整好我的矛和戟，与你一起出发。

"岂曰无衣？与子同裳"，谁说没有衣服穿，我和你共享战裙。我们在《邶风·绿衣》里面讲过中国古人的服饰有一种"上衣下裳"的样式。"裳"在这里指的就是战裙。"王于兴师，修我甲兵"，君王兴兵征伐，修整好我的铠甲与兵器。"与子偕作"，我要和你并肩作战。

位阶高一些的将士通常会有"盔甲"这些装备护体。"盔"指的是帽子，戴在头上；"甲"指的是铠甲，穿在身上。盔甲一般由牛皮或者金属制成，非常坚硬，可以在一定程度上保护作战者的身体。楚国的将军养由基就曾以射箭能穿透七层皮甲而洋洋得意。这些盔甲能起到保护作用的同时，也有一个缺点，就是一般都比较沉。所以当战争失败，将士逃跑的时候，盔甲就成了累赘。所以士兵往

盔甲的甲片,上半身上压下,下半身,下压上,更方便运动,反映了古代工匠的智慧
(作者拍摄于陕西省考古博物馆)

往选择"丢盔弃甲"而逃。成语"丢盔弃甲"形容失败时狼狈不堪的样子。另外,这句诗里的"兵"大家要注意古汉语的意思,在大多数情况下,古文中的"兵"通常指的是"武器",而不是"士兵"。古文表达"士兵"的意思常常用"卒"或"士"这两个词。

这是一首非常短的诗歌作品。诗三章,重章叠句,全诗都是整齐的四字句,音韵舒朗,律动明快,非常符合行军的节奏,适合边行军边歌唱。战争会给人类带来伤痛、带来分离,所以很多诗歌作者涉及战争题材,总是有一些悲凉的调子,例如我们之前讲过的《邶风·击鼓》。但是秦人尚武,慷慨悲歌,这种大无畏的英雄主义精神也非常令人感动。尤其是诗中展现出的"袍泽之情"(通常指战友情谊)让我们体会到在残酷战争中的一抹温情。如果小朋友们有机会去参观秦人留下的兵马俑,在现场诵读这首军歌,一定能更深切地体会到秦人尚武的精神特质。

家长课堂

中国近代的历史以一场失败的战争为开端。这之后，中国在军事上的一再失利给国人带来了无尽的屈辱。洋务派遂大力推行军事装备的现代化。与此同时，毗邻中国的日本也被西方列强用坚船利炮打开了门户，为了图存富强，日本也开始了他们的维新运动。而发生于1894—1895年的中日甲午战争，可以说是两个国家改良效果的考校。中国战败的事实，尤其是败于历来在文化上师法中国，在政治上常被视为"属国"、在疆域上被讽刺为"蕞尔三岛"（相对于中国的地大物博）的日本，战败的屈辱感被无限放大。晚清的有识之士不得不反思中国近几十年的改良思路，重新认识西方文明，重新思考中国的根本问题所在。日本迅速崛起的原因遂成为国人集中考察与借鉴的对象。

戊戌变法失败后，国人或逃亡或留学来到日本。日本举国"崇军""尚武"的风气，给了他们很大的冲击：

冬腊之间，日本兵营士卒，休憩瓜代之时，余偶信步游上野，满街红白之标帜相接。……盖兵卒入营出营之时，亲友宗族相与迎送之以为光宠者也。……其为荣耀则虽我中国入学中举簪花时不是过也。其标上仅书欢迎某君送某君等字样，无甚赞颂祝祷之语。余于就中见二三标，乃送入营者，题曰"祈战死"三字。余见之矍然肃然，流连而不能去。

——任公（梁启超）《祈战死》

我昨天到横滨去看朋友，在路上听见好热闹的军乐，又看见男男女女、老老少少都手执小国旗，像发狂的一样，喊万岁，几千声，几万声，合成一声，嘈嘈杂杂，烟雾冲天。我不知做甚么事有这等热闹。后来一打听，那晓得送出征的军人，就同俄国争我们的东三省地方，到那里打仗去的。……所以日本人都以为荣耀，成群结队的来送他。……只见那送军人的人越聚越多，万岁、万岁、帝国万岁、陆海军万岁，闹个不清爽。到了停车场，拥挤得了不得。那军人因为送他的人太多,却高站在长凳上,辞谢众人。送的人团团绕住,一层层的围了一个大圈子。……直等到火车开了,众人才散。每到一个停车场,都有男女老幼、奏军乐的、举国旗的迎送。最可美是那班小孩子,大的大,小的小,都站在路旁,举手的举手,喊万岁的喊万岁,你说看了可爱不可爱?真正令人羡慕死了。不晓得我中国何日才有这一日呢?

——秋瑾《警告我同胞》

如果翻看晚清国人旅日时期创办的杂志,这样的记述比比皆是。其实,早在1897年,梁启超就对日人"为国轻死"的精神大为敬佩,特别写下《记东侠》为其大力宣扬。留居日本的中国人作为战败一方的国民,亲眼目睹了日本人对军人的崇敬,愤母国之不能自强,一定深有感触。梁启超于是在1899年连续写下《祈战死》《中国魂安在乎》两篇文章,指出"日本国俗与中国国俗有大相异者一端,曰尚武与右文是也",欲振兴中国,唯有用"尚武"精神重塑兵魂,才能挽救中国之危亡。

1901年,梁启超写作《中国积弱溯源论》。他在该文中进一步指出,"右文"的传统导致了中国国民怯懦、无勇的品性,而这正是中国在生存竞争最激烈的时代一败再败的根源。此时,梁启超对"尚武"的提倡,已经从塑造"兵魂"扩展到对"国民"的整体要求。1902年,《新民丛报》开始发行。在创刊号上,梁启超大力宣传"新民"之意,开始连载其影响深远的论说文《新民说》。1903年,梁启超在《新民丛报》上发表《新民说》之《论尚武》,明确地将"尚武"精神纳入"新民"的理念中来。梁启超等人对"尚武"精神的提倡,得到了许多人的认同与响应。由此,《秦风·无衣》作为中国古代尚武精神的文学代表,被一再提及。李叔同先生(弘一法师)在1905年就曾为《无衣》谱曲,收录在他的《国学唱歌集》中,大家不妨试着唱一唱。

提倡"尚武"精神,还与梁启超等人意图重建对儒教的正确理解相合。他认为对儒家教义的错误理解是导致中国文弱的一个主要原因。儒教虽然"以至仁博爱为宗旨",希望可以"文致太平",但是也不是"专以懦缓为教",所谓"见义不为谓之无勇,战阵无勇斥为非孝"。只不过后世贱儒便于藏身,"不法其刚而

李叔同先生谱写的《无衣曲》

法其柔,不法其阳而法其阴。阴取老氏雌柔无动之旨,夺孔学之正统而篡之"。这才造成"以强勇为喜事,以冒险为轻躁,以任侠为大戒,以柔弱为善人。惟以'忍'为无上法门"的风气(梁启超:《新民说·论尚武》)。

其实,对"武"的理解历来有两种不同的看法。"武"字的甲骨文写法为"上戈下止","止"原意是脚趾,引申为前进。但是后世"止"又衍生出"停止"的意思。

"武"字的演变过程

所以,一种理解是,"武"意味着"持戈而行",另一种理解是"止戈为武"。使用武力本是部落生活的必修技能,在《史记·五帝本纪》对黄帝的记述中,武力的使用是黄帝功业中极为重要的部分。但是,后世对武力破坏力的反思,也造成了国人另外一种对"武"的理解。《说文解字》称:"武,楚庄王曰:'夫武,定功戢兵。故止戈为武。'"以制止争斗为"武"的意义,应该是更为后来的理解。儒家思想中,汤武革命都是依靠武力实现了天命的更换,《孟子·梁惠王下》说:"一人衡行于天下,武王耻之,此武王之勇也。而武王亦一怒而安天下之民。"可见,传统儒学对"武"是肯定的。但是孔子在《论语》中又说代表了武王伐纣的大武之乐"尽美矣,未尽善也",伯夷叔齐对武王扣马直谏"以暴易暴,不知其非也",以及二人耻食周粟而死的巨大名声,都引起了国人更多的思考。

一方面,我们应该承认,一个国家的强大必须依靠必要的武力威慑。但是另一方面,我们也需要理解到武力极大的破坏力量。自卫为"武",以武力入人之国,强加于人,则是"侵略"是"霸凌"。一个国家,一个公民的基本素养,应该是既不怯懦畏战,同时也谦逊好礼。

习学

主旨:《秦风·无衣》是一首战歌。

生字生词:

1. 岂:表示"反问",怎么、如何。如:岂敢、岂能……
2. 袍:外罩的长衣。
3. 师:军队。
4. 泽:贴身的内衣。
5. 偕:共同、一起。

名物:戈、矛、戟、甲与十八般兵器

诗中还涉及古代的一些兵器知识,如"戈""矛""戟"等。"矛"是在一根长杆的一端装有青铜或铁制枪头的武器。

我们都学过"自相矛盾"的成语,里面涉及的就是这种武器。"戈"这种武器也很好辨认,一般都是在长杆上有一个金属的横刃,大概与长杆呈九十度角。

成语"同室操戈"指的是一家人动起刀枪来,比喻内部不团结,互相争斗。

"戟"这种武器也比较容易辨认,一般是在"矛"的基础上多了月牙形的刀刃。用戟的最著名的人物应该是三国时期的吕布,一杆方天画戟打遍天下无敌手。另外,先秦时期常见的武器还有"钺",通常代表王权。家长可以和小朋友

商代双耳矛头　　　　　　　　战国铜戈头

在参观博物馆的时候留意一下古代的青铜兵器的展览，另外还可以了解一下常常在古典小说中出现的"十八般兵器"都有什么。

成语：

1. 同仇敌忾：对敌人抱有一致的仇恨和愤怒。
2. 袍泽弟兄：指战友。

文化常识：

中国历史上有一个"申包胥哭秦廷"的故事。申包胥和伍子胥都是楚国人，他们是好朋友。楚国国君平王失德，杀害了伍子胥的父亲与兄长。伍子胥逃出楚国的时候发誓一定要把楚国灭掉。申包胥则说，如果你把楚国灭了，我一定想办法把它救回来。后来伍子胥借助吴国的力量，真把楚国国都占领了。申包胥跑到秦国求救，秦哀公并不理会，认为这件事跟他没有关系。申包胥在秦廷哭了七天七夜，感动了秦哀公。秦哀公说，楚国有这样的忠臣，不该灭亡。于是派了五百乘战车，帮助楚国复国。有人推测《秦风·无衣》"岂曰无衣？与子同泽"就是秦哀公作的。

作业：

1. 画一画"戈矛"。
2. 诵读《秦风·无衣》。

二十、《豳风·七月》

七月流火， 七月：夏历七月。火，大火星。流：向下移动。
九月授衣。 授：发送。
一之日觱发， 一之日：周历一月，夏历十一月。
　　　　　　觱发：拟声词，风吹动万物的声音。
二之日栗烈。 栗烈：气候寒冷。
无衣无褐，   褐：粗布衣服。
何以卒岁？   卒：完成。岁，年。
三之日于耜， 耜：农具。
四之日举趾。
同我妇子，
馌彼南亩，   馌：送饭到田间。
田畯至喜。   田畯：农官。

七月流火，
九月授衣。
春日载阳，
有鸣仓庚。   仓庚：黄鹂鸟。

女(nǚ)执(zhí)懿(yì)筐(kuāng)，
遵(zūn)彼(bǐ)微(wēi)行(háng)，
爰(yuán)求(qiú)柔(róu)桑(sāng)。
春(chūn)日(rì)迟(chí)迟(chí)，
采(cǎi)蘩(fán)祁(qí)祁(qí)。
女(nǚ)心(xīn)伤(shāng)悲(bēi)，
殆(dài)及(jí)公(gōng)子(zǐ)同(tóng)归(guī)。

执：拿着。懿：深。
遵：沿着。微行：田间小路。
爰：这里，那里。

蘩：蒿。祁祁：众多。

殆：害怕。

七(qī)月(yuè)流(liú)火(huǒ)，
八(bā)月(yuè)萑(huán)苇(wěi)。
蚕(cán)月(yuè)条(tiáo)桑(sāng)，
取(qǔ)彼(bǐ)斧(fǔ)斨(qiāng)。
以(yǐ)伐(fá)远(yuǎn)扬(yáng)，
猗(yǐ)彼(bǐ)女(nǚ)桑(sāng)。
七(qī)月(yuè)鸣(míng)鵙(jú)，
八(bā)月(yuè)载(zài)绩(jī)。
载(zài)玄(xuán)载(zài)黄(huáng)，
我(wǒ)朱(zhū)孔(kǒng)阳(yáng)，
为(wéi)公(gōng)子(zǐ)裳(cháng)。

萑苇：芦苇。

条：修剪。

斨：方孔的斧头。

远扬：长得太高太长的枝条。

猗：摘取。女桑：小桑。

鵙：伯劳鸟。

绩：纺织麻线。

玄：黑色。

朱：红色。孔：非常。阳：鲜亮。

四(sì)月(yuè)秀(xiù)葽(yāo)，
五(wǔ)月(yuè)鸣(míng)蜩(tiáo)。

秀：抽穗、开花。葽：植物名，远志。

蜩：蝉。

bā yuè qí huò
八月其获，
shí yuè yǔn tuò
十月陨萚。　陨：落。萚：草木脱落的皮或叶。
yī zhī rì yú hé
一之日于貉，　貉：一种野兽，像狐狸，皮毛珍贵。
qǔ bǐ hú li
取彼狐狸，
wéi gōng zǐ qiú
为公子裘。
èr zhī rì qí tóng
二之日其同，　同：集合。
zài zuǎn wǔ gōng
载缵武功，　缵：继续。武功：狩猎。
yán sī qí zōng
言私其豵，　私：私有。豵：小兽。
xiàn jiān yú gōng
献豜于公。　豜：大兽。

wǔ yuè sī zhōng dòng gǔ
五月斯螽动股，　斯螽：蝗虫类。动股：发出鸣叫声。
liù yuè suō jī zhèn yǔ
六月莎鸡振羽。　莎鸡：虫名，纺织娘。振羽：鼓翅发声。
qī yuè zài yě
七月在野，
bā yuè zài yǔ
八月在宇，　宇：屋檐。
jiǔ yuè zài hù
九月在户，　户：门口。
shí yuè xī shuài rù wǒ chuáng xià
十月蟋蟀入我床下。
qióng zhì xūn shǔ
穹窒熏鼠，　穹：空隙。室：堵塞。
sāi xiàng jìn hù
塞向墐户。　向：朝北的窗户。墐：用泥涂抹。
jiē wǒ fù zǐ
嗟我妇子，　嗟：叹息。
yuē wéi gǎi suì
曰为改岁，　改岁：过年。
rù cǐ shì chǔ
入此室处。

六月食郁及薁，
七月亨葵及菽。
八月剥枣，
十月获稻。
为此春酒，
以介眉寿。
七月食瓜，
八月断壶，
九月叔苴，
采荼薪樗，
食我农夫。

郁：郁李。薁：野葡萄。
亨：通"烹"，烹饪。菽：豆子。
剥：打。

介：祝福。眉寿：寿者眉长。

壶：葫芦。
叔：收拾。苴：麻籽，可食用。
荼：苦菜。薪：柴薪。樗：臭椿树。

九月筑场圃，
十月纳禾稼。
黍稷重穋，
禾麻菽麦。
嗟我农夫，
我稼既同，
上入执宫功。
昼尔于茅，
宵尔索绹，
亟其乘屋，

场圃：打谷场。
纳：收纳。
重穋：谷物。

同：送入谷仓。
上：通"尚"，还。执：承担。
昼：白天。于：取，割。
宵：夜晚。索绹：搓麻绳。
亟：敏捷。乘屋：登上房顶修理。

其(qí)始(shǐ)播(bō)百(bǎi)谷(gǔ)。

二(èr)之(zhī)日(rì)凿(záo)冰(bīng)冲(chōng)冲(chōng),
三(sān)之(zhī)日(rì)纳(nà)于(yú)凌(líng)阴(yīn)。
四(sì)之(zhī)日(zhī)其(qí)蚤(zǎo),
献(xiàn)羔(gāo)祭(jì)韭(jiǔ)。
九(jiǔ)月(yuè)肃(sù)霜(shuāng),
十(shí)月(yuè)涤(dí)场(cháng)。
朋(péng)酒(jiǔ)斯(sī)飨(xiǎng),
曰(yuē)杀(shā)羔(gāo)羊(yáng),
跻(jī)彼(bǐ)公(gōng)堂(táng)。
称(chēng)彼(bǐ)兕(sì)觥(gōng),
万(wàn)寿(shòu)无(wú)疆(jiāng)!

纳:收藏。凌阴:冰窖。

蚤:通"早",一种祭祀。

肃霜:霜,通"爽",天高气爽。

涤:清洗,清理。

朋:双,二。飨:以食物招待。

跻:登。

称:举起。兕觥:酒杯。

解读

今天我们来学习风诗的最后一个部分"豳风"。"豳地"在哪里呢?根据史料的记载,豳地是周人的祖先公刘选定的居住地,《史记·周本纪》里面记载"国于豳",豳地在后来周人的定居地岐山周原的北部。"豳风"就是豳地的乐歌。我们在前面讲过犬戎攻破丰镐二京之后,周平王东迁都到洛邑,开始了历史上的东周时期。在迁都的过程中,秦襄公派兵护送,周平王为了感激秦襄公就把岐山以西的土地封给了秦做封地。所以，豳地在东周时期很可能已经归属于秦了。所以"豳风"记录下的乐歌应该是属于西周的作品。

周人的始祖弃，从小喜欢种植谷物（参见后文《大雅·生民》），所以被舜任命为"后稷"（农官）。《史记·周本纪》记载公刘"复修后稷之业"，所以"豳风"里面最有代表性的作品就是《七月》这首农事诗。

师：这首诗第一句是"七月流火，九月授衣"。老师问一下，你们觉得"七月流火"是什么意思？

生：天气太热了。七月放暑假了。

师：这就是老师今天要强调的。我们不能望文生义。

首先老师来解释一下何谓"流火"。其实恰恰相反，"七月流火"的意思是天气开始转凉。为什么呢？"流火"，指的是天上的大火星于六月初昏达于正南位置之后，七月开始慢慢移向西方，每天偏一点，每天偏一点，就好像从最高处"流"下来一样，所以"七月流火"是暑退寒来的天象。"九月授衣"，何谓"授衣"历来解释繁多，有人认为是管理者向农夫发放冬衣，而马瑞辰在《毛诗传笺通释》中认为是"把裁制冬衣的工作，交给妇女去做"。这一章后面提到"无衣无褐，何以卒岁"，表明农民并没有足够的冬衣度过严寒。而且，九月的时候天气还不算冷，这个时候发放冬衣也不甚合适。所以我认为马瑞辰的解释更为合理。"九月授衣"可以理解为，缫丝绩麻等工作结束后，女工就开始裁制冬衣。

"一之日觱发，二之日栗烈"，这里又涉及一个新的文化常识，什么是"一之日""二之日"呢？这是周人的历法，而前面的"七月""九月"则是夏人的历法。周历的"一之日"就是夏历的十一月，"二之日"就是夏历的十二月。"觱发"和"栗烈"都是拟声词。十一月的北方已经非常寒冷了，大风呼啸起来吹得万物噼里啪啦地作响。可是在这样寒冷的日子里，"无衣无褐，何以卒岁"，没有足够保暖的衣服，怎么度过这样寒冷的冬天呢？"三之日于耜，四之日举趾。同我妇子，馌彼南亩，田畯至喜"，周历的"三之日"就是夏历来年的一月，农夫开始修整农具。到了"二之日"，夏历二月就开始下田劳作了。但是作者并没有直接说去南亩种田，而是顽皮地说"举趾"，抬起脚，和妻子孩子一起来到了农田。不但一家人开开心心、快快乐乐，而且管理农耕的官员"田畯"也来恭贺新一年春耕的开始。

第二章，"七月流火，九月授衣。春日载阳，有鸣仓庚。"春天到了，太阳特别温暖，黄鹂鸟开始鸣叫，标志着天气逐渐变暖。"女执懿筐，遵彼微行，爰求柔桑。春日迟迟，采蘩祁祁。"这几句描述了蚕女采桑的情景。一个姑娘拿着深深的竹筐，沿着小路，采集刚刚长出来的桑叶。

师：老师问一下，什么叫"春日迟迟"？为什么人会感觉太阳在天上迟迟不肯落下去？

生：白天的时间变长了。

师：为什么白天的时间会变长啊？从哪一天开始觉得白天变长了？

生：是春分吗？

师：对了。

所谓"春分"，就是这一天有太阳的白天的时间和晚上的时间正好平分。之后白天就会变得越来越长，比夜晚长了。直到"夏至"这一天，是白天最长的一天。然后白天慢慢变短，但也比夜晚时间长。直到"秋分"这一天，白天夜晚又一样等长。然后就是夜晚逐渐变长，直到"冬至"这一天，夜晚最长，再慢慢变短。所以"春日迟迟"是说白天逐渐变长，天气变得暖和。"春日迟迟"一句道出多少春日午后的慵懒，后世杜甫"迟日江山丽，春风花草香。泥融飞燕子，沙暖睡鸳鸯"正是化用此意。"春日迟迟"之际，蚕女们采集着白蒿，准备孵化幼蚕。"女心伤悲，殆及公子同归"，但是一想到不久之后，自己就将作为陪嫁之女，离开父母，心里就不免充满悲伤。钱钟书先生在《管锥编》中说："吾国咏'伤春'之词章者，莫古于斯。"意思是，《七月》这首诗是最古老的伤春诗作。

第三章，"七月流火，八月萑苇"。八月的时候芦苇成熟了，可以收割下来编制蚕箔。"蚕月条桑，取彼斧斨。以伐远扬，猗彼女桑。"蚕月指的是夏历三

上：螽斯
中：蜩（蝉）
下：蟋蟀

月，为了收获更多的桑叶，需要用斧子把长得太高太长的枝条修剪掉，这样就可以让桑树的枝条都长在伸手可得的低矮处，蚕女会很容易攀着枝条采摘柔嫩的桑叶。"七月鸣䴗，八月载绩。载玄载黄，我朱孔阳，为公子裳。""䴗"就是伯劳鸟，七月份的物候是伯劳鸟，到了八月人们就开始用麻纺线织布，有的染成了黑色，有的染成了黄色。"玄"，黑色。我染出来的红色非常明艳，为公子做衣裳。"孔"意思是十分、非常。

第四章，"四月秀葽，五月鸣蜩"。"葽"是远志这种植物，"秀"指植物开花。四月的时候远志开花，五月的时候，蝉开始鸣叫。"八月其获，十月陨萚"，八月的时候各种农作物开始到了收获的季节，十月植物开始落叶。"萚"是落叶。"一之日于貉，取彼狐狸，为公子裘"，十一月的时候就可以打猎了，抓住狐狸，就可以用狐狸皮给公子做一件裘皮衣服。"二之日其同，载缵武功，言私其豵，献豜于公"，十二月的时候大家聚在一起，继续打猎练武，打到小的猎物可以自己留下，把大的猎物献给公家。

第五章,"五月斯螽动股,六月莎鸡振羽。七月在野,八月在宇,九月在户,十月蟋蟀入我床下"。这是一段非常著名的文字,中国古人通过对自然的观察,来确定自己生活的时间节奏。五月的时候,螽斯(蚂蚱一类)开始鸣叫,六月的时候,纺织娘(蝈蝈之类)开始鼓翅发声。七月的时候,蟋蟀还在野外活动,八月就跑到屋檐下,九月跳进房门里,十月的时候就藏在我家床底下了。这个时候,我们就知道天气已经变寒冷了,于是"穹窒熏鼠,塞向墐户。嗟我妇子,曰为改岁,入此室处"。"穹"是缝隙的意思,"窒"是堵塞的意思。把房屋的缝隙修补好,把老鼠熏走。"向"指的是北边的窗户,"户"是门。用泥把北向的窗子和门的缝隙封住,以抵挡北方冬天的寒风。干完这一切,告诉我的妻与子,眼看就要过年了,我们住到这间房子里来吧。

第六章,"六月食郁及薁,七月亨葵及菽。八月剥枣,十月获稻。为此春酒,以介眉寿"。六月郁李和野葡萄就熟了。七月就可以烹煮冬葵和豆子。八月打枣,十月收割稻谷。稻谷大丰收,就可以用稻谷酿酒,祝福老人长寿。"七月食瓜,八月断壶,九月叔苴,采荼薪樗,食我农夫。"七月还可以吃瓜,八月葫芦就成熟了,九月摘麻子,再采一些苦菜,砍一些柴,就可以养活我们这些农夫了。哎呀,小朋友们,你们读这一段的时候有没有流口水啊?感觉都是好吃的啊!

第七章,"九月筑场圃,十月纳禾稼。黍稷重穋,禾麻菽麦"。不能光吃,还要干活了。九月修整好打谷场,十月就要把庄稼收入粮仓。黄米、小米、各种谷子、大米、麻子、豆子、小麦,各种粮食都要收好。"嗟我农夫,我稼既同,上入执宫功。"做完这些农活,把粮食都收好,可叹我们这些农夫还不得休息,要去宫房里面当差。"昼尔于茅,宵尔索绹。亟其乘屋,其始播百谷。"白天割茅草,晚上搓麻绳。得空还得赶快修整宫房,开春继续播种耕田。

第八章,"二之日凿冰冲冲,三之日纳于凌阴。四之日其蚤,献羔祭韭"。十二月天寒地冻,要去河里取冰。一月的时候,需要把这些冰块储藏在冰窖里,以备官家夏天使用。"四之日"是夏历二月,二月已经是仲春,河水解冻,献上羊羔与韭菜,欢庆新春的来到。"九月肃霜,十月涤场。朋酒斯飨,曰杀羔羊,跻彼公堂,称彼兕觥,万寿无疆!"九月秋高气爽,十月清扫打谷场。一年的农作终于结束，奉上两壶酒。"朋酒"即两壶酒。宰杀羔羊，大家都走进公堂里，一起举杯，恭祝万寿无疆！

这是我们在风诗里面学的最长的一首诗了。小朋友们没有生活的阅历可能会觉得这不就是流水账吗？但是《豳风·七月》这首诗在历史上却大受称赞，让我们来看看评论家都是怎么分析这首诗的。王安石曾言：

> 仰观星日霜露之变，俯察虫鸟草木之化，以知天时，以授民事，女服事乎内，男服事乎外，上以诚爱下，下以忠利上，父父子子，夫夫妇妇，养老而慈幼，食力而助弱，其祭祀也时，其燕飨也节，此《七月》之义也。
>
> ——参见朱熹《诗集传》

现代学者扬之水先生这样评价这首诗：

> 朴素的生活中，没有幻想，没有传奇，却于平淡中有热闹，别有一番基于生活的浪漫。于劳作中注入了鲜活且永久的生命。
>
> ——《诗经别裁》

扬之水先生认为《豳风·七月》这首诗表达了一种朴素的生活之美，就是在这种朴素的生活当中，我们按照时令、按照季节，该做什么事情就做什么事情，没有幻想，没有传奇，没有意外的事情发生，但是在平平淡淡的生活中有热闹，显得别有一种基于生活本身的浪漫。我们在劳作当中注入了鲜活和永久的生命，一代又一代的人就是在这种朴素的生活当中实现了生命的喜悦。所以，整首诗体现出来的是一种依循自然的、质朴而平易的生活之美。日子就在"四月秀葽，五月鸣蜩。八月其获，十月陨萚"中慢慢地流淌下去了。

与此生活态度相匹配的是整首诗"中正平和""温柔敦厚"的情绪。我们读到"七月鸣鵙，八月载绩。载玄载黄，我朱孔阳，为公子裳"的时候，并没有感觉到"遍身罗绮者，不是养蚕人"的不平与悲伤；读到"言私其豵，献豜于公"的时候，只感受到"和平有序的生活"，没有"彼君子兮，不素餐兮"的讽刺（参见《诗经别裁》）。在平静流淌的日子里，有淡淡的苦，"无衣无褐，何以卒岁""我心伤悲，殆及公子同归""我稼既同，上入执宫功"。但是这是"哀而不伤"的淡淡惆怅。我们在诗里更多地感受到的是"六月食郁及薁，七月亨葵及菽。八月剥枣，十月获稻"的快乐，而这快乐也是"乐而不淫"（淫：过分）的快乐，蕴藏在一茶一饭之间，弥散在"日出而作、日入而息"的生活之中。人的一生终于与自然、与他人构成了一幅和谐的、不甚华美但却有温度的乐章。

家长课堂

《豳风·七月》里涉及了历法的问题，"七月流火，九月授衣"用的是夏历，"一之日""二之日"用的是周历。在现代科学技术发生之前，人只有依循自然才能获得更好的生活，这一点对于农耕民族尤为重要，所谓"春作夏长，秋敛冬藏"是也。因此，观察自然与星象以确定人的生活节奏，则有历法的产生。

目前可知中国最早关于历法的文字是《尚书·尧典》中"历象日月星辰，敬授民时"的记录。帝尧治理天下，会根据日月星辰的运行制定历法，向百姓颁布，以安排生活劳作。2003年考古工作者在山西襄汾的陶寺遗址（大约公元前2100年）发现的古天文台以及圭表等遗迹，应该可以证明《尚书》中的记录并不是古人的虚构，而是真实的历史。

现代人可能认为历法只涉及科学的问题，但是在古代中国，历法的使用中还包含有文化的选择与政治的归属问题。上古三代王朝更迭，往往要"改正朔，易服色"。所谓"正朔"，"正"谓"年始"，"朔"谓"月初"，"正朔"即历法的代称。古代中国以农立国，历法是农业生活的重要依据，也是国家秩序的象征，因此只有天子（皇帝）才有资格"颁正朔"，而臣民据此历书以安排生活也就含有了服从此天子（皇帝）治理的意义。《论语·八佾》篇记载了一条章句就和这种古代政治文化相关：

子贡欲去告朔之饩（xì）羊。子曰："赐也，尔爱其羊，我爱其礼。"

陶寺古天文台（地面上的立柱，以及观测点的圆台为考古学家复原）

所谓"告朔饩羊"，为古代的一种制度，"每年秋冬之交，周天子把第二年的历书颁给诸侯。这历书包括那年有无闰月，每月初一是哪一天，因之叫'颁告朔'。诸侯接受了这一历书，藏于祖庙。每逢初一，便杀一只活羊祭于庙，然后回到朝廷听政。这祭庙叫作'告朔'，听政叫作'视朔'，或者'听朔'。到子贡的时候，每月初一，鲁君不但不亲临祖庙，而且也不听政，只是杀一只活羊'虚应故事'罢了。所以子贡认为不必留此形式，不如干脆连羊也不杀。孔子却认为尽管这是残存的形式，也比什么也不留好。"（杨伯峻《论语译注》）

其实，以哪一天作为"新一年"的开端，历史上曾经有过诸多的变化。哪怕是我们现在也有两套系统同时运行。以阳历来看，"元旦"，即公元纪年的1月1日是新年的开端。同时，我们还过阴历的新年，即"大年初一"为阴历新年的第一天。小朋友们可以结合《豳风·七月》想一想夏历和周历新年的不同。

与历法相关的，还有纪年法。古人有用干支纪年的方法，十天干"甲乙丙丁戊己庚辛壬癸"与十二地支"子丑寅卯辰巳午未申酉戌亥"两两配合，六十年一轮回。这种纪年法也塑造了中国古人对时间的理解。时间不断奔涌向前是非常现代的时间观念，而中国古人却认为和"春夏秋冬"四季轮转一样，时间也在

"六十年一甲子"中循环往复,所以常常有"三十年河东三十年河西"的说法。另外,古人的纪年法还有用皇帝的年号纪年的传统。而现在的公元纪年则来自西方文明。所谓公元纪年指的是以耶稣诞辰之年为公元元年的纪年方法。近代中国受此影响,康有为首先提出了"孔子纪年"的主张,并在上海强学会的机关报《强学报》第一期的封面署上"孔子卒后二千三百七十三年"的字样,同期还刊发了《孔子纪年说》的文章。为了对抗康梁等人宣扬的"孔子纪年",刘师培于1903 年发表了《黄帝纪年说》一文,特别强调了"黄帝纪年"对于汉民族保持"特立之性质"的重要作用,"欲保汉族之生存,必以尊黄帝为急。黄帝者,汉族之黄帝也,以之纪年,可以发汉民族之感觉",并在该文末尾署上"黄帝降生四千六百一十四年闰五月十七日"。当时的清政府虽为满人但是尊孔,所以改良派以孔子纪年来表达自己愿意承认"尊孔"的满清政府的政治主张。但是革命派的首要政治目的即为"驱除鞑虏,恢复中华",所以主张以黄帝纪年,彰显民族革命的重要意义。

习学

主旨:《豳风·七月》是一首农事诗。

生字生词:

1. 卒:完毕,终了。

2. 陨:坠落。

3. 向:北边的窗户。

4. 纳:收藏。

5. 朋:两个。

6. 飨:以酒食待客。

名物:桑

《诗经》中有一个有趣的现象,就是只要提到"桑树"一般就会和"君子"

发生关系。例如《秦风·车邻》"阪有桑，隰有杨。既见君子，并坐鼓簧"，《小雅·南山有台》"南山有桑，乐只君子"，以及《小雅·隰桑》"隰桑有阿，其叶有沃。既见君子，云何不乐"。

成语：

耒耜之勤：指农事活动。语出《后汉书·肃宗孝章帝纪》，"王者八政，以食为本，故古者急耕稼之业，致耒耜之勤。"

文化常识：

中国古代天文学家把天空中可见的星分成二十八组，再将之合并为东（青龙）、南（朱雀）、西（白虎）、北（玄武）四方各七宿，统称为二十八星宿。参（shēn）宿是二十八星宿中西方白虎的最后一宿，在猎户座。参宿三星指的是猎户座腰带上的三颗星。商星是二十八宿中的心宿（即天蝎座），与参宿相距约180度，同一地方的人们不能在同一时间看到它们。所以杜甫《赠卫八处士》说："人生不相见，动如参与商。"心宿由于它火红的颜色，我国古代又称之为"大火"或"大辰"。古人很看重大火星，他们经常以大火在天空中的位置来确定农事活动。《豳风·七月》中的"七月流火"指的是大火星于夏历五月初昏见于东北天空，六月初昏达于正南，七月则开始向西滑落（"流"）的天象。所以"七月流火"是暑退寒来的意思。

作业：

1. 在《豳风·七月》里找到自己最感兴趣的一种植物画一画。
2. 诵读《豳风·七月》。
3. 最后，给小朋友们留一个作业：《豳风·七月》这首诗非常长，整首诗的叙述并没有完全按照时间的顺序展开。所以，请小朋友们在学完这首诗之后，按照从一月到十二月的顺序，根据诗中的内容，分"时间""自然物候""人的生活与工作"三个部分，整理总结出一个"周人一年生活工作列表"。如下：

时间（夏历）	自然物候	人的生活与工作
一月		
二月		
三月		
四月		
……		

我教孩子
学《诗经》（下）

李 静 著

团结出版社

《诗经》第三辑的学习以"小雅"为主。

《诗经》中的"雅"分为"小雅"和"大雅"两个部分。所谓"雅"即"正声雅乐",是贵族宴会(燕饮)或诸侯朝会时演奏的乐歌。与"风诗"为地方音乐不同,"雅诗"通常被认为是周朝王畿一带的乐调。

"小雅"一共七十四篇作品,还有六首"笙诗"仅存题目,没有文辞流传下来。"二雅"往往以十篇为一个单元,如从《鹿鸣》到《南陔》这十篇被称为"鹿鸣之什"。

第三辑

小雅
——以雅以南的正音

二十一、《小雅·鹿鸣》

呦(yōu)呦(yōu)鹿(lù)鸣(míng),
食(shí)野(yě)之(zhī)苹(píng)。
我(wǒ)有(yǒu)嘉(jiā)宾(bīn),
鼓(gǔ)瑟(sè)吹(chuī)笙(shēng)。
吹(chuī)笙(shēng)鼓(gǔ)簧(huáng),
承(chéng)筐(kuāng)是(shì)将(jiāng)。
人(rén)之(zhī)好(hào)我(wǒ),
示(shì)我(wǒ)周(zhōu)行(háng)。

呦:鹿鸣之声。
苹:一种蒿草。
嘉:美善。
鼓:演奏。

承:奉上。筐:装礼物的竹器。将:送。

示:告诉。周行:大道理。

呦(yōu)呦(yōu)鹿(lù)鸣(míng),
食(shí)野(yě)之(zhī)蒿(hāo)。
我(wǒ)有(yǒu)嘉(jiā)宾(bīn),
德(dé)音(yīn)孔(kǒng)昭(zhāo)。
视(shì)民(mín)不(bù)恌(tiāo),
君(jūn)子(zǐ)是(zé)则(zé)是(shì)效(xiào)。
我(wǒ)有(yǒu)旨(zhǐ)酒(jiǔ),
嘉(jiā)宾(bīn)式(shì)燕(yàn)以(yǐ)敖(áo)。

德音:好名声。孔:非常。昭:明。
视民:管理百姓。恌:刻薄。
则:以之为法则。效:效法。
旨酒:美酒。
式:语气词。燕:宴享。敖:舒畅。

呦呦鹿鸣,
食野之苓。　　苓:一种蒿草。
我有嘉宾,
鼓瑟鼓琴。
鼓瑟鼓琴,
和乐且湛。　　湛:尽兴,痛快。
我有旨酒,
以燕乐嘉宾之心。

解读

《诗经》"风诗"的部分我们讲完了。从今天开始我们要学习"小雅"。

师:我们复习一下之前讲过的内容,《诗经》整部作品分为几个部分,分别是什么,哪个小朋友还记得?

生甲:有3个部分,分别是"风""雅""颂"。

师:很好。老师继续问一下,"风诗"又分为几个部分?

生乙:15首。

师:不是15首,是十五国风,对不对?雅呢,有几个大的部分?

生乙:5个。

师:不对,看看目录,大家来翻翻《诗经》的目录。

生丙:两个部分。

师:二雅,对不对?二雅分别是什么?

生乙：大雅和小雅。

师：又错了，按照顺序说是什么？

生甲：小雅和大雅。

师：对，先小后大，小雅和大雅。"颂"有几个部分？

生乙：有三个部分。

师：对，三颂，都是什么？

生丙：周颂、鲁颂、商颂。

师：对，这些同学们要记得，因为这些是最基本的《诗经》的知识。"十五国风""二雅""三颂"。

我们之前的课程都在讲"风诗"，在160多首诗作里面选了20首来讲。从今天开始，我们来学习"雅"和"颂"。首先当然是学"小雅"。但是在学习之前，我们要先搞清楚"雅"的意思。不过可惜的是，专家学者们对这个问题至今也没有定论。有的人认为"风、雅、颂"是政教功能上的区分：

风，风也，教也，风以动之，教以化之……上以风化下，下以风刺上，主文而谲谏，言之者无罪，闻之者足以戒，故曰风……是以一国之事，系一人之本，谓之风；言天下之事，形四方之风，谓之雅。雅者，正也，言王政之所由废兴也。政有大小，故有小雅焉，有大雅焉。颂者，美盛德之形容，以其成功告于神明者也。

——《毛诗序》

"风诗"是地方之诗，发挥上对下教化、下对上讽谏的作用。用诗来讽刺统治者政教的缺失，言说的人不会因此而获罪，听到的人会因此而有所警戒，所以"风"就是"讽"。"雅诗"是关于王政的天子之诗。"颂诗"则是宗庙祭祀的用诗。另外还有一些专家认为"风、雅、颂"是指不同的音乐类别。"风诗"为地方小调，是地方之乐，比如内蒙古的长调和江南的小调，风格非常不一样，在古代也是这样的。"雅诗"为中央之诗，是朝廷雅正之乐，是周朝王畿（jī）周围的乐调,"颂诗"则是宗庙祭祀的祭乐。总之,几千年来这个问题一直没有定论,争论不休。这个问题,还是留待各位小朋友们长大以后继续研究吧。

下面我们就来学"小雅"的第一首《鹿鸣》。

"呦呦鹿鸣,食野之苹","呦呦"是鹿发出的声音。我们看这首诗,它开头起兴的方法和《关雎》里的非常类似。"关关雎鸠","关关"就是雎鸠鸟的叫声。雎鸠鸟在哪儿呢,"在河之洲"。这里也一样,"呦呦鹿鸣",小鹿在干嘛呢?"食野之苹",它在吃野外的萍草。

我们来看一下这幅《丹枫呦鹿图》,这是五代时期根据《鹿鸣》这首诗画的一幅作品,现在收藏在台北的故宫博物院,有1000多年的历史了。

画面中有一群鹿在树林里非常悠闲地待着。在中国古人的审美世界中,鹿在山林里是非常自由、娴雅的动物。它体态优美,姿态高贵。在成语"鹿死谁手""逐鹿中原"中,"鹿"都以一种温顺的形象示人。"呦呦鹿鸣"群鹿相呼为伴,一起"食野之苹",为后面人与人的相聚烘托出一种祥和的气氛。"苹"应

《丹枫呦鹿图》(五代,佚名,现藏于台北故宫博物院)

该就是一种蒿草。《诗经名物图》上画的"苹"是水中的浮萍，感觉有点不大对，小鹿会吃水里的浮萍吗？

前两句起兴，后两句叙事，"我有嘉宾，鼓瑟吹笙"。大家把"嘉"字圈起来，这是我们今天的生字生词。"嘉"的意思是善、美，比如我们说嘉言，嘉言懿行，指的是善言美行。"鼓瑟吹笙"，这个"鼓"字我们之前学过。如果单把它拿出来，我们会认为它是一种乐器，但是"鼓"在这里是动词，是敲击的意思。"鼓瑟"，就是弹奏瑟。

"我有嘉宾，鼓瑟吹笙"，嘉宾来到，演奏笙瑟以表达欢迎之意。"吹笙鼓簧，承筐是将"，笙簧齐鸣，礼物奉上。

主人这么对接宾客，宾客怎么回报主人呢？"人之好我"，在有的注本中把"好"注成了三声hǎo，但是老师觉得在意思上不大对。我们还是读为四声hào。这些宾客喜欢我，所以"示我周行"。我们把"周行"圈起来。

师：我们在哪儿学过"周行"，小朋友们记得吗？
生：在最早那几首诗里面，"采采卷耳，不盈顷筐。嗟我怀人，寘彼周行"。
师：这是《周南·卷耳》里面的诗句，对不对？"周行"，大道的意思。在《周南·卷耳》里面"寘彼周行"，是说把采摘下来的卷耳，用筐子盛了放到大道上，这是周行的本意。但是在这里我们看一下，"示我周行"，这些客人非常喜欢我，指给我"周行"，是告诉主人大道在这里吗？指的是道路吗？那当然不是。这里的"周行"是比喻义，指的是治国应该遵循的方法和策略。

这些客人非常有德行，他们喜欢我，就来告诉我治理国家的方略。这是第一章。《鹿鸣》开篇即立意甚高，表明此次相聚的宾主双方都是有德之人，而非酒肉之会，在雅乐笙簧的伴奏中展现了先秦君子生活的高雅品位。

第二章，"呦呦鹿鸣，食野之蒿"，蒿草是我们现在也比较常见的植物。小朋友们如果和家长外出吃火锅，可以点一份茼蒿，"食野之蒿"中的"蒿草"应该与之大致类似。"我有嘉宾，德音孔昭"，嘉宾前来，他们有德行高尚的美名。大家把"孔"圈起来。"孔"也是古汉语里面经常出现的一个词，意思是非常。

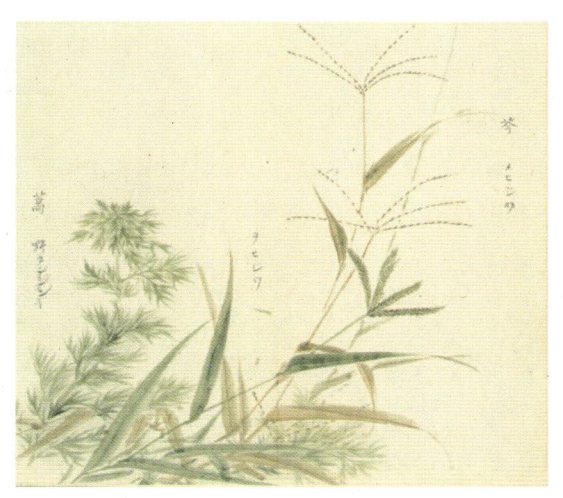

《诗经名物图》中所画的"蒿"与"芩"

"德音孔昭"就是美德的名声非常昭著。他们的德行体现在哪些方面呢?"视民不恌","对待治理百姓的事情严肃认真,不轻恌。"君子是则是效",君子可以以他们的言行为法则为模范。"则"是法则,"效"是效法,以他们的行为为法则,以他们的行为做榜样。"我有旨酒",旨,甘美之意,我有美酒。"嘉宾式燕以敖",燕,通"宴",宴乐,敖,通"遨",自由自在,我用美酒款待嘉宾,让他们能够尽情地欢饮。

第三章,"呦呦鹿鸣,食野之芩","芩"还是一种野生的植物。"我有嘉宾,鼓瑟鼓琴","琴"和"瑟"我们在《周南·关雎》里面学过,当时还学了一个成语"琴瑟和鸣",琴和瑟经常配合在一起演奏。"鼓瑟鼓琴,和乐且湛",湛,乐之久也。在洋洋的音乐声中,朋友相聚的幸福又快乐又长久。"我有旨酒,以燕乐嘉宾之心",我用美酒款待宾客,使大家开开心心地聚在一起。

师:这首诗的主题是什么?

生甲:我觉得它讲的是,你要对待好别人,让别人喜欢你。人是相互的,你要对别人好,让别人喜欢你,对方才会给你利益。

师:啊,这首诗哪里讲的是这个事情?

生甲:第一章和第二章。

师：好。我们听一下别的同学的意见。

生乙：我觉得是赞美文中的那些嘉宾。

师：这首诗的主要内容讲了一些什么，诗中的人在干嘛？

生乙：在一个宴会上请了很多的宾客，这些宾客的品格都很好。

师：很好。这首诗是一个主人宴请嘉宾的诗，这是它的主要内容。老师问一下，这样的宴会是一个普通的吃吃喝喝的宴会吗？比如我们和很多朋友、家人在一起聚会，但是很多时候聚会就是普通的吃吃喝喝。《小雅·鹿鸣》这首诗描写的宴会有什么不同吗？

生乙：这首诗不光是吃吃喝喝，他们还聊了管理国家。

师：对，很好，他们还聊了管理国家的事情。你觉得在哪一句表达了这个意思？

生丙："人之好我，示我周行。"

师：好的，有同学补充吗？还有什么？

生丙："视民不恌，君子是则是效。"

师：对，"视民不恌，君子是则是效。"另外主人和宾客都有什么特点？

生丙：品德高尚。

师：哪一句诗肯定了他们的德行？

生丙：比如第二章"德音孔昭"。

师：很好。

所以这首诗为什么重要？因为它描写了一个宾主之间宴饮的场景，但这不是普通的吃吃喝喝的宴会，而是一个有德之燕饮，非酒肉之会。出席的人都是有德行的人，他们谈话的内容也都是围绕着德行展开的。最为重要的是，整个聚会都伴随着"洋洋乎盈耳"的音乐。我们来挑一挑，这首诗里面有多少句都是和音乐有关的——比如第一章里的"鼓瑟吹笙""吹笙鼓簧"，第三章的"鼓瑟鼓琴"。整个燕饮的过程都在优美的音乐的伴奏之下，衬托出主人和宾客聚会的优雅。

由于这首诗的特点非常鲜明，所以它在中国古代的文化当中被不断地提及，比如《左传·襄公四年》里就记载了这样一个历史故事：

> 穆叔（叔孙豹）如晋，报知武子之聘也，晋侯享之。金奏《肆夏》之三，不拜。工歌《文王》之三，又不拜。歌《鹿鸣》之三，三拜。韩献子使行人子员问之……对曰："《肆夏》，天子所以享元侯也，使臣弗敢与闻。《文王》，两君相见之乐也，臣不敢及。《鹿鸣》，君所以嘉寡君也，敢不拜嘉。"

有一个人叫叔孙豹。在他出使晋国的时候，晋侯招待了他。首先晋侯命人为他演奏了《肆夏》，他并没有拜谢，又唱了《文王》，他还是没有拜谢。等到歌《鹿鸣》的时候，叔孙豹才拜了三拜来感谢晋侯。这个时候韩献子就非常疑惑，派人去问叔孙豹为什么前面歌《肆夏》和《文王》的时候他不拜谢，非要等到歌《鹿鸣》的时候才拜谢呢？叔孙豹回答说："因为《肆夏》这首诗是天子款待诸侯的乐歌，我是个臣子，我不敢听这首乐歌。《文王》这首诗应该是两国的君主相见的时候演奏的乐歌，我是臣子仍然不合于礼。一直演奏到《鹿鸣》，这是您的君主在赞美我国君主派我作为代表来表达友好，合于我的身份和使命，所以我才拜谢。"所以古人在学习《诗经》的时候，要了解各首诗的演奏场合，不然在外交场合就要闹笑话了。

《鹿鸣》这首诗在古代影响深远。曹操在《短歌行》里就化用了《鹿鸣》中的诗句：

> 呦呦鹿鸣，食野之苹。
> 我有嘉宾，鼓瑟吹笙。
> 明明如月，何时可掇？
> 忧从中来，不可断绝。

后来古人举行科举考试，到了最高一层的国家会试，成功通过之后就是"进士及第"，皇帝会为这些人举行"鹿鸣宴"。为什么叫鹿鸣宴，就是因为《鹿鸣》这首诗就是国君款待贤臣的意思，所以这个宴会就叫鹿鸣宴。

另外，我们中国的科学家屠呦呦刚获了诺贝尔医学奖。这个名字就是取自《鹿鸣》这首诗里的"呦呦鹿鸣"。特别有意思的是她研究的内容恰恰是从"食野之蒿"的"蒿"里面提取出来的——青蒿素。生命中的许多事情真是非常有意思的。

家长课堂

《诗经》中的作品，本来都可以配乐歌唱。无奈古人之记谱法不完善，渐渐失传。《鹿鸣》作为《诗经·小雅》的首篇，原为周朝宴乐群臣嘉宾所用，到了汉代尚有曲谱流传，蔡邕在《琴赋》《琴操》中均有记录。唐代韩愈在《送杨少尹序》中说："举于其乡，歌鹿鸣而来。"看来当时的《鹿鸣》还可以配乐歌唱。但是否是先秦时期的古曲已不可知。此后《鹿鸣》之琴曲代有流传。宋代朱熹在《仪礼经传通解》中说："此谱乃赵彦顺所传，即是所谓开元遗声。"明张延玉将此曲收入《理性元雅》，直至清末仍有刊传。①

习学

主旨：《小雅·鹿鸣》是一首宴饮诗。

生字生词：

1. 食（sì）：喂养。
2. 嘉宾：嘉，美，善。美好的宾客。
3. 周行：大道，这里指大道理。
4. 孔：甚。

---

① 这段文字参考了《中国古琴曲题解100首》，特此致谢！

5. 则，效：则，法则；效，仿效。

名物：鹿、苹、蒿、芩

成语：

逐鹿中原：出自《史记·淮阴侯列传》，"秦失其鹿，天下共逐之。"

文化常识：

今天我们学习了一首宴饮诗。老师问一个问题，古人家里来了宾客，应该坐在哪儿呢？《礼记·乡饮酒义》里面记载："主人者尊宾，故坐宾于西北。"如果对宾客非常尊敬，就让宾客坐在西北方。古人的房子很多都是坐北朝南的，门和窗户都朝南开，主人坐于向南的主位，宾客应该坐在哪里呢？老师找了一张古代客厅的图，在上面写了A、B两个位置。小朋友们想一想，客人应该坐在哪里，选A还是选B？

答案应该是A，A是西席。

作业：

1. 画一画"鹿"或"蒿"。
2. 诵读《诗经·小雅·鹿鸣》。

二十二、《小雅·常棣》

常棣之华，
鄂不韡韡。
凡今之人，
莫如兄弟。

常棣：一种植物。华：花朵。

鄂：花萼。不：语气词。韡韡：鲜亮的样子。

死丧之威，
兄弟孔怀。
原隰裒矣，
兄弟求矣。

威：畏惧。

孔：非常，十分。怀：关心。

原隰：山陵峡谷。裒：聚集与减少的变迁。

脊令在原，
兄弟急难。
每有良朋，
况也永叹。
兄弟阋于墙，
外御其务。
每有良朋，

脊令：鹡鸰鸟。

每：虽然。

况：连词。

阋：争斗。

御：抵御。务：通"侮"，侮辱。

蒸(zhēng)也无戎。　　蒸：多。戎：帮助。

丧(sāng)乱既平，
既安且宁。
虽有兄弟，
不如友生。　　友生：朋友。

傧(bīn)尔笾豆，　　傧：陈列。笾豆：食器。
饮酒之饫(yù)。　　饫：吃饱喝足。
兄弟既具，　　具：俱、集。
和乐且孺。　　孺：亲爱。

妻子好合，
如鼓瑟琴。
兄弟既翕(xī)，　　翕：和。
和乐且湛(dān)。　　湛：久于乐。

宜尔室家，
乐尔妻帑(nú)。　　帑：儿女。
是究是图，　　究：思考。图：思考。
亶(dǎn)其然乎？　　亶：确实。然：这样。

解 读

今天我们来学习一首新的诗《小雅·常棣》。首先要注意它的发音,"常"读作 táng。因为在其他的版本里面,这首诗的标题有的时候写成"棠棣",有的时候写成"唐棣"。《论语·子罕》的最后一条章句引用了这首诗(略有差异)"唐棣之华,偏其反而。岂不尔思,是室远而"。董仲舒在《春秋繁露》里面也是说:"棠棣之华,偏其反而。"所以这里的"常"读为 táng。

"常棣之华","华"读为一声或者二声都可以。"常棣"就是"棠棣",是一种木本植物。我们看一下它的花朵,挤在一起,好像一对父母生了很多的孩子。所以作者就用常棣开花来起兴,描写兄弟之情。

"常棣之华",常棣树开花了。"鄂(è)不韡(wěi)韡","鄂(è)"即花萼,"不"为语气词,"韡韡",鲜明漂亮的样子。棠棣花开得非常漂亮。"凡今之人,莫如兄弟",立刻点题。你看看世界上的这些人,谁能比得上自己的兄弟姊妹呢?诗中的"兄弟",我们现在来解读当然也应该包括"姊妹"。我们国家之前执行计划生育政策,所以很多之前出生的人都没有兄弟姐妹。最近几年放开了生育政策,但是很多人也不太愿意多生孩子了。所以如果小朋友们有兄弟姐妹,应该好好珍惜。老师讲一个道理,我们从出生开始跟家长在一起,对不对?可是家长终究比我们大很多,家长终究有一天会离开我们。所以,一个人的父母在一般意义上是不能陪伴我们到老的,对吗?我们长大之后,会有相爱的人,我们的伴侣会陪伴我们到老,可是我们是长大之后才互相认识的,所以伴侣是不能陪伴我们小时候的。因此,只有兄弟姊妹是可以陪伴我们从小到老的人,所以手足之情弥足珍贵。

"莫如兄弟"体现在哪里呢?"死丧之威","丧"读为 sāng,兄弟之间如果有人去世了,这是最令人恐惧的事情。"兄弟孔怀",

师:"孔"是什么意思?
生:非常。

棠棣的花朵与果实

师：很好，我们在上一讲刚刚学过"德音孔昭"。

孔，特别，非常的意思。"兄弟孔怀"，兄弟姊妹当中有人去世了，剩下的人就会非常怀念他，心里非常难过。"原隰（xí）裒（póu）矣，兄弟求矣"，隰（xí），低洼的湿地，裒（póu），这里指的是坟堆。我们特别怀念兄弟的时候，只能到他的坟前去寄托哀思。所以我们不应该等到失去的时候才懂得珍惜兄弟姊妹之间的感情。可能也有很多小朋友是独生子女，没有兄弟姊妹，那怎么办呢？《论语》里面早就解决了这个问题。孔子有一个弟子叫司马牛。他非常难过地说："人皆有兄弟，吾独亡（wú）。"别人都有兄弟姊妹，单单我没有。孔子的另一个弟子子夏就安慰他说："死生有命，富贵在天……四海之内，皆兄弟也。君子何患乎无兄弟也。"人有没有兄弟姊妹是命运的安排。但是天下之人皆可做我的兄弟姊妹啊。大丈夫何必担心自己没有兄弟姊妹呢。所以大家不要担心，即使没有兄弟姊妹，我们也可以多交朋友，像手足一样相处。

第三章，"脊令在原"，脊令是一种小鸟，《山海经》里面记载这种鸟"群聚而朋飞"。所以它是一种群居的鸟类。"脊令在原"用这种群飞之鸟来比喻兄弟的感情。

《红楼梦》里面有一个人物叫北静王。他第一次见到贾宝玉的时候，就送了宝玉一个鹡鸰的手串。我们要知道，真正的经典，作者的每一次下笔都要经过深思熟虑地挑选。所以我们必须问一句，他为什么送一个鹡鸰的手串呢？他为什

鹡鸰

么不送一个貔貅（代表发财）的手串呢？我们要学过《常棣》，学过"脊令在原，兄弟急难"这句诗，才能合理推测曹雪芹的写作意图。也许这个情节是为了后面40回，贾家败落危难之时，北静王出手相救做的隐喻和铺垫。

"脊令在原"，脊令鸟一群一群地在原野上落着。"兄弟急难"，兄弟之间发生了患难，他的手足兄弟都会赶过来帮忙，这个时候你就会明白兄弟的意义。"每有良朋，况也永叹"，危难的时候，即使你原来有要好的朋友，他们也不过就是在你旁边叹息一声罢了，真正会出手相救的还是你的亲兄弟。关于这个问题，老师其实特别有感触。我不是独生女，我还有一个妹妹。前年我父亲突然中风，我做的第一件事就是叫了120把他送到了医院抢救，第二件事就是打电话给我妹妹让她赶快过来。医生让我签病危通知书的时候，我是非常害怕的，幸好妹妹及时赶到，我突然就觉得得到了很多安慰，没有那么恐惧了。所以这就叫"脊令在原，兄弟急难。每有良朋，况也永叹"。这是第三章。

下面第四章，"兄弟阋（xì）于墙"，大家把"阋"圈起来，这是我们今天的生字生词，"阋"的意思是斗争。"兄弟阋于墙"，就是说兄弟经常在家里面互相打架。老师小的时候也经常和妹妹打架，两个人抢玩具，或者觉得父母偏心等。但是"外御其务（wǔ）"，"御"是抵御、防御。务，通"侮（wǔ）"，侮辱。你别看兄弟关起门来，在家里面经常打架，但是如果有外人来侵犯，他们就会联合起来，共同对敌。这个就叫"兄弟阋于墙，外御其务"，是经常被大家引用的一句话。"每有良朋，烝（zhēng）也无戎"，"烝"的意思是多。儒家经常说"天生烝民"，百姓很多，就称为"烝民"。"每有良朋，烝也无戎"，你即使有很多好朋友，也没有什么作用。所以这两章讲的是在危难的时候，我们还是得靠自己的手足兄弟。

第五章，"丧乱既平"，外面的死丧之乱已经平息，生活重归于安宁，"既安且宁"。这个时候"虽有兄弟，不如友生"，因为生活非常平静，兄弟的作用变小，反而会疏远，很多人在这个时候就会认为兄弟不如朋友。这是一个诗意的顿挫。接着，"傧（bīn）尔笾（biān）豆"，"傧"就是陈列，陈列上笾，陈列上豆。笾、豆都是盛放食物的器皿。用我们今天的话来说就是把碗筷都摆上。

干嘛呢？"傧尔笾豆，饮酒之饫"，大家吃饭喝酒，吃得非常开心。"饫"是吃饱喝足的意思。"兄弟既具"，兄弟们都来了。既，已经。具，都来了。所以"和乐且孺"，孺，是相亲相爱的意思。兄弟们都聚在一起了，所以大家非常开心。

"妻子好合"，这里的"妻子"是妻和子的意思。在一个人的家庭里面，他跟妻子，跟孩子的关系都非常融洽。融洽到什么程度呢？"如鼓瑟琴"，就像弹琴鼓瑟一样和谐美好。

师：我们之前学过一个相关的成语是什么？
生：琴瑟和鸣。
师：小朋友们掌握得非常好。

"妻子好合，如鼓瑟琴。"我们不仅要和妻与子保持良好的关系，"兄弟既翕，和乐且湛"，"翕"就是和睦的意思，兄弟和睦，就会非常的快乐。"湛"就是长久的快乐。

最后一章，"宜尔室家"，我们在《桃夭》里面学过"宜其家室"。"宜尔室家，乐尔妻帑（nú）"，帑其实就是子女。你要善待你的家人，让你的妻子，让你的孩子充满快乐。这里"妻帑"和"室家"相对，"宜尔室家"应该指的就是兄弟。"是究是图"，我们把"究"和"图"圈起来，生字生词。"究"是探究，探寻；图，考虑，比如我们组个词，图谋不轨。"是究是图"，你好好想想这个事儿,你好好思量思量这个事儿。是:就是"这",代词。"亶(dǎn)其然乎",难道不是这样吗?你好好想想,是不是这个道理?是不是你要好好对待你的兄弟,好好对待你的家人,让他们快乐,善待他们?古人讲,修身齐家治国平天下。你的家庭成员不快乐,你自己也是不会获得真正的快乐的。所以我们要善待我们的家人。

这就是我们今天要学习的《常棣》这首诗。这首诗仍然是一首宴饮诗。但是和上一首《鹿鸣》的主旨非常不同。《鹿鸣》讲的是君臣之间的宴饮;《常棣》讲的是兄弟之间的宴饮,或者是家庭内部的宴饮,它的主题就是要劝兄弟友爱,兄弟和睦。

家长课堂

随着国家计划生育政策的放宽,中国人会再次回到多子的家庭结构中。如何处理兄弟姊妹之间的关系,是非常考验父母智慧的地方。

儒学讲兄弟相处之道为"悌"道。"悌",善事兄长者也。古人所谓"长兄如父""长姐如母"是有其道理的。由于家里的弟弟妹妹是更晚出生的,所以父母的关心和照顾往往会倾向于更小的孩子。这样就会造成大孩子心灵上的失落感。因为在很长一段时间里,他(她)是独占父母宠爱的。所以,父母在处理多子关系的时候,尤其要注意大孩子的情绪,及时给予更多的关爱。反而更小的孩子一出生就处于有兄弟姐妹的境遇中,他们更容易接受父母也爱其他孩子的家庭架构。

而且,大孩子年长,在身体以及智慧的发育上会先进一步,因此教育好大孩子,给大孩子以更多的尊严感,有助于让他们自然地生出领导、照顾小孩子的情感。家庭里面需要讲道理,我最反对的一句话就是"家不是讲道理的地方"。谁要是说这句话,就意味着有人想不讲道理了。而不讲道理,必然意味着有人要受委屈。这不应该成为我们对待家庭至亲的态度。从家庭里面就开始讲道理,在子女之间就开始讲道理,没道理的要服从有道理的,而不是以年龄来划分谁让着谁，才能真正地激发起家里的孩子向善而行的行为习惯。

习学

主旨：《小雅·常棣》是一首歌颂兄弟之情的宴饮诗。

生字生词：

1. 孔：非常，特别。
2. 阋：斗争。
3. 烝：多。
4. 孺：相亲。成语：孺慕之情。
5. 究：探寻，深思。图：考虑。

名物：花

我们来学习一下花朵的结构。

花朵结构图（武卉 绘）

这张图片是百合花的结构图。百合花雌雄同体。小朋友们在图片上找到花的萼片、花瓣。中间绿色的部分是它的雌蕊，用来繁殖。红色柱头的是雄蕊，上面有花药，用来给雌蕊受精。雌蕊的下部有一个子房，像妈妈的肚子一样。子房里面有胚珠，胚珠与花粉结合完成受精，里面才能长出种子来。跟小宝宝在妈妈的肚子里慢慢长大是一个道理。

成语：

兄弟阋墙：本意是兄弟之间发生争执、争斗，比喻非常亲密的人之间产生矛盾，或内部产生斗争。

作业：

1. 画一画"花朵"，认一认结构。
2. 每日诵读《小雅·常棣》。

二十三、《小雅·伐木》

伐(fá)木(mù)丁(zhēng)丁(zhēng),　　丁丁:拟声词。
鸟(niǎo)鸣(míng)嘤(yīng)嘤(yīng)。　　嘤嘤:拟声词。
出(chū)自(zì)幽(yōu)谷(gǔ),　　幽:僻静且深远。
迁(qiān)于(yú)乔(qiáo)木(mù)。　　迁:迁移,移动。
嘤(yīng)其(qí)鸣(míng)矣(yǐ),
求(qiú)其(qí)友(yǒu)声(shēng)。
相(xiàng)彼(bǐ)鸟(niǎo)矣(yǐ),　　相:看。
犹(yóu)求(qiú)友(yǒu)声(shēng)。
矧(shěn)伊(yī)人(rén)矣(yǐ),　　矧:何况。
不(bù)求(qiú)友(yǒu)生(shēng)?　　友生:朋友。
神(shén)之(zhī)听(tīng)之(zhī),
终(zhōng)和(hé)且(qiě)平(píng)。

伐(fá)木(mù)许(hǔ)许(hǔ),　　许许:拟声词。
酾(shī)酒(jiǔ)有(yǒu)藇(xù)!　　酾酒:过滤过的酒。藇:甘美。
既(jì)有(yǒu)肥(féi)羜(zhù),　　羜:小羊。
以(yǐ)速(sù)诸(zhū)父(fù)。　　速:请。诸父:同姓长辈。

不来，不顾。
不弗洒扫。
适我粲。
宁微於陈既以宁微。

来，
顾。
扫。
簋。
牡，
舅。
来，
咎。

宁：宁可。适：凑巧。
微：非。顾：顾念。
於：发语词。粲：干净整洁。
陈：陈列。馈：食物。
牡：公羊。
诸舅：异性或母系的长辈。

咎：过错。

伐木于阪，
酾酒有衍。
笾豆有践，
兄弟无远。
民之失德，
乾餱以愆。
有酒湑我，
无酒酤我。
坎坎鼓我，
蹲蹲舞我。
迨我暇矣，
饮此湑矣。

阪：山坡。
衍：溢出来，这里指美酒足够多。
笾豆：都是盛放食物的器皿。践：整齐。

乾餱：干粮。愆：错误。
湑：过滤。
酤：同"沽"，买。
坎坎：击鼓之音。
蹲蹲：跳舞和乐的样子。
迨：趁着。暇：空闲。
湑：美酒。

解读

孩子们,我们今天来学一首新的诗——《小雅·伐木》。首先的一个工作是在"伐木"前面写上"小雅"两个字,诵读的时候,也记得应该加上这两个字,不然以后越学越多,我们就会逐渐忘记这首诗属于《诗经》的哪个部分了。

这首诗有一点点长,但是还是重章叠句的结构,所以它读起来并不困难。下面老师来给各位同学讲一下这首诗的意思。

"伐木丁丁",我们在《周南·兔罝(jū)》这一篇里面也讲过"肃肃兔罝,椓之丁丁",这两句里面的"丁"都读为 zhēng,拟声词,是模仿伐木的声音。砍木头很吵,结果惊起了小鸟。"鸟鸣嘤嘤"。"嘤嘤"也是拟声词,小鸟受到惊吓开始鸣叫。听到鸟鸣之声,诗人顺着声音望过去,小鸟"出自幽谷,迁于乔木",小鸟从幽暗的山谷里飞出来,落到了一棵高大的乔木之上。我们把"幽"和"迁"圈起来,这是我们今天学的头两个生字。"幽"的意思是安静且光线昏暗的地方,我们组词"幽静""幽深"。"迁",改变地点,这是一个形声字,"辶"(走之旁)代表运动,"千"表达的是读音。用"迁"组词,都和地点的改变有关,如"迁居""迁移""迁徙"等。

小鸟为什么叫呢?"嘤其鸣矣,求其友声",大家可以用荧光笔把这句话画出来,因为这是特别有名的一句诗。小朋友以后写关于"友情"的作文,可以用上。小鸟鸣叫着是在干嘛呢?原来它是在呼唤自己的朋友。反观我们自身,"相彼鸟矣,犹求友声。矧伊人矣,不求友生?"你看小鸟都知道求友,难道我们人不需要朋友吗?言外之意,我们人当然也需要朋友。"相"是看的意思,相看相看。"神之听之,终和且平",人和朋友之间相亲相爱,连神明听了心里都是开心的,也会祝佑我们和平相处。

第二章,"伐木许(hǔ)许","许许"也是拟生词,砍伐木头的声音。"酾(shī)酒有藇(xù)",酾酒就是把酒过滤一下,古人用粮食酿酒,里面难免掺杂了一些散落的食物颗粒,喝起来会有满嘴的渣子,不舒服,所以滤过之后的酒会更加美味,"藇"就是甘美的意思。大家看一下古代喝酒的爵,上面那两个小钮,应该就是古人悬挂滤网的地方。这就叫酾酒,酾酒有藇,过滤出来的美酒非常美味。"既有肥羜",不但有酒,还有鲜美的小羊羔。有酒有肉,光自己吃吗?不是。"以速诸父",这个"速"字我们要圈起来。"速"是"邀请"的意思,比如成语"不速之客"指的就是没有受到邀请就突然拜访的宾客。父,通常指的是父亲,"诸"是"多"的意思,"诸父"指的是同姓的长辈,即父亲这边的长辈,伯伯、叔叔等。"宁适不来,微我弗顾","适"是恰巧、刚巧的意思,比如"适中""适可而止"。"微",就是"不";"弗",也是"不"。"顾"顾念。我宁愿他们恰巧有事来不了,也不要说因为我没有邀请。来不来是人家的事,请不请是我的事。所以,我要首先发出邀请,这个是我们的礼貌。

"於粲洒扫,陈馈八簋",於,音 wū,感叹词。粲,干净、明亮的意思。打扫好屋子,"陈馈八簋",陈列出 8 个簋。"簋"是什么东西,大家来看右下图:

古代喝酒用的酒杯——爵

堆叔簋

这是古代盛放食物的器具。"既有肥牡",已经有了小肥羊,"以速诸舅",赶快把舅舅们邀请过来。"宁适不来,微我有咎",哪怕他们恰好来不了,也不是我没有邀请的错误。这里的"牡"需要讲一下,"牡"指的是雄性的动物。相对的"牝"(pìn)指的就是雌性的动物。有一个成语叫"牝鸡司晨",意思就是母鸡打鸣,通常用来讽刺女性干政。《山海经》里有一个精怪叫"类",它"自为牝牡",小朋友们想一想这是什么意思?对了,就是雌雄同体的意思。

第三章,"伐木于阪","阪",山坡,在山坡上砍树。"酾酒有衍",把酒斟满。"笾豆有践",笾,是竹制的盛放食物的器皿;豆,有木质的,有陶质的,还有青铜器做的,也是盛东西的器皿。

"兄弟无远",还是不要我一个人吃独食,把兄弟也请来,不要疏远我的兄弟,有空过来一起喝一杯吧。"民之失德,乾餱以愆",老百姓常常失德,没有了德行,就会为了一点点干粮争吵。乾餱,就是干粮,这里比喻蝇头小利。"有酒湑(xǔ)我,无酒酤我",如果你家里有酒,我们就一起喝一杯,如果你家里没有酒,就赶快去买。酤,同"沽",买的意思。"坎坎鼓我",坎坎,敲鼓的声音。我们一边喝酒,一边奏乐,敲起鼓来唱起歌。"蹲蹲(cún)舞我",手舞足蹈跳起来。"迨我暇矣,饮此湑矣",恰巧赶上我有空,我们来把酒言欢。

师:《小雅·伐木》是一首宴饮诗。老师问一下这首宴饮诗的主题是什么?《鹿鸣》是君主宴请群臣和宾客的诗,上节课学的《常棣》强调的是要兄弟友爱。那么这首诗呢?

生:这首诗和它们不同,是款待亲戚和兄弟的诗。

师:那第一章是什么意思?

生:第一章不是兄弟,第一章说的是朋友。

师:对,所以我们看这首诗,它也是宴饮诗,但是它讲的是要珍惜亲友故旧,对吗?三章指向了三个不同的人群关系,第一章是朋友,第二章是亲戚,第三章是兄弟。所以它每一章的诉求是不一样的,我们可以把它总结为"亲友故旧"。这是我们讲的这首诗的主要内容。

战国时期的勾连云纹铜豆,现收藏于湖南省博物馆

"豆"字的演变过程

家长课堂

孔子曾言:"君子笃于亲,则民兴于仁。故旧不遗,则民不偷。"(《论语·泰伯》)意思是:在上位者如能厚待其亲族,那民众就会(学习仿效而)走向仁德。在上位者如能不遗弃其故旧友朋,那民众就不会(对他人)淡薄冷漠。《毛诗序》里面讲:"《伐木》,燕(宴)朋友故旧也。至天子至于庶人,未有不须友以成者。亲亲以睦,友贤不弃,不遗故旧,则民德归厚矣。"《伐木》是招待朋友故旧的时候演唱的乐歌。从天子到庶人,没有不需要朋友来成就自己的。如果我们跟父母的关系非常和睦,也没有放弃和那些贤德的人做朋友,没有遗忘亲戚故旧,那么百姓的德行就会归于醇厚。有学者认为此诗写于周宣王时期:周厉王不听"防民之口,甚于防川"的劝谏,终致国人暴动,王室内部人心离散、亲友不睦。周宣王即位之初,立图复兴大业,而欲举大事,必先顺人心。《伐木》一诗,正是宣王初立之时王族辅政大臣为安定人心、消除隔阂从而增进亲友情谊而做的。

中国传统儒学思想非常重视一个人的社会—政治关系。现代社会常以"个人"("个体")作为组成国家与社会的"基本单位"。古希腊的城邦治理也是以"自由人"直接面对"城邦"。但是我们必须承认,个体是不自然、不稳定的,就像古人理解的一样,一个人一出生就处在一种社会关系之中。我们从一出生就是"子",可能还是"弟"是"妹",长大了可能是"兄"是"姊",成年了可能是"夫"是"妻"(或者是"爱人"的关系),再成长可能是"父"是"母"。对朋友我们是"友",对国家我们是"公民"(可对应传统伦常中的"君臣"),在职场上我们是"员工"或者"领导"。我们几乎很少做一个判断、执行一个行动,是纯粹只考虑个体利益的。比如,一个女性在婚姻中怀孕了,但是却不想要。如果秉持着个人主义原则,她的身体她自己做主。可是,她真的可以不用和丈夫商量就自己做出要不要打胎的决定吗?我们生活在各种关系之中,各种关系确实限约了我们的"个体自由",但同时也丰满了我们的"个体生命"和"个体生活",甚至这些关系在定义着这个"个体"。如果总是从"自我"出发

理解这个世界,不免会遇到挫折或打击。梁漱溟先生曾经说过:

> 人生意味最忌浅薄,浅薄了,便牢拢不住人类生命。在浅近狭小中混来混去,有时要感到乏味的。……儒家总是在伦理关系中理解一个人的存在。而只有把个体放置在与他人的关系中理解自我,才能明了自己对他人的责任,而不是在在强调个人的权利,才能超越小我,真正展开自我的生命并安顿自我的生命。
>
> ——《中国文化要义》

所以,我们不能放弃人的社会关系的展开,应该向儒学思想学习如何处理好这些关系。这对我们来说还是非常重要的人生课题。

从社会—政治的方面来说,"民德归厚"一直是儒学的政治理想,这是儒学不同于法家思想的特别重要的地方。儒学之政治并不仅仅是治理这么简单,而是要在有效治理的过程中实现"纳上下于道德"的理想。要实现这种理想,当然有很多途径,但最重要的基础就是人伦关系之淳厚。

习学

主旨:《小雅·伐木》是一首宴乐亲友故旧的宴饮诗。

生字生词:

1. 速:邀请,招致,如,不速之客。
2. 适:刚巧,如,适中,适值(恰好遇到),适可而止。
3. 微:非。《诗·柏舟》:"微我无酒,以敖以游。"
4. 咎:过错。
5. 愆(qiān):罪过。

名物：簋、笾、豆

《伐木》中提到了"簋""笾""豆"，学生们可以趁此机会认识一下一些主要的青铜器名物，如属于酒器的觚、爵、觥、罍、彝、斝（jiǎ）、卣（yǒu）等，以及青铜食器的鼎、簋、笾、豆、盉、鬲、甗（yǎn）等。建议家长利用假期可以带孩子去当地的博物馆参观学习。

成语：

嘤其鸣矣，求其友声：鸟儿鸣叫着求友。

文化常识：

中国人的亲戚系统基本上可以分为父亲一系和母亲一系两部分。父系亲属被称为"亲"，母系亲属则被称为"戚"，合起来就是"亲戚"。所以如果是皇后或者太后及其家族干政，通常会被称为"外戚干政"。

作业：

1. 画一幅"宴饮图"。
2. 每日诵读《小雅·伐木》。

二十四、《小雅·采薇》

采薇采薇，
薇亦作止。
曰归曰归，
岁亦莫止。
靡室靡家，
玁狁之故。
不遑启居，
玁狁之故。

薇：一种野菜。
作：发芽。止：句末语气词。

莫：通"暮"。

靡：没有。

玁狁：少数民族。

遑：闲暇。启居：安居。

采薇采薇，
薇亦柔止。
曰归曰归，
心亦忧止。
忧心烈烈，
载饥载渴。
我戍未定，
靡使归聘。

柔：柔嫩的枝条。

载……载：又……又。

戍：守卫、戍守。

聘：聘问。

采薇,
采薇,
薇亦刚止。　　　　　　刚：枝条变硬。
曰归曰归,
岁亦阳止。　　　　　　阳：温暖。
王事靡盬,　　　　　　　盬：结束。
不遑启处,
忧心孔疚,　　　　　　　孔：非常,十分。疚：难过。
我行不来!

彼尔维何?
维常之华。
彼路斯何?　　　　　　　彼：那个。
君子之车。　　　　　　　路：战车。
戎车既驾,
四牡业业,　　　　　　　牡：公马。业业：强壮的样子。
岂敢定居?
一月三捷。　　　　　　　捷：胜利。

驾彼四牡,
四牡骙骙。　　　　　　　骙骙：强壮的样子。
君子所依,

<ruby>小<rt>xiǎo</rt></ruby><ruby>人<rt>rén</rt></ruby><ruby>所<rt>suǒ</rt></ruby><ruby>腓<rt>féi</rt></ruby>。
<ruby>四<rt>sì</rt></ruby><ruby>牡<rt>mǔ</rt></ruby><ruby>翼<rt>yì</rt></ruby><ruby>翼<rt>yì</rt></ruby>，
<ruby>象<rt>xiàng</rt></ruby><ruby>弭<rt>mǐ</rt></ruby><ruby>鱼<rt>yú</rt></ruby><ruby>服<rt>fú</rt></ruby>。
<ruby>岂<rt>qǐ</rt></ruby><ruby>不<rt>bù</rt></ruby><ruby>日<rt>rì</rt></ruby><ruby>戒<rt>jiè</rt></ruby>？
<ruby>狁<rt>xiǎn</rt></ruby><ruby>犹<rt>yǔn</rt></ruby><ruby>孔<rt>kǒng</rt></ruby><ruby>棘<rt>jí</rt></ruby>！

腓：小腿。

翼翼：整齐的样子。

象弭：弓箭。鱼服：鱼皮做的箭袋。

戒：警戒。

棘：紧急。

<ruby>昔<rt>xī</rt></ruby><ruby>我<rt>wǒ</rt></ruby><ruby>往<rt>wǎng</rt></ruby><ruby>矣<rt>yǐ</rt></ruby>，
<ruby>杨<rt>yáng</rt></ruby><ruby>柳<rt>liǔ</rt></ruby><ruby>依<rt>yī</rt></ruby><ruby>依<rt>yī</rt></ruby>。
<ruby>今<rt>jīn</rt></ruby><ruby>我<rt>wǒ</rt></ruby><ruby>来<rt>lái</rt></ruby><ruby>思<rt>sī</rt></ruby>，
<ruby>雨<rt>yǔ</rt></ruby><ruby>雪<rt>xuě</rt></ruby><ruby>霏<rt>fēi</rt></ruby><ruby>霏<rt>fēi</rt></ruby>。
<ruby>行<rt>xíng</rt></ruby><ruby>道<rt>dào</rt></ruby><ruby>迟<rt>chí</rt></ruby><ruby>迟<rt>chí</rt></ruby>，
<ruby>载<rt>zài</rt></ruby><ruby>渴<rt>kě</rt></ruby><ruby>载<rt>zài</rt></ruby><ruby>饥<rt>jī</rt></ruby>。
<ruby>我<rt>wǒ</rt></ruby><ruby>心<rt>xīn</rt></ruby><ruby>伤<rt>shāng</rt></ruby><ruby>悲<rt>bēi</rt></ruby>，
<ruby>莫<rt>mò</rt></ruby><ruby>知<rt>zhī</rt></ruby><ruby>我<rt>wǒ</rt></ruby><ruby>哀<rt>āi</rt></ruby>！

思：语气助词。

解读

我们今天来学一首新的诗——《小雅·采薇》。这首诗是老师特别喜欢的一首诗，这里面的感情非常深挚。下面老师讲一下这首诗的意思。

我们前面已经学了很多关于采摘的诗句，"采采卷耳""左右采之"。这次采的不是卷耳，而是"薇"。"薇"就是一种野豌豆，开紫红色的小花，叶子在柔嫩的时候可以食用。成熟之后，枝条会变硬，然后结出小豆荚。这就是"薇"。

"采薇采薇，薇亦作止"，"作"就是刚发芽，野豌豆刚刚发芽。"曰归曰归"，我们回去吧，"岁亦莫止"，"莫"，通岁暮之"暮"，已经又是一年到头的时光了。"靡室靡家"，"靡"，发音是三声 mǐ，意思就是无、没有。"靡室靡家"，我没有室也没有家。我们在《周南·桃夭》里面讲过，"宜其家室"，结婚之后就有家、就有室，可是我现在没有家、没有室。为什么没有家没有室呢？"猃狁之故"，是"猃狁"的原因。

师：这个是什么意思？这个人回不了家，为什么是"猃狁之故"呢？
生：我觉得他在外头打仗。
师：对了，就是这个原因。

"猃狁"是当时的一个少数民族，文献中各个地方的写法都不太一样，但是没有关系，我们知道它是周人最主要的外敌就可以了。《诗经》里面很多很多的诗歌都涉及了少数民族，周人不断地跟他们发生战争。"靡室靡家"，我为什么没有家、没有室，为什么离开家了呢？因为我们要跟猃狁打仗，猃狁又来入侵我们了。打仗的时候，"不遑启居"，"遑"是空闲的意思，启居，即闲坐，没有空来安安静静地待一会儿，这又是因为什么呢？"猃狁之故"。我们看作者说了两次，说明他心里对猃狁的痛恨之情是非常强烈的。

野豌豆的花朵与果实

第二章,"采薇采薇,薇亦柔止。"什么叫"柔"?"柔"就是枝条细软,这应该是枝条刚刚长出来的柔嫩的样子。"曰归曰归,心亦忧止",一直在说回家说回家,可是野薇已经长出了枝条,我还没能回去。所以,"忧心烈烈,载饥载渴",想回而回不去的忧伤越积累越强烈,外出作战又饥又渴,在这样困顿的境遇中,我们会更加怀念家庭的温暖。渴了有妈妈给倒水,饿了有妈妈给做饭,现在在外面就得忍饥挨饿。可惜"我戍未定",可是我们戍守边疆,没法安定下来。"靡使归聘","靡"是无,"聘"是我们这章的生字生词,"聘问",就是探问、问候的意思。我们没有办法回家来问候我们的家人,问候我们的爹娘。这是第二章。

下面第三章,"采薇采薇,薇亦刚止"。前三章是重章叠句的写法,但是这首诗不是简单地重复。

师:老师问一下,前三章"薇草"已经从"作",到"柔",到"刚",诗人想用字的变化说明什么?

生:时间。

师:太好了,对的。我们之前还在哪首诗里学过类似的表达?

生:好像在什么"蟋蟀下床"的。

师:哈哈,对,"七月在野,八月在宇,九月在户,十月蟋蟀入我床下",这是一个。类似的还有《王风·黍离》,还记得吗?"彼黍离离,彼稷之苗",第一章是刚刚长小苗苗。第二章,"彼黍离离,彼稷之穗",抽穗了。第三章,"彼黍离离,彼稷之实",穗子上面的果实开始长丰满了。也是用植物的变化表达时间的流转。

一个字的变化就体现出时间的改变,眼看着好几个季节过去了,"采薇采薇,薇亦刚止",你看,连野豌豆的枝条都已经坚硬了、长大了,可是我还没有回家去。"曰归曰归",这个时候急迫的心情已经跃然纸上。"岁亦阳止",这个"阳"是古代农历的十月。已经到了十月了,野豌豆都长硬了,可是诗人还没有回家。"王事靡盬","王事"就是征战之事,还没有结束。"不遑启处",和"不遑启居"意思是一样的，没有空暇来安安静静地待一会儿，还没有打完仗，"忧心孔疚"，"孔"我们之前讲过，非常的意思，我心里的忧伤已经到了痛苦的程度。可是，"我行不来"，可是我仍然要征战，回不了家。前三章讲的都是作者在戍边的过程中对家的思念。

但是到了第四章，风格一变，情绪也变了。"彼尔维何"，我们原来讲过"彼"，"那个"的意思，对吧？"彼尔维何"，那个开花的是什么啊？"维常之华"，常读 táng，是棠棣开花了。

师：自然界有很多花朵，作者在这里为什么非要选择棠棣花来描写呢？这里能不能换成梨花、桃花这些花呢？

生：我们在学《常棣》那首诗的时候讲过，常棣代表兄弟。

师：很好，我们学习的时候要能够联想。《小雅·常棣》讲的是兄弟之间的感情，用棠棣花作类比。现在《采薇》的作者要回家了，他非常开心，就能看到自己的家人了，所以这里用"棠棣花"来暗中表达出作者对家人的思念。

我们在阅读经典的时候，必须知道作者对自己的作品来说，就像是一个上帝一样的存在，他想写什么就写什么，对不对？而一部真正的好的作品，作者下笔的时候，他会想哪个选择更能表达他想表达的意思。所以我们读书的时候，不要把作者那些精心设计的表达轻易地放过去——好吧，他说看到的是常棣花就是常棣花好了，如果作者写的是桃花，那就是桃花好了。读书不能这样读，我们要经常多问一句"为什么"，作者为什么要这样写，为什么用这个词，为什么用这种植物，一定要读出作者每一个用字遣词背后的意义到底是什么，才能真正地读懂作者想要表达的意思。

"彼路斯何"，"路"是战车，那辆战车是干嘛的？"君子之车"，老师之前讲过在先秦的历史语境中，"君子"大多指的是有位者、贵族、治理者。战车是干嘛用的？那是君子坐的，指挥官坐的。"戎车既驾"，戎车，即战车。战车已经准备好了。"既"，已经的意思。"四牡业业"，这个"牡"又出来了。

师：老师再问一个同学，"牡"是什么？
　　生：公的。
　　师：很好。"牡"是公的，在这里指的是四匹公马。

　　公马比母马更有力气、更强壮。所以"四牡业业"，是说四匹公马拉着一乘马车。"乘"读 shèng。将来我们学《论语》，就会涉及"百乘之家""千乘之家"。"百乘之家"就是诸侯国有 100 辆这样的马车，100 辆车就意味着它有 400 匹马；"千乘之家"就是有 1000 辆这样的战车，它就是有 4000 匹马。所以要记得"一乘"就是四匹马拉的车。"戎车既驾，四牡业业"，四匹公马非常整齐地排列着，战车已经准备好。

　　"岂敢定居"，在指挥官的带领下，我们不敢安居。结果怎么样？"一月三捷"，一个月里面"三捷"。

　　师："三"是什么意思？是三次吗？
　　生：多。
　　师：很好。这里是多的意思，不是只战胜了三次。

　　"一生二，二生三，三生万物"，"三"很多时候表达的是多的意思。比如《论语》里面有一句话，"吾日三省吾身"，并不是反省三次，而是反省多次。"一月三捷"，一个月之内打了很多次胜仗。这就是第四章，开始打胜仗了。所以这首诗在第四章有了情绪的改变。

　　第五章，"驾彼四牡"，驾着四匹公马拉的车。"四牡骙骙"，马匹高大威猛。"君子所依，小人所腓"，马车是指挥官这些大人君子乘坐的。"小人"这里指的是百姓，"腓"字面的意思是小腿，君子坐在战车上指挥，或者行动，普通的士兵只能靠着两条腿走路。不知道小朋友们有没有发现，诗歌的情绪又发生了改变。

　　"四牡翼翼"，四匹公马非常整饬漂亮。"四牡业业""四牡骙骙""四牡翼翼"，反复强调的都是四匹马特别雄壮漂亮，言外之意就是军队因为打了胜仗，恢复了气势。"象弭鱼服","象弭"指的是弓箭,"鱼服"就是用鱼皮做的箭袋。士兵的箭囊、弓箭也都非常整齐漂亮。"岂不日戒",难道有哪一日不警戒吗?言外之意就是我们每天都在警戒着,为什么这么紧张?"狁孔棘",孔,非常,棘,紧急。跟狁的战事非常紧急,但是终于打了胜仗了。

最后这一章是最著名的,"昔我往矣,杨柳依依。今我来思,雨雪霏霏。行道迟迟,载渴载饥。我心伤悲,莫知我哀"。大家把"昔"字圈起来,"昔"是过去,在古文里面使用得特别多。"昔",其实就是英文里的"long long ago(很久以前)",我们用一个字"昔"。往,就是去,以家为起点,去别的地方。"昔我往矣",过去我离开家的时候,"杨柳依依",还是春天杨柳刚发芽随风飘动的状态。"今我来思","思"是没有意思的语气词。今,现在。现在我回来了,怎么样?"雨雪霏霏",我们想象一下,雨雪的天气,天都是阴沉沉的,古代的道路没有硬化过,下雨下雪就会道路泥泞,很难走。所以"行道迟迟",走路也走得特别慢。

师:老师问一下,走路慢"行道迟迟",还有其他的原因吗?
生:我觉得可能是因为他身上有很多伤痕。
师:对,这也是一个可能性。还有什么可能?
生:我觉得他有可能走了很长时间。
师:对,他从战场上回来,离家就很远,对吧?还有什么可能?
生:我觉得可能是走得很累。
师:走得很累对不对,他的累有可能来自哪里?
生:来自……悲伤?
师:还有什么想法?
生:可能他们打完胜仗的时候打了太长时间了,也可能是特别累,又很饿。
师:哈哈哈,对,后面说了"载渴载饥"对吧?

我们用"行道迟迟"这句诗来讲一下诗歌语言与意蕴的丰富性。首先天气不好,这是客观的条件,道路上非常泥泞。另外后面说了,"载渴载饥",他又饿又渴，身体没有能量，也是非常疲惫。另外刚才有同学说了，他打仗很可能受伤，或者是用了很多的力气，所以也会导致疲惫。另外，从战场上回来，这一路走了好远，因为打仗一般是在边疆，走回来也很累。或者是从他离开家的那一天起，他就在不断花费他的力气，一直打仗到今天回来，所有的力气都用光了。甚至我们还可以合理地分析，他在战场上很可能杀了敌人。"杀人"，虽然是敌人，但对每一个人来说都不是那么容易接受的事情。很多士兵在战争结束后，都有非常严重的心理创伤，这也有可能让他"行道迟迟"。所以，我们看这就是诗的美好，它的意韵非常丰富，耐人寻味，它是所有复杂情绪的综合。人是很复杂的，人的情绪其实也是很复杂的，这样丰富的情绪，却可以用仅仅四个字表达出来，真是令人赞叹。

"昔我往矣，杨柳依依。今我来思，雨雪霏霏。"在"今"与"昔"的对比中，我们看到的不仅仅是景物的改变，更是一个人的身心俱疲，"行道迟迟，载渴载饥"。所以"我心伤悲，莫知我哀"，我的心里充满了哀伤，但是没有人能够体会我的心情。身心疲惫，再加一层无人可以言说的孤单，全文结束于此。《小雅·出车》里有些诗句与此类似："昔我往矣，黍稷方华。今我来思，雨雪载涂。王事多难，不遑启居。岂不怀归？畏此简书。""岂不怀归？畏此简书"，我难道不想回家吗？可是战争的命令已经下达，所以我必须要走了。但是比较之下，《小雅·采薇》的音韵节奏以及情感表达似乎更美好一些。

家长课堂

先秦时期的人大概不种蔬菜，只种粮食，蔬菜大多采摘而来。所以，采"薇"（野豌豆）就成为人们生活中经常出现的场景。《诗经》中除本诗之外，提到"薇"的还有《召南·草虫》"陟彼南山，言采其薇"以及《小雅·四月》"山有蕨薇，隰有杞"。中国最著名的"采薇"故事，还得说是伯夷、叔齐采薇而食，最后饿死于首阳山的历史传说。《史记·伯夷列传》作为"列传"第一，比较完整地记录了伯夷、叔齐的故事：

伯夷、叔齐，孤竹君之二子也。父欲立叔齐，及父卒，叔齐让伯夷。伯夷曰："父命也。"遂逃去。叔齐亦不肯立而逃之。国人立其中子。于是伯夷、叔齐闻西伯昌善养老，盍往归焉。及至，西伯卒，武王载木主，号为文王，东伐纣。伯夷、叔齐叩马而谏曰："父死不葬，爰及干戈，可谓孝乎？以臣弑君，可谓仁乎？"左右欲兵之。太公曰："此义人也。"扶而去之。武王已平殷乱，天下宗周，而伯夷、叔齐耻之，义不食周粟，隐于首阳山，采薇而食之……遂饿死于首阳山。

伯夷、叔齐是孤竹国国君的两个儿子。之前我们讲过古人"伯仲叔季"的排序，伯夷为老大，叔齐为三子。叔齐有贤名，孤竹国国君在位的时候想立叔齐为世子。但是老大伯夷又没有犯任何错误，所以国君一直犹疑未决。等到他死后，伯夷要把君位让给叔齐，说这是父亲的遗命，于是逃走了。叔齐要把君位让给伯夷，认为这是人伦礼法的规矩，于是也不肯继承君位逃走了。国人只好拥立孤竹君的次子。这时，伯夷、叔齐听说西伯昌（即周文王）有仁德，对不再有工作能力的老人都很好，所以就去投奔他。可是到了周人那里，西伯姬昌已经去世，他的儿子武王继位，带着姬昌的灵牌，带兵讨伐殷纣。伯夷、叔齐拉住武王的马提出了自己的谏言："父亲死了不埋葬，而是发动战争，这是孝顺吗？作为臣子去杀君主，这是仁义吗？"武王的随从想要杀掉他们。太公姜尚认为他们是有节义的人，于是让人搀扶着他们离去。等到武王平定了商纣的暴乱，天下都归顺了周朝后，伯夷、叔齐仍然坚持自己的价值观，不与世同流，他们不吃周朝的粮食，隐居在首阳山上，采薇充饥。但是后来有人说，连首阳山也是周家的，野豌豆都是周家的。最后，他俩就饿死在了首阳山上。据说他们临死前作了一首《采薇歌》：

登彼西山兮，采其薇矣。
以暴易暴兮，不知其非矣。
神农虞夏忽焉没兮。

> 我适安归兮。
>
> 吁嗟徂兮，命之衰矣。

登上那西山啊，采摘那里的薇菜。以暴力惩罚暴力啊，竟认识不到那是错误。神农、虞、夏的太平盛世转眼消失了，哪里才是我们的归宿？唉呀，只有死啊，命运是这样的不济！后世有人用"首阳采薇"，或者"采薇而食"，比喻一个人能坚守自己的气节。

伯夷、叔齐不恋权位，道德高尚，最后却饿死于首阳之山。他们的遭遇令很多人感到困惑。太史公司马迁在读到两人临死前的《采薇歌》后，不禁问道：

> 或曰："天道无亲，常与善人。"若伯夷、叔齐，可谓善人者非邪？积仁絜行如此而饿死！且七十子之徒，仲尼独荐颜渊为好学。然回也屡空，糟糠不厌，而卒蚤夭。天之报施善人，其何如哉？
>
> ——《史记·伯夷列传》

有人说：天道没有偏私，总是帮助好人。但是，像伯夷、叔齐这样的人应该算是好人了吧。他们仁德深厚，品行高洁，最后却饿死。还有孔门弟子中，夫子最推崇颜回为好学，然而颜回总是穷困，连粗劣的食物都吃不饱，最后早夭而亡。天道对好人的报偿难道是这样的吗？如果是这样，我们还应该坚守德行吗？我们还要不要做一个有德行的人呢？人生在世，不如意事常八九。遇到别人的误解或者困顿，我们是否还能坚守住本心呢？

子贡曾经问过老师这个问题（《论语·述而》）：伯夷、叔齐是什么样的人呢？夫子回答说，他们都是古代的贤人。子贡接着问，他们最后饿死，心里会有怨怼之情吗？孔子对这个问题的回答是：

> 求仁而得仁，又何怨？

他们追求的是仁德，也收获了仁德。他们并没有追求安享富贵，所以他们得其所哉，心里不会有怨怼之情。

记得有一次一个学生来找我诉苦，她在保研的过程中，和另一位同学私下达成了君子之约，互相规避对方申请的学校，尽量避免内部竞争。结果她按照约定没有申请对方计划中的学校，那位同学却没有守约。结果出来的时候，她非常难过且愤怒，来找我倾诉。作为一个老师，我对她的安慰就来自孔子的这句话——

师：你为了避免内部竞争，和那位同学达成了君子约定，你守约了吗？

生：守了。

师：很好，你的行为维系了你的信用，也维系了你品德。孔子说："求仁而得仁，又何怨？"不是吗？

那个学生是一个非常聪慧的孩子，一点就透，立刻明白了我的意思。他人品性如何，是我们无法把控的。我们能够把控的，唯有我们自己。我们成为我们想要成为的人，这就足够了。

习学

主旨：《小雅·采薇》是一首征戍诗，描写了战士归家途中的所感所思。

生字生词：

1. 莫：通"暮"，岁暮即年终的意思。
2. 靡：无，没有。
3. 聘：探问、问候。组词：聘问。
4. 牡：公马。

名物：薇（野豌豆）

成语：

采薇而食：来自伯夷、叔齐的故事，比喻隐居，或志行高洁。

文化常识：

古时的华夏民族常常对周边未开化的民族有贬义性的称呼，如东夷、南蛮、西戎、北狄等，经常被统称为"四夷"。猃狁（写法很多，如玁狁）是活动于陕晋两省北部、长城内外一带的一个以游牧为主的民族，经常对周族进行侵扰，是周人北方的主要边患。在史书的记载中，在不同的时期对它有不同的叫法。根据王国维先生的考证，最早逼迫周人先祖古公亶父离开豳地，迁移到岐山的就是他们（獯鬻戎狄）。后来攻破镐京，逼迫周朝迁都的也是这个民族，当时称为犬戎。春秋时被称为"戎"或"狄"，秦汉时称"匈奴"或"胡"，隋唐时为"突厥"。《诗经》中有关与猃狁作战的诗篇还有《出车》《六月》等。

作业：

1. 画一画"薇"。
2. 每日诵读《小雅·采薇》。
3. 最后一章是古今名段（"昔我往矣……"），背诵。

二十五、《小雅·南山有台》

南(nán)山(shān)有(yǒu)台(tái),
北(běi)山(shān)有(yǒu)莱(lái)。
乐(lè)只(zhǐ)君(jūn)子(zǐ),
邦(bāng)家(jiā)之(zhī)基(jī)。
乐(lè)只(zhǐ)君(jūn)子(zǐ),
万(wàn)寿(shòu)无(wú)期(qī)。

南(nán)山(shān)有(yǒu)桑(sāng),
北(běi)山(shān)有(yǒu)杨(yáng)。
乐(lè)只(zhǐ)君(jūn)子(zǐ),
邦(bāng)家(jiā)之(zhī)光(guāng)。
乐(lè)只(zhǐ)君(jūn)子(zǐ),
万(wàn)寿(shòu)无(wú)疆(jiāng)。

南(nán)山(shān)有(yǒu)杞(qǐ),
北(běi)山(shān)有(yǒu)李(lǐ)。
乐(lè)只(zhǐ)君(jūn)子(zǐ),

台：莎草。

莱：莱草。

只：语气助词。

邦家：国家。

民 mín 乐 lè 德 dé
之 zhī 只 zhǐ 音 yīn
父 fù 君 jūn 不 bù
母 mǔ 子 zǐ, 已 yǐ。

已：停止。

南 nán 山 shān 有 yǒu 栲 kǎo,
北 běi 山 shān 有 yǒu 杻 niǔ。
乐 lè 只 zhǐ 君 jūn 子 zǐ,
遐 hé 不 bù 眉 méi 寿 shòu。

遐：通"何"。眉寿：长寿。

乐 lè 只 zhǐ 君 jūn 子 zǐ,
德 dé 音 yīn 是 shì 茂 mào。

茂：美盛。

南 nán 山 shān 有 yǒu 枸 jǔ,
北 běi 山 shān 有 yǒu 楰 yú。
乐 lè 只 zhǐ 君 jūn 子 zǐ,
遐 hé 不 bù 黄 huáng 耇 gǒu。

黄耇：长寿。

乐 lè 只 zhǐ 君 jūn 子 zǐ,
保 bǎo 艾 ài 尔 ěr 后 hòu。

保：保护。艾：养育。

《诗经名物图》中的"台"

《诗经名物图》中的"莱"

解读

我们今天学一首新的诗——《小雅·南山有台》。这是一首非常优美的诗。下面老师就来解释一下这首诗的意思。

"南山有台"，"台"指的是一种沙草。《诗经名物图》上有它的图像。南山上长着这样的沙草。

"北山有莱"，"莱"，野梨，北山有野梨。此两句起兴，你看南山有这么茂盛的沙草，北山也有茂盛的野梨。"乐只君子，邦家之基"，和乐的君子是"邦"和"家"的基石。我们原来讲过"邦"指的是诸侯统治的地方，"家"是大夫的封地。因为他们都需要臣子来帮他们治理封地，所以这样的君子是邦和家的根基、基础。

师：老师问一个问题，"乐"字是来修饰君子的。你们觉得"乐"可以有几种意思，可以有几种解释呢？应该怎么翻译呢？

生甲：我觉得可以是快乐。

师：君子是快乐的，可以。还有其他的可能性吗？

生乙：我蒙的，我觉得他可能很喜欢乐于助人。

师：很喜欢乐于助人，还不错。他不仅很快乐，还可以乐于助人，很好。我觉得有道理。

生丙：我觉得这个君子很喜欢笑。

师：他的性格非常快乐，是不是？老师觉得你们说的基本上都是一个意思，就是这个君子非常和乐、品性好。

《论语·述而》里面有一句话叫'君子坦荡荡，小人长戚戚"。一个君子，因为他有德行、有智慧，所以他做的事情都是恰如其分的，都是该做、当做的事，因此他在生命当中就是坦荡荡的状态。一个人心里是坦荡荡的，他在面对生活的时候就会非常和乐。另外，有学者把"乐只君子"解释为"乐得君子"。什么意思呢？就是庆幸得到了这样品性好、愿意帮助百姓的人来治理邦国。这就叫"乐得君子"以治天下。所以第一种解释是说君子自身的品性好，第二种解释是说庆幸有这样的君子来治理国家，这样的君子得到了老百姓的拥戴，老百姓特别开心。所以乐就变成了老百姓的乐，或者是作者的乐。接着，"乐只君子，万寿无期"，我非常喜欢这个君子，希望他万寿无疆，希望他长寿，这样我们国家受到他的恩

275

《诗经名物图》中的"桑"

惠就会更多，他能在更长的时间内治理邦国，老百姓的好日子就能长一点。这就是第一章。

第二章"南山有桑"，桑树。不知道小朋友们有没有吃过桑葚。老师去爬山，看到桑树就摘野桑葚吃。"北山有杨"，大杨树在北方常见。"乐只君子，邦家之光"，这样的一个好君子，是国家的荣光。"乐只君子，万寿无疆"，我希望他特别长寿，祝福他万寿无疆。这是第二章。

第三章，"南山有杞"，枸杞树，"北山有李"，李子树。"乐只君子，民之父母"，前两章的相对位置是"邦家之基""邦家之光"，这一次是"民之父母"，描写更具体了。为什么是"邦家之基""邦家之光"？因为他是民之父母，他对待百姓就好像父母对待自己的孩子一样，那么温厚，那么慈爱。

生：老师有一点您说错了？

师：哪儿，你说？

生：枸杞不长在树上。

师：哦对，好像是灌木，对不对？非常好，提醒老师了。老师现在想起来了，枸杞应该长在半人高的灌木上，不是树上。

《诗经名物图》中的杻树

《诗经名物图》中的枸树

"乐只君子,德音不已",这个"音"在这里是指有德行的名声。因为君子是民之父母,非常有品德,所以他的名声传扬不断。"已","停止"的意思。不已,不停止。他的有德的名声传遍天下,可能还会万世万代地传下去。

第四章,"南山有栲,北山有杻","栲""杻"是两种树,在《诗经名物图》上有杻树的图画。

"乐只君子，遐不眉寿"，这里有一个重点字"遐"，这个字在现代汉语里面读xiá，但是它在这里是一个通假字，通"何"，"何不眉寿"的意思。大家知道一下就可以了。什么叫"眉寿"呢？一个人年纪大了之后，他的眉毛就会越长越长，长出好多根长长的眉毛来。小朋友们可以观察一下自己的爷爷奶奶、姥姥姥爷，看看他们是不是已经长出了长长的眉毛来。眉毛越长，证明这个人的寿命越长。所以我们看古人画的老寿星图，他的眉毛都是非常长的，这就叫眉寿。"乐只君子，遐不眉寿"，这两句诗用反问句来祝贺，作为一个有德行的君子，我怎么不希望你长寿呢？当然希望你长寿了。"乐只君子，德音是茂"，君子的名声传遍天下，大家都知道，特别响亮。这就是在侧面赞美君子德行的美好，他受到了所有人的欢迎。

最后一章，"南山有枸（jǔ），北山有楰"，"枸"读jǔ，也是一种植物，枸树。"北山有楰"，楰，苦楸树。还是起兴。"乐只君子，遐不黄耇"，大家把"黄耇"圈起来，这是我们今天的生字生词。一个人的头发在年轻的时候是黑色的，老了就开始长出白头发来。但是再老，他的白头发就开始慢慢泛黄。所以"黄耇"就是指一个人年纪大了，他的头发由白变黄，其实也是长寿的意思。我难道不希望你长寿吗？当然希望了，我要祝福我的君子万寿无期，万寿无疆。"乐只君子，保艾尔后"，保，保佑，艾，养育，尔，就是你的意思，保佑君子你的后代。

我们看最后这一句对于君子的祝福，它又有了一个递进的关系。前两段万寿无期、万寿无疆，祝福的是肉体的生命，希望君子长长久久地活下去，希望君子长寿。但是到了中间的两段，"德音不已""德音是茂"就上升了一个层次，从肉体上升到了一个人的品行，他的品行好，才有好的名声，才能受到大家的赞美。这就是"德音不已""德音是茂"。最后这一句"保艾尔后"，对于他德行的赞美又上升了一个层次。他的德行已经到了什么程度？不光他自身受到了大家的赞美，自身德行好，百姓们（诗人）爱屋及乌，君子的德行足以福泽他的后代了。我们原来讲过："积善之家必有余庆，积不善之家必有余殃。"一个人的德行一定是特别伟大，他的德行才能福及子孙。所以我们看"保艾尔后"，他的德行对他的后代都可以起到保佑的作用，这个君子的德行自然是更加美盛了。所以，这首诗对君子德行的赞美是一章比一章深入的。虽然这又是一首"重章叠句"结构的诗歌，但是在意思上，它是有一个递进的关系。到最后这一句达到了整首诗的高潮，在高潮当中结束。

师：老师问一下这首诗的主题是什么？或者你们来告诉老师一下，这首诗里面的核心词、最主要的词是什么？谁来说一下？

生甲：核心词应该是"乐只君子"。

师：很好，最核心的词就是君子。老师继续问一下，诗里的君子是一个什么样的人，他有什么特点？

生乙：他是"邦家之基"。

师：他是国家建设和统治的基石，很好。

生丙：他是"民之父母"。

师：那说明什么？

生丁：说明他是一个在那个诸侯国里当大官的。

师：对，很好，他是一个当官的。

老师原来讲过"君子"的概念，我们今天来复习一下。我们现在通常认为这个人是个君子，只是强调他的品德好。但是在先秦的历史语境当中，提到"君子"，在绝大多数的情况下，不仅是指他品德好，而且强调他是一个统治者、在上位者，他是一个当官的，负责治理百姓。他治理得好，所以是"民之父母"。有这样的君子治理国家，乃国家之幸，百姓之幸，所以诗人讲"乐只君子，邦家之基"。因此，这首诗是一首歌颂君子，赞美周王乐得君子以辅政的诗。

前两天正好遇到一个朋友家里的老人过世，她来咨询我能不能帮她想一些碑文的词汇，要表达福泽子孙的意思。当时我正好备课备到《南山有台》。我就提议说可以写"保艾尔后"。由此可见，学习《诗经》还是很有用处的。

家长课堂

孔子对自己的儿子伯鱼说:"不学诗,无以言。"(《论语·季氏》)你不学习《诗三百》,你就不会说话。孔子的意思不是说你真的不会说话,像哑巴一样,而是说你不学习《诗三百》,你就不会文雅地表达,不能像一个有修养的君子一样表达。我们现在通过留下的文献资料可以看到,在春秋战国时期,很多人在外交、出使、对话等活动中,常常会引用《诗三百》当中的诗句,以为自己的言辞增加说服力和感染力,这是当时非常常见的文化现象。比如在《礼记·大学》这一篇文献里就曾引用了《南山有台》的诗句:

> 诗云:"乐只君子,民之父母。"民之所好好之,民之所恶恶之,此之谓民之父母。

根据《礼记·大学》的讲法,什么叫"民之父母"呢?就是老百姓喜欢什么,他就喜欢什么。"民之所好",就应该是治理者君子之所好;老百姓不喜欢的,君子也不喜欢。这样的统治者才是好的统治者,我们才能称之为"民之父母"。这一句清晰地表达了儒家民本思想的主要意涵。

什么叫"民本"?就是以民为本。比如老百姓喜欢吃饱穿暖,作为执政者,就应该创造条件让老百姓能够吃饱穿暖。"民之所恶",老百姓不喜欢的,比如生病了没有人管,作为统治者也应该讨厌这种事情,就要多建医院、多培养医生,对医生非常尊重,让他们能够有专业的知识替老百姓治病。这就是以百姓之好恶作为国家的治理者之好恶,这就叫以民为本。"民本"这个概念其实是战国时期的孟子提出来的,但是"民本"思想的由来早已有之,《尚书》里面强调要"敬德保民","天视自我民视,天听自我民听",《诗经》里面讲"乐只君子,民之父母",都是儒学"民本"思想的来源。

虽然儒学主张"民本",但却不会赞成"民主"。因为在整个儒学的德行智识的序列中,百姓居于低位。"君子之德风,小人之德草,草上之风必偃。"

（《论语·颜渊》）君子的德行像风一样，而百姓的德行像草一样，风往哪边吹，草就往哪边倒。所以，所谓"政事"就是做"正"的事，行"正"的道，而只有君子才能对"正"有正确的理解。君子（执政者）行"正道"，百姓"上行下效"，才能过上一种"正"的生活。

原典儒学从不无原则地讨好民众，《尚书·大禹谟》中说：

罔违道以干百姓之誉，罔咈百姓以从己之欲。

不要违背天道以干求百姓的称赞，也不要违背百姓以满足自己的私欲。在这句话中，价值的排序从高到低是：天道—百姓—统治者的私欲。当百姓的欲念上违天道的时候，需要精英阶层可以有"虽千万人吾往矣"的勇气和担当。当面对自己一身私欲的时候，统治者也需要有"先天下之忧而忧，后天下之乐而乐"的度量和退让。

但是，儒学这种精英主义的政治主张，在现代世界遭遇了"平等""民主""启蒙"的围殴。启蒙之后的世界，人人自以为可以代自己发言，代自己决定好坏善恶。但是，在许多时候我们会发现，"民主"，多数人的决定并不能保证是一个"道德的决策"或"智慧的决定"。我们都玩过杀人游戏。多数人的决定很多时候是"多数人的暴政"。柏拉图在《理想国》中将一个城邦政体比喻为一艘船。这艘船如何航行，航行到哪里去，是不应该谋及众庶的，而是应该听从更有专业经验和智慧的船长和各级舵手的意见。蒋庆老师在《政治儒学》中批判国人对"民主"的迷信，他认为民主政治的"民意一重合法性独大"导致了现代政治在天道和历史文化层面的缺失，"蔽于人而不知天"，缺乏道德生命的深度，是一种平面化的政治形态。只有民意与天结合，多数人的利益和儒家的贤人在位相结合并达到平衡，才可以解决人心之自私及由此带来的种种问题。雅典城邦通过民主投票处死了苏格拉底……也许，我们应该从传统儒学的思考中真正找到更为合适的处理政事的方法和原则。

习学

主旨：《小雅·南山有台》是一首歌颂君子，赞美周王乐得君子以辅政的诗。

生字生词：

1. 邦家：邦，诸侯的封国。家，大夫的封邑。邦家指国家。
2. 基：基础。
3. 茂：美盛。
4. 黄耇：老人头发变白后发黄。耇，老。
5. 艾：养育。

名物：台（苔）、莱、桑、杻、枸

成语：

万寿无疆：祝祷生命绵长，没有疆界。

文化常识：

古文中，乐（yuè）与乐（lè）相通，是儒家思想里面特别重要的一个概念。我们什么时候才需要音乐？快乐的时候，我们会"手之舞之足之蹈之"，内心的喜悦流露出来，敲锣打鼓，载歌载舞，所以这是"乐"既读 yuè 又读 lè 的原因。小朋友们可以来学写一下"乐"的甲骨文字形——在一个木头架子上，挂着大鼓小鼓。

作业：

1. 画一画"桑"。
2. 每日诵读《小雅·南山有台》。

二十六、《小雅·鹤鸣》

鹤(hè)鸣(míng)于(yú)九(jiǔ)皋(gāo)， 九：多。皋：沼泽。
声(shēng)闻(wén)于(yú)野(yě)。
鱼(yú)潜(qián)在(zài)渊(yuān)， 潜：潜藏。渊：水之深处。
或(huò)在(zài)于(yú)渚(zhǔ)。 渚：水中小陆地。
乐(lè)彼(bǐ)之(zhī)园(yuán)，
爰(yuán)有(yǒu)树(shù)檀(tán)， 爰：那里。
其(qí)下(xià)维(wéi)萚(tuò)。 萚：一种树。
他(tā)山(shān)之(zhī)石(shí)，
可(kě)以(yǐ)为(wéi)错(cuò)。 错：锉刀。

鹤(hè)鸣(míng)于(yú)九(jiǔ)皋(gāo)，
声(shēng)闻(wén)于(yú)天(tiān)。
鱼(yú)在(zài)于(yú)渚(zhǔ)，
或(huò)潜(qián)在(zài)渊(yuān)。
乐(lè)彼(bǐ)之(zhī)园(yuán)，
爰(yuán)有(yǒu)树(shù)檀(tán)，
其(qí)下(xià)维(wéi)榖(gǔ)。 榖：榖树。

他(tā) 山(shān) 之(zhī) 石(shí)，
可(kě) 以(yǐ) 攻(gōng) 玉(yù)。　　攻：加工、琢磨。

解 读

我们今天来学习《小雅·鹤鸣》。这是一首不太长的诗，但是却非常重要。首先我们来看这个题目，"鹤鸣"，仙鹤鸣叫。仙鹤在中国古人的文化语境中是非常重要的一种动物。首先，有人认为仙鹤是非常长寿的，所以经常用它来祝寿。另外，仙鹤有非常美丽的翅膀，身姿非常优雅，而且仙鹤经常栖居于山泽草木之间，所以古人认为仙鹤具有高洁的品性，可以以之来喻人。同学们可以找一些视频来听一下"鹤鸣"的声音，欣赏一下"鹤之舞"，就会理解古人对仙鹤的赞美。

因为对仙鹤的喜欢，所以在我们古代的文化当中，有很多关于仙鹤的艺术作品，比如宋徽宗特别著名的《瑞鹤图》。老师还买了同款的书包，非常好看。还有古人的云鹤纹的图样等。小朋友们可以在去博物馆的时候看看有没有含有仙鹤元素的文物。

讲完了仙鹤，我们来看一下这首诗的意思。"鹤鸣于九皋"，"九皋"是我们今天的第一个生字生词。"九"在这里是虚数，并不是真正的有9个，而是很多个。"皋"是沼泽之地，仙鹤生活在沼泽当中。很明显，沼泽所在之地，就是远离人群、人迹罕至之地。所以古人常常用仙鹤类比那些隐居于山林的志行高洁的人。仙鹤虽然居处偏僻，但是"声闻于野"，四野都回荡着高亢的鹤鸣之音。第一句讲的是它的隐，然后"声闻于野"，讲的又是"现"，它又被听到了。下面"鱼潜在渊"，鱼儿深潜在水潭之中看不见，还是"隐"。"或在于渚"，有的时候它又会停留在水边的沙洲旁，这又是"现"。《周南·关雎》里面说"关关雎鸠，在河之洲"，"渚"就是"洲"，水中的小块陆地。"乐彼之园"，彼，我们原

古人对仙鹤的喜爱体现在艺术创作、衣饰纹样等各领域

来讲过,"那个"的意思。诗人非常开心,开心什么呢?彼之园。园子里面怎么样?"爰有树檀"。

师:"爰"出现过很多次了,"爰有树檀"的"爰"是什么意思?
生:这里。
师:这里,有的时候也翻译成"那里"。我们之前学过《邶风·凯风》里有"爰有寒泉?在浚之下",还有《邶风·击鼓》里有"爰居爰处?爰丧其马"。"爰有树檀",就是园子里面有高高的檀树。檀树木质坚硬,非常高大,是可以做栋梁之材的。

这两句诗,以"乐"为统领:"乐彼之园,爰有树檀,其下维萚。"在高高的檀树下面有很多的萚，也就是落叶。这是我们今天第三个生字生词——"萚"是落叶。我们在国风里面学习的最后一首诗《豳（bīn）风·七月》里有"八月其获，十月陨萚"，"陨萚"就是落叶的意思。

"他山之石，可以为错"，他山的石头非常坚硬，可以作为"错"来使用。错是什么？古代的砺石，用来打磨东西的石头，因为它特别粗糙，可以把别的东西磨光。《山海经》里有一种精怪叫䑏（huān）疏，它"一角有错"，就是说它长着一只角，角上有像锉刀一样的凹痕。所以"错"是可以用来打磨其他物品的东西。"他山之石，可以为错"，别的地方的石头是有价值的，因为它可以成为打磨我们的利器。

第二章，"鹤鸣于九皋，声闻于天"，仙鹤在九皋之地鸣叫，声响闻达于上天。这里的"天"就有一些隐喻的意思了。古人称周王为"天子"。如果用仙鹤比喻隐居山林的贤士，那么"声闻于天"就意味着天子都知道了他的名声。"鱼在于渚，或潜在渊"，这两句是把它上一章的两句调换了前后顺序，这样可以增加诗的灵动性。鱼游到了河水的沙洲上，我们就能看到它；但是有的时候它又会潜藏在水渊的深处，我们就看不到它了。"乐彼之园，爰有树檀"，我非常开心在这个园子里能有檀树这种栋梁之材。"其下维榖"，"榖"是另外一种树，榖树。这种树的价值就低了很多，所以说"其下维榖"。上下的顺序，以德行或价值为依据，才是最好的秩序。"他山之石，可以攻玉"，"攻"，加工，打磨。"他山之石"，别的山上的石头可以用来打磨我们自己的玉器。这就是今天我们要学习的《小雅·鹤鸣》这首诗的两章，还是重章叠句的结构。

小朋友可以把最后这两句诗圈出来，"他山之石，可以攻玉"，现在已经被当做成语使用。别的山上的石头非常坚硬，可以作为琢磨我们自己玉器的材料。我们在《卫风·淇奥》里面学过"切磋琢磨"，玉有瑕疵，人有缺点。他山之石可以用来"切磋琢磨"，让玉器变得完美无瑕。言外之意是别国的贤才可以为本国效力，或者是他人的意见可以帮助自己改正缺点。我们在他人的帮助之下，可以让自己变得更好。

师：《小雅·鹤鸣》这首诗的主题是什么？作者用鹤和鱼比喻什么样的人？

鹤鸣之士,指隐居山林的贤士

哪位小朋友说一下自己的想法?

生甲:鹤是比喻各方面都很好的人。

师:我们可以通过原文想一下这个问题,"鹤鸣于九皋"或"鱼潜在渊",说明这些特别有德行的人生活在哪里呢?

生乙:偏僻的地方。

师:对,非常好,他们生活在偏僻的地方。但是我们希望这样的人来干嘛呢?

生乙:来帮助别人。

师:很好。具体说一下,怎么帮助别人呢?

生丙:我觉得是希望统治者可以招纳君子来帮他治理邦国。

师:很好。谁还想发表一下自己的看法?

生甲:鹤居住在沼泽。老师您刚才说了,古人认为鹤非常有德行。我觉得鹤应该是来形容隐士的。

师:很好,这个概念出来了。我们原来讲过什么叫隐士?就是一个人没有居住在城乡大邦当中,而是选择居住在山林当中,但他非常有德行。

生丁:可能他就用鹤来表示希望国君请一些隐士,让这些高人来帮他治理国家。

师：很好。你认为诗里面的哪句话表达了这个意思？

生丁："鹤鸣于九皋，声闻于天"。

师：又是哪一句诗表达了希望天子或者是统治者能请这些隐士或世外高人来帮助他治理呢？

生乙："他山之石，可以攻玉"。

师：好，太棒了。

《毛诗序》就认为《小雅·鹤鸣》这首诗是"诲（周）宣王"，也就是教诲周宣王要求贤，求未出仕、还没有做官的人来帮助自己治理天下。后来程俊英先生在《诗经译注》里面继承了毛诗和郑笺的说法，认为这是一首通篇用借喻手法抒发希望招致人才，为国所用的诗。所以，我们可以把它称为"招隐诗"。

在中国几千年的历史文化中，隐逸、隐居是一个非常重要的主题。在尧的时代，就有许由的传说。尧要让位给许由，让他去管理天下。许由说："你不要跟我说这个话，你这个话都污染了我的耳朵。"然后赶快跑到河边洗耳朵。此时恰巧一个老者牵着牛来饮水，问许由为什么要洗耳朵。许由告诉了老者原因，不料想老者牵着牛走了，一边走还一边抱怨说："哎呀，你这洗过耳朵的水要把我的牛口弄脏了。"所以，中国古代的诗文中存在大量的关于隐逸主题的作品，如庄子的《逍遥游》《秋水》，陶渊明的《桃花源记》《归去来兮辞》《归园田居》，刘禹锡的《陋室铭》，直至后来吴敬梓的《儒林外史》中都存在着大量的颂美隐逸的诗文。小朋友们有机会可以找来欣赏一下。

家长课堂

古代关于劝谏国君要任用贤才的相关作品非常多。国家和国家的竞争，很多时候都是人才的竞争。所以古代英明的国君常常希望"国无余才"，那么这个国家就可以得到很好的治理。相反，如果一个治理者不能任用贤才，则会落到国破家亡的下场。《论语·微子》即以"殷有三仁"开篇，可是"三仁"的下场是：

> 微子去之，箕子为之奴，比干谏而死。

微子离开了纣王，箕子为了避祸，佯狂为奴，比干最后因为劝谏纣王被剖心而死。最终纣王自己也走向了败亡的命运。

其实不光是用贤，在文化上抱持开放的态度，理解到"他山之石，可以攻玉"亦具有重要的意义。李斯在《谏逐客书》里，劝谏秦王嬴政要开放包容，写下过一句非常著名的话：

> 故泰山不让土壤，故能成其大；河海不择细流，故能就其深；王者不却众庶，故能明其德。

高高的泰山，并不自傲，不会拒绝一点点土壤的加入，所以才能成就它的高；黄河大海不拒绝小小溪流的加入，所以才能成就它们的深广；做天下的王，不拒绝任何人的归附，努力去寻求众人的帮助，才能张明他的德行。所以，一个个体也好，一个国家也好，一种文化也罢，只有海纳百川，才能有容乃大。这种智慧在我们今天仍然没有过时。

习学

主旨：《小雅·鹤鸣》是一首招隐诗。

生字生词：

1. 九皋：九，虚数，多。皋，沼泽之地。
2. 渚：水中的沙洲。
3. 萚：落叶。
4. 错：砺石，可以用来打磨东西。

5. 攻：加工、打磨。

名物：鹤

鹤，脖颈修长，喜欢舞弄身姿。鹤有洁癖，环境稍微不够干净就会飞走，然后在九天之上发出清冷的鸣叫。另外，鹤能活到60岁左右，是动物中比较长寿的。

成语：

鹤鸣之士：那些居住在深山里的道士和僧人是不能算隐士的，他们是修道之人，他们的隐居有宗教目的。所谓隐士，专指那些隐逸起来的有知识、有品德的人。中国的隐士常常被称为"鹤鸣之士"，这种称呼即来源于《小雅·鹤鸣》这首诗。

文化常识：

有的隐士是为了追求自身的自由而隐居，有些人则是因为对社会不满而隐居，这类人可以称为真隐士。而有些人虽然隐居，只不过是想打造"隐士"的人设，通过隐居来获得高名，以被世人称誉并获得其他利益。所以就出现了另外一个成语"终南捷径"。刘肃在《大唐新语·隐逸》中记载了一个人的故事：卢藏用考中进士后，却先去了唐朝都城长安附近的终南山隐居，等待朝廷征召。后来他果然以高士之名被朝廷聘用，授官左拾遗。后来，另一隐士司马承祯亦被征召而坚持不出仕，欲归山林。卢藏用在送别他的时候，指着终南山说："此中大有嘉处。"这就是"终南捷径"一词的由来。

作业：

1. 画一画"鹤"。
2. 每日诵读《小雅·鹤鸣》。
3. 找一些其他的隐逸主题的作品来读一读。

二十七、《小雅·蓼莪》

蓼(lù)蓼(lù)者(zhě)莪(é)，　　蓼蓼：高大貌。莪：莪蒿。
匪(fěi)莪(é)伊(yī)蒿(hāo)。　　匪：不。蒿：蒿草。
哀(āi)哀(āi)父(fù)母(mǔ)，
生(shēng)我(wǒ)劬(qú)劳(láo)。　　劬劳：辛劳。

蓼(lù)蓼(lù)者(zhě)莪(é)，
匪(fěi)莪(é)伊(yī)蔚(wèi)。　　蔚：牡蒿。
哀(āi)哀(āi)父(fù)母(mǔ)，
生(shēng)我(wǒ)劳(láo)瘁(cuì)。　　瘁：辛苦。

瓶(píng)之(zhī)罄(qìng)矣(yǐ)，　　罄：空了。
维(wéi)罍(léi)之(zhī)耻(chǐ)。
鲜(xiān)民(mín)之(zhī)生(shēng)，　　鲜民：孤儿。
不(bù)如(rú)死(sǐ)之(zhī)久(jiǔ)矣(yǐ)。
无(wú)父(fù)何(hé)怙(hù)？　　怙：保护。
无(wú)母(mǔ)何(hé)恃(shì)？　　恃：倚仗。
出(chū)则(zé)衔(xián)恤(xù)，　　衔：叼着。恤：忧伤。

入则靡至。　　靡：没有。至：至亲。

父兮生我，
母兮鞠我。　　鞠：养育。
拊我畜我，　　拊：抚爱。畜：养育。
长我育我，
顾我复我，　　顾：照看。复：挂念。
出入腹我。　　腹：怀抱。
欲报之德。
昊天罔极！　　罔：没有。罔极：没有常道。

南山烈烈，　　烈烈：高大貌。
飘风发发。　　飘风：大风。发发：风声。
民莫不穀，　　穀：用谷物赡养。
我独何害！

南山律律，　　律律：山峰高耸。
飘风弗弗。
民莫不穀，
我独不卒！　　卒：完成、结束，这里指为父母送终。

解读

我们今天来学习新的内容《小雅·蓼莪》。

"蓼蓼者莪","蓼蓼",高大的样子。"莪",俗称抱娘蒿,一种高大的蒿草。"匪莪伊蒿",那个长得高高大大的是莪蒿吗?哦,原来不是莪蒿,而是青蒿。"匪",我们原来学过,"不"的意思。"哀哀父母,生我劬劳",可叹我的父亲和母亲啊,生下我养育我非常辛苦。劬劳,辛苦。

师:我们在哪里学过"劬劳"这个词?
生:在《凯风》里面。
师:对了。谁还记得《凯风》里面含有"劬劳"的那句诗?
生:"凯风自南,吹彼棘心。棘心夭夭,母氏劬劳"。
师:很棒!

"蓼蓼者莪,匪莪伊蔚",那个长得高高大大的是莪蒿吗?不是莪蒿,而是蔚草。"哀哀父母,生我劳瘁",我的父母为了养育我非常非常辛劳。"劳瘁",即劳累憔悴之意。"瘁"和"悴"这两个字意非常接近,大家要注意辨析。成语"鞠躬尽瘁"是病字边的"瘁",这个"瘁"通常指的是身体因生病、劳累而精神状态不佳的样子。而竖心旁的"悴"通常指的是心里面很多烦忧、忧思所造成的状态憔悴。

前两段的意思大致相同。下面的部分,作者改变了叙述的角度。"瓶之罄矣,维罍之耻",瓶,水瓶或者是酒瓶。"罄"的意思是空了、用光了,叫"罄",组词"罄竹难书",意思是把竹子都用光了(做竹简书写)也写不完。瓶子里面的酒喝光了,"维罍之耻",是"罍"的羞耻。为什么呢?罍就是古代的酒坛子。我们来看一下图片,这是出土的青铜器的罍,非常大,对不对?所以有的罍出土的时候,边上还有一个勺子,古人会用勺子从罍里面一勺一勺地把酒盛出来,盛到瓶子里面去,再用瓶子给大家倒酒,这样就方便多了。因此瓶子空了,是罍的

半坡遗址出土的小口尖底陶瓶
（作者拍摄于中国考古博物馆）

商代"皿而全"铜方罍，是迄今所见最高大的方形罍，现收藏于湖南省博物馆

问题，因为罍里面没有酒了，这就是"瓶之罄矣，维罍之耻"的意思。

当然，这两句诗应该是一个比喻：老百姓像瓶子一样，常常穷困，家徒四壁，这是谁的羞耻呢？这是国君的羞耻，是统治者的羞耻。所以下面接着说，"鲜民之生"，"鲜民"在这里指的是孤儿。孤儿生活在这个世界上怎么样呢？"不如死之久矣"，还不如早点去死要来得更好。为什么？因为"无父何怙？无母何恃"，"怙"和"恃"的意思都是依靠。没有父亲了，我依靠谁呀？没有母亲了，我依靠谁呀？我一个人在这个世界上孤苦可怜。"出则衔恤"，衔，本意是嘴里叼着，恤，指的是忧伤。出门的时候嘴里叼着忧伤，其实就是说心里饱含着忧伤。进门的时候呢，"入则靡至"，靡，"靡室靡家，猃狁之故"，也是常用的一个生字生词，没有的意思。"至"，在这里指的是至亲。进家门还是我一个人，家里没有任何其他的亲人。这是多么难过的生存处境啊，出门的时候孤孤单单的一个人出去，进来还是孤孤单单的一个人，连个说话的人都没有。所以他说"鲜民之生，不如死之久矣"，孤儿一个人生活在世界上，他觉得还不如早点去死好了。在这里，我们不禁会问，为什么他会变成孤儿啊？他的父亲母亲怎么都去世了呢？这个时候我们就会自然地联想到之前的诗句——"瓶之罄矣，维罍之耻",老百姓家徒四壁,家无余粮,没有可以让人生活下去的资产。所以,他的父母很可能是饿死的,或者是冻死的、累死的。总之,老百姓没有过上幸福的生活。那是谁的问题,谁的羞耻呢?那是统治者的羞耻,"维罍之耻"。这里就讲得非常清楚了。这是第三章。

我们接着往下看:"父兮生我,母兮鞠我。拊我畜我,长我育我,顾我复我,出入腹我。欲报之德,昊天罔极!"

师:这是非常著名的一段诗文。大家来数数,这一章里面有几个"我"字?
生:9个。
师:对,9个"我"字。

"父兮生我",父亲生了我;"母兮鞠我","鞠"是养育的意思,母亲养育了我。当然作者是为了写诗的方便,他才分开来说,实际情况当然是父母一起生了我,父母一起养育我。"拊我畜我",抚,安抚、安慰,畜,养育、养活。"长我育我",培养我长大,养育我长大。"顾我复我","顾"的意思是关心,"复"是挂念,关心。"出入腹我","腹"在这里是出入都抱着我的意思,放我于腹部。作者用9个"我"字表达了父母养育孩子的过程,这个过程是作者的回忆,有父亲有母亲的时候,我是多么幸福的一个孩子啊。反观现在,现在只剩下"出则衔恤,入则靡至"了。一个人的痛苦很多时候都来源于失去。如果从来没有得到过,可能还没有多少悲伤;但是曾经拥有过,现在没有了,那是非常难过的。父母这么体贴我,养育我,现在我长大了,我可以回报他们了,"欲报之德",可惜,"昊天罔极",苍天呐,无常,"罔",无,没有,"极"是常道。昊天没有常道,降下祸灾,让我的父母都去世了,我现在想要报答他们的养育之恩,却已经没有了机会。我们经常说"子欲养而亲不待",孩子想要赡养、回报父母,可是你的亲人已经等不及了,他们年纪大了,很可能等不到你回报他们的时候,他们就去世了。这是人生最大的悲伤吧。"欲报之德,昊天罔极",真是沉痛之言。

最后两章,"南山烈烈",烈烈,巍峨高大的样子。"飘风发(bō)发",大风刮起来,发发作响。通常"飘风发发"的时候,都是在北方寒冷的冬季,这个时候人们尤其渴望家人的温暖。可惜，这个家只有我一个人，孤独会因此而加剧。"民莫不穀"，莫，不；不，也是不。莫不，就是"没有不"的意思，双重否定表达肯定。穀，即谷物，这里是用谷物来赡养父母的意思。老百姓没有不赡养父母的。"我独何害"，为什么只有我遭受这种祸害，为什么只有我遭受双亲不在的命运？"南山律律，飘风弗弗"，南山高大巍峨，大风呼啦啦地刮着。在这个寒冷的季节里，只有我一个人。"民莫不穀"，没有人不赡养他们的父母。"我独不卒"，卒，终了的意思。为什么只有我不能给我的父母养老送终呢！这是最后的哀叹。

读完整首诗，我们可以发现诗人的情绪是一种逐渐激烈的状态，到最后到达了情绪的顶峰。

师：老师问一下《小雅·蓼莪》这首诗的主题是什么？谁来说一下？

生甲：一个孤儿的父母都去世了，孤儿感到很悲伤。

师：很好，还有吗？孤儿的悲伤确实是非常清楚的。除了这个悲伤，还有什么？想一想。

生乙：因为他的父母都去世了，但是他还没有来得及报答他们。

师：他非常难过，对不对？你觉得还有其他的意思在这首诗里面吗？

生乙：一个孩子，他的父母都死了，他还特别想念他们，就特别悲伤。

师：对。我们看"瓶之罄矣，维罍之耻"这两句诗表达了什么意思？作者为什么会落到孤儿的境地呢？

生丙：他说他没有依靠了。

师：这是结果，他为什么没有依靠？

生丙：可能是怨愤国君。

师：很好，就是这个意思。

老师刚才讲"瓶之罄矣，维罍之耻"的时候，其实提到过，虽然有可能是因为一些意外造成他父母双亡。但是，"瓶之罄矣，维罍之耻"放在诗里面，我们就不能简单地把这个人的悲剧理解为命运或者是偶然，更大的可能是因为统治者的失职,没有德行,使得百姓的生活非常困苦,以至于造成他父母的早亡。所以这首诗除了是孤儿的悲歌之外,《毛诗序》讲它是一首"刺诗","刺幽王也",讽刺的是周幽王。当然,我们其实并不能够从诗里面得到具体的讽刺对象的信息。但是这首诗至少表达了对统治者的讽刺,是非常清晰的。

这就是我们今天学的诗歌作品。老师特别希望各位小朋友能通过学习这首诗,真正地理解我们和父母之间的关系,珍惜我们和父母在一起的时间,体贴我们的父母,体贴他们的辛苦,做一个懂事的宝宝,做一个懂得体贴父母的好孩子。

家长课堂

古代有一个非常著名的跟"孝"有关的故事叫"伯俞泣杖"。这个故事记载在西汉刘向编的《说苑》里:

> 汉,韩伯俞,梁人,性至孝。母教素严,每有小过,辄杖之。伯俞跪受无怨。一日,复杖,伯俞大泣。母讶问曰:"往者杖汝,常悦受之,未尝或泣。今日杖汝,何独泣乎。"伯俞曰:"往者儿得罪,笞尝痛,知母康健。今母之力不能使痛,知母力已衰,恐来日无多,是以悲泣耳。"

汉代有一个人,叫韩伯俞,非常孝顺。妈妈一直对他非常严厉,只要他犯了小错,就会用竹杖打他(现代文明不提倡打孩子啊)。每当他的妈妈因为他犯了小错打他的时候,韩伯俞并没有怨言,而是心甘情愿地承受妈妈对自己的惩罚。等到韩伯俞大了,甚至都做了大官了,妈妈还是这样教训他,他仍然还是"跪受无怨"。他不会觉得自己大了,都做大官了,妈妈怎么还能教训自己呢?他还是非常孝顺父母,没有骄傲之情。这一天,他又犯了小错,又惹妈妈生气了,妈妈又打了他一顿。可是这一次,妈妈打完他,韩伯俞却突然大哭了出来。他的妈妈很惊讶地问:"之前我打你,你会很开心地承受,没有什么情绪。为什么今日打你，你却哭了？"韩伯俞就跟他妈妈解释："过去我犯了错，您打我打得还挺疼的。但是我想，妈妈能把我打疼，说明妈妈力气还挺大的。妈妈力气大，就说明妈妈还非常健康。所以虽然打得疼，但是我知道妈妈还健康，所以也没有什么难过的。可是今天妈妈您很生气，您打我，您已经打不疼我了，我知道您已经变得力量小了。力量小说明什么？说明妈妈老了，打不动了。我害怕您跟我在一起的日子不多了，所以我很难过，才忍不住哭出来了。"这就是"伯俞泣杖"的故事。可能不谙世事的小朋友会觉得有些矫情，但是成年人是非常能够明白这里面的哀伤的。李文耕对这个故事有一个解释：

> 人子之身。父母所育之使日强者也；父母之力，人子所累之使日弱者也。况驹隙之景频催，风烛之膏易殒。天伦聚乐，有能至百年外者乎？韩公母力不能使痛一言，真伤心语，不堪读也。

这段话的意思是：为人子女的，在父母的养育之下，身体越来越强壮。可是随着孩子逐渐长大，父母却在逐渐衰弱。何况时光易逝，父母的健康、寿命就像风中之烛一样，非常容易摧折。我们和父母在一起的时间能有一百年吗？韩伯愈的话，妈妈的力气已经打不疼我了，真是太令人哀伤，不忍读了。

我也是一个妈妈，也是一个女儿，因此对于亲子关系特别有感触。怀孕的时候，母亲和孩子的关系是独一无二的，孩子在肚子里面动一下，只有母亲能感受到。孩子生出来了，妈妈需要哺乳，但是别人也能抱她。三岁之前，孩子一直在父母的怀抱里。到了三岁，开始上幼儿园了，之后上小学，上初中，上高中，小孩子逐渐进入社会，也是逐渐跟父母远离的过程。然后很多人会去外地上大学，上大学还有寒暑假，但是毕业了、工作了，一年可能才有"十一""五一"和过春节的假期才能和父母相聚，有的时候孩子还想和小伙伴一起去玩一玩。所以我们和父母相聚的时光能有多少？而在这个过程中，父母是一种逐渐看着自己的孩子长大，逐渐远离自己的角色。为人父母，我们最需要做的事情就是在孩子成长过程中提供最大的支持与指导，在孩子长大后，能够得体地退出他的生活。所以父母的身份注定是一个牺牲的身份。虽然为人父母并不应该强加要求孩子感恩。

但是如果大家都可以像韩伯愈一样对父母有一种自然的亲和爱,则是令人欣慰和感动的。

一个人有父亲疼、有母亲爱的时候,我们通常觉得好烦,天天唠叨自己。可是如果真的没有了父母,连唠叨你的人都没有了,那个时候才体会到父母的重要意义,不就太晚了吗?看过一幅画,一个孤儿院的小朋友在地上画了一个妈妈,然后躺在画的妈妈的怀里睡着了,心里真是无比难过。

《论语》里有一条章句:"父母之年,不可不知也。一则以喜,一则以惧。"什么意思?父母的年纪多大了,我们做子女的不能不知道。一方面,我们会因为父母长寿而开心,另一方面,我们也会因为父母的衰老而恐惧。我在大学里教授《论语》,期末给学生考试的时候,让他们填空:"一则以____,一则以____。"很多孩子会填"一则以喜,一则以忧"。可是,当我们闭上眼睛,想象一下这个世界上再没有父母了的时候。我们的心情是"忧伤"还是"恐惧"呢?虽然我们都是成年人了,虽然我们已经建构了很好的自我保护系统,但是当我想到有一天,这个世界上无条件爱我的父母不在了的时候,我是真的害怕,是"惧"。所以"一则以喜,一则以惧"。儒家的教义真的是非常非常温暖的。这条《论语》中的章句,家长和小朋友们可以一起学一学。

习学

主旨:《小雅·蓼莪》是一首哀悼父母的孤儿之诗。

生字生词:

1. 劳瘁:劳累、憔悴。成语:鞠躬尽瘁,死而后已。

2. 罄:尽、空。成语:罄竹难书。

3. 怙:依靠。恃:依靠。

4. 恤:忧伤。

5. 鞠:养育。

6. 罔极：无常，没有定准。

名物：莪蒿

即莪蒿。李时珍《本草纲目》："莪，抱根丛生，俗谓之抱娘蒿。"

成语：

瓶罄罍耻：这个成语有两个意思。第一个意思是强调两种事物关系密切，相互依存，利害相关，休戚与共。第二个意思来源于北周庾信的一篇文章《思旧铭》："麟亡星落，月死珠伤，瓶罄罍耻，芝焚蕙叹。"麒麟死了，星星陨落；月亮死了，珠玉忧伤；瓶子空了，罍感到羞耻；灵芝被焚烧，蕙草不禁悲叹。所以是"物伤其类"的意思。

文化常识：伯俞泣杖

作业：

1. 画一画"瓶"与"罍"。
2. 每日诵读《小雅·蓼莪》。
3. 找一找其他颂美父母之爱的文学作品读一读。

二十八、《小雅·青蝇》

营营青蝇，
止于樊。
岂弟君子，
无信谗言。

营营：青蝇飞动的声音。
止：停止。樊：篱笆。
岂弟：平易近人。

营营青蝇，
止于棘。
谗人罔极，
交乱四国。

罔极：没有常理。

营营青蝇，
止于榛。
谗人罔极，
构我二人。

构：构陷，陷害。

解读

我们今天学一首新的诗——《小雅·青蝇》。这是一首结构相对简单的诗歌作品,下面老师来讲一下。

"营营青蝇","营营"这两个字是拟声词,模仿青蝇飞舞时的声音。夏天的时候,如果家里不小心开了窗户,飞进来一只大苍蝇,就会"嗡嗡嗡嗡"地飞舞。《诗经》里面有许多拟声词,我们已经遇到过很多,如《周南·关雎》里面的"关关",《邶风·凯风》里的"睍睆",小黄鸟的叫声,等等。大家可以总结一下。"营营青蝇,止于樊",青蝇飞来飞去,最后停在了篱笆上。"樊",篱笆。这是我们今天的生字生词。"岂弟(kǎi tì)君子,无信谗言","岂弟"这两个字都是通假字。"岂"通"恺","弟"通"悌"。什么叫"岂弟"?一个人又平和又有礼貌,平易近人,就叫"岂弟"。"岂弟君子,无信谗言",这样有德行的君子啊,你不要听信别人说我的坏话。读到这里我们才能理解,这首诗为什么会用大苍蝇起兴了。

师:谁来解释一下,这首诗为什么要用大苍蝇来起兴呢?

生甲:因为我觉得大苍蝇很恶心,大苍蝇很不好,小人也很不好,品性不好,跟苍蝇似的。

师:对,小人也很不好,就像令人讨厌的苍蝇一样。还有谁想说一下?

生乙:因为作者把谗言比作苍蝇。

师:很好!你的解释把刚才小朋友的讲法又往前推进了一步。但是你的类比有一点不对称。苍蝇是一只昆虫,如果把苍蝇比成一个人是合适的,但是比作谗言,有点不合适。谗言应该用什么作比更合适呢?想一想。

生乙:营营。

师:对,很好。小人说谗言就好像苍蝇一直在你耳边"嗡嗡嗡""嘤嘤嘤"飞一样,对吧?小朋友们善于动脑筋,非常好。这样一看,这首诗的主题就非常明确了。

一开始就是大苍蝇在"嘤嘤嘤"地飞,就好像一个小人不断地在君子那里说坏话。所以最后两句直抒胸臆:"岂弟君子,无信谗言。"你不要听信这些小人的坏话。这是第一章。

下面第二章,"营营青蝇,止于棘"。止,还是停止。停在了"棘"上。

师:我们在哪里学过"棘"?想一想。
生:在《诗经》里。
师:哈哈,肯定是在《诗经》里。《诗经》哪一篇?《邶风·凯风》里:"凯风自南,吹彼棘心。"还记得吧?"棘"的本意是尖刺。这里的"棘"指的是长了很多尖刺的酸枣树。

"谗人罔极","罔极",罔,无,没有;极,准则。说谗言的人,没有原则,没有底线。他就是乱说,颠倒黑白,这个就叫"罔极"。所以如果听信了他的谗言,就会怎么样?"交乱四国",就会使得这个国家和周边的国家发生动乱。这是一个非常可怕的政治后果。

第三章,"营营青蝇,止于榛",大苍蝇停在了榛树上。"谗人罔极",小人说谗言,他们没有原则,乱说话。"构我二人","构"在这里指的是陷害,我们组个词:构陷,意思是故意编造一些谎言污蔑他人。那些说谗言的小人,构陷了我们两人。当然,到底是哪两个人,是兄弟还是夫妻,我们并不知道,诗里面的线索太少了。但是没有关系,我们知道有人受到了冤枉。

师:《小雅·青蝇》这首诗的结构是怎样的?
生:重章叠句。
师:对,重章叠句。为什么《诗经》里面很多作品都采用了重章叠句的结构?
生:歌颂。
师:靠近了,因为这些诗原来都是可以配乐歌唱的。就像我们现在的歌曲一样,它有很多的段落,段落之间就会有重复的内容。古今都是一样的。

营营青蝇,"止于樊""止于棘""止于榛",就像三段歌曲一样。一首歌曲有三段,每一章回旋往复。从情感上来讲,重章叠句的结构加强了情感的表达,一唱三叹。所以小朋友们诵读或背诵这些诗歌作品的时候,应该好好体会这种音乐的美感。

师:《小雅·青蝇》这首诗的主题是什么?

生甲:我觉得这首诗它就是想要告诉治理国家的君子,不要听信小人。

师:如果给这首诗定个性,这是一首什么诗?我们前面学习了农事诗、悼亡诗、送别诗。这是一首什么诗?首先我们来确定它是赞美还是讽刺?

生甲:讽刺。

师:对,这是一首讽刺诗,其实《诗经》里面的讽刺诗也不少,只不过老师给你们选的没有那么多。因为老师还是希望用比较正面的情感来教育大家。谁还记得我们之前学过什么讽刺诗吗?

生乙:"相鼠有皮,人而无仪!人而无仪,不死何为?相鼠有齿,人而无止!人而无止,不死何俟?相鼠有体,人而无礼,人而无礼!胡不遄死?"

师:对,很好。这是《鄘风·相鼠》。这首诗用什么来比喻那些没有礼仪的人?

生乙:鼠。

师:用大老鼠,是不是?所以我们看,古人讨厌的东西和我们今天讨厌的东西都差不多。或者也可以说,古人的审美、好恶塑造了我们今天的审美、好恶,对不对?因为我们不断地在文化中用这些动物表达讽刺,所以到了今天,我们看到它们就会觉得厌恶。

所以,《小雅·青蝇》这首诗是一首讽刺诗。它讽刺的就是小人进献谗言,扰乱国政的问题。我们学习了这首诗,正好可以帮助我们以后理解《论语·学而》篇中的一条章句:

> 子曰:"巧言令色,鲜矣仁!"

一个人总是说花言巧语,脸上总是有谄媚的笑容,这样的人鲜(xiǎn)少有仁德。一些大众化的解读,都认为这是一条普通的教育人淳厚善良,不要花言巧语的章句。但是,我们刚刚学完《青蝇》,就应该明白这条章句背后的政治意义。作为在上位的"君子",要警惕"巧言令色",因为"谗人罔极,交乱四国"。另外,《诗经·小雅·巧言》里也说:"乱之初生,僭(jiàn)始既涵;乱之又生,君子信谗。"国家的祸乱刚刚开始出来的时候,就是因为有人开始说不合乎礼仪的话了。"乱之又生",祸乱再一次生长,是因为君子开始相信谗言了。所以,"巧言令色"不仅仅是对一个人德行的败坏,更是导致一个国家政治动乱的原因。

《小雅·青蝇》这首诗的影响还是挺大的。《左传·襄公十四年》记载了这样一个故事:晋国有一次举行诸侯间的会盟。有一个臣属于晋国的少数民族部落,叫驹支。晋国的执政者认为驹支部落的首长不听话,还认为他破坏了晋国和其他诸侯国之间的联盟。于是,就想把驹支的首领抓起来。这个时候,驹支的首领就当着众人的面,"赋《青蝇》而退",就是用《诗经·青蝇》这首诗表达了自己的愤愤不平,"岂弟君子,无信谗言",你不要听信别人对我说的坏话,"谗人罔极,构我二人"。当时晋国执政的范宣子受到感动,觉得可能是自己错了,冤枉了驹支的首领,于是主动去道歉,并邀请对方参与会盟,最终"成恺悌也",成就了两国和睦的邦交关系。如果我们没有学过《小雅·青蝇》这首诗,读到《左传》这段记载的时候,就难免不知所云了。

另外,后世的作家、诗人受到此诗的影响,常常用"青蝇"比喻谗言小人。王冲在《论衡》中说:"青蝇所污,常在练素。"一块白布上突然落了一只苍蝇,把整块白布都玷污了。陈子昂说:"青蝇一相点,白璧遂成冤。"青蝇落在一块洁白的玉石上面,洁白的璧玉都被它玷污了,就好像那儿有一块瑕疵一样。这就是这首诗在后世的影响。

家长课堂

　　《诗经》里面的这些诗歌作品是怎么来的呢？从古至今，这个问题一直困扰着我们。很多学者也试图给出解答。其中比较有说服力的讲法是，周人有一种"采诗观风"的制度，很多作品，尤其是"风诗"里面的作品就是"采风"而来的。

　　"十五国风"相对应的地域，散布在整个周王室的统治区域之中。在古代，各地通信信息的传递都不发达，例如齐鲁之地发生了什么事情，要汇报到周天子处。再由周天子下达处理意见到齐鲁之地，来回可能需要一两个月的时间。如此，周天子如何才能知道当地的诸侯统治得好不好呢？

　　据说在周朝有这样一个制度，周天子会派一些年龄比较大的老者——很多是没有子女赡养的老人，政府会给他们一份工作，让他们到各个诸侯国去，把当地老百姓当中流传的那些诗歌收集回来。这些诗歌，有的是赞美诗，有的是讽刺诗。通过这些诗歌作品，周天子就可以推测出当地诸侯治理的好坏。例如，采集回来的诗歌是《甘棠》，就说明这个地方的老百姓对当地统治者是比较满意的。可是如果采集回来的是《相鼠》《青蝇》这样的诗歌作品，就证明这个地方的统治者有点儿糟糕了，老百姓们已经开始作诗骂他们了。这个时候，周天子再派人过去看一看，到底发生了什么事情，如果有不合乎道德的事情发生，周天子就要把它匡正回来，这就是"采诗观风"的制度。在信息不发达、交通不发达的时代，这确实是一个比较行之有效的、能够让周天子了解各地风土人情、政治好坏的途径。

　　我们现在还有一些音乐家、艺术家会做类似的"采风"工作，收集民间的音乐、诗歌、文学作品或艺术作品，以此来丰富自己的专业素养，或者开展新的文化课题。当然，这已经与周天子的政治意图不同了。但是，古人讲"声音之道，与政通矣"，音乐与政治相通，社会政治的改变会体现在音乐作品之中，却是一个古今不变的逻辑。

习学

主旨：《小雅·青蝇》是一首讽刺诗。

生字生词：

1. 止：停。
2. 樊：篱笆。
3. 岂弟：读为"kǎi tì"，通"恺悌"，平和有礼，平易近人。
4. 极：准则。
5. 构：陷害，离间。

名物：苍蝇

成语：

巧言令色：出自《论语·学而》——子曰："巧言令色，鲜矣仁。"意思是花言巧语，容色虚伪。

文化常识：君子的定义

在这里，我们需要分疏一个概念，就是我们非常熟悉的"君子"。"君子"这个概念在先秦的典籍当中非常重要，是先秦文化的关键词，我们也已经多次遇到。到底何谓"君子"呢？一般来讲，"君子"有两种意思：一种是有德者，一种是有位者。我们今天说一个人是君子，强调的是他是一个有德行的人，他有没有政治地位并不重要。但这是现代的理解，和先秦时期使用"君子"一词的情况非常不一样。在先秦的典籍中，更多的情况下，君子指的是有位者。如果我们不能够理解到"君子"是有位者，或者是执政者，很多先秦的文章我们就会读不懂，或者不能把意思理解清楚。举个例子，《论语》这本书如果不将"君子"理解为"有位者"，就会认为《论语》只是一本单纯地讲人伦道德的书。但是，如果将"君子"理解为"有位者",就能明白《论语》的真正定位是一本"政治哲学"著作。儒学所谓对"君子"的养成,并不仅仅是在"修身"的意义上展开,而且还希望"君子"将来可以"治国""平天下"。

作业:

1. 画一画"苍蝇"。
2. 每日诵读《小雅·青蝇》。

二十九、《小雅·苕之华》

tiáo zhī huá
苕 之 华，　　　　　苕：凌霄花。华：花朵。
yún qí huáng yǐ
芸 其 黄 矣。　　　　芸：深黄色。
xīn zhī yōu yǐ
心 之 忧 矣，
wéi qí shāng yǐ
维 其 伤 矣！

tiáo zhī huá
苕 之 华，
qí yè qīng qīng
其 叶 青 青。
zhī wǒ rú cǐ
知 我 如 此，
bù rú wú shēng
不 如 无 生！

zāng yáng fén shǒu
牂 羊 坟 首，　　　　牂羊：母羊。坟：大。首：头。
sān xīng zài liǔ
三 星 在 罶。　　　　罶：鱼篓。
rén kě yǐ shí
人 可 以 食，
xiǎn kě yǐ bǎo
鲜 可 以 饱！　　　　鲜：少。

解读

我们今天来学一首新的诗——《小雅·苕之华》。

首先,"苕之华"是什么?苕,就是凌霄花。舒婷有一首诗叫《致橡树》,里面说:"我如果爱你——绝不像攀援的凌霄花,借你的高枝炫耀自己。"看来凌霄花是一种藤本植物。华,这个字我们之前讲过,读为 huá,或读为 huā 都可以。《尔雅·释草》里面说:"木谓之华,草谓之荣。"木本植物开花称为"华",草本植物开的花朵称为"荣"。"离离原上草,一岁一枯荣",你不能说一岁一枯"华",因为它是草,草开的花就叫荣,树开的花儿就叫华。所以《淮南子》里面说"桃李始华",桃树、李树开始开花。凌霄花的花朵很有特点,一开始非常艳丽,深红色的花朵。花期很长,到了秋天的时候,花朵的颜色就会逐渐变淡,成为淡黄色。

所以"苕之华,芸其黄矣","芸"就是黄的意思,就是说凌霄花的花朵已经变成了淡黄色,即将败落,时间上也到了秋天,草木凋零。所以,"心之忧矣,维其伤矣",我的心里充满了忧伤,忧已经到了伤的程度。孔子曾经赞美《周南·关雎》说:"乐而不淫,哀而不伤。"《周南·关雎》里面有忧愁的表达,但是这份忧愁没有到达伤人、伤痛的程度。但是《小雅·苕之华》这首诗,"心之忧矣,维其伤矣",心里的忧愁已经到了伤人伤痛的程度,说明这一份忧愁已经非常沉重了。

为什么作者这么忧伤呢?第一章并没有给出答案,我们往下看。第二章,"苕之华,其叶青青"。有一些地方按照古音把"青青"标注为 jīng,也可以,没问题。但是老师还是习惯把它读成"qīng qīng"。因为这个古音在现代汉语里面已经很少使用了,它表达的"青翠"的意思被 qīng 音取代了。所以我们不多给孩子们增加学习的困难,就用现代汉语的 qīng 音来标音。"苕之华,其叶青青",凌霄花开花了,叶子还很青翠,看起来似乎很美好,但是这里用的是"反衬"的表现手法,叶子还很青翠,好像充满了生机。但是我的生机好像就要消失殆尽了。"知我如此,不如无生!"第一章是正面描写,第二章则是反衬。

凌霄花，盛开时多为艳丽的橙红色，生命力顽强，花可入药，有活血通经的作用

因绿色的生机而生出了悲哀之情。你看那叶子还绿油油的，充满了生机，可是回观我却没有这个生机，我却不想活了。文学作品中有很多反衬的笔法，老师给你们举几个例子。比如李商隐《蝉》这首诗里讲："一树碧无情。"一树碧绿，可是碧绿得怎么样呢？无情无义。为何无情无义呢？作为诗人，我的心里这么难过，可是大树却不懂我的心意，它还是兀自地繁华着，不能同情我的悲伤。所以叫"一树碧无情"。再比如韦庄《谒金门》里面的"断肠芳草碧"，我心里肝肠寸断，难过得要死，可是芳草碧绿。这就是反衬，用相反的情绪、相反的场景来衬托。好像别人越快乐，别的生物越生机盎然，越能衬托出我的难过、我的悲伤。这是非常有意思的写作方法，同学们可以运用到你们的作文写作当中。

第一章讲"维其伤矣"，表达了作者的悲伤。第二章讲"知我如此，不如无生"，继续表达了哀伤。但是仍然没有说哀伤的原因。我们再看第三章。"牂羊坟首，三星在罶。人可以食，鲜可以饱！"什么意思呢？"牂羊坟首"，牂羊就是母羊。"坟"在这里的意思就是大。什么大呢？"首"。"首"就是头。母羊的头特别大。

师：大家都见过正常的羊吧，或者见过羊的图片。老师问一下，什么情况下一只羊会显得它的头比较大?

生甲:我觉得是它已经被杀掉了。

师:已经被杀掉了,所以显得头特别大,是吧?是因为没有身子的对比吗?哈哈,很有意思的想法。还有谁说一下,你怎么想这个问题?

生乙:我觉得羊很瘦,所以它显得头大。

师:很好。正常的羊头很小的,身子很大。所以如果它的身子很瘦,就会显得头特别大,是不是?那老师继续提问,什么会导致羊的身子瘦,从而显得头很大呢?

生乙:没草吃吧。

师:很好。

所以"牂羊坟首"本质上讲了一个"饥饿"的问题。继续,"三星在罶"。"三星"是什么?三星有很多种讲法,有人认为是猎户座腰带上的三颗星,还有人认为是参星。古人从甲骨文的时代就开始观察星象来确定历法。

"三星在罶","罶"是竹篓子。竹篓子放在河水里,鱼顺着水流不小心就撞到竹篓子里面去了。可是现在"三星在罶",什么意思呢?天上的三颗星星的倒影在竹篓里面看得清清楚楚。

师:我们推测一下,现在这个竹篓里面有没有鱼?捕到鱼了吗?

生:没有。

师:为什么?

生:因为如果要是有鱼,鱼会扑棱,就看不见星星的光了。

师:很棒。就是这样的。所以"三星在罶"其实说的是一条鱼都没有抓到。

师:那老师继续问一句,诗人为什么要去抓鱼?

生:他饿了。

我们想一个人去抓鱼,他一定是需要吃鱼,他饿了。结果是什么?"三星在罶",什么都没抓到。这个时候我们再联想到前面一句"牂羊坟首",表达的也是"饥饿"的问题。所以上两章提到的问题,"心之忧矣,维其伤矣",答案就渐渐显露出来。当然最后一句讲得就更清楚了,"人可以食,鲜可以饱"。"鲜"字,是一个多音字,读 xiān 的时候,新鲜的空气;读 xiǎn 的时候,三声,它在古文中也非常常见,如《论语·学而》"巧言令色,鲜矣仁",就读 xiǎn,少的意思。"人可以食,鲜可以饱",人可以吃东西,但是很少有吃饱的时候。

老师在备课的时候,看到有一些书里把"人可以食"翻译成了"饥荒之年,人食人"。

师:老师问一下同学们,我们根据前后文来判断一下这个翻译是不是正确的,请给出理由。

生甲:我觉得这是不可能的。

师:哪个方面不可能?你是说人会吃人是不可能,还是这句诗的翻译不对?

生甲:人不可以吃人。

师:对,人当然是绝对不能吃人的。在任何情况下,都不可以。这是一个最低的道德界限。另外,在这首诗里,这样翻译对吗?

生乙:诗里面可能就是打个比方吧?

师:不是,我们还是要根据上下文来判断。"人可以食"这句话,如果翻译成"人吃人",它是否符合上下文的逻辑?老师是这个意思。

生乙:我觉得人都可以吃人了,为什么他还要去捕鱼?

师:好,这个是一个很好的理由。

生丙:他那儿还有一只羊呢,那只羊还能吃。

师:那羊虽然瘦,但是能吃,是吗?哈哈,非常有意思。不过老师觉得"牂羊坟首"很可能是一个比喻,可能并没有羊。

生乙:他可能真的吃人了。因为它前面比喻,母羊有大脑袋,就说明很瘦;没捕到鱼,这就说明都是没东西吃的。他前面说的可能就像走投无路了一样。

师:老师要表扬一下乙同学。其实老师的倾向性已经很清楚了,但是他可以不猜老师的答案,不受老师倾向性的影响,有自己独立的思考。老师非常赞赏这种独立思考的能力,这个是非常非常棒的。老师觉得,如果真的落到了人吃人的地步,"鲜可以饱"怎么解释?如果是到了人吃人的地步,难道还吃不饱吗?所以老师觉得这里翻译成"人吃人"在前后文的语义逻辑上是不成立的。

所以在这里,这句话的意思应该是:人是可以吃到东西的,但是很少有吃饱的情况。"民以食为天",如果经常吃不饱是一种非常痛苦的状态,所以说"知我如此,不如无生"。

各位小朋友大概从来没有体会过饥饿的感觉。老师也没有。不过,我们可以去问一下爷爷奶奶或者姥姥姥爷,他们应该都经历过中国的大饥荒时代,可以问一问他们当年的感受,以及当年都是怎么熬下来的。老师记得我的老师曾给我讲过,他饿到什么程度呢?就是他看到任何一个东西,头脑里的第一反应都是"这个东西能不能吃"。看到粉笔,先想这个东西能不能吃,能不能放到嘴里面去,就是这样的一个状态。我记得我妈妈跟我说,他们当时家里兄弟姐妹4个,在北京粮食还有基本的供应,但是总是不够吃。所以每一次吃饭,她的爸爸,也就是我的姥爷,就会拿一个秤出来,每个人称二两面条,分给大人和孩子,谁也不能多吃别人一口。在亲人之间,兄弟姐妹之间,父母之间都是这样分配粮食的。其实家长可以带着小朋友去看电影《一九四二》,或者读一读阿城的小说《棋王》。老师特别希望家长能让小朋友感受一下饥饿,丰富一下人生的体验。

老师今天特意去查了资料:我们会再遇到粮食危机吗?在全球范围内,会的。老师找到2020年最新的联合国发布的《世界粮食安全与营养报告》,里面说全世界6.9亿人在遭受饥饿。6.9亿人!全世界大概是多少人?我查了一下,也是2020年,大概就是75亿多。基本上相当于10%,差不多10或11个人里面就有一个人在遭受着饥饿。所以孩子们,我们生活在中国,生活在城市里面,你们可能永远也体会不到那样的一种生命的状态。但是我们自己没有经历过,不等于我们不能够感同身受。所以这也是老师为什么挑《小雅·苕之华》这首诗来给你们讲的原因。

这首诗是一首饥馑之年的哀歌。可能遇到大灾荒了,大家都吃不饱。所以我们讲:"劳者歌其事,饥者歌其食。"诗歌就是这么来的。特别辛苦的人会歌咏我多么的辛苦,我做了什么事情;饥饿的人就会歌咏我多么的饥饿,歌咏有多么缺少食物。《小雅·苕之华》就是"饥者歌其食"的诗歌作品。

所以，我们在生活当中应该珍惜我们现在所拥有的一切物质条件。因为世界上每10或11个人里面就有一个人在遭受着饥饿，所以我们不能浪费粮食。而且我们要努力地学习知识，增长自己的本领，要努力帮助他人过上一种有尊严的、好的生活，减少我们的同类遭受饥饿的概率，对吗？不是我们自己吃饱了就可以，而是我们要努力让这个世界上每个人都可以吃饱，每个人都不要再过这样的生活。如果挨饿的小朋友是我们的弟弟妹妹，我们会多么难过。所以我们说，饥饿的问题一直是人类需要去抗争的一个问题。当然，我们还应该建立更科学的人类财富的分配方案。这些都是大家要去努力的方向。杜甫说："朱门酒肉臭，路有冻死骨。"因财富分配不均而造成有人占有大量财富，而有人却冻饿而死，这是一个非常令人悲哀的社会现实。

家长课堂

宋明儒强调"饿死事小，失节事大"，可谓深入民心。很多人据此对儒学思想展开了批评。但是原典儒学的理解真的是这样吗？儒学的治国理政真的是在象牙塔中的虚空之论吗？让我们来看一条章句：

> 子适卫，冉有仆。子曰："庶矣哉！"冉有曰："既庶矣，又何加焉？"曰："富之。"曰："既富矣，又何加焉？"曰："教之。"
>
> ——《论语·子路》

孔子去往卫国，冉有给他驾车。到了卫国境内，孔子感叹说："好多人啊！"冉有就问："一个国家人口多了，然后做什么呢？"孔子说："让这些百姓富裕起来。"冉有又问："百姓富裕之后，再做什么呢？"孔子说："教化百姓。"在这条章句里，孔子明确指出在让一个国家拥有丰沛的劳动力资源之后，为政的先后次序及指导方针应该是——

先富后教

孔子的这种为政理念渊源有自。《尚书·大禹谟》中说:"德惟善政,政在养民。"德政才是好的政治,好的政治在于使百姓得到"滋养"。这里的"养"应该包括两个方面的内容:一方面是物质的丰足,另一方面是德性上的教育。治理者应该在这两方面均承担责任。管仲辅佐齐桓公称霸诸侯,"一匡天下",他的治国理念也是强调:

> 仓廪实而知礼节,衣食足而知荣辱。
> 凡治国之道,必先富民。
>
> ——《管子·治国》

孔子之后,"先富后教"的为政理念被孟子所继承:

> 乐岁终身苦,凶年不免于死亡。此惟救死而恐不赡,奚暇治礼义哉?
>
> ——《孟子·梁惠王上》

孟子认为,年成好的时候,老百姓都不免过苦日子;到了灾荒之年,老百姓就难免饿死于沟渎。如果把国家治理成这样,救死还来不及,哪有时间管礼仪这回事呢。所以在孟子看来,让老百姓过上好日子,是应该放到教育礼义之前的事情。孟子一直对"王道政治"标义甚高,但是他对"王道政治"的解读也是以对百姓的物质保障为始基的:

> 五亩之宅,树之以桑,五十者可以衣帛矣;鸡豚狗彘之畜,无失其时,七十者可以食肉矣;百亩之田,勿夺其时,八口之家可以无饥矣;谨庠序之教,申之以孝悌之义,颁白者不负戴于道路矣。老者衣帛食肉,黎民不饥不寒,然而不王者,未之有也。
>
> ——《孟子·梁惠王上》

孟子认为，一户人家如果有五亩的宅院，种植桑树，五十岁以上的人就可以有丝绵的衣服穿了。让百姓有空闲养家禽，七十岁以上的人就都可以有肉吃了。国君不耽误老百姓的农时，八口之家有百亩之田，就可以吃饱饭了。在此基础上，再去办学校，用孝悌的大义教化百姓，那么头发斑白的人就不用背着东西在路上行走谋生了。如果年纪大的人可以有丝绵穿、有肉吃，普通老百姓都能够不饥不寒，做到这样还不能够使天下归服，做天下的王，是从未有过的事情。所以，一旦落实到真正的治理上，孔子、孟子都非常强调实践上的合理性。所以康有为在解读儒学思想时说：

> 孔子虽重教化，而以富民为先。管子所谓治国之道，必先富民，此与宋儒徒陈高义，但言饿死事小，失节事大者，亦异矣。宋后之治法，薄为俸禄，而责吏之廉；未尝养民，而期俗之善……盖未富而言教，悖乎公理，紊乎行序也。

——《论语注》

所以，我们今天要学习儒学思想，还是应该回到儒家思想的最本源处去理解真正的儒学教义。

习学

主旨：《小雅·苕之华》是一首饥民自伤绝望的诗。

生字生词：

1. 华：花朵。
2. 牂羊：母羊。
3. 坟：大。

名物：苕

凌霄花，蔓生，开橙色花朵，到秋天将落时，变为黄色。所以开头一句"苕之华，芸其黄矣"，表达的是花朵枯萎在枝头的意象。

成语：

牂羊坟首：本意是母羊头特别大，比喻人处于饥饿之中。

文化常识：先富后教

作业：

1. 画一画"苕"。
2. 诵读《小雅·苕之华》。

三十、《小雅·何草不黄》

何(hé) 草(cǎo) 不(bù) 黄(huáng)？
何(hé) 日(rì) 不(bù) 行(xíng)？
何(hé) 人(rén) 不(bù) 将(jiāng)？　　将：行役。
经(jīng) 营(yíng) 四(sì) 方(fāng)。　　经营：往来奔走。

何(hé) 草(cǎo) 不(bù) 玄(xuán)？　　玄：黑色，这里指腐烂。
何(hé) 人(rén) 不(bù) 矜(guān)？　　矜：通"鳏"，无妻之男子。
哀(āi) 我(wǒ) 征(zhēng) 夫(fū)，
独(dú) 为(wéi) 匪(fěi) 民(mín)。　　匪：非，不。

匪(fěi) 兕(sì) 匪(fěi) 虎(hǔ)，　　兕：犀牛。
率(shuài) 彼(bǐ) 旷(kuàng) 野(yě)。　　率：巡行，徘徊。
哀(āi) 我(wǒ) 征(zhēng) 夫(fū)，
朝(zhāo) 夕(xī) 不(bù) 暇(xiá)。　　暇：空闲。

有(yǒu) 芃(péng) 者(zhě) 狐(hú)，　　芃：蓬松。
率(shuài) 彼(bǐ) 幽(yōu) 草(cǎo)。　　幽：深。

有 栈 之 车,　　栈:高大。
yǒu zhàn zhī chē
行 彼 周 道。　　周道:大道。
xíng bǐ zhōu dào

解读

这首诗的开篇即以一个问句展开——"何草不黄",哪儿的草不枯萎泛黄呢?当然,这首诗描绘的地域是中国的北方,一年四季分明,野草到了秋季都会泛黄枯萎。我们应该对野草到了秋季就会泛黄枯萎持一种什么态度呢?小朋友们可以先思考一下这个问题。可能有的小朋友文学修养好一些,就会知道中国文学里面遇秋则悲的传统。他们会说,"何草不黄"一开始就表达了一种悲伤的情绪。但是,一些"大条"的小朋友也会认为,这不过是一种自然现象。如果理解为"自然",那么我们就会用一种平和而非悲伤的心态去面对"何草不黄"的问题,因为"春风吹又生",明年"又绿江南岸",不是吗?但是,如果我们是草,我们去体会小草的心情,就会发现,这种所谓的"自然"对于小草来说是一种无法逃脱的命运,因此会产生一种无法掌握自己命运的无力感。所以,当面对同一件事情的时候,我们所处的立场不同,我们的价值观不同,就会有一个非常不同的态度。那在这首诗里,作者写下"何草不黄"到底想表达的是哪种心态呢?我们往下看。

"何日不行",哪一天不需要奔走在外呢?"何人不将,经营四方",将,行役,经营,往来奔走,哪个人不需要行役在外往来奔走呢?如果出征行役是有期限的,是会"轮岗"的,那么哪怕是一个月、三个月、半年、一年,作者都会心存希望。可惜"何日不行""何人不将",这就没了希望。前三句,三个反问,加强了作者无奈又悲愤的情绪,诗歌的调子也确定了下来。人如草芥,无法把控自己的命运。一个奔波在外的人,看到枯黄的野草,心情更加抑郁。我想,他一定也像小草一样枯萎憔悴了吧。一个人的辛苦如果是出于主观的自我选择,那么他的情绪应该是好的。因为我们在工作中可以得到一些社会价值、社会认同以及自我实现的喜悦。但是如果一个人的辛苦是出自强迫,出自无法反抗的威权,那么他的憔悴和枯萎就应该是来自两个方面作用的结果:一方面是因为苦于行役;另一方面则是出于无法把控自我命运的悲苦。

本诗的作者是出于什么原因而行役在外,诗中并没有交代。《毛诗序》解释此诗为幽王之时,"四夷交侵,中国皆叛,用兵不息,视民如禽兽。君子忧之,故作是诗也",认为本诗产生于周幽王的统治时期,政治昏聩,内外交困,士兵四处作战,统治者不知道爱惜民力,因此有识之士作诗讽刺。这种理解于诗之意境上倒也合适,但是从诗中的信息来看,这首诗的作者应该不是"君子",而是亲历其事的"征夫"(当然也不应该排除"君子"以"征夫"的口吻代拟的可能性)。说到"经营四方",我们都知道周人本来居住在西部,自古公亶父之后定居于周原。其在定鼎天下的过程中,确实存在着"经营四方"的过程。向西,首先,要处理和戎狄的关系,想要东出,大后方需要稳固。另外,周人沿着渭水不断向东拓展,最后沿着黄河灭了东部的殷商。周人灭商之后,因为是"小邦周吞并大邑商",所以天下并没有立刻绥靖。周人继续经营东方和南土,一直到达江汉平原,并通过分封天下,达到"藩屏周"的目的。

第二章,"何草不玄",玄为黑色。草而玄,大概已经到了腐烂的程度。"何人不矜",矜通"鳏",谓无妻之人。何人不是鳏夫呢?这是什么意思呢?怎么可能每个男子都没有妻子呢?结合上一章"何人不将",我们才可以理解到诗人的意思是,由于"何日不行",有家似无家,有妻似无妻,所以才是"何人不矜"的情况。"哀我征夫,独为匪民",作诗者的身份表露出来了,我们这些"征夫"好可怜啊,难道只有我们不是百姓吗?言外之意是为什么我们受到这样的对待,为什么不把我们当人看呢?

第三章,"匪兕匪虎,率彼旷野",我们不是犀牛不是老虎,却为什么在旷野里徘徊,有家难回。"哀我征夫,朝夕不暇",可怜我们这些征夫,从早到晚没有一刻的空闲。

第四章,"有芃者狐,率彼幽草。有栈之车,行彼周道",皮毛蓬松的狐狸,在草丛中徘徊,征夫驾着役车,行走在漫长无涯的大路上。诗歌于此结束,我们仿佛可以看到一辆行役的马车渐行渐远的剪影。征夫的行役远没有结束，他的悲伤也久久回荡在周道之上……

　　下面我们来讨论一下这首诗的主题。小朋友们可以顺着我的引导一步一步理解这首诗的意涵。首先，我们看这首诗的作者是一个什么身份的人。诗中提到的"我"即作者，这个"我"是谁呀？答案是"征夫"。这个征夫在行役的过程中，心情如何？大家要根据文本回答问题，文本里是"哀我征夫"，所以情绪是"哀"。文中的几句反问，又表达了作者的愤怒。除此之外，"何草不黄，何日不行"的漫漫无期，又表达了无法摆脱命运的绝望。所以整首诗混杂着"哀伤""愤怒"与"绝望"这些情绪。第四个问题，这是一个人的哀叹吗？我们可以从文本中的哪句话得到答案？"何人不将""何人不矜"。所有的人都和我一样。当然这里面肯定有夸张的成分，但是也说明，诗人遇到的情况是具有普遍性的问题。如此，就由一个人命运的哀叹而扩展为整个社会的哀叹。《毛诗大序》说：

　　　　是以一国之事，系一人之本，谓之风；言天下之事，形四方之风，谓之雅。

伟大的文学作品，虽然都是出自某一个作者之手，但表达的却往往是有代表性的情感，而不是一个人的琐屑的小情小爱。当然，我们也并不是说个体的情绪感受是不重要的、没有价值的。我们需要"爱具体的人，而不是爱抽象的人"。但是文学作品能达致伟大，往往需要更大的胸襟与格局，往往需要具有历史的深度，或者具有社会的广度，从个人的际遇中能映照出社会历史某一个阶段的横截面，可能才会让作品有更广大的关注。这首诗距离我们差不多有将近3000年的时间了，但是我们读到这首诗的时候，还是会感动，还是能感受到他的悲伤与愤怒。

　　我们最后再问一个更深入的问题，这个人的命运是他必然的命运吗？当然不是，对吧。人生在世，不断地行役在外，有家不能回，怎么会是一个人必然的命运呢？那是谁的问题致使他落入这样的生活、这样的命运之中呢？统治者。所以，整首诗虽然于统治者并未着一词，但是每一句诗都是对统治者的控诉。所以他才会说"匪兕匪虎，率彼旷野""哀我征夫，独为匪民"。所以孔子说："诗可以兴，可以观，可以群，可以怨。"（《论语·阳货》）诗，是可以表达人的怨愤之情的。

家长课堂

根据钱穆先生在《国史大纲》中的研究，封建时代的农民对其上层统治者，约有以下几种负担：

一曰税。此即地租。农民耕地，在政治观念上，系属于其地封君之所有，故农民对其封君每年应纳额定之租税。

二曰役。因土地所有权的观念，转移到农民的身分，耕地者对其所耕地之封君有臣属之关系。因此每年于农隙，又需对其封君为额定的几天劳役（此为无偿劳动——本书作者注）。

三曰赋。遇封君贵族对外有战事，农民需对其封君贡献车牛，或劳力。农民不能有披坚执锐之荣耀身份，仅在军队中服劳役，乃至追逐车后助威作势。

四曰贡。此出农民情感上之自动，如逢年节，向其封君献麂、兔、鸡、鹅或丝、布之类。

上四项，一为粟米之征，二、三为力役之征，四为布帛之之征。一一沿袭到秦汉无变。

所以古代农民的生活常常处于悲苦之中。《汉书·食货志》里算了一笔账：一个成年男子挟五口之家（父、母、夫、妻、子）有田百亩。每亩岁入一石半粮食，每年收入 $1.5 \times 100 = 150$ 石粮食。但是他需要支付的生活费用却是巨大的：

田租：什一之税，150×10%=15 石，剩余 135 石

食：每人平均每月一石半，1.5×12 月 ×5 人 =90 石，剩余 45 石

每石粮食可以卖 30 钱，45 石粮食可以卖 45×30=1350 钱

祭祀：每年各种祭祀花费 300 钱，剩余 1050 钱

衣：每人平均每年用钱 300，300×5=1500，不足 450 钱

疾病死丧之费尚未算

所以古代中国的农夫常常处于困苦的生活状态之中。如经营不善或遇到天灾人祸，则不免于出卖耕地。然而出卖耕地之后的生活会更加困苦，因为租种豪门之田，收入的一半需要交付租田的费用。因此农民最后只有出卖妻、子与自己一条路。

习学

主旨：《小雅·何草不黄》是一首行役征夫的哀歌。

生字生词：

1. 经营：筹划管理。

2. 矜：通"鳏"，没有妻子的成年男性。对应的是"寡"，没有丈夫的成年女性。

3. 匪：非，不是。

4. 率：循，沿着。例如，率性而为。

5. 暇：空闲的时间。

6. 幽：僻静且光线昏暗。

名物：兕

独角兽，像青牛，也说是犀的一种，也有人认为似虎而小。据说兕不吃人，

夜间常常独立站在绝顶山崖之上,听泉声,喜欢清静,直到天将要亮了,才归巢。所以被认为是具有"文德"的兽,也是力量与威猛的象征。《诗经·卷耳》里有"兕觥",就是以"兕"的形象做的酒杯。《诗·小雅·何草不黄》言"匪兕匪虎,率彼旷野",后来司马迁写《孔子世家》的时候,讲到孔子一行人被围困在陈蔡之地,就曾用"匪兕匪虎,率彼旷野"来形容自己的境遇。

成语:

鳏寡孤独:《孟子·梁惠王下》:"老而无妻曰鳏,老而无夫曰寡,老而无子曰独,幼而无父曰孤。此四者,天下之穷民而无告者。"《礼记·礼运·大同》:"大道之行也,天下为公……使老有所终,壮有所用,幼有所长,矜(同"鳏")寡孤独废疾者,皆有所养。"鳏寡孤独是天底下最无告穷困的人,所以儒家把"鳏寡孤独"者的生活景况作为衡量是否为王道政治的标准。

文化常识:古代农民的生活负担

作业:

1. 画一画"兕"。
2. 每日诵读《小雅·何草不黄》。

《诗经》学习的第四辑就来到了"大雅"和"颂"的部分。"大雅"三十一篇，是庙堂祭祀的乐章，全为西周时期作品。作者大概应为周王朝的上层人物，内容以歌颂周朝先王先公的功绩，记述周朝的历史、政治，以及军事、祭祀等方面的活动为主。总的看来，"大雅"的格调比较庄严肃穆，结构严整，叙事质朴。虽然不像"小雅"灵动清丽，但读来也颇有一番神韵。"颂"诗一共四十篇，都是祭祀的乐歌，大多篇章精练短小。

众所周知，《诗》之"雅""颂"的部分，是《诗》中文化含量最高，因此也是最难的部分。如何让孩子们能够理解"君子于是语，于是道古，修身及家，平均天下"（《礼记·乐记》）的"诗学传统"是此中的关键。经过几番思虑，我决定以"周族之历史兴衰"为线索，串联起《诗》中"大雅"和"颂"里的相关篇章，作为这一辑的教学内容。这样的安排出于以下几点考虑：

1. "诗""史"互证乃是"诗经学"研究的基本方法。受后世西学东渐之影响，当代所谓的"文学"概念早已从政教系统中独立出来。然而究其原始，《诗》的品质并没有如此简单。《诗》在中国古代的文化系统中一直发挥着"乐教""诗教""言教"与"讽喻"的功能。而以周人之历史（"故事"）为线索，更能激发起孩子们学习"雅""颂"的兴趣。

2. 周族的历史，以及后世儒学思想对其的解读，一直贯穿着"德位相应"的政教原则。《礼记·乐记》中说："王者功成作乐，治定制礼。""大雅"和"颂"的作品大多即由此而来。我们今天提到歌颂，歌功颂德，总是略含贬义。我们这个时代已经不再相信德性，不再相信有英雄、有圣王，这其实是现代社会的最大悲哀。所以我们今天学习《诗经》，尤其是学习"大雅"和"颂"中有关周族历史的相关作品，就是要让孩子们"尚友古人"，理解德行，相信德行，并以这些往圣先贤为楷模，在自我的生命当中实践德行。儒家特别讲"诗教"，讲"蒙以养正"，"大雅"和"颂"之"诗教"大概最是符合这个道理。

所以，这一辑的《诗经》课程，除了诗歌本身外，我们需要为孩子提供两种参考资料：一种是《史记·周本纪》，另一种是杨善群老师所著《诗经里的世界》一书。希望各位小朋友、家长们以及我自己皆有所得！

第四辑 大雅·颂
——德位相应的周族史诗

三十一、《大雅·生民》（前5章）

厥初生民，　　　　　　厥初：开始。
时维姜嫄。
生民如何？　　　　　　时：通"是"，这。
克禋克祀，
以弗无子。　　　　　　克：能。禋祀：祭天神之礼。
履帝武敏歆，
攸介攸止，　　　　　　弗：去除。
载震载夙。
　　　　　　　　　　　履：踩。武敏：大脚趾。歆：心有所感。

　　　　　　　　　　　攸：语助词。介、止：神灵降幅。

　　　　　　　　　　　载：语助词。震：通"娠"，怀孕。

　　　　　　　　　　　夙：通"肃"，生活整肃。

载生载育，
时维后稷。

诞弥厥月，　　　　　　诞：发语词。弥：满。
先生如达，
不坼不副，　　　　　　先生：第一胎。达：顺利。
无灾无害，
以赫厥灵。　　　　　　坼、副：撕裂。

　　　　　　　　　　　赫：显示。

上帝不宁，
shàng dì bù níng,
不康禋祀，
bù kāng yīn sì,
居然生子。
jū rán shēng zǐ.

不康：姜嫄因践迹而孕，心中不安。

诞置之隘巷，
dàn zhì zhī ài xiàng,
牛羊腓字之。
niú yáng féi zì zhī.

置：放置。隘巷：小街巷。
腓：庇护。字：通"子"，喂奶。

诞置之平林，
dàn zhì zhī píng lín,
会伐平林。
huì fá píng lín.

会：正赶上。伐：伐木。

诞置之寒冰，
dàn zhì zhī hán bīng,
鸟覆翼之。
niǎo fù yì zhī.

覆翼：用翅膀盖住。

鸟乃去矣，
niǎo nǎi qù yǐ,
后稷呱矣。
hòu jì gū yǐ.

呱：号哭。

实覃实訏，
shí tán shí xū,
厥声载路。
jué shēng zài lù.

覃：长。訏：大。

诞实匍匐，
dàn shí pú fú,
克岐克嶷，
kè qí kè nì,
以就口食。
yǐ jiù kǒu shí.
蓺之荏菽，
yì zhī rěn shū,
荏菽旆旆。
rěn shū pèi pèi.
禾役穟穟，
hé yì suì suì,
麻麦幪幪，
má mài méng méng,

匍匐：爬行。
岐、嶷：识别。
就：趋、往。
蓺：种植。荏菽：大豆。
旆旆：丰茂。
役：穗。穟穟：丰硕下垂之貌。
麻：麻子。幪幪：茂盛。

瓜(guā)瓞(dié)唪(běng)唪(běng)。　　瓞：小瓜。唪唪：果实累累的样子。

诞(dàn)后(hòu)稷(jì)之(zhī)穑(sè)，　　穑：种植。
有(yǒu)相(xiàng)之(zhī)道(dào)。　　相：帮助、辅助。
茀(fú)厥(jué)丰(fēng)草(cǎo)，　　茀：除掉。
种(zhòng)之(zhī)黄(huáng)茂(mào)。　　黄茂：好的种子。
实(shí)方(fāng)实(shí)苞(bāo)，　　实：是。方、苞：发芽。
实(shí)种(zhòng)实(shí)褎(yòu)，　　种：长出短苗。褎：长高。
实(shí)发(fā)实(shí)秀(xiù)，　　发：抽茎长高。秀：穗。
实(shí)坚(jiān)实(shí)好(hǎo)。　　坚：谷粒变得坚硬。好：谷粒饱满。
实(shí)颖(yǐng)实(shí)栗(lì)，　　颖：禾穗出芒。栗：谷粒多谷穗下垂的样子。
即(jí)有(yǒu)邰(tái)家(jiā)室(shì)。　　即：就，前往。邰：地名。家室：建立家室。

解 读

从这次课开始，我们要学习《诗经》当中"大雅"和"颂"的部分。

师：小朋友们还记得有多少国风吗？

生：十五国风。

师：这是一个知识点，小朋友们需要记住：《诗经》分为三个大的部分，分别是"风""雅""颂"。"风诗"又分为十五个部分；"雅"分为"小雅"和"大雅"两个部分，我们要记住这个顺序，先"小"后"大"；"颂"分为三个部分。

我们今天来学习"大雅"和"颂"的部分。首先要明白"大雅"和"颂"诗的特点。简而言之,"大雅"和"颂"的乐歌很多都是祭祀用乐,阅读学习起来比"风"和"小雅"难度更高。所以为了教授这部分诗歌,老师思考了很多,到底用什么方法带领学生进入这部分作品更合适呢?终于,老师想到了一个好办法,就是把这些诗歌作品放到周人的历史当中去,用周人的历史串起"大雅"和"颂"里面的诗篇。因此,这部分内容的顺序就不会按照《诗经》文本的顺序来安排,而是按照周人的历史发展顺序来排列。这里要特别指出的一点是,和西方文明接触之后,一些学者总是感慨汉人文学没有"史诗"这个类别。所以很多人削足适履,认为将《诗》之"雅""颂"部分的相关篇目串联起来就可以形成周人的史诗,以弥补汉族没有"史诗"的"缺憾"。虽然在选目上,我的选目和这些人的选目是基本一致的,但是其背后的价值设定却非常不同。

今天是学习"大雅"的第一堂课,我们要学习的篇目是《大雅·生民》。《大雅·生民》是很长的一首诗,精华的部分在前5章。

我们先看第一章,"厥初生民,时维姜嫄","厥初"就是"开始"的意思,或者"在很久很久以前","long long ago"。在很久很久以前,谁生下了周人的第一个"民"(周人的祖先)呢?"时维姜嫄","时"即"是",是指示代词"这",这个人。这个人就是姜嫄。

不知道小朋友们有没有想过"世界是从哪里来的"这样的问题?第一个人又是从哪来的,他是怎么诞生下来的?他是妈妈生的吗?他如果是妈妈生的,谁又生了他的妈妈呢?人的求知欲,首先就表现为对事物源头的一种探寻。在科学技术不发达的时代,古人常常诉诸于神的力量来解释万物的起源问题,比如《圣经》认为是上帝创造了这个世界,中国古代也有盘古开天辟地的故事。人类对起源的探寻从来都没有停止过。有一个科学家叫达尔文,他通过科学的方法来研究这个问题,写出了两本书,一本是《物种起源》,另一本是《人类起源》,就是讨论世界万物是从哪来的,人类是从哪来的。现代物理学努力寻找最小的粒子,生物学探寻细胞、氨基酸之间的运动，化学寻找各种基础元素……这些努力根本上都源于人类对万物起源的追问。

这首《大雅·生民》其实也是对周人始祖来源的追溯，"厥初生民"，周的第一个"民"是谁，谁生下了周族的第一个人？原来是一个姜姓的女子。"姜嫄"，"姜"是这个部落的名字，"嫄"的意思是姑娘，"姜嫄"合起来就是一个姜族的姑娘。然后问"生民如何"，她是怎么把周人的始祖生出来的呢？所以，后面就讲了姜嫄生后稷的故事。

"克禋克祀，以弗无子"，姜嫄一直没有孩子，于是去郊外祈祷祭祀。"克"，即"能"，克服困难，即能征服困难。"禋"和"祀"都是祭天的礼仪，先燃烧柴木产生烟气，再放上牺牲（动物）的肉或者油脂焚烧于柴上，肉的香气随着烟气上升，古人认为这样可以享神。"弗"，通过祈祷祛除灾祸。这里的"灾祸"指的是"无子"。祭祀结束后，姜嫄往回走，在路上她看到了一个巨大的脚印（应该是神灵的足迹）。"武"就是"足迹"的意思。"敏"有人认为指的是"大脚趾"。"歆"指的是"快乐、开心"。姜嫄看到了天神（"帝"）落在地上的一个大脚印，莫名喜欢。于是就"履帝武敏歆"，"履"，"踩踏"的意思。她就用自己的小脚踩了一下这个大脚印。结果"攸介攸止，载震载夙"，"介""止"，祝佑之意。姜嫄受到了祝佑，身怀有孕了。"震"通"娠（shēn）"，妈妈怀宝宝就是"妊娠"。"载生载育，时维后稷"，最后就生了一个宝宝出来，这个孩子就是周人的始祖"后稷"。

第一章是一个非常完整的概述，从"厥初生民，时维姜嫄"开始，交代了生下周族祖先的人就是姜嫄。姜嫄踩了天帝留下的脚印怀孕生子，这个孩子就是后稷。虽然这只是一个历史上的传说，但是周人认为它是真实存在的。在现在的陕西省武功县老城南边有一座小华山（其实就是一个小山丘），山上有姜嫄墓。墓前有一个门楼，门楼正面刻着"母仪邰城"4个字，背后刻着"炎黄巨尊"4个字。"母仪邰城"旁边是一副对联：

履地武敏周人生

亘古高冢志邰城

所以，我们学习《诗经》还是很有用的，对吧？将来我们去那里旅游，就会知道它的典故出自《诗经·大雅·生民》。姜嫄墓前有一个小广场，地面上装饰着三个大脚印，复刻着姜嫄"履帝武敏歆"的故事。

下面我们来看第二章。"诞弥厥月，先生如达"，"诞"没有意思，是一个发语词。大家把"弥"字圈起来，"弥"的意思就是"满"。弥厥月，即怀胎十月期满。"先生如达"的"先生"在这里是"头胎"的意思，就是说姜嫄第一次生宝宝就非常顺畅。而且"不坼不副"——就是说妈妈在生产的时候没有受伤，没有出现各种撕裂；还"无灾无害"，也没有遇到其他的困难。"以赫厥灵"，因为这个孩子是跟神求来的，所以神显灵了，不但让姜嫄怀了孕生了宝宝，而且生产的过程非常顺利。不过，人对"无声无臭"的上天的旨意总是不太确定。"上帝不宁，不康禋祀，居然生子"，怎么就突然怀孕，突然生了宝宝呢？

师：读完第一章、第二章之后，小朋友们对后稷的出生有什么疑问吗？

生甲：姜嫄她不是生不出孩子吗？为什么她踩了天帝的脚印之后就能生出来了？

生乙：她到底是因为踩大脚印有孩子了，还是因为神给了她一个孩子？

师：老师问一下小朋友们，生宝宝需要几个人？是只要妈妈就可以吗？

生甲：还需要爸爸。

师：那么我们看头两段有没有讲到后稷的爸爸是谁？

生甲：并没有讲到。

师：头两段并没有提到后稷的爸爸是谁，好像就是说姜嫄踩了脚印，然后就有一个神迹出现，她就生宝宝了。所以这里的问题就是姜嫄无夫而生子，后稷没有父亲，所以姜嫄才会觉得"上帝不宁"。但是今天的科学知识告诉我们，没有父亲是生不出宝宝的，对不对？

生乙：对。

师：你们想不想知道后稷的父亲是谁？

生乙：想。

位于陕西省武功县的姜嫄墓。牌楼匾额文字,以及墓前地面的大脚印装饰,均来源于《生民》这首诗[1]

根据《史记·周本纪》的记载:"姜嫄为帝喾元妃。"姜嫄是帝喾的正妻。史书里面把这个问题补充起来了。但是我们要知道,中国古代有各种各样的神话传说都是记录一些母亲因为获得神迹而生子的故事。姜嫄踩了个脚印就生了个宝宝,前面讲过商人的始祖是其母亲吞了一个燕子的卵就怀孕生了个宝宝,等等。我们把这种故事称为"感生神话",就是母亲有感而生子的神话故事。这类故事背后的意义是什么呢?我们的读者小朋友基本都是跟爸爸姓,这是父系社会的典型特征,孩子主要跟父亲这边生活。但是在父系社会之前,还有一个更为原始的阶段就是母系社会,母系社会时期大概是没有固定的婚姻关系、两性关系。妈妈怀孕生子之后,宝宝是跟妈妈姓,跟妈妈在一起生活的。谁是这个孩子的妈妈是很清楚的,但是谁是这个孩子的父亲则不是非常清楚,大概当时也不重要。所以,这些神话反映了历史上"母系氏族"阶段"知母而不知有父"的情况。

我们接着看第三章。由于害怕"上帝不宁""居然生子",姜嫄大概觉得这个孩子是不祥的,于是想扔掉这个孩子。"诞置(zhì)之隘巷,牛羊腓(féi)字之","诞"是发语词,大家把"隘"字圈起来,"隘"的意思是"狭窄","隘巷"

---

[1] 杨明先生供图,特此致谢。

就是一个小巷子。姜嫄想把这个宝宝扔掉，扔到哪里呢？肯定不能扔到大路上，扔到大路上容易被别人看到。于是，她就找了一个偏僻的小巷子，把孩子放在路上。结果发生了什么事情？"牛羊腓字之"，一种解释是说路过的牛和羊都躲着他走，不去踩踏这个婴儿；还有一种说法就是把"字"解释成"子"，意思是路过的牛羊怕他饿了，都去哺乳这个宝宝。姜嫄看到这样的情景，这不行啊，于是就换了一个地方。"诞置之平林"，又把这个婴儿扔到了树林里。结果"会伐平林"。大家把"会"圈起来，"会"的意思是"正赶上""恰巧"。我们组个词"因缘际会"——各种因缘凑在一起发生了这件事。"会伐平林"，就是正赶上有人过来砍树，被人家看到了，这也不行，第二次扔宝宝又失败了。

第三次，"诞置之寒冰"，这次姜嫄把孩子扔到了冰上，看来天气非常冷，冰上就更冷了，孩子有可能被冻死。结果怎么样呢？发生了更加神秘的事情，"鸟覆翼之"，小鸟们都纷纷飞下来，用自己的翅膀把这个宝宝包裹了起来，帮它取暖，所以这个宝宝又被小鸟保护住了。等到鸟儿觉得这个宝宝已经暖和了过来，就飞走了，"鸟乃去矣"。鸟一飞走，宝宝感受到了寒冷，于是大哭起来，"后稷呱（gū）矣"。哭声"实覃（tán）实訏（xū）"，"覃（tán）"就是哭声特别长，"訏（xū）"就是哭声特别响亮。有经验的家长会知道，一个婴儿哭声又长又响亮，说明他非常健康。最后，"厥声载路"，一路上都是他又长又响亮的哭声。发生了什么事？后稷怎么在路上了？应该是妈妈看到了这些情况，觉得这个孩子也许真的是神灵赐给我的孩子，是一个有福气的孩子，于是就把这个宝宝抱回去养大了。

《史记》里面也用散文的形式记录了后稷三次被妈妈扔掉的过程，我们可以对读一下：

　　厥初生民，时维姜嫄。生民如何？克禋克祀，以弗无子。履帝武敏歆，攸介攸止，载震载夙。载生载育，时维后稷。

　　诞弥厥月，先生如达。不坼不副，无灾无害。以赫厥灵。上帝不宁，不康禋祀，居然生子。

诞寘之隘巷，牛羊腓字之。诞寘之平林，会伐平林。诞寘之寒冰，鸟覆翼之。鸟乃去矣，后稷呱矣。

——《诗经·大雅·生民》

周后稷，名弃。其母有邰氏女，曰姜原。姜原为帝喾元妃。姜原出野，见巨人迹，心忻然说，欲践之，践之而身动如孕者。居期而生子，以为不祥，弃之隘巷，马牛过者皆辟不践；徙置之林中，适会山林多人，迁之；而弃渠中冰上，飞鸟以翼覆荐之。姜原以为神，遂收养长之。初欲弃之，因名曰弃。

——《史记·周本纪》

这里需要补充一个知识点，"后稷"并非这个孩子的名字。因为曾被丢弃过三次，他的妈妈给他起名为"弃"。他长大之后，做了农官，农官被尊称为"后稷"。小朋友们可以和家长一起对读一下这两段文字，找一找其中的不同。特别有意思的地方是，"弃"这个字的甲骨文就是一双手，拿着"其"，就是"簸箕"，要把簸箕上的孩子扔出去。

甲骨文　　金文　　说文　　楷书　　楷书

我们接着讲第四章，"诞实匍匐，克岐克嶷，以就口食"，"诞"还是发语词。被妈妈捡回来的"弃"慢慢长大，他刚会爬（匍匐），就能分辨哪个东西能吃，哪个东西不能吃。"克"还是"能"的意思。一般的小朋友在会爬的时候，其实是看到什么都会往嘴里塞的，但是后稷和常人不同，他从小就表现出对食物特别的理解能力。等他再长大一点，"蓺之荏菽，荏菽旆旆。禾役穟穟，麻麦幪幪，瓜瓞唪唪"，"蓺"即"种植"的意思。"荏菽"，就是大豆，"菽"在古代是豆类的总称。"豆"这个字，在最早的时候指的是一种容器。《诗经名物图》第五十五页上有"菽"的图片。

国人栽培豆类的历史非常悠久，而且栽种面积也特别大。"戎菽""荏菽"是大豆的古称。《诗经》里就已经有"蓺之荏菽"的记录。大豆的叶子称为"藿"（"食我场藿"——《白驹》），它的叶子非常鲜嫩，可以喂马，人也可以食用。大豆的茎叫"萁"，"煮豆燃豆萁"的"豆萁"就是大豆茎的部分。古代大多数百姓鲜少肉食，故人体之蛋白质多来自大豆，所谓"饭菽配盐，炊萁煎藿"，是普通老百姓的日常生活。

后稷种了大豆，"荏（rěn）菽旆（pèi）旆（pèi）"，大豆长得特别好。还种了水稻，且"禾役穟（suì）穟"，"禾"就是水稻，种出来的粮食是我们食用的"大米"。后稷种的水稻，每一颗谷粒都非常饱满，所以稻穗就沉甸甸地低垂着头。后稷种的麻和小麦也长得特别好，"麻麦幪（méng）幪"。人们可以从"麻"的根茎处提取纤维纺线织布，做麻布的衣服。我们今天纯麻的衣服也比较贵，穿起来很舒服、凉爽。"麦"，麦子，麦子可以做成面粉。"麻麦幪幪"就是说麻、麦也长得特别茂盛。"瓜瓞唪唪"，是说后稷种的各种瓜类植物也生长得特别好，大瓜小瓜一个接一个地长出来。

第四章用列举的方法渲染了后稷从小就擅长农耕的特质，他好像有种庄稼的天赋。但是如果这个天赋只对他自己有意义，就不值得我们后人去纪念他了。所以第五章开篇讲"诞后稷之穑，有相之道"。我们先把"穑"字圈起来，这是我们今天要学的生字生词。"穑"通常和"稼"放在一起，我们连起来读"稼穑"。"稼""穑"都是"禾"字旁，它们都跟种庄稼有关系。如果把"稼穑"放在一起，意思就是种庄稼。但是如果分开，"稼"特指"种"，"穑"就特指"收"的意思。我们说春种秋收，那么就是春天稼，秋天穑，放在一起就指农耕的所有工作。"诞后稷之穑，有相之道"，后稷在耕种上非常有本领，能够找到农耕的"道"。何谓"道"呢？这是一个很难回答的问题。具体来说，应该就是他能够理解植物与土壤、气候和天气变化、季节变化之间的关系，了解植物生长的规律等等。

第五章又出现了"后稷"这个称呼，说明这个时候他应该已经被任命为农官

《诗经名物图》中的"菽"

了。"后稷"本身是一个官职。关于这中间的故事,还是"散文"的记录会更加清晰,我们来参考一下《史记·周本纪》里面的记录:

> 弃为儿时,屹如巨人之志。其游戏,好种树麻、菽,麻、菽美。及为成人,遂好耕农,相地之宜,宜谷者稼穑焉,民皆法则之。帝尧闻之,举弃为农师,天下得其利,有功。帝舜曰:"弃,黎民始饥,尔后稷播时百谷。"封弃于邰,号曰后稷,别姓姬氏。

"民皆法则之"是最重要的一句,弃的农耕天赋给周围的百姓也带来了福利,大家都来向他学习种田的技术。帝尧听说之后,就任命弃做了掌管农业工作的官,天下人都从中获益。弃有了大功劳,救民于饥饿之中,于是舜封弃于邰地,尊称其为"后稷",以"姬"为姓。

再回到诗歌,我们看看后稷做了什么?"茀(fú)厥丰草,种之黄茂"。"茀(fú)"即拔除的意思,"茀(fú)厥丰草"就是先要把耕地上的野草拔掉,让它们不要跟农作物抢营养、抢水等等。"种之黄茂",然后种下嘉种,"黄茂"就是特别好的种子,除草、选种是农耕成功的第一步。下面一大段"实方实苞,实种实褎（yòu）。实发实秀，实坚实好。实颖实栗"，描述了植物成长的过程。首先"实方实苞"就是发芽，"实发实秀"，"发"，长出枝条，"秀"即植物开始抽穗，但是植物刚开始抽穗的时候，果实还没成熟，所以是瘪的，因此成语"秀而不实"意思就是植物只吐穗开花却没有果实，比喻徒有其表，没有真本事。接着，"实坚实好"，果粒开始慢慢坚硬起来。"实颖实栗"，麦芒变得非常锋利，谷粒也特别大，谷穗被压得垂了下来。这五句讲了在后稷的指导下，百姓开始学会种植粮食，而且种得特别好。最后一句"即有邰家室"，因为弃的突出贡献，尧封弃于邰地，在这里定居下来，有了家室族群的繁衍。我们原来在《周南·桃夭》里面学过"宜其家室"。那么后稷就在有邰这里定居了下来。

小朋友们应该都没有农耕的经验，老师也没有。但是我看过一本小说《草原上的小木屋》，讲述了一个姑娘在美国开荒种地的故事。从这个故事里我了解到了一些农耕的基本常识。一片土地，一开始是"生地"，不太适合种庄稼，所以需要先开荒，就是要把这片土地上原来的植物——树、杂草之类的清除。开荒之后，最初的一两年农作物的收成也很少，需要反反复复地在同一片土地上种植，这片土地才会变成"熟地"，收获才会增多，收成才会稳定。农民还要对这片土地有了解，包括当地的天气、气候、土壤、季节的轮换等相关的知识，然后才能把庄稼种好。所以，农耕文明不喜欢迁徙，它的一个特点是"安土重迁"，农耕民族是很少迁徙的。所以，"即有邰室家"，就是指后稷就在邰这里定居下来。

《大雅·生民》的主题非常清楚，它主要讲了周人始祖后稷的故事。《山海经》里也有关于"后稷"的记录：

> 有西周之国，姬姓，食谷。有人方耕，名曰叔均。帝俊生后稷，稷降以百谷。稷之弟曰台玺，生叔均。叔均是代其父及稷播百谷，始作耕。
>
> ——《山海经·大荒西经》

这里讲的是叔均开始教民耕种，但是他是后稷的侄子，即他和后稷是一个家族的。

方玉润认为：《生民》在歌颂后稷的同时，也是在强调周家受天命的渊源，宣传周人代商的合法性。《毛诗序》说："《生民》，尊祖也。后稷生于姜嫄，文、武之功起于后稷,故推以配天焉。"周文王、武王有大功于天下,因他们是后稷的后代,而后稷又是姜嫄所生,所以后稷和姜嫄皆被推崇。《孔子诗论》也是从这个角度解读此诗的:"夫葛之见歌也,则以绤绤之故也;后稷之见贵也,则以文、武之德也。"葛之所以被歌咏,是因为由葛生出了绤和绤这些织物的缘故。后稷之所以被人尊重,是因为他的后代子孙周文王和周武王的德行。《孝经》里面说:"立身行道,扬名于后世,以显父母,孝之终也。"一个人能够立身于天地之间,俯仰无愧,还能够在死后被后人记诵,那么他的父母(当然也应当包括其先祖)就会借他而荣显,这才是真正"孝"的完成。祖先既能创立传统,影响后世,后代子孙也能光大德行,彰显先祖,应该是最好的互相成就吧。

家长课堂

三代(夏、商、周)历史的发源处都关涉一段神话。然周人始祖后稷的神话,除出生神异之外,其长成之后的行为轨迹却多朴实无华之处,与我们所熟知的西方"英雄"大相径庭,因为这位"英雄的先祖"不过会"种地"而已。

"会种地"这么重要吗?我们再回到上文引述的《史记·周本纪》的记载:

> 帝舜曰:"弃,黎民始饥,尔后稷播时百谷。"

有人认为"后稷"即"神农氏",让我们再来看一下关于"神农氏"的记录:

> 古之人民皆食禽兽肉。至于神农,人民众多,禽兽不足。于是神农因天之时,分地之利,制耒耜,教民农作,神而化之,使民宜之,故谓之神农也。
> ——《白虎通义》

无论是"后稷"还是"神农氏",面对的问题都是因"人民众多,禽兽不足"而发生的食品危机"黎民始饥"。"民以食为天",而"后稷"通过自己的智慧

（本领）"服务于民"，为百姓解除了生存危机。所以，后世子孙才会记诵这些先祖。我们可以从中窥探到我们文化的一些特质，我们并不太追求西方意义上的"英雄"，不太看重擒蛟龙战猛兽的个人英雄主义，而是更在意那些"有功于天下"的人物。

此外，受一些思潮的影响，近代以来一些人批评中国古代历史的书写只不过是"一家一姓"之历史罢了，更多记录的是帝王将相，对百姓鲜少问津。对于此种观点，钱穆先生曾有所辩驳：

> 文化的发展是渐进的。但是长时期，千万人的事业，却能从少数人身上看出来。似乎最精粹的东西都结集在他们几个人身上……历史上往往着重描述伟人，正是提纲挈领，画龙点睛……这些传说自有他想表达的真意义……这些传说形容和描写的是民族伟人，同时也说明在这几个阶段中我们祖先对文化的卓绝贡献。
>
> ——《黄帝》

我们当然可以合理地推测，农耕文明的发生、发展应该是千万人的事业的合集。但是为什么我们只祭祀"后稷"或者"神农氏"呢？钱穆先生认为，祭祀伟人主要是因为这些伟人其实代表了千万人的事业。我们不可能祭祀千万人，但是却可以通过提纲挈领地祭祀"后稷"（"神农氏"）来表达对祖先发明农耕的赞美。对历史的解读不是只有"对立"一种思路，我们也许可以在更光明处理解历史的意义。

习学

主旨：《大雅·生民》赞美了后稷的功绩。

生字生词：

1. 克：能。组词：克服。

2. 履：践踏，踩。组词：履行义务。

3. 弥：满。

4. 隘：狭窄。

5. 会：正赶上，恰巧。组词：因缘际会。

名物： 荏菽

作业：

1. 画"荏菽"。

2. 诵读《生民》(前5段)。

3. 阅读《诗经里的世界》001、002两篇。

三十二、《大雅·公刘》（前4段）

dǔ gōng liú,
笃 公 刘，
fěi jū fěi kāng。
匪 居 匪 康。
nǎi yì nǎi jiāng,
乃 场 乃 疆，
nǎi jī nǎi cāng。
乃 积 乃 仓。
nǎi guǒ hóu liáng,
乃 裹 餱 粮，
yú tuó yú náng。
于 橐 于 囊。
sī jí yòng guāng,
思 辑 用 光，
gōng shǐ sī zhāng。
弓 矢 斯 张。
gān gē qī yáng,
干 戈 戚 扬，
yuán fāng qǐ háng。
爰 方 启 行。

笃：诚笃，老实。

匪：非，不。

场：田界。疆：疆界。

餱粮：干粮。

橐、囊：口袋。

思：发语词，无意义。辑：团结。

矢：箭。

戚：斧子。

方：刚刚。

dǔ gōng liú,
笃 公 刘，
yú xū sī yuán。
于 胥 斯 原。
jì shù jì fán,
既 庶 既 繁，
jì xún nǎi xuān。
既 顺 乃 宣。
ér wú yǒng tàn。
而 无 永 叹。
zhì zé zài yǎn,
陟 则 在 巘，

胥：考察。

庶：多。繁：繁茂。

顺：通"巡"，巡视。宣：周遍。

陟：向上走。巘：小山。

yuán zài jiàng fù
原 在 降 复
zhī zhōu yǐ hé
之 舟 以 何
yáo jí yù wéi
瑶 及 玉 维
dāo róng běng bǐng
刀 容 琫 鞞
。 。

舟：环绕。

鞞：刀鞘。琫：玉石装饰。

liú gōng dǔ
刘 公 笃
quán bǎi bǐ shì
泉 百 彼 逝
yuán pǔ bǐ zhān
原 溥 彼 瞻
gāng nán zhì nǎi
冈 南 陟 乃
jīng yú gòu nǎi
京 于 觏 乃
yě zhī shī jīng
野 之 师 京
chù chù shí yú
处 处 时 于
lǚ lú shí yú
旅 庐 时 于
yán yán shí yú
言 言 时 于
yǔ yǔ shí
语 语 时

逝：去。

溥：开阔。

冈：小山。

觏：看见。京：京师。

时：是，这里。处处：居住。

庐：（建造）房屋。旅：有次序。

liú gōng dǔ
刘 公 笃
yī sī jīng yú
依 斯 京 于
jǐ jǐ qiàng qiàng
济 济 跄 跄
jǐ bǐ yán bǐ
几 俾 筵 俾
yī nǎi dēng jì
依 乃 登 既
， ，

依：安居。

跄跄：走路有节奏。济济：多。

俾：使。筵：筵席。几：短桌子。

登：入席。依：靠着（几）。

乃(nǎi)造(zào)其(qí)曹(cáo)。	造：告。曹：同伴。
执(zhí)豕(shǐ)于(yú)牢(láo)，	执：抓。豕：猪。牢：猪圈。
酌(zhuó)之(zhī)用(yòng)匏(páo)。	酌：斟酒。匏：葫芦。
食(sì)之(zhī)饮(yǐn)之(zhī)，	
君(jūn)之(zhī)宗(zōng)之(zhī)。	君：尊为君长。

解读

上节课我们通过学习《大雅·生民》了解了周人始祖后稷的故事，今天就来接着了解一下他的后代公刘，这首诗就是《大雅·公刘》。

在学习《大雅·公刘》之前，我们需要借助《史记·周本纪》了解一下从后稷到公刘的历史：

> 后稷卒，子不窋立。不窋末年，夏后氏政衰，去稷不务，不窋以失其官而奔戎狄之间。不窋卒，子鞠立。鞠卒，子公刘立。

后稷去世之后，他的儿子不窋（zhú）继位，当时处于历史上的夏朝。不窋在位末年的时候，夏后氏的统治开始衰败，"去稷不务"，已经不再重视农耕工作。不窋失掉了从父亲那里继承来的官职，于是逃到了戎狄所在的地方，居住了下来。不窋去世之后，他的儿子鞠继立。鞠去世后，儿子公刘继立。这才来到了我们今天的主人公这里。为了能够更为清晰地理解周人的历史脉络，我们今天要学习一种学习的方法——图表法，将周人的家族史（周族世系表）总结出来。老师先给大家打个样：

第1代　弃·后稷　　农官　　居住：邰地
　　第2代　不窋　　　　丢官　　居住：戎狄
　　第3代　鞠
　　第4代　公刘

　　后面需要根据历史继续补充，今天先写到第4代公刘这里。
　　《大雅·公刘》这首诗讲的就是公刘的故事。
　　"笃（dǔ）公刘"，大家先把"笃"字圈起来，这是我们今天要学习的第一个生字生词。"笃"的意思就是忠厚老实。以后我们在《论语》里面会学一条章句，"君子笃于亲，则民兴于仁"，"笃于亲"就是说对亲戚朋友非常地忠厚老实。所以，"笃公刘"就是说公刘这个人非常忠厚老实。"笃公刘"把形容词"笃"提前，用来表示强调——太忠厚老实了，这个公刘。
　　然后公刘做了一件事情，"匪居匪康。乃（nǎi）埸（yì）乃疆，乃积乃仓。乃裹餱（hóu）粮，于橐（tuó）于囊。思辑用光，弓矢斯张。干戈戚扬，爰方启行"。我们原来讲过"匪"字，"匪兕匪虎"，"匪"是"不"的意思——不是犀牛也不是老虎；还讲过"有匪君子"，这里的"匪"则是有文采的意思。这里的"匪居匪康"，"匪"还是"不"的意思，不居不康，什么意思呢？就是他不想安居，不想安安乐乐地享福。
　　他要做什么呢？"乃（nǎi）埸（yì）乃疆"，他整理了土地疆界。"乃积乃仓"，把粮食都收到粮仓里面。"乃裹餱（hóu）粮"，餱粮就是干粮，把粮食做成干粮，干粮一般是准备在路上吃的。古代行路，如果路途遥远，中间很可能会长时间没有旅店、饭馆，无法及时住宿吃饭，如果肚子饿了怎么办呢？所以古人会把粮食做成比较干燥的食物，里面的水分少就不容易坏，然后带在路上吃，饿了的时候在溪水、泉边喝口水，或者带着水囊，啃一啃干粮，挨过路上的行程。这就是"餱粮"。因此从"乃裹餱（hóu）粮"来看，公刘准备要远行。把餱粮装在哪里呢？"于橐于囊"。"橐"和"囊"都是袋子，大袋子小袋子，把这些干粮装到袋子里面，然后准备赶路了。
　　是他一个人走吗？"思辑用光"，"思"是发语词，"辑"就是团结，"光"是光荣。既然讲到了"团结",应该不止公刘一个人出发。"弓矢斯张,干戈戚扬",弓矢就是弓和箭,弓已经拉满,箭已在弦上。

师:"干"是什么,我们在哪里学过?

生:《兔罝》"公侯干城"学过,"干"应该是盾牌。

师:"干"就是盾,"国之干城"就是说像盾牌、像城墙一样在保护着我们。"戈",我们也在《无衣》里学过,"修我戈矛",带横刃的是"戈"。"戚"就是斧型兵器。"戚"在当时是王权的象征。

"干"是盾,"戈"是武器,"戚"是战斧,"扬"是举起。看来这是一次武装行军。准备好粮食,准备好武器,然后"爰方启行"。公刘带着他的族人开始了武装迁徙。我们来看"族"这个字的甲骨文、金文字形:

古"族"字上面是一个旗帜,还有飘带,具有"率领"的意义。下面是个"矢",就是一根箭,"弓矢斯张"。一个代表引领的旗帜加上一个表达武力的武器,组成了古老的"族"字。我们今天看奥运会各国入场的时候,也是各国国旗引领,只不过这是友谊的赛会,不再需要武器的加持罢了。我们从古老的"族"字多少可以想象一下公刘带着他的族人迁徙,也有一面随风飘扬的旗帜在前引路,后面跟着大部队"弓矢斯张"保护着族人的样子。

继续"爰方启行",大家把"方"圈一下,它是第二个生字生词,"方"是

甲骨文、金文中的"族"字

"开始""刚刚"的意思,"爰方启行"的意思就是这个队伍要出发了。很多同学都学过《论语》的一句话,"有朋自远方来"。这句话应该怎么断句?先秦时期鲜少使用双音节词汇,因此这里的"方"也是"开始""刚刚"的意思。所以,这句话应该读成"有朋／自远／方来",什么意思?就是"有朋友从远处刚刚到来",所以特别开心。我们学习古代汉语,要了解先秦的语法习惯。

接着看第二章,"笃公刘,于胥斯原。"一开始还是"笃公刘",公刘这位领导者非常忠厚老实,有德行。"于胥斯原","原"指的是高而平的土地。"胥"是"视察""考察"的意思。"于胥斯原"就是说公刘带着他的军队、人民走到了一块原上进行考察,看看这块土地是否适合居住。这片土地如何呢?"既庶既繁",我们把"庶"字圈起来,这是我们今天的第三个生字生词,"庶"的意思是"多",比如"庶民",就是很多人民的意思。"既庶既繁",当地的植被又多又繁茂,说明这块土地特别肥沃。如果土地很贫瘠,植物就会又矮小又稀疏。"既庶既繁"说明这块土地的肥力特别好。为什么要挑选一块肥沃的土地呢?我们还是看一下《史记·周本纪》的相关记载:

> 公刘虽在戎狄之间,复修后稷之业,务耕种,行地宜。

公刘是后稷的后代,他的族群擅长农耕。但是后稷的儿子不窋失掉了农官的职位,还奔窜于戎狄之间。戎狄是游牧为生的民族。在古人看来,他们是文明发展比较低级的民族。因此到了公刘的时代,他不愿意再按照戎狄的方式生活,而是要"复修后稷之业",这句话非常重要,也就是说他要恢复家族的传统,恢复祖先的功业,"务耕种,行地宜",恢复祖先的生活方式。

"既顺乃宣,而无永叹","顺"通"巡查"的"巡",公刘觉得这块土地还不错,于是就巡查了一遍,看看这块土地到底适不适合定居。结果发现这块土地"而无永叹"——这个地方非常好,一点缺憾都没有。然后"陟则在𪩘","陟"就是登上的意思,"𪩘"是小山坡。"陟则在𪩘",登上小山坡。"复降在原"又从高处往下走。主语就是公刘,还是在讲公刘非常辛苦地考察这片土地。"何以舟之",这里的"舟"是佩戴的意思,他身上佩戴着什么?"维玉及瑶","瑶"

也是美玉，他身上佩戴着美玉。而且"鞞（bǐng）琫（běng）容刀"，他的刀鞘上也有非常漂亮的玉石装饰。最后这几句其实都是在赞美公刘，他不但特别勤勉，而且非常帅气，风姿俊美。

第三章的开头还是"笃公刘"，所以整首诗的主题非常明确，就是赞美公刘的。"逝彼百泉"，大家把"逝"圈起来，"逝"的意思是"去"。"逝彼百泉"就是去到有很多泉水的地方巡查。农耕不光要有肥沃的土地，还要有水源。人和牲畜都要喝水，种庄稼也需要有充足的水源进行灌溉，"逝彼百泉"，就是来查看水资源。"瞻彼溥原"，"瞻"就是远望，"溥"是"广大"的意思。清朝末代皇帝就叫溥仪。"瞻彼溥原"，远远地眺望这一大片广阔的土地。"乃陟南冈"，又登上南面高高的山岗。"乃觏于京"，"觏"即"看到"，看到了适合建造都城的地方。"京"就是都城的意思，比如说"北京"就是北方的都城，"南京"就是南方的政治中心。第一章讲述了公刘出发，第二章强调了这块土地适合耕种，第三章则强调了在这里规划都城。然后就开始发动百姓在这里盖房子，建宗庙，大家热火朝天地干起来。

"京师之野"，在都城的郊野。"于时处处"，"时"即"是"，"这里"的意思，"处"就是居住。在都城的郊野，百姓纷纷居住下来。"于时庐旅"，"庐"就是房子，在京师之野开始盖房子。盖的时候如何呢？"于时言言，于时语语"，一边盖还一边聊天，你说一句，我说一句，气氛非常融洽、和谐，大家都非常开心，终于又找到合适的地方定居下来了。周族先后几次迁居。公刘一开始居于戎狄之间，而戎狄那里的土地很可能是不适合耕种的，所以他要迁居，要找到一块适合耕种的土地，因为他要"复修后稷之业"，恢复祖先农耕的传统。

第四章，"笃公刘，于京斯依"，我们不禁感叹，公刘真是得到了大家深挚的敬意，开头还是用"笃公刘"三个字。"于京斯依"，都城的位置确定下来，我们就可以安居了。"跄跄济济"，跄跄，走路稳健的样子，济济，态度从容的样子。"俾筵俾几"，摆好了宴席，摆好了桌椅。"既登乃依"，主持祭祀的人登上了高高的案几。原来是宗庙已经建成，开始举行盛大的祭祀典礼。"乃造其曹"，这句的异解甚多，我们可以简单地理解为"招呼同伴"。"执豕于牢"，"执"就是抓的意思，"豕"就是猪。在猪圈里抓来一头猪用于祭祀。"酌之用匏"，"酌"

是斟酒,"匏"是葫芦,用匏斟酒。"食(sì)之饮之",这个"食"要读"sì",就是用吃的喝的款待大家。最后一句,"君之宗之",大家尊公刘为宗族的族长,也就是确立公刘的领导权。

到这里,公刘发起的大迁徙就结束了。可能同学们要问,公刘到底迁徙到了哪里呢?我们看第五章最后有一句"豳居允荒","荒"广大的意思,即"豳"这个地方非常宽广。所以,公刘带领部族迁到了"豳地"。这一点与《史记·周本纪》里的记载稍微有所出入:

> 公刘虽在戎狄之间,复修后稷之业,务耕种,行地宜,自漆、沮度渭,取材用,行者有资,居者有畜积,民赖其庆。百姓怀之,多徙而保归焉。周道之兴自此始,故诗人歌乐思其德。公刘卒,子庆节立,国于豳。

公刘带领着百姓沿着漆水、沮水,渡过渭水。因地制宜,为百姓获取各种生活的资材,使行路的人有盘缠,居家者有储备,人民仰赖他的恩德过上了好的生活。所以,百姓爱戴他,从各地迁居过来投靠他。周族的荣光从他开始复兴,所以诗人用诗歌赞美他,追怀他的恩德,这就是我们学习的《大雅·公刘》。公刘去世之后,他的儿子庆节即位,建都于豳。但是从《诗经·公刘》的内容看,公刘已经"国于豳地"了。这是一点点出入。

另外,我们前面已经在十五国风里学习过"豳风"。"豳风"里面最著名的诗作就是《豳风·七月》,是一首农事诗,和公刘带领族人迁居到豳地,并恢复祖先的农耕生活是吻合的。

家长课堂

我们应该如何理解公刘的历史意义呢?《史记·周本纪》里面说,由于公刘的贡献,"周道之兴自此始"。可是翻阅古籍,公刘的作为不过就是离开戎狄之地,"务耕种,行地宜"。这背后的意义究竟应该如何解读呢?

这里涉及中国古代一个特别重要的观念——夷夏之辨。所谓"夷"即少数民族，所谓"夏"即华夏一族，炎黄子孙。华夏一族与周边少数民族的关系一直贯穿着中国的历史，从黄帝时代起就有与蚩尤的战争。此后禹征三苗，殷商的祭祀坑中埋着很多羌人的尸骨，猃狁一直是周人的威胁，秦会攻伐西戎，汉战匈奴。五胡乱华……所以，如何确立自己民族的主体性，如何与异族相处，一直是中国历史—政治的重要课题。

钱穆先生在《国史大纲》里曾说：

> 所谓诸夏与戎狄，其实只是文化生活上的一种界线，乃耕稼城郭诸邦与游牧部落之不同。

公刘离开戎狄之地，恢复农业生活，也就是恢复了祖先的生活方式，再次坚固了祖先的传统，于文明演进以及民族文化的树立都具有非常重要的意义，所以太史公才会说"周道之兴自此始"，上升到了"道"的高度。

不过，我要特别强调的一点是，在古代的历史观念中，"夷"与"夏"是一个动态的概念与判断，守"礼乐文明"者为诸夏，破坏者为蛮夷，"诸夏用夷礼则夷之，夷狄用诸夏礼则诸夏之"。一开始山东诸国都以楚国为蛮夷，因其破坏礼法，力主兼并。秦人最早本是为周天子牧马的附庸部落，后秦襄公护送周平王东迁而被封为诸侯。相较于楚人，秦人与诸夏和周王室的关系更紧密。但是到了战国后期，秦人不断武力兼并，才被视为虎狼之国，与诸夏所崇尚之文明不符。因此，如果我们以"文化"立说，民族之间的关系则成为开放性的、柔软的、可调试的领域。但是如果我们自限于"人类学"标准的"民族"划分，那么民族之间的纷争是坚硬的、痛苦的、无解的。毛发、皮肤的颜色那么不同，必然是"非我族类其心必异"了。

中国在进入现代国家的过程中，一开始就遇到了"民族—国家"理论在实践中的不适。以孙中山为首的革命派喊出了"驱除鞑虏，恢复中华"的政治口号。这个口号以"民族自决"为目标，最终导致了清政权的覆灭，民国的诞生。但是当一个现代的国家建立之后，革命人士才惊觉"中华"的丰富性，是不可以用

"汉族"来自限的。所以我们看到最初的民国国旗采用了"五色旗",以五色来代表"汉、满、蒙、回、藏"五大民族。

中国的民族融合在历史上一直是不断发生的事实。所以,源自19世纪及20世纪欧洲的"民族—国家"理论,主张以"民族"为基础实现民族自决和自治的概念与实践,落实到具有深厚的民族融合的历史与多民族共存现状的中国,就会遇到很大的问题。所以,甘阳老师在接受《书城》的采访时说:

> 中国在上世纪的中心问题是要建立一个现代"民族—国家"(nation-state),但中国在21世纪的中心问题则是要超越"民族—国家"的逻辑,而自觉地走向重建中国作为一个"文明—国家"(civilization-state)的格局。

在重建一个"文明—国家"的过程中,我们必须处理好民族的问题。在这个问题上,我们的古人有丰富的经验。以"文化"立说,开放包容,才是解决民族问题的根本原则。

习学

主旨:《大雅·公刘》是一首颂美周人先祖公刘的诗。

生字生词:

1. 笃:忠厚老实。
2. 方:开始。
3. 庶:多。
4. 逝:往,去。
5. 溥:广大。晚清末代皇帝名为"溥仪"。

名物:干戚

文化常识：

夷夏之辨

作业：

1. 画"干戚"。
2. 诵读《大雅·公刘》（前 4 段）。
3. 阅读《诗经里的世界》003 篇。

三十三、《大雅·绵》(前3段)

绵(mián)绵(mián)瓜(guā)瓞(dié)。　　绵绵：一个接一个。瓞：小瓜。
民(mín)之(zhī)初(chū)生(shēng)，
自(zì)土(dù)沮(cú)漆(qī)。　　　土：通"杜"，杜河。沮：往。漆：漆河。
古(gǔ)公(gōng)亶(dǎn)父(fù)，
陶(táo)复(fù)陶(táo)穴(xué)，　　穴：居住的地穴。
未(wèi)有(yǒu)家(jiā)室(shì)。

古(gǔ)公(gōng)亶(dǎn)父(fù)，
来(lái)朝(zhāo)走(zǒu)马(mǎ)。　　朝：早晨。走：跑。
率(shuài)西(xī)水(shuǐ)浒(hǔ)，　　率：沿着。水浒：水边。
至(zhì)于(yú)岐(qí)下(xià)。　　　岐：岐山。
爰(yuán)及(jí)姜(jiāng)女(nǚ)，　　爰：那里。
聿(yù)来(lái)胥(xū)宇(yǔ)。　　　聿：语气词。胥：考察。宇：居住地。

周(zhōu)原(yuán)膴(wǔ)膴(wǔ)，　　膴膴：肥沃的样子。
堇(qín)荼(tú)如(rú)饴(yí)。　　　堇荼：两种苦菜。饴：蜜糖。
爰(yuán)始(shǐ)爰(yuán)谋(móu)，　　爰：那里，这里。谋：谋划。

爰(yuán)契(qì)我(wǒ)龟(guī),
曰(yuē)止(zhǐ)曰(yuē)时(shí),
筑(zhù)室(shì)于(yú)兹(zī)。

契:刻。龟:用龟壳占卜。
止:停留,时:恰当。
兹:这里。

解读

我们今天学习的内容是《大雅·绵》。我们在上节课学习了颂美周人先祖公刘的诗篇,今天的主人公是公刘的后世子孙古公亶父。

还是先来看一下周人的世系:

> 公刘卒,子庆节立,国于豳(bīn)。庆节卒,子皇仆立。皇仆卒,子差弗立。差弗卒,子毁隃立。毁隃卒,子公非立。公非卒,子高圉(yǔ)立。高圉卒,子亚圉立。亚圉卒,子公叔祖类立。公叔祖类卒,子古公亶父立。古公亶父复脩后稷、公刘之业,积德行义,国人皆戴之。
>
> ——《史记·周本纪》

根据《史记》文本,我们继续总结周人的家族史:

第 4 代 公刘
第 5 代 子庆节　居住地:国于豳(bīn)
第 6 代 皇仆
第 7 代 差弗
第 8 代 毁隃
第 9 代 公非
第 10 代 高圉(yǔ)

第 11 代　亚圉

第 12 代　公叔祖类

第 13 代　古公亶父

可能小朋友们会问，为什么一下子就从第 4 代跳到第 13 代了呢？中间的人物和故事呢？这里我们就要讲一下"历史"的意义了。很明显，中间的那些周族领导者并没有为后人留下多少特别值得称述的功业，所以他们仅在历史中留下了一个名字而已。这就是"历史"的选择。我们阅读历史，恰恰要体会"历史"的选择并总结出"历史"背后的价值系统。什么样的人可以名垂千古，什么样的人遗臭万年，什么样的人会消散在历史的尘埃之中。当然，不被历史所记住并不是说他的个体生命是没有意义的，只不过对人类文明的发展与演进并没有那么突出的意义罢了。

那么，问题接着就来了，古公亶父做了什么，值得他被后世纪念歌颂呢？《史记·周本纪》里面讲："古公亶父复修后稷、公刘之业，积德行义，国人皆戴之。"公刘是"复修后稷之业"，到了古公亶父这里是"复修后稷、公刘之业"，公刘也成为传统的一部分，被后来的子孙学习效仿。而古公亶父则再次巩固光大了这一传统。历史的传承就是这么一代一代地传下来。在这个族群里，能够追溯祖先的荣光，并且可以继承祖先文化传统的人，都在历史上留下了印迹。

下面我们就来学习《大雅·绵》的内容。

第一章，"绵（mián）绵瓜瓞（dié）。民之初生，自土（dù）沮（cú）漆。古公亶父，陶复陶穴，未有家室。"

师：第一句"绵绵瓜瓞"，让你们想起了什么？

生：我记得前面有一首诗有一句话"瓜瓞唪唪"，但是忘记是哪首了。

师：很好，是《大雅·生民》。"瓜瓞唪唪"和"绵绵瓜瓞"意思是一样的，就是大瓜小瓜一个接一个，就好像人一样，一代又一代地生长繁衍。所以一开头说"绵绵瓜瓞"，一方面意味着后稷所开创的农耕生活的继续，另一方面古公亶父也是从后稷的藤蔓上绵延出来的后世子孙，一语双关。

"民之初生，自土（dù）沮（cú）漆"，"沮"通"徂"，去、往的意思，"自土沮漆"，指的是周族从土（dù）水来到了漆水。因为在最原始的时代，古人还没有打井的技术，更没有自来水，所以一个文明的产生繁衍一定要靠近水源，迁徙也必须顺着河流进行。

到了古公亶父的时代，刚才我们算了，古公亶父是周族的第十三代领导者。"陶复陶穴"，"陶复"指的是地上的房子的部分，"穴"指的是地下的部分。迁徙到了一个新的地方，就要盖房子。但是当时的人还没有后来的工程技术，不会盖很高大的房子。所以他们一开始的居所有一点像地窝棚，一半房子在地下，一半房子在地面上，这种房子叫地穴式房屋。

这样的房子有一个普遍的问题，因为在半地下所以会非常潮湿，人住起来非常不舒服。《墨子》里面就记载："穴，下润湿而伤民。"但是聪明的古人想了一个办法解决这个问题，用一些细细的泥土把墙壁涂抹一层，然后在里面点火，用火烤，慢慢地在墙壁上就会形成类似烧陶一样的防潮层。这样的房间又美观又防潮，所以就叫"陶复陶穴"。最后一句，"未有家室"。小朋友们可能会奇怪，他不是已经挖出房子了吗？这不就是"家室"了吗？为什么说"未有家室"呢？这里面就涉及古人的一些文化知识。在《诗经》的时代，并不是普通的房子就可以叫"家"和"室"。"家室"指的是专门用于祭祀祖先的地方，相当于后来的宗庙。所以虽然他刚刚挖了房子居住——"陶复陶穴"，但是他还没有盖那种特别正规高大的祭祀宗庙的地方——"未有家室"，说明一开始他们还处于比较简陋的生活状态。这是第一章。

下面第二章，"古公亶父，来朝走马。率西水浒，至于岐下"。古公亶父"来朝走马"，他干了什么事？"朝"是早晨的意思，"走"是"跑"的意思。

师：古文里面"走"很多时候是"跑"的意思。那要表示现代意义的"走"，古文用哪个字呢？

生："行"。

师：如果古人要表达"走"的意思，通常用"步"或"行"。古文的"走"

是"跑"的意思。如果古文说"跑"或者"奔",基本上都是逃跑的意思。

"来朝走马"指的是早晨起来策马赶路。跑去哪里了?"率西水浒,至于岐下",大家把"率"字圈起来,"率"就是循着、沿着。沿着西边的水浒,我们都知道四大名著中有一部就叫《水浒传》,那么"水浒"到底是什么意思呢?"水浒"就是水边。"率西水浒"就是沿着西边的水岸再往前走,走到了哪里呢?"至于岐下",来到了岐山脚下,这是一个非常重要的地名。

一开始后稷弃居住在邰这个地方。然后他的儿子不窋失掉了后稷的官职,奔窜于戎狄之间。到了公刘的时代,他带着族人到了豳地,重新在豳地耕种。但是到了古公亶父的时候,他在豳这个地方住不下去了,就迁移到了岐山。为什么再一次迁移呢?关于公刘迁居的原因历史书上并没有记录。我们猜想一个可能性是受到了戎狄的侵扰;另外也可能是由于戎狄那边的土地不太适合耕种,所以公刘希望恢复祖先的生活方式就必须迁居。不过,由于没有更为确切的记录,我们只是这样猜测一下。但是古公亶父从豳地迁到岐山的原因,历史书上是有详细记录的:

> 古公亶父复脩后稷、公刘之业,积德行义,国人皆戴之。薰育戎狄攻之,欲得财物,予之。已复攻,欲得地与民。民皆怒,欲战。古公曰:"有民立君,将以利之。今戎狄所为攻战,以吾地与民。民之在我,与其在彼,何异。民欲以我故战,杀人父子而君之,予不忍为。"乃与私属遂去豳(bīn),度漆、沮,逾梁山,止于岐下。豳人举国扶老携弱,尽复归古公於岐下。及他旁国闻古公仁,亦多归之。於是古公乃贬戎狄之俗,而营筑城郭室屋,而邑别居之。作五官有司。民皆歌乐之,颂其德。

这一章比较长,老师简单讲一下,就是说古公亶父"复修后稷、公刘之业",继承了他祖先的遗志,恢复他们的功业。他的统治非常有德行,大家都很喜欢他。"薰育戎狄攻之",有一个叫薰育的戎狄部落来攻打他,"欲得财物",想要抢夺他们的财物。"予之",古公亶父就给他们了。"已复攻,欲得地与民",结果薰育贪得无厌，再次攻打古公亶父，想要抢夺他的土地和百姓。豳地经过很多代人的开发，想必已经非常适宜农耕和居住了，所以引起了薰育的觊觎。他们不但想要土地，还想要把当地的百姓当作给他们干活的奴隶。这个时候"民皆怒"，百姓都特别生气，"欲战"，想要跟戎狄打仗。

但是这个时候，古公亶父说："有民立君，将以利之。"这句话非常重要。为什么要有君主？在古公亶父看来，是因为百姓需要有人来领导他们，以便给百姓带来好处。所以，是为了百姓，才立了一个人做君主，立一个君主是为了有利于人民，而不是让他作威作福，欺压百姓，这才是真正的为人民服务的思想。古代的儒家就继承了这种政治理念。

古公亶父接着说，确立君主本来是为了有利于百姓的，可是现在戎狄来打我，是因为我有土地，我有百姓，"民之在我，与其在彼，何异"，老百姓归我和归戎狄，这有什么差别呢？只要老百姓能够安居乐业就可以了，我没有百姓是没关系的。"民欲以我故战"，人民因为我的缘故想要与戎狄作战，而打仗就会有死伤，所以这不就相当于因为我让别人的父子受到死伤吗？我还哪里有脸做人家的君长呢（"杀人父子而君之，予不忍为"）。所以我不忍心这样做。于是古公亶父"乃与私属遂去豳，度漆、沮，逾梁山，止于岐下"。"私属"，指的是古公亶父的一些近亲属员。古公亶父就带着他们悄悄离开了豳地，渡过了漆水、沮水，越过了梁山，一直跑到了岐山之下。就是说古公亶父害怕百姓因为他的缘故有所死伤，所以带亲近之人离开了豳地。结果豳地的百姓"举国扶老携弱"，整个部族都跟着古公亶父来到了岐山之下，"尽复归古公于岐下"，又来做他的百姓。"及他旁国闻古公仁，亦多归之"，结果其他国家的人听说古公亶父这位领导者非常仁德，也纷纷跑过来归附于他。于是"古公乃贬戎狄之俗"，不再像戎狄那样生活了。"营筑城郭室屋，而邑别居之"，就是我们这首诗里讲的"陶复陶穴，未有家室"。"作五官有司。民皆歌乐之，颂其德"，百姓非常爱戴古公亶父，于是就作了一首歌来歌颂他的德行，就是我们今天读的这一首《绵》，"古公亶父，来朝走马。率西水浒，至于岐下"。

"爰及姜女，聿（yù）来胥宇。"在这里我们来说一下他的妻子，古公亶父的妻子是姜姓，这里涉及周人和姜姓一族的姻亲关系，这个问题老师在下节课学

《思齐》的时候再来讲,那是非常重要的一个知识点。"爰及姜女",和姜姓的女子在一起。"聿来胥宇","胥"是"视察""考察",跟姜姓的女子一起来考察岐山这个地方到底适不适合定居。

然后就到第三章的内容了。他们发现这个地方怎么样呢?"周原膴(wǔ)膴(wǔ),堇(jǐn)荼(tú)如饴(yí)。""周原膴膴",岐山之下的这个地方有一片原——高而平旷的土地称为原。大家可以找来黄土高原的地貌图片看一下。当然后来因为水土流失,现在黄土高原上有很多中间割裂的部分。但是在古公亶父的时代,这片原应该是水草丰美、辽阔平旷的。岐山下的土地叫周原,所以这一族人定居于此后才被称为"周人"。这是当时部落命名的一个特别重要的原则——以其所居土地的地名来称呼这个部落或族群。比如说"秦人"就是居住在"秦"这个地方的人;居住在"宋"这个地方的就叫宋人;居住在"齐"这个地方的就叫齐人。周原这个地方水草丰茂。如何丰茂呢?诗人举了一个例子——"堇(jǐn)荼(tú)如饴(yí)。"什么意思呢?"堇"就是堇葵(石龙芮),是一种嫩叶可以吃的青草。"荼"是一种苦菜,《诗经·谷风》里说"谁谓荼苦",还有一个成语是"荼毒生灵"。大概《诗经》的时代,古人基本上不种蔬菜,蔬菜都要靠采摘,田地一般只种粮食。"饴"就是蜜糖。"堇荼如饴"就是说这些苦菜竟然是甜的,长得非常肥美。所以,这块地方特别肥沃,适合耕种。

勘探了这个地方之后还要怎么办?"爰始爰谋","爰"就是在这里的意思,"谋"就是计划、安排的意思,在这里开始计划、开始安排。"爰契我龟","契"是刻的意思,有了计划,还要通过龟甲来占卜,询问神灵这块地方到底适不适合定居。先要谋事在人,然后还要得到上天的肯定,当然这是古人的一种生活习惯。结果是什么呢?"曰止曰时",经过龟甲的占卜,占卜说"止",停到这里就很好,"曰时",这里非常适当。在这里,老师要特别讲一下"时"这个字的意思。"时"在古文(尤其是先秦的古文)中,不能翻译为"随时",而是要翻译成"在恰当的时候"。比如我们组词"四时","四时"指的是春夏秋冬,春天播种,夏天成长,秋季收割,你不能到了秋季再播种,所以一定是按照农时,要在恰当的时候。所以"学而时习之"的"时"这个字绝不能翻译成"一直""时时""经常",这是不对的,而是要翻译成"在恰当的时候"。神明开示"曰止曰时"，就停在这里吧，这里非常合适。于是"筑室于兹"，"筑室于兹"和第一章的"未有家室"形成了前后的语义连接。只有把祖先的宗庙确定下来，才是真正的安居。祖先对于中国古人来说非常重要，只有先确定好了祭祀祖先的宗庙所在，才算真正定居。《礼记·曲礼》里说："君子将营宫室，宗庙为先，厩库为次，居室为后。"

这就是我们今天讲的《大雅·绵》的前三章内容。古公亶父带着族人从豳地来到了周原，到了岐山脚下，周人由"西土之人"到"万方之王"，到古公亶父的时代而面目清晰。古公亶父迁岐，是公刘举族迁豳之后的又一迁。此迁之后，这一支"西土之人"因居于周原，始正式称为"周人"。也是从古公亶父开始，周族开始逐渐强大。为什么这么说呢？因为古公亶父是周文王的祖父、武王和周公的曾祖。因此，古公亶父被尊称为"太王"。

家长课堂

中国的地理西高东低，从西向东进攻，具有地利的优势。中国的历史中有数次定都于关中平原附近的政权最终问鼎中原的记录。周朝是有明确史料记载的第一个由西向东问鼎中原的政权。大家可以想一想，后面还有哪几个朝代。

周人定居于周原，是古公亶父的贡献。周原是周人的龙兴之地，地处岐山之下，周围有泾水、渭水、洛水等众多的水系。所以当周幽王二年，此地发生大地震的时候，伯阳父就预料到了周人衰亡的命运：

> 幽王二年，西周三川皆震。伯阳父曰："周将亡矣！夫天地之气，不失其序；若过其序，民乱之也……川源必塞；源塞，国必亡。夫水土演而民用也。水土无所演，民乏财用，不亡何待？昔伊、洛竭而夏亡，河竭而商亡。今周德若二代之季矣……若国亡不过十年，数之纪也。夫天之所弃，不过其纪。"是岁也，三川竭，岐山崩。十一年，幽王乃灭，周乃东迁。
>
> ——《国语·周语上》

周幽王二年，公元前781年，泾水、渭水、洛水之地都发生了地震。伯阳父听到这些消息后就说："周朝将要灭亡了。天地之气，不能错失自己的次序，如果错失了应有的次序，民众就会发生叛乱……如果河流的源头被堵塞，国家必定会灭亡。因为水流畅通无阻，才能灌溉土地，万物才能生长，百姓才能维持生计。水流不畅，百姓缺乏财用，那么国家就会灭亡。当年伊水、洛水枯竭，夏朝就灭亡了，黄河枯竭，商朝就灭亡了。现在周朝的国运和夏、商两代的末世一样了。我猜测周朝的灭亡应该在十年之内就会到来。凡是被上天所厌弃的，是不会超过十年的期限。"9年之后，周幽王十一年的时候，犬戎攻破了丰京、镐京，幽王死难，周族不得不东迁，历史上开始了东周时代。不过，东周时候的周王，在实力上只能比肩于小的诸侯了。

古人常常把自然现象与政治好坏勾连起来，认为冥冥之中自有主宰。我们在这一辑中要集中理解"天命"的问题。现代人不能简单地将其理解为"封建迷信"而嗤之以鼻。从科学的角度来说，广土众民的中国，自然灾害的发生是一个概率问题。但是灾害发生之后，执政政府的行政能力，例如之前的蓄积如何，官员的执行力与清廉程度，都受到了极大的考验。因此，自然灾害成了政府的"大考"，能不能过得去，还是会引发民变，确实最后会与现实政治发生密切的关联。

习学

主旨：《大雅·绵》是一首歌颂古公亶父的诗。

生字生词：

1. 率：循，沿着。水浒：水边。
2. 谋：计划。
3. 契：钻、刻。组词：契约。
4. 徂：通"徂"，到。

名物：堇（堇葵、石龙芮）

《本草纲目》："苗作蔬食，味辛而辣。四五月开花，果实状如桑葚。"

文化常识：周人迁徙的路线

作业：

1. 每日诵读《大雅·绵》（前3段）。
2. 阅读《诗经里的世界》004、017篇。

三十四、《大雅·思齐》

思齐大任，　　　　　思：发语词，无意义。齐：通"斋"，恭敬。
文王之母，
思媚周姜，　　　　　媚：美好，取悦。
京室之妇。
大姒嗣徽音，　　　　大：通"太"。嗣：继承。徽音：美好的名声。
则百斯男。

惠于宗公，　　　　　惠：顺。宗公：先祖。
神罔时怨，　　　　　罔：无。
神罔时恫。　　　　　恫：烦扰。
刑于寡妻，　　　　　刑：典范。
至于兄弟，
以御于家邦。　　　　御：治理。邦：国家。

雍雍在宫，　　　　　雍雍：雍容平和。宫：家。
肃肃在庙。　　　　　肃肃：敬慎庄严。
不显亦临，　　　　　不：通"丕"，大。显：光明。临：视察。

无射亦保。　　射：厌倦。保：治国保民。
肆戎疾不殄，　肆：所以。不：语气词，无意义。殄：断绝。
烈假不瑕。　　烈假：瘟疫。不：语气词。瑕：远去。

不闻亦式，　　不：语气词，无意义。闻：听到。式：采用。
不谏亦入。　　不：语气词。谏：谏言。入：听从。
肆成人有德，
小子有造。　　造：造就。
古之人无斁，　斁：厌倦。
誉髦斯士。　　誉：推荐。髦：俊秀。

解 读

我们今天学习一篇新的内容《大雅·思齐》。首先要注意的是，"齐"的读音是"zhāi"，不读"qí"。

第一章，"思齐大（tài）任"，"思"是发语词，无意义。"齐（zhāi）"圈起来，这是我们今天的第一个生字生词，它通"斋戒"的"斋"字，我们进行斋戒祭祀的时候要非常守礼端庄，所以"斋"的意思是端庄的样子。"思齐大任"，这个"大"字通"太（tài）"，最远古的时候"太"写为"大"，所以我们要读为"tài"。"思齐大任"就是说大任这位女性非常的端庄。那么"大任"是谁？她是"文王之母"，周文王的母亲。

"思媚周姜"，这个"思"我们还是把它理解成没有意思的句首发语词。"媚"这个字又有两种解释：一种解释是"非常美好"；第二种解释就是"取悦",比如我们说"取媚于人",就是用和婉的容色去讨好别人叫"媚"。我们应该选取哪个意思呢?其实都是可以的。老师有一个选择,我们一会儿再讲。

"京室之妇",这里的"妇"类似于我们今天的"第一夫人",周姜是这里地位最高的女主人。这里老师要问一个问题:"京室之妇"的"京"指的是哪里?我们今天说"北京""东京""上京","京"是"都城"的意思。这里说"京室之妇",根据我们之前学习的《绵》这首诗,现在的"京"是哪里呢?

师:谁知道?这个都城现在在哪里了?

生:是在岐山的一个平原,叫"周"。

师:太棒了,正确。我们来复习一下《大雅·绵》中的内容,"古公亶父,来朝走马。率西水浒,至于岐下""周原膴膴,堇荼如饴"。岐山脚下有一片土地就是"周原"。

所以老师选择的《诗经》大雅和颂里的篇章之间是有结构有联系的。大任所"思媚"的"周姜"就是和古公亶父一起,"爰及姜女,聿来胥宇"的"京室之妇"。她是古公亶父的妻子,是一个姜姓的女子,跟古公亶父一起迁移到了周原这里。所以她当然是这里地位最高、最尊贵的女性,所谓"京室之妇"是也。

下面这一句,"大(tài)姒(sì)嗣徽音",这个"大"还是读"tài",然后分别把"嗣"和"徽音"圈起来,都是生字生词。"嗣"就是继承、继续。我们如果想赞美某人,如果他的父亲是一个比较知名的人物,比如梁思成的父亲是梁启超先生,那么当我们介绍梁思成先生的时候,就可以说这位是梁思成先生,他是梁启超先生的"哲嗣"。"哲嗣"就是非常尊敬的一个说法。某某的"哲嗣",就是说他有一个优秀的父亲,他自己也是一个非常优秀的继承人。"徽音"就是美好的名声。近代中国有一位特别著名的女子叫林徽因,他是梁思成先生的妻子,著名的建筑学家。她的名字就取自《诗经·思齐》这首诗。很多有文化的人给女儿取名字,经常在《诗经》里面找优美的词汇。

我们再看"大姒嗣徽音",这里又出现了一个女性叫"大姒",这个女性也非常好,她继承了前一代女性"大任"的美好名声。

师：第一章里出现了几个人？她们之间是什么关系？

生：三个，"大任""周姜""大姒"。

师：对，这三个人之间是什么关系？

要回答这个问题，我们还是需要借助《史记·周本纪》的记录：

> 古公有长子曰泰伯，次曰虞仲。太姜生少子季历，季历娶太任，皆贤妇人，生昌，有圣瑞。

古公就是古公亶父，大姜和古公亶父是什么关系？大姜就是古公亶父的妻子。然后，古公亶父的长子是泰伯（有的地方写成"泰伯"），次子是虞仲。但是很可能这两个儿子都不是大姜生的，而是古公亶父的其他妻子生的。大姜给古公亶父生了小儿子季历，季历娶了大任。大姜和大任是婆媳关系，她们都是非常贤德的女性。然后大任生了姬昌，姬昌就是后来的周文王（姬昌被尊称为"周文王"是其死后的事情，为了行文的方便，我们姑且称之为"文王"，下同）。文王又娶了大姒，大姒也是一个贤妇人，所以说"大姒嗣徽音"。这三个人就是周人在龙兴之路上的非常重要的三代圣母：第一代是大姜；第二代是大任；第三代是大姒。

我们上节课学习了《大雅·绵》，周人世系表画到了古公亶父这里。现在需要继续补充下去：

第13代　古公亶父＋大姜，居住地：周原

第14代　季历＋大任

第15代　姬昌（文王）＋大姒

根据《史记》的记载，我们知道古公亶父有三个儿子，长子泰伯，次子虞仲，太姜生少子季历。但是最后继承周族领导权的是文王姬昌这一支，所以第十四代应该写文王的父亲，古公亶父的少子季历。

这个时候我们再回到对"媚"这个字的理解。老师刚才说有两种解释，一种是说周姜本身很美好，"思媚周姜"就翻译成美好的周姜。第二种翻译是"取悦"，就是说大任想取悦她的婆婆周姜，因为周姜特别有德行，所以要模仿自己婆婆的品德。然后第三代就是大姒——文王的妻子，继承了她们美好的名声。按照这样的讲法，老师觉得诗人主要想表达一代又一代周王配偶德行的继承关系。所以我认为"媚"这个字在这里应该是"取悦"的意思更合适一些。

接着，"大姒嗣徽音，则百斯男"。据说大姒嫁给文王之后，生下了一百个儿子。"百"，在古文里面通常是虚指，就是"很多"的意思，但是在神话传说当中，文王就是有一百个儿子。所以后世祝福一家人的时候，往往会送他们一幅"百子图"，言外之意就是希望这个家族像文王那么有德行，而且人丁兴旺，有一百个孩子绵延子嗣。所以古人百子图的寓意不仅仅是多子多福之意，还有景慕文王之德的意义。这是第一章。

下面看第二章，"惠于宗公，神罔时怨，神罔时恫（tōng）。刑于寡妻，至于兄弟，以御于家邦"。从第二章开始，主人公就变成了文王。这个时候回顾第一章，才可以理解第一章的意义，即交代文王人生中的母系妻族的德行。"惠于宗公"，"宗"是宗庙，宗庙里面祭祀的是先王先公，"惠于宗公"是说文王非常敬顺祖先。"神罔时怨"，"神"指的还是在宗庙里的先王先公，"罔"就是"无"，"时"，老师理解为"是""这"的意思。"神罔时恫"，"恫"就是伤心。"神罔时怨，神罔时恫"就是说这些祖先对于文王无所怨愤、无所伤心，因为文王是一个非常出色的继承人，所以祖先的在天之灵非常愉悦，非常开心。

下面"刑于寡妻，至于兄弟，以御于家邦"。"寡"的意思是少，与它相反的是"庶"，"庶"是"多"的意思。"寡人"对"庶民"。"寡妻"，指的是文王的正妻。"刑"是"典范"的意思，也就是说文王作为丈夫，他的德行是可以给他的妻子作模范作表率的。"至于兄弟"，"刑"的范围不只是"寡妻"还包括"兄弟"，文王的德行对他的同族兄弟来说也起到了模范的作用。"以御于家邦"。"御"在这里是"治国""治理"的意思。"以御于家邦"就是说文王的德行对于这个国家也很好,能够很好地治理这个国家。这是第二章的内容。

"惠于宗公,神罔时怨,神罔时恫(tōng)。刑于寡妻,至于兄弟,以御于家邦。"这短短的六句话,其实是富有深意的。前三句是说祖先的神灵对文王是满意的,从侧面表达了文王个体德行的美好。然后"刑于寡妻,至于兄弟"是"齐家",最后"以御于家邦"这一句就是"治国"。综合起来看,这六句诗表达了"修身""齐家""治国"这三个层次的德行。大家如果对《礼记·大学》有所了解的话,就会知道儒学思想中有所谓三纲领与八条目。三纲领为"明明德""亲(新)民""止于至善",八条目是"格物""致知""诚意""正心""修身""齐家""治国""平天下"。八条目是实现三纲领所需下的功夫。八条目的后面四个通常被简称为"修齐治平",为儒学最高之人生理想。文王这里占了前三条。可能小朋友会问,为什么文王这里没有"平天下"的部分呢?这是因为文王此时还没有做到"平天下",他现在还只是居住在西部的一个诸侯而已,所以只有"修身""齐家""治国"的部分。

第三章,"雍(yōng)雍在宫,肃肃在庙。不显亦临,无射(yì)亦保。肆戎疾不殄,烈假不瑕。"大家把"雍(yōng)雍"圈起来,这是生字生词,"雍雍"就是和睦的样子,"雍和宫"的名字就取自这里。"宫"其实就是"家"的意思,在先秦时期,普通人的家也可以称为"宫"。"雍雍在宫"就是说家里非常和睦。"肃肃在庙",在祭祀典礼中非常严肃认真,礼仪严整。"不(pī)显亦临","不"通"丕",意思是"大","临"的意思是治理邦国。"不(pī)显亦临"是说治理邦国光明磊落。"无射(yì)亦保","射(yì)"的意思是厌弃。"无射(yì)亦保"就是说文王的德行不被百姓所厌弃,言外之意就是百姓非常拥戴他。"肆戎疾不殄,烈假不瑕","戎疾"就是西戎。我们讲《大雅·绵》的时候讲过,古公亶父为什么要迁移到岐山这里,就是因为他受到了戎狄的侵扰。到了文王的时代,他治理国家治理得非常好,国家强大,戎狄不敢来骚扰。"烈假不瑕","烈假"就是疫病,"不"为语气助词,无意义,"瑕"空闲远去的意思。"烈假不瑕"就是没有瘟疫。第三章还是讲文王的德行。文王在家、在庙、在政、在民都非常有德行,所以文王治下的周国既无内忧也无外患。

最后一章,"不闻亦式,不谏亦入","不"这个字理解为语气助词才比较好理解全句的意思。"闻"就是听。听到别人有价值的话，文王就会采用；听到别人的谏言，对他提的有益的意见，他就听从。这两句说明文王在治理中非常善于吸纳别人的意见。有的学者把"不"理解成否定的意思，"不闻亦式，不谏亦入"就是说不用听谏言，文王就能知道应该怎么做。老师觉得这样的理解有一点过于神化文王，就好像他是一个生而知之的人一样。老师觉得一个真正合格的伟大的领导人，应该是善于听取别人意见的，他能够以宽容的态度听取别人的批评意见。所以老师没有采取这种解释，而是把这两个"不"字理解成语气助词，文王听到别人好的建议，就听从；听到别人的批评，他也改正。

然后"肆成人有德"，"肆"的意思是"所以"，"肆成人有德"，所以成年人都有德行。"小子有造"，未成年人都得到教育，有所造就。从小孩子到成年人，文王都管理教育得很好，使他们都有德行，用儒家的话来说就是"纳上下于道德"。以至于"古之人无斁（yì），誉髦（máo）斯士"。最后一句是总结。这里的"古之人"指的是文王，为什么呢？因为《大雅·思齐》是一首祭祀的诗歌。既然是在祭祀的时候演唱这首诗歌，那么文王肯定已经去世了，文王就是"古之人"。"斁"就是"厌倦"，"无斁"就是不厌倦。文王的德行永远不被我们所厌倦。"誉髦（máo）斯士"，而且他的德行还在勉励、激励着我们后人。

《大雅·思齐》的主题非常清楚，就是歌颂文王。《大雅·生民》是歌颂后稷的；《大雅·公刘》是歌颂公刘的；《大雅·绵》是歌颂古公亶父的。到了《大雅·思齐》我们就学习到了歌颂文王的部分。这一部分会涉及好几首诗歌作品。《大雅·思齐》最独特的地方在于展现了在周族发展壮大过程中的女性角色。

家长课堂

我们在上面总结周族历史的过程中，可能大家已经留意到，根据《史记》的记载，古公亶父有三个儿子，长子泰伯，次子虞仲，大姜生少子季历。但是最后继承周族领导权的是少子季历。这是为什么呢？还是回到《史记》：

> 古公有长子曰泰伯,次曰虞仲。太姜生少子季历。季历娶太任,皆贤妇人,生昌,有圣瑞。古公曰:"我世当有兴者,其在昌乎?"长子泰伯、虞仲知古公欲立季历以传昌,乃二人亡如荆蛮,文身断发,以让季历。

原来姬昌(周文王)出生之后,有一些祥瑞的征兆。古公就说:"我的后代当中有成大事的人,是不是就是昌啊?"于是长子泰伯和次子虞仲就知道古公想立季历,以便将来能传位于昌,所以这两个人就逃亡到了荆蛮之地。并且按照蛮夷的风俗剪短头发,在身体上刺上花纹,表示自己不能再被任命为周人的首领了。用这种方式把大位让给了季历。季历去世之后,就是姬昌继位了。

泰伯的谦让之德一直被后人称道。孔子曾经在《论语》里面说:"泰伯,其可谓至德也已矣。三以天下让,民无得而称焉。"后来司马迁写作《史记》的时候,也把泰伯所建立的吴国列为"世家"第一,即《吴泰伯世家》,大家有兴趣可以找来读一读。

历史上也有因为让国没让好,从而引起国家内乱的情况。这段历史发生在东周时期的吴国,还引起了历史上著名的刺杀事件——专诸刺王僚。

话说吴王寿梦有四个儿子,第四子为季札,最有贤名。寿梦临终前想传位于季札,但季札淡泊权位,推辞掉了。于是吴王之位依照礼法传给了寿梦的长子诸樊。诸樊知道季札贤明,就不立太子,想依照兄弟的次序把王位传递下去,最后好把国君的位子传给季札。于是,诸樊去世后,二弟余祭继位。余祭去世后,三弟余眜继位。余眜去世后本当传给四弟季札,无奈季札却逃避不肯成为国君。吴国人无奈之下只好拥立了余眜的儿子僚为国君。但是这个时候,诸樊的儿子公子光就不干了。他认为,如果按照兄弟的次序,季札当立;但是如果一定要传给儿子的话,那么我才是真正的嫡子,应当立我为君。所以,他一直秘密夺取吴王之位。后来他得到了伍子胥和刺客专诸的帮助,专诸用鱼肠剑刺死了吴王僚,公子光继位,是为吴王阖闾。

季札虽称贤人,但是却引起了吴国的政治动荡。对比之下,泰伯和虞仲"断发纹身",以示不可用的决绝,才是更令人佩服的智慧与勇气。不知道大家发现没有。泰伯和虞仲其实是季札的祖先。看来泰伯的后世子孙并没有学习到他的智慧啊。

习学

主旨：《大雅·思齐》是一首歌颂文王的诗。

生字生词：

1. 齐（zhāi）：通"斋"，端庄貌。
2. 嗣：继续，继承。
3. 徽音：美好的名声。林徽音之名出自此处。
4. 御：治理。
5. 雍雍：和睦的样子。雍和宫的"雍"即此意。

名物：百子图

百子的典故就出自《诗经》。《大雅·思齐》里说："大姒嗣徽音，则百斯男。"传说文王有百子。《封神演义》里面也写到这个情节。文王本有99子，后来雷震子加入，凑成百子。中国古人的观念是生得越多越好，"子孙满堂"被认为是家族兴旺的最主要表现。"文王生百子"被认为是祥瑞之兆，所以古代有许多"百子图"流传至今。

古人崇尚生育，虽然不太为新时代的新风尚所接受，但是随着近年来人口老龄化、人口负增长、甚至是欧洲"伊斯兰化"等问题的出现，我们才能真正理解古人的智慧。"不孝有三，无后为大"，并不是什么陈词滥调的恶趣味，而是关系一个国家、民族、文化的头等大事。在《愚公移山》的寓言中，"子子孙孙无穷匮也"，才是撼动天神的力量，也是让愚公坚持下去的希望。

文化常识：

刘向《列女传》记载："周室三母，太姜任姒（sì），文武之兴，盖由斯起。太姒最贤，号曰文母。三姑之德，亦甚大矣！"传统儒学对妻子（母亲）在一个家庭中的作用是非常重视的。据说《关雎》就是歌颂文王之妻子"大姒"的。《大雅·思齐》介绍了周族龙兴过程中三位非常重要的母亲（女性）：第一代，古公亶父（太王）的妻子周姜；第二代，王季的妻子，文王的母亲，大任；第三代，文王的妻子，大姒。诗的记录虽然略显精炼，但是与以男性为主的历史记录却判然有别。"诗教"更通人情与人性，特为此章以表述女性在周族历史中的重要意义。所以，"诗"与"史"互相发明才能得中国传统文化精髓之全貌。

另外，根据《大戴礼记·保傅》记载，大任怀孕的时候"立而不跂（不踮脚尖），坐而不差（身子歪斜），独处而不倨（傲慢），虽怒而不詈（lì，骂），胎教之谓也。"这一段后来被收录在《列女传》中，大任怀周文王时讲究胎教的事例，后来一直被奉为女德的典范。我们古人早早就明白胎教的意义，是不是非常令人惊讶？

作业：

1. 诵读《大雅·思齐》。
2. 阅读《诗经里的世界》007、018 篇。

三十五、《大雅·文王》

文王在上，
於昭于天。
周虽旧邦，
其命维新。
有周不显，
帝命不时。
文王陟降，
在帝左右。

亹亹文王，
令闻不已。
陈锡哉周，
侯文王孙子。
文王孙子，
本支百世，
凡周之士，
不显亦世。

昭：光明。

命：天命。

不：通"丕"，大。

时：时机。

陟：往上。降：往下。

亹亹：勤勉。

令：美好。已：停止。

陈：一而再。锡：通"赐"。

侯：做诸侯。

本：嫡系。支：支系。世：三十年。

显：荣耀。

世之丕显，
厥犹翼翼。
思皇多士，
生此王国。
王国克生，
维周之桢。
济济多士,
文王以宁。

厥：其。犹：谋划。翼翼：小心。

思：发语词。皇：美盛。

克：能。

维：是。桢：骨干。

济济：多。

穆穆文王，
於缉熙敬止。
假哉天命，
有商孙子。
商之孙子，
其丽不亿。
上帝既命，
侯于周服。

穆穆：庄严肃穆。

於：语气词。缉熙：光明。止：语尾助词。

假：大。

丽：数目。不：语气助词，无意义。亿：十万。

既：已经。

侯：做诸侯。服：服从。

侯服于周，
天命靡常。
殷士肤敏，
祼将于京。

靡：没有。

肤：壮美。敏：勤勉。

祼：一种祭祀的典礼。京：京师。

厥(jué)作(zuò)裸(guàn)将(jiāng),
常(cháng)服(fú)黼(fǔ)冔(xǔ)。
王(wáng)之(zhī)荩(jìn)臣(chén),
无(wú)念(niàn)尔(ěr)祖。(zǔ)

厥：其。作：开始。将：举。

黼冔：殷人的礼服与礼帽。

荩臣：进用之臣。

无：语气词，无意义。

无(wú)念(niàn)尔(ěr)祖(zǔ),
聿(yù)修(xiū)厥(jué)德(dé)。
永(yǒng)言(yán)配(pèi)命(mìng),
自(zì)求(qiú)多(duō)福(fú)。
殷(yīn)之(zhī)未(wèi)丧(sàng)师(shī),
克(kè)配(pèi)上(shàng)帝(dì)。
宜(yí)鉴(jiàn)于(yú)殷(yīn),
骏(jùn)命(mìng)不(bú)易(yì)!

聿：发语词。厥：其。

师：军队。

克：能。

鉴：借鉴。

骏：大。易：改变。

命(mìng)之(zhī)不(bú)易(yì),
无(wú)遏(è)尔(ěr)躬(gōng)。
宣(xuān)昭(zhāo)义(yì)问(wèn),
有(yǒu)虞(yú)殷(yīn)自(zì)天(tiān)。
上(shàng)天(tiān)之(zhī)载(zài),
无(wú)声(shēng)无(wú)臭(xiù)。
仪(yí)刑(xíng)文(wén)王(wáng),
万(wàn)邦(bāng)作(zuò)孚(fú)。

遏：停止。躬：自身。

宣：宣明。昭：光明。问：闻，名声。

虞：祸患。

载：事情。

臭：通"嗅"，气味。

仪刑：效法。

孚：信服。

解读

我们上一讲学习了《大雅·思齐》,讲了周人龙兴过程中的三代圣母,她们分别是:第一代古公亶父的妻子周姜;第二代王季的妻子大任;第三代文王的妻子大姒。这三位女性对于周人的兴旺起到了非常重要的辅助作用。我们对周人历史的学习也来到了文王的阶段。我们今天就来讲《大雅·文王》。

师:在学习《文王》这篇之前,我们需要先看一下,《文王》这篇作品在"大雅"的什么位置?

生:是"大雅"的第一篇。

师:我们来讲一个特别重要的文学常识。

太史公司马迁在《史记·孔子世家》里面对《诗经》"风""雅""颂"的开篇诗歌做了一个总结:"《关雎》之乱以为'风'始,《鹿鸣》为'小雅'始,《文王》为'大雅'始,《清庙》为'颂'始。"《关雎》是风诗的开篇,《鹿鸣》是"小雅"的开篇,《文王》是"大雅"的开篇,《清庙》是"颂"的开篇。这些开篇在编排上非常重要吗?为什么太史公会强调这四部分的"开篇"呢?

这就是老师要讲的问题。在古人解经的系统中,《关雎》讲的是文王的后妃之德,《鹿鸣》讲的是文王宴享群臣,"大雅"开篇《文王》讲的自然是文王,"颂"的开篇《清庙》也是颂美文王、祭祀文王的诗歌。所以我们可以发现《诗经》的"四始"——"风""小雅""大雅""颂"的四个开篇诗歌作品都和文王有关。这是为什么呢?

我们在读书的时候,尤其是在阅读经典的时候,尤其要注意它的开篇——它的第一句话或者第一篇,通常是作者最慎重的下笔,往往会表达出作者(编者)的写作(编辑)意图:他为什么要写(编)这个作品,他想表达什么样的价值观和思想感情。《诗经》的"四始"为什么要以"文王"为始呢?这是我们必须要回答的问题。因为我们之后要学的几篇诗歌都跟文王有关,所以我们在第一次讲

"文王"的时候必须要把这个问题弄清楚。

根据历史的记载,古公亶父有长子泰伯,二子虞仲,然后太姜生了少子季历。季历娶了太任,太任生了姬昌。姬昌就是后来的周文王,是周人的第十五代。传说姬昌一出生就有比较明显的祥瑞发生,姬昌的爷爷古公亶父就说:看来姬昌能够让我们这个家族兴旺昌盛起来。所以古公亶父的长子泰伯和次子虞仲知道古公想要传位给姬昌的父亲季历,这样才能最后传位给姬昌。于是两个人就逃到了南方吴越之地,而且在身体上文上花纹,就像原始部落的人一样,还把头发剪断,这样他们就不再具有继位的可能。于是古公亶父去世之后,季历就继位为王,被尊称为王季或者公季。公季继续遵循着他的父亲以及他的祖先的执政传统,有仁德行正义,诸侯都非常尊敬他。等到公季去世之后,姬昌继位,因为姬昌居住在西边,所以他被称为西伯。

西伯继位之后,"遵后稷、公刘之业,则古公、公季之法"(《史记·周本纪》)。他遵循了他的祖先后稷、公刘、古公亶父、公季的生活方式和治理法则。"笃仁,敬老,慈少",非常有德行,对百姓非常仁慈。"礼下贤者,日中不暇食以待士",礼贤下士,"士以此多归之",所以很多有才能的人都跑到西伯这里来归顺于他,做他的臣子。

所以,现在回到刚才的那个问题,为什么《诗经》的"四始"都以文王为主题呢?这个问题就是理解中国儒学文化的关键所在。从历史—政治的角度讲,是周武王伐纣成功建立了周朝,一统天下。但是从"经学"的角度来讲,改换了"天命"的人是周文王,不是周武王。为什么这样讲呢?我们来看同时期的《尚书》。《尚书》里面有一篇文章叫《武成》,里面就讲"我文考文王克成厥勋,诞膺天命,以抚方夏。大邦畏其力,小邦怀其德。"在周人绝大部分的表述中,文王才是改换天命、承担天命的那个人。他被上天选中来统治华夏,大的邦国害怕他的武力,小的邦国感念他的德行。什么叫"天命"?古人认为让谁统治和不让谁统治,是有天命的。所以古代的皇帝都自称为"天子",就是上天的儿子。在皇帝之上还有一个"天",这个"天"会选择让谁当王,让谁统御四方,这就是"天命"。

所以,按照历史—政治的原则,一定要等到改朝换代才是周朝的开始,那就应该从武王开始算。但是在经学的系统中，文王才是那个改换了天命的人。这就是为什么不能只把《诗》当成文学作品来讲的原因，《诗》是"经"，承载了"经"的价值系统。如果只是当做文学作品解读，就无法理解它背后的很多意义。

好了，我们现在来看《大雅·文王》讲了什么。

"文王在上，於（wū）昭於（yú）天"。"大雅"和"颂"大部分是祭祀的诗歌，所以祭祀文王的时候，文王肯定已经去世了，因此"文王在上"指的是文王的神灵在天上。"於（wū）"是发语词，"昭"的意思就是"光明"，文王的神灵光显于天。开篇两句就为全诗定了调，这是一篇赞美文王的诗，文王的德行美好，去世之后配享上天，他在天上的神灵也是光显荣耀的。

"周虽旧邦，其命维新"，周虽然是一个旧的邦国，到文王这里已经是第十五代了。可是现在他却拥有一个新的天命。周本是偏安于西部的一个小诸侯，但是到了文王这里，整个天命就改换过来了，就是说文王已经具有了领导天下的资格。《大雅·文王》这一篇里有很多关于"天命"的讲法，比如说"上帝既命"，上帝已经颁布了天命；"永言配命"，我们要永远配得上天命；"宜鉴于殷，骏命不易"，要借鉴殷商败亡的命运，这样周人拥有天命才不会被改变，等等。所以《诗经》的"四始"都是讲的文王，就是因为文王才是最重要的那个改换了天命的人。文王的儿子武王只不过是把天命实现了，真正改换天命的人是文王，《诗经》在很多首诗篇中都不断强调这一点：《诗经·大雅·皇矣》"帝谓文王，予怀（尔）明德"，《大雅·大明》"有命自天，命此文王"。《孔子诗论》里说："'有命自天，命此文王'，诚命之也。信矣。孔子曰：此命也夫！文王虽欲已，得乎？此命也。"意思是，这个时候文王想要拒绝天命也是不能够了。

"有周不（pī）显，帝命不（pī）时。""不（pī）"是生字生词，这里"不"读"pī"，通"丕"，就是"大"的意思。这个字在《诗经》里面经常出现，大家要记住。"有周不（pī）显，帝命不时"，（在文王的治理下）周族又壮大又显赫，所以上天降下的天命非常合乎时宜，恰到好处（正是在文王这个时候）。"文王陟降，在帝左右"，文王的神灵上上下下，在天帝的左右陪伴着。"陟"

是上行,"降"是从上往下走,古人认为有德行的祖先的神灵都是陪伴在天帝的旁边。

"亹（wěi）亹文王","亹亹",勤勉的样子。史书里面记载文王在世的时候,"日中不暇食以待士",听到有人来投奔自己,来不及吃东西就赶快去接待,非常地勤勉,所以说"亹（wěi）亹文王"。勤勉的结果就是"令闻不已","令"字我们之前讲过,它是"美好""善"的意思,比如"令名""令誉"。"令闻不已"就是说文王的好名声没有停止,传遍天下。"陈锡哉周","陈"就是"再","一而再"的这个"再"。文王的德行使得上天一而再、再而三地赐给周人福祉。"锡",通"赐"。"侯文王孙子",上天的恩赐一直持续到了文王的后代子孙身上,使他们都可以做天下的诸侯。

接着"文王孙子,本支百世",上文以"文王孙子"结束,下一章以"文王孙子"开始,这是一种修辞手法,叫"顶真"（或"顶针"）,就是上一章的结尾是下一章的开头,一环扣一环,使语言产生一种音韵上循环往复的美感,比如"上帝既命,侯于周服。侯服于周,天命靡常"。这是非常常见的一种修辞手法。文王的后世孙子,"本"指的是文王嫡系的后代,"支"指的是非嫡系的文王的后代支脉。比如武王、成王就是"本"系,周公召公就是支系了。"本支百世"就是说无论是文王的嫡子还是支脉都可以传百世之后。这里有一个知识点,古人以三十年为一世,百世就是三千年。这一句就是祝愿文王的德行能够使上天赐福周人的子孙,让他们可以传到百世之后。当然这是一个祝福的话。"凡周之士,不显亦世",不光是文王的子孙,即使是到周朝来做官的士君子,辅佐周天子的群臣,也"不（pī）显亦世",他们的德行也又大又光明,他们的德行和富贵也可以世世代代传下去。《周易》里面就有一句话——"积善之家必有余庆,积不善之家必有余殃",就是说总是做善事的人家就会有好的事情发生,那些天天做坏事的人家一定会有倒霉的事情发生,很可能祸及子孙。也就是说祖先如果做善事就会福泽后人,如果做缺德的事就会祸及子孙。

"世之不（pī）显,厥犹翼翼",又是一个顶针修辞。如果想要这些世代永远光明地传下去,就需要后代子孙小心翼翼,谨慎行事,不能认为自己是天子,或者是诸侯,是有地位的人,就为所欲为,那是不能长久的。你想要你的后代可以世世代代传下去，就应该小心翼翼，要非常谨慎。你要对你的职责非常敬畏和负责。所以要"思皇多士，生此王国"，你要努力让很多优秀的人才来到你的王国。"王国克生"，大家把"克"圈起来，意思是"能"，只有当这个王国能有很多优秀的人才聚集的时候，才能"维周之桢（zhēn）"，才是周族的骨干。任何的时代，国族之间的竞争都是人才的竞争。《诗经》里面所展现的周人的政治智慧很早就明白这个道理。所以才会反反复复强调人才的重要意义。"济济多士，文王以宁"，这里有一个成语——"人才济济"。"济济"就是"非常多""众多"的意思。"人才济济"就是人才众多。"济济多士，文王以宁"，正因为有这么多的优秀的人聚集在周族的朝廷里，所以文王在天上的神灵才能安心下来。

"穆穆文王"，文王的神灵在天上庄严肃穆，"穆"就是庄严肃穆的样子。"於（wū）缉熙敬止"，"於（wū）"是语气词，表示感叹。"缉熙"是光明正大的意思。"敬"是尊敬的意思。文王的神灵是光明正大令人尊敬的。"假哉天命"，"假"的意思就是"大"。"假哉天命"就是"大哉天命"。到了文王这里，天命开始转移，从殷商人的天下开始转移到周人的天下。"假哉天命，有商孙子"，天命开始命令商人的子孙，要让出天命了。当时文王在位的时候，整个天下还是殷商人的天下，当时在位的天子是商纣王，这是中国历史上特别著名的亡国之君。那么在商纣王这一代，整个商朝的"天命"就结束了。"商之孙子，其丽不亿"，"丽"在这里是"数目"的意思。"不"在这里是语气词，并不表示否定。"亿"在古文里面是"十万"的意思。"其丽不亿"就是说商人的子孙不下十万人，言外之意就是说商人的子孙非常多。可是无论商人的子孙有多少，天命已经开始改换了。"上帝既命，侯于周服"，"既"是"已经"的意思，"上帝既命"就是上帝已经下达了天命，这个天命是"侯于周服"。殷商人的子孙有十万之数，但是他们要臣服于周人，做周人的诸侯，他们要居于周人之下了，这就是现在的天命。前面三章讲文王的德行，而第四章就开始讲因为文王有德行，所以天命改换了，殷商的子孙要"侯于周服"。

"侯服于周，天命靡常"，过去为天子，现在为臣子，所以天命是没有常道的。"靡"的意思是"无"，今天的生字生词。"天命靡常"就是说天命不会永远眷顾于一家一姓。"天命靡常"是周人一直强调的政治概念。为什么要强调这个呢？因为西伯在位的时候，虽然他只是殷商西部边陲的诸侯，但是由于他的德行，很多诸侯都开始归附于他，听他的命令。商纣王有一个臣子祖伊跟纣王建议说："王，您要小心西部的姬昌。他已经威胁到了您的统治。"但是商纣王非常刚愎自用，他盲目自信地说："（我）不有命自天？"我难道不是有天命的眷顾吗？这是特别著名的一句话。纣王认为他作为天子，不断地给祖先祭祀，供养它们，还祭祀上帝，那么天命就会眷顾于他，而且永永远远不会改变。但是从文王开始，天命其实已经发生了改变。后来武王带领军队征讨商纣王，获得了胜利，拥有了天下，改换了天命。所以，周人特别强调的一个政治原则就是"天命靡常"，针对的就是纣王的"我不有命自天"的说法。

"天命靡常"下面通常会接一句"惟德是辅"。大家把这四个字写在"天命靡常"的旁边。"天命靡常，惟德是辅"，天命没有常道，谁有德行，天命就会辅佐谁。天命只辅佐有德行的人。这是非常重要的儒学的政治观念，可以说整个儒家的政治哲学智慧就是这八个字——"天命靡常，惟德是辅"。但是这首诗里面只有前四个字——"天命靡常"。"侯服于周，天命靡常"，现在殷商人变成了周人的臣子了，那么可见天命是没有常道的。

"殷士肤敏"，"殷士"就是殷商的士人，贵族。"肤敏"就是特别勤敏。特别勤敏地做什么呢？"祼（guàn）将于京"。"祼（guàn）"是一种祭礼，将要在都城举行。这个时候的京都就是镐京。这是一首祭祀文王的颂歌，也就是说这首诗被演唱的时候，周人已经改换了天命，拿下天下了，现在殷商人的后代变成了周人的臣子。所以当周人祭祀祖先文王的时候，殷商的贵族作为臣子也是需要来到国都共同参与祭祀的，这就叫"祼（guàn）将于京"。"厥作祼将，常服黼（fǔ）冔（xǔ）"。"黼（fǔ）"和"冔（xǔ）"是殷商人的礼服。殷商人的贵族穿着殷商的礼服参加周人的祭祀。这里有一个知识点，就是周人灭商之后，在文化方面，周人并没有强迫殷商人的后代改变他们的服饰，反而是尊重他们的服饰制度、文化方式。这是对文化多样性的尊重。所以"常服黼冔"，殷人的贵族穿着自己的礼服来参与祭奠文王的典礼。"王之荩（jìn）臣"，"荩"是钟爱的意思，"王之荩臣"就是周天子所钟爱的臣子。"无念尔祖"，"无"还是句首发语词，并不是否定的意思，这句话的意思其实就是"念尔祖"。你们要永远地记着祖先的功业，想着祖先的德行。

前面讲有很多殷商人的后代参加祭祀。但是除了这些人以外，参加典礼更多的还是文王的后代子孙。那么文王的这些后代子孙，包括现在领导着整个祭祀典礼的周天子，要"无念尔祖，聿修厥德"，都要想着你们祖先文王的德行和荣光，不断地修养自己的德行。"厥德"指的就是文王的德行。这样才能"永言配命"，才能够永远地配得上天命的要求。你们要"自求多福"，要自己保持住自己的福气，言外之意就是说你们要好自为之。你们要怎样做才能够让天命永远地眷顾于周人做王、做侯呢？就是要"聿修厥德"。文王当年是怎样挣来天命的，我们今天就应该怎样做。要通过不断修养自身的德行，做一个有德行的统治者才能"永言配命"，维系周的统治，这就是"自求多福"。

"殷之未丧师"，"师"在这里是军队的意思。殷商的军队还没有被周武王打败的时候，"克配上帝"，"克"就是"能"，他们还能够配得上天命。但是后来殷商因为失德而失掉了天命，"侯服于周"。所以我们要"宜鉴于殷"，"鉴"的本意是"镜子"，它的引申意就是"借鉴"。以殷商人的历史命运为借鉴，这样才能"骏命不易"。"骏"是"大"的意思。借鉴了殷商失德失天命的历史经验，上天赐予周人的大命才能不被改变。"易"在这里就是"改变"的意思。"骏命不易"就是"永言配命"的意思。

最后一章，顶针开头，"命之不易"，想要天命不改变，必须怎么做？"无遏尔躬"，"遏"就是"停止""断绝"的意思，比如"遏制"。"无遏尔躬"就是你不要停止对你自身德行的修养。"宣昭义问"，"宣"是"宣传""宣明"的意思。"问"在这里是"闻"的意思，就是名声。"宣昭义问"就是要把德行，符合道义的名声都宣明出来，能够让大家看到。言外之意就是要让人民真正能感受到统治者的德行。"有虞殷自天"，因为商人的败亡是来自天命的，所以我们要借鉴殷商的败亡。

最后四句，"上天之载，无声无臭（xiù）。仪刑文王，万邦作孚（fú）"。"上天之载"的"载"是"事"的意思。上天的天命是无声无息的。这句话特别有意思，我们前面讨论了很多天命，天命一会儿在殷商人的身上，一会儿又改变到了周人身上。那我们怎么才能够判断天命到底归向于谁呢？我们怎么来判断我们的所作所为符不符合天命的要求呢？我们能够去问上天吗？不能够。为什么？因为"上天之载，无声无臭"。这个"臭（xiù）"不是"臭"的意思，而是"嗅"，是"气味"的意思。"无声无臭"就是没有声音，也没有气味，上天的天命没有任何指征告诉你天命现在喜欢谁了。那我们怎么来理解天命呢？最后这一句给了我们答案——"仪刑文王，万邦作孚（fú）"，把"仪刑"圈起来，"仪刑"就是以文王为法则，"仪"就是效法，"刑"也是效法。"仪刑文王"就是效法文王的意思。因为这一篇是祭祀文王的诗，文王是改换了天命的人，所以我们只要照着文王的做法去做，以文王为榜样就可以了。这样就能够"万邦作孚"，"孚"的意思是"相信"，"万邦作孚"就是天下万邦——各个诸侯国和人民都会信任和拥戴周人的统治。诗的最后，把"文王"和"天命"联系在了一起，说明了文王所开创的德行传统正是对"天命"的解读和阐释。

  这是老师非常喜欢的一首诗，光明正大、中正平和，非常有力量，非常漂亮的一首诗。《大雅·文王》围绕着"天命"展开，讲了"天命靡常，惟德是辅"这样一个道理。很多人用厚黑学的历史观去看，认为周人之所以这么说不过就是为他们反叛商纣王而打出的一个政治口号，是一种政治宣传。但是我们必须看到，当周人得到天下之后，仍然在他们祭祀的乐歌中反反复复地吟唱"天命靡常，惟德是辅"，就是要告诫后代的领导者、后代的周天子、后代的诸侯要守住天命，要敬德保民。这就意味着"天命靡常"这个概念成了周人统治者头上的紧箍咒，如果周人后代失去德行，天命照样可以改换给别家。因此，"天命靡常，惟德是辅"就成为周人为我们留下的政治智慧与政治原则。无论是汉高祖刘邦，还是唐太宗李世民，无论是谁，只要统治者没有德行，都会面临着被推翻、被剥夺天命的危险。

  师：所以，《大雅·文王》的主题就非常清楚了。谁来总结一下？
  生：这首诗是一首颂美文王的诗歌。
  师：老师问一下《大雅·文王》是唱给谁听的？它的教育对象是谁？
  生：文王的后代。
  师：文王的后代很多，这些文王的后代应该是什么政治身份？他们是统治者还是被统治者?

生:他们要继承天命。所以他们是统治者,他们要承担天命的。他要"万邦作孚",所以肯定是统治者。

所以老师在这里要做一个特别重要的总结:《诗经》当中的"雅""颂",都是歌功颂德的诗篇。但是它们所歌颂的是周人先祖的德行和功业,教育的对象是后代继位的统治者、治理者、领导者,而不是百姓。不是让百姓"歌功颂德",而是要让后代的子孙、后代的继位者不要败坏先祖的德行和功业,要"永言配命""自求多福"。这才是"歌功颂德"的真意,这样的"歌功颂德"才不会让百姓反感,才能真正起到实际的政治意义、教育意义。

这首诗里出现了很多成语,如"自求多福",就是靠自己的力量和能力求取福禄,求取幸福。另一个成语是"殷鉴不远"。当然这个成语在其他的诗歌里也出现过,《诗经·大雅·荡》里面说"殷鉴不远,在夏后之世",就是说殷商灭亡的教训就在眼前,我们一定要吸取教训,比喻前人的教训近在眼前,我们不可不慎重对待现在的情况。

最后,老师再强调一点,《诗经》"四始"是以文王为主要内容,经学认为改变天命的人是文王而不是伐纣成功的武王,背后的重要原则就是"耀德不务武",强调光耀德行的重要意义,武力则是次要的。《国语》里面说"先王耀德不观兵",先王最重视的是德行,武力是最后实现德行、改换天命的方式,但是真正的对改换天命起到决定性作用的是德行。"崇德"是儒家最重要的思想传统。

家长课堂

从历史—政治的角度讲,开创周朝的是周武王,时间节点非常清晰,以武王伐纣成功的牧野之战为标志。从经学的角度讲,是文王改换的天命。那么,文王改换了天命有没有什么标志性的事件呢?

我们来看《大雅·绵》的最后一章。

虞芮质厥成，文王蹶厥生。

予曰有疏附，予曰有先后。

予曰有奔奏，予曰有御侮！

它讲了一个故事，我们对照《史记·周本纪》中的散文来看一下具体的记载：

> 西伯阴行善，诸侯皆来决平。于是虞、芮之人有狱不能决，乃如周。入界，耕者皆让畔，民俗皆让长。虞、芮之人未见西伯，皆惭，相谓曰："吾所争，周人所耻，何往为，只取辱耳。"遂还，俱让而去。诸侯闻之，曰"西伯盖受命之君"。

这段文字讲的是，诸侯之间如果有矛盾争斗，都到西伯这里来，让西伯给他们评判是非。然后就举了一个例子，虞和芮两个小诸侯国有冲突，谁也说服不了谁。于是就去找西伯评理，当他们进入周人地界后，看到这里的一切都井井有条，百姓都特别有德行，互相谦让。耕种的人之间相互谦让田畔的范围，大家都不争抢土地；百姓也都尊敬长辈。虞侯和芮侯一边走一边观察，还没有见到西伯，两个人就感到非常惭愧，说我们所争的这一点点小利是周人所耻于争的，我们还需要去让西伯评理吗？太丢人了。其实只要我们相互协商一下，互相谦让一下，这个事情就能够解决。于是虞侯和芮侯就回去了，原来相争的事情也得到了很好地解决。其他诸侯听说了这件事情之后，都认为西伯就是得到天命的君主。

古代经学家认为，虞、芮二侯争讼及其解决这件事就是天命转换的标志性事件。为什么呢？我们想一下，如果我们和他人有矛盾了，一般会去找谁评理呢？我们一般会去法院评判。为什么法院具有这样的功能呢？我们为什么不随便到大街上找一个人评理呢？因为法院是国家权力的代表。所以在虞、芮二侯来找西伯评判的故事中，他们本应该去找当时天下的共主纣王去评理，但是他们没有去，而是找到了文王,说明在他们的心里,这个时候的文王实际上已经具有了代替纣王、成为被天下人信服的统治者的资质。

我们后来讲民心所向,老百姓的心向着谁,谁就有天命。但是在先秦时期,普通的平民百姓还没有登上历史舞台,这个时候的"民"的代表其实就是诸侯,当时天下有很多诸侯,他们归向于谁,就证明天下的权威在谁身上。所以文王在位的时候,三分天下有其二,无论在德行上还是在威信上,他已经成为被天下诸侯所信任的那个人。

因此这是一个决定性的历史事件,从这个事件中我们可以判断,天命已经归向了周人,归向了文王。

习学

主旨:《大雅·文王》是一首颂美文王的诗篇。

生字生词:

1. 昭:光明,昭明,如日月昭昭。
2. 世:古人以三十年为一世。
3. 鉴:镜子,引申为动词,借鉴。成语:光可鉴人。
4. 易:改变,变化。如《易经》这本书就是讲"变化"的。
5. 仪刑:刑即型,效法。

名物:古代铜镜

《旧唐书·魏征传》记载,魏征去世后,唐太宗李世民非常难过,说了这样一段话:"以铜为镜,可以正衣冠;以史为镜,可以知兴替;以人为镜,可以明得失。"

成语：

1. **自求多福**：靠自己的能力求取福禄。
2. **殷鉴不远**：殷商灭亡的教训，近在眼前。语出《诗经·大雅·荡》，"殷鉴不远，在夏后之世。"后用"殷鉴不远"比喻前人的教训近在眼前，不可不慎。

文化常识：

《礼记·大学》曾两次引用此诗。一句是："《诗》云：'穆穆文王，於缉熙敬止。'为人君，止于仁……"另外一句是："《诗》云：'殷之未丧师，克配上帝。宜鉴于殷，骏命不易。'道得众则得国，失众则失国。是故君子先慎乎德。有德此有人，有人此有土，有土此有财，有财此有用。"

作业：

1. 背诵《大雅·文王》。
2. 读《诗经里的世界》011～013、021篇。

三十六、《大雅·灵台》

jīng 经	shǐ 始	líng 灵	tái 台，	经：规划。
jīng 经	zhī 之	yíng 营	zhī 之。	
shù 庶	mín 民	gōng 攻	zhī 之，	攻：建造。
bú 不	rì 日	chéng 成	zhī 之。	
jīng 经	shǐ 始	wù 勿	jí 亟，	亟：着急。
shù 庶	mín 民	zǐ 子	lái 来。	子：像儿子帮助父亲一样。

wáng 王	zài 在	líng 灵	yòu 囿，	囿：帝王的园林。
yōu 麀	lù 鹿	yōu 攸	fú 伏。	麀鹿：母鹿。攸：语气词。伏：卧着。
yōu 麀	lù 鹿	zhuó 濯	zhuó 濯，	濯濯：肥硕的样子。
bái 白	niǎo 鸟	hè 翯	hè 翯。	翯翯：洁白的样子。
wáng 王	zài 在	líng 灵	zhǎo 沼，	沼：池塘。
wū 於	rèn 牣	yú 鱼	yuè 跃。	於：语气词。牣：满。

jù 虡	yè 业	wéi 维	cōng 枞，	虡、业、枞：悬挂乐器的木架子。维：与。
fén 贲	gǔ 鼓	wéi 维	yōng 镛。	贲：大。镛：大钟。
wū 於	lùn 论	gǔ 鼓	zhōng 钟，	论：有秩序。

<ruby>於<rt>wū</rt></ruby> <ruby>乐<rt>lè</rt></ruby> <ruby>辟<rt>bì</rt></ruby> <ruby>廱<rt>yōng</rt></ruby>。　　　辟廱：天子的学宫。

<ruby>於<rt>wū</rt></ruby> <ruby>论<rt>lùn</rt></ruby> <ruby>鼓<rt>gǔ</rt></ruby> <ruby>钟<rt>zhōng</rt></ruby>，
<ruby>於<rt>wū</rt></ruby> <ruby>乐<rt>lè</rt></ruby> <ruby>辟<rt>bì</rt></ruby> <ruby>廱<rt>yōng</rt></ruby>。
<ruby>鼍<rt>tuó</rt></ruby> <ruby>鼓<rt>gǔ</rt></ruby> <ruby>逢<rt>péng</rt></ruby> <ruby>逢<rt>péng</rt></ruby>，　　鼍鼓：鳄鱼皮做的鼓。逢逢：鼓声。
<ruby>矇<rt>méng</rt></ruby> <ruby>瞍<rt>sǒu</rt></ruby> <ruby>奏<rt>zòu</rt></ruby> <ruby>公<rt>gōng</rt></ruby>。　　矇瞍：乐官。公：通"功"，功业。

解读

我们在上一讲讲了《大雅·文王》，讲了文王在周人龙兴过程中的重要意义。今天我们学习《大雅·灵台》，也与文王有关。

首先我们要回顾一下周人居住地的变迁。一开始，周人的始祖后稷，他的母亲是有邰氏的女儿，所以他的封地也在邰这个地方。然后他的后代因为受到了夏代政治混乱的影响，丧失了后稷的官职，于是奔窜于戎狄之间。接着就出现了一个非常重要的人物——公刘，公刘带着他的族人从戎狄之间迁居到了豳地，这就意味着周人从戎狄的游牧状态恢复到了祖先的农耕状态。所以《豳风》里面有很多重要的农事诗，比如《豳风·七月》，所以豳地是周人非常重要的祖先的居住地。虽然公刘迁到了豳地，但是他们在豳地仍然受到犬戎的侵袭。可能由于公刘和他的后代把豳这个地方经营得特别好，土地肥沃，人民众多，所以受到了少数民族犬戎的觊觎，抢夺他的土地和人口。这个时候又出现了一个重要的人物——古公亶父。古公亶父为了躲避戎狄之祸，带着他的族人迁居到了岐山周原这里。岐山所在之地也有一块高敞的平台，这个平台被称为周原。所以其实直到古公亶父迁居到周原的这一代开始，这一支族人才被称为周人。

周原附近有一条特别重要的河流就是渭水。渭水向东，流经周原，最后汇入黄河，它是黄河特别重要的支流。渭水也有它的支流，比如沣水、泾水、汾水、洛水，等等。我们推测周人一直在顺着渭水往东方迁移。文王首先来到了沣水附近，就是现在咸阳的附近，在沣水的西边建立了他的都城丰京。后来武王隔着一条河岸，在沣河的东岸建立了镐京。到了他们的后代周成王的时候，又营建了东都洛邑，被称为"成周"。丰京、镐京就被称为"宗周"。

文王建立了丰京之后，在丰京里还建设了很多其他的工程，这里面就包括了我们这首诗提到的"灵台""灵囿"和"灵沼"。古人认为灵台是丰京里面的一处台阁，这样的话，灵台就在现在陕西西安的附近。但是特别有意思的是，甘肃省有一个灵台县，据说是灵台的旧址。传说周文王曾经讨伐过当地的一个叫密须的诸侯国，然后在这里修筑了灵台，这个县就因此而得名，传承了3000多年，这个名字还没有改变，叫灵台县。当然到底哪个才是真正的灵台，还是有争论的。大家大概知道有这样一个地方就可以了。

另一个重要的问题是文王为什么要盖灵台？传说商纣王在位的时候，怕西伯姬昌叛乱，曾经把他囚禁在羑（yǒu）里（地名），囚禁了很多年。传说文王在被囚禁的过程中没事做，于是就把伏羲氏发明的八卦推演为更复杂的六十四卦。文王出狱后，为了治理国家和帮助百姓占卜吉凶，需要一个高台进行祭祀，这就是灵台的由来。讲了这么多的背景，就是要小朋友们理解灵台的意义。我们首先要知道灵台是文王为了统治他的国家，为了百姓的福祉而建造的一个可以用于占卜的高台。因为希望它很灵验，所以管它叫灵台。

下面我们就来看一下这首诗讲了什么内容。

"经始灵台，经之营之"，"经"就是治理、管理、规划的意思，"始"是开始。"经始灵台"就是开始计划要修建灵台。"经之营之"，就是"经营"谋划。我们要盖一栋建筑物，首先要根据它的功能进行选址，确定好建筑物的位置，然后进行设计，然后才是动工。建造灵台当然不需要文王自己去盖，而是由他的百姓来帮助完成，这就是"庶民攻之"。"攻"字圈起来，"攻"的意思就是致力于做什么事情，比如"攻克难关"就是致力于通过这样一个困难的考验。我们原来讲过"庶"这个字，"庶"就是"多"的意思，"庶民"就是很多的人民，其实就是老百姓、人民的意思。"庶民攻之",就是说文王治下的百姓帮助文王修建灵台。结果就是"不日成之",意思是没有用多长时间就完成了。"不日成之"形容做得非常快。"经始勿亟(jí)",文王设计建造灵台的时候并不着急。"亟(jí)"通着急的"急"。"庶民子来",老百姓就像儿子孝顺父亲一样勤快,帮助文王营造灵台。这就是第一章。

师:灵台建造得快不快?庶民的态度是什么?这种态度又说明什么?

生:我觉得建造灵台的速度特别快。

师:哪一句体现特别快?

生:"不日成之"。

师:这反映了庶民什么态度?

生:他们特别想帮助文王。

师:庶民的态度又说明了什么?

生:他们特别爱戴文王。

师:为什么?

生:因为文王爱护他的子民,他的子民能感受到这种爱护,所以他的子民也爱戴文王。

师:对的。人和人之间的关系是相互的,对吗?别人对我们好,我们也对别人好。在第一章,通过灵台的建造以及建造的速度,侧面说明了文王是非常得民心的。

老师在上节课讲过,为什么"四始"都要以文王开篇?就是因为在儒家的经学系统中,文王才是改换天命的人。"天命靡常,惟德是辅",文王有德行,所以天命改换到了文王身上,从殷人为天子转换成周人为天子了。我们今天通过《灵台》这首诗再一次理解了文王的品德。

第二章讲,文王不只建造了一个灵台,他在灵台的周围还建造了一个灵囿。"囿"就是养动物的园子。"王在灵囿",这个王就指文王,文王在灵囿这里观赏。他看到的景色是什么样子的呢?"麀(yōu)鹿攸伏。麀鹿濯濯,白鸟翯翯

（hè hè）"。"麀（yōu）鹿"就是母鹿，母鹿非常娴雅地趴着。然后"麀鹿濯濯"，"濯濯"就是干净、整齐又肥胖的样子，这些鹿长得胖乎乎的。"白鸟翯翯"，白色的鸟儿翅膀也非常干净洁白。不但有养动物的园子，而且还有一个灵沼。"王在灵沼，於（wū）牣（rèn）鱼跃。""沼"就是池塘。文王又到灵沼旁边游玩，看到满池塘的鱼在那里欢快地跳跃着。

师：第二章又体现了什么样的情绪呢？这些动物是什么样的生存状态？这样的生存状态又表达了什么意思？

生甲：就是很活泼的感觉。

师："活泼"是悲惨的感觉，还是特别幸福的感觉？

生甲：特别幸福的图画。

师：你觉得作者在这里描绘这样一幅幸福的图画是为了说明什么？

生甲：我觉得可能是为了说明文王很有钱，如果他没有钱的话，他的鹿不可能长得很好。

师：很有钱。还有其他同学回答吗？

生乙：我觉得可能说明当时没有战争，世界很和平。

师：文王和这些动物很开心之间是什么关系？

生乙：因为文王照顾它们照顾得很好。

这一章强调的重点是，文王不但把百姓治理得很好，而且福泽万物，动物都被照顾得姿态闲雅，干净整洁。在儒家的思想当中，作为一个圣王，不但要对子民好，而且他的德行也应该像天地一样"化育万物"，即在他的治下，不只是人民，包括植物、动物等在内的万物都能获得生长繁衍、发展繁荣的机会，才能说明他治理得好。所以，我们说圣王有一个特别重要的评价标准，就是他要能像天地一样给万物带来生机，儒学管这个叫"生生之德"。儒学认为天地最具有"生生之德"。《论语·阳货》里面孔子说："天何言哉。四时行焉，百物生焉。"天地虽然不说话，可是万物都在天地之间生长、繁衍生息，所以儒家认为天地之间最高的德行就是"生生之德"，认为这就是"仁德"的体现。所以，怎么才能体

北京国子监

现一个圣王的德行呢？首先就要体现在生生之德上。他的子民，甚至他治下的动物都应该是一种非常悠闲的、快乐的生命状态。这是第二章。

　　文王一共造了三个建筑：第一个是"灵台"；第二个是"灵囿"；第三个是"灵沼"。现在建筑已经完成了，因为文王已经在灵囿、灵沼里面巡行了。所以现在需要一个落成典礼。这就是后面两章讲的内容。"虡（jù）业维枞（cōng）"，"虡""业"和"枞"都是古代挂鼓的木架子。"虡（jù）业维枞（cōng）"就是说鼓架子都摆出来了，摆得整整齐齐。"贲（fén）鼓维镛（yōng）"，"贲"的意思是大，我们在《桃夭》里面学过"有蕡其实"。"镛（yōng）"就是独个的钟。"贲（fén）鼓维镛（yōng）"就是说大鼓和大钟都摆好了。"於（wū）论鼓钟"，"论"通"伦理"的"伦"，意思是秩序井然。鼓和钟都摆放得非常有秩序。"於（wū）乐辟（bì）廱（yōng）"，文王在辟廱这里作乐，与民欢乐。辟廱是古代天子的学宫，类似于后代的国子监，是他讲授、教育臣民，接见学子的地方。古代人要祭祀天、地、君、亲、师。在最古老的时代，一个君主，他既是父亲长辈，也是老师，还是最高的教育家，要承担教育子民的任务。文王在辟廱这个地方作乐，与民同乐。

　　第四章的开头又是顶针修辞"於（wū）论鼓钟，於（wū）乐辟（bì）廱（yōng）"。"鼍鼓逢逢"，鼍鼓是用鳄鱼皮蒙的鼓，也是一种乐器。鼍（tuó

鼓"砰砰"地敲击起来。"矇瞍奏公",矇瞍指的是盲眼的乐师,他们在古代掌管着天子的礼乐。古代认为眼盲之人的听觉特别敏锐,所以他们非常适合做乐官。这些乐师演奏乐器来庆祝文王取得的功业。"公"通"功业"的"功"。古人认为圣王"功成作乐,治定治礼",以礼乐来颂扬圣王的功劳。文王的功劳是巨大的,最后要把他的功业放到礼乐当中表达出来。全诗在此结束。

我们讲完了《大雅·灵台》。那么《大雅·灵台》的主题是什么呢?还是赞美文王。它是怎么表现的呢?《毛诗序》里面说:"《灵台》,民始附也。文王受命,而民乐其有灵德,以及鸟兽昆虫焉。"这首诗借助于百姓非常开心地为文王建造灵台、灵囿、灵沼的行为,说明百姓乐于归附文王的领导,体现了文王为天命所归之君,表达了对文王的赞美。

关于文王建造灵台的故事,《封神演义》这部小说在第二十二回末和第二十三回开头的部分有更为丰富的描写。大家可以去阅读一下,看看古人是如何把一个简单的历史记述,敷演出一大篇小说文字的。那里还讲了一个"泽及枯骨"的故事。小朋友们可以去了解一下这个故事的内容。

家长课堂

古代的王侯经常为自己,或者为国家建造各种土木工程。文王建造灵台、灵囿、灵沼的故事就成为教育后世统治者的典范案例。《国语·楚语上》就记载了楚灵王建成章华之台后,大臣伍举以《灵台》劝谏楚王的故事。同样,《左传·昭公九年》也记载了叔孙昭子以《灵台》劝谏季平子要爱惜民力的故事。叔孙昭子说:"无囿犹可,无民其可乎?"引用《大雅·灵台》最著名的例子是孟子与梁惠王的一段对话,孟子在其中讲述了"与民同乐"的道理:

孟子见梁惠王,王立于沼上,顾鸿雁麋鹿,曰:"贤者亦乐此乎?"孟子对曰:"贤者而后乐此,不贤者虽有此,不乐也。《诗》云:'经始灵台,经之营之,庶民攻之,不日成之。经始勿亟,庶民子来。王在灵囿,麀鹿攸伏，麀鹿濯濯，白鸟鹤鹤。王在灵沼，於牣鱼跃。'文王以民力为台为沼，而民欢乐之，谓其台曰灵台，谓其沼曰灵沼，乐其有麋鹿鱼鳖。古之人与民偕乐，故能乐也。《汤誓》曰：'时日害（hé）丧？予及女偕亡。'民欲与之偕亡，虽有台池鸟兽，岂能独乐哉？"

孟子见梁惠王。梁惠王站在池沼边上，看着园子里面的鸿雁、麋鹿问孟子说："您作为一个有德行的人，看到这些景色也觉得很快乐吗？"孟子说："有德行的人把这种快乐放在重要的事情后面，而不贤德的人虽然有这种享乐，但最终也不能真正地享受到快乐。"然后孟子为了说明自己的观点，就引用了《大雅·灵台》这首诗："经始灵台，经之营之，庶民攻之，不日成之。经始勿亟，庶民子来。王在灵囿，麀鹿攸伏，麀鹿濯濯，白鸟鹤鹤。王在灵沼，於牣鱼跃"，基本上把《大雅·灵台》的前半段都引用了。然后孟子讲了讲这里面的道理，虽然文王依靠百姓的力量建造了高台，挖了池沼，但是百姓非常开心，把他的台子称为灵台，把他的池子称为灵沼，百姓对文王能有这些麋鹿鱼鳖的享乐感到高兴。

我们都听过孟姜女的故事。秦始皇建造长城也是皇帝利用百姓的力量来建造他想造的东西。但是孟姜女哭长城的故事里面其实就体现了百姓对于修建长城的愤恨，进而表达出对秦始皇暴虐百姓的愤恨，这就跟文王建灵台以及百姓的态度形成了鲜明的对比。所以孟子接着说，古代的圣王因为可以跟百姓同享欢乐，所以最终能够得到真正的快乐，这就叫"与民同乐"。如果不与民同乐，只顾自己快乐，不顾老百姓的死活，就会发生像夏桀灭亡一样的事情。夏朝最后一个王夏桀，也和商纣王一样，认为自己的统治会像太阳一样永远不变。但是他治下的百姓都特别讨厌他，于是说："你如果是太阳，那你这个太阳什么时候灭亡啊，我要跟你同归于尽。"当老百姓想跟统治者同归于尽的时候，即使他拥有高台、池沼、鸟兽之乐，又怎么能够真正享受到呢？他的统治最终会被老百姓推翻，这些享乐最终不再被其所拥有。这就是"与民同乐"的重要意义。

儒学为什么会一直追慕"圣王""先王"？《荀子·解蔽》里说："圣也者，尽伦者也；王也者，尽制者也。两尽者，足以为天下极矣。故学者以圣王为师，案以圣王之制为法。"儒家把自己的政治主张表述为先王之道，把最美好的政治描述为"先王"所治理的世代,并把那些"世代"神圣化,并不应该仅仅从这些描述是否符合历史的真实这一个维度去讨论其意义。这是"史"与"经"的最大不同。"经"虽出于"史",但却是历史经验的高度提纯。儒学之所以追慕先王,追慕先王之世,就是为了给永远不完美的现实政治,以及必定会自傲于拥有权力的"时王"一个可资借鉴的榜样、一个不可亵渎的政治原则。儒学通过"圣王"所展现的"为政以德""敬德保民"的政治原则,是规训现实政治的具有永恒价值的政治规范。

习学

主旨:《大雅·灵台》是一首颂美文王的诗。

生字生词:

1. 经:治理,管理,规划。
2. 始:开始。
3. 攻:致力于什么事情。
4. 囿:养动物的园子。

名物:乐器

成语:

与民同乐:指君王施行仁政,与百姓共享富贵与欢乐。

文化常识:

灵台的功能是什么?古今有许多说法。郑玄注《诗》认为:"天子有灵台者,所以观气象,察气之妖祥也。文王受命,而作邑于丰,立灵台。"郑玄的说法对后世影响很大,如《封神演义》就继承了这种说法。但是有些学者认为灵台只是观览游乐之所，并没有什么特殊的意义。不过《灵台》诗中提到了"辟廱"，乃天子所设之大学，行大射礼之处，所以这样看来，似乎灵台也不应该只是游玩之所。

作业：

1. 背诵《大雅·灵台》。
2. 阅读《诗经里的世界》008、009、046章。
3. 阅读《封神演义》二十二回末到二十三回"泽及枯骨"的故事。

三十七、《大雅·大明》

明míng明míng在zài下xià，
赫hè赫hè在zài上shàng。 　　赫赫：有威仪。
天tiān难nán忱chén斯sī， 　　忱：倚仗。
不bú易yì维wéi王wáng。 　　不：语气词，无意义。易：改变。
天tiān位wèi殷yīn适dí， 　　适：通"嫡"，嫡子。
使shǐ不bù挟jiā四sì方fāng。 　　挟：通达。

挚zhì仲zhòng氏shì任rén， 　　挚：挚国。
自zì彼bǐ殷yīn商shāng，
来lái嫁jià于yú周zhōu，
曰yuē嫔pín于yú京jīng。 　　嫔：嫁。
乃nǎi及jí王wáng季jì，
维wéi德dé之zhī行xíng。

大tài任rén有yǒu身shēn，
生shēng此cǐ文wén王wáng。
维wéi此cǐ文wén王wáng，

小_{xiǎo}心_{xīn}翼_{yì}翼_{yì}。
昭_{zhāo}事_{shì}上_{shàng}帝_{dì}，
聿_{yù}怀_{huái}多_{duō}福_{fú}。
厥_{jué}德_{dé}不_{bù}回_{huí}，
以_{yǐ}受_{shòu}方_{fāng}国_{guó}。

昭：光明。事：侍奉。
聿：语气词。怀：招来。
厥：其。回：回曲，不直。

天_{tiān}监_{jiān}在_{zài}下_{xià}，
有_{yǒu}命_{mìng}既_{jì}集_{jí}。
文_{wén}王_{wáng}初_{chū}载_{zǎi}，
天_{tiān}作_{zuò}之_{zhī}合_{hé}。
在_{zài}洽_{hé}之_{zhī}阳_{yáng}，
在_{zài}渭_{wèi}之_{zhī}涘_{sì}。

监：监察。
集：栖止。
载：继位。

阳：山南水北为阳。
涘：岸边。

文_{wén}王_{wáng}嘉_{jiā}止_{zhǐ}，
大_{dà}邦_{bāng}有_{yǒu}子_{zǐ}。
大_{dà}邦_{bāng}有_{yǒu}子_{zǐ}，
伣_{qiàn}天_{tiān}之_{zhī}妹_{mèi}。
文_{wén}定_{dìng}厥_{jué}祥_{xiáng}，
亲_{qīn}迎_{yíng}于_{yú}渭_{wèi}。
造_{zào}舟_{zhōu}为_{wéi}梁_{liáng}，
不_{pī}显_{xiǎn}其_{qí}光_{guāng}。

嘉：婚礼。

伣：好像。

定：婚礼前的占卜。祥：祥瑞。

不：通"丕"，大。

天王。
自文于维维武命大商。
命此周女子生右伐。
有命于缵长笃保燮。

殷其矢维上无。
商会于予帝贰。
之如牧侯临尔。
旅林。野兴女心。

牧野洋洋，
檀车煌煌，
驷騵彭彭，
维师尚父，
时维鹰扬。

缵：继续。莘：莘国。

行：出嫁。

保右：保佑。

燮：讨伐。

旅：军队。

会：旗帜。

矢：誓师。

予：我，指武王。侯：是。兴：兴兵。

临：监察。

洋洋：宽阔。

煌煌：光彩夺目。

驷騵：四匹拉车的战马。彭彭：强壮的样子。

师尚父：姜子牙。

鹰扬：器宇轩昂。

401

凉 彼 武 王，（liàng bǐ wǔ wáng）
肆 伐 大 商，（sì fá dà shāng）
会 朝 清 明。（huì zhāo qīng míng）

凉：辅佐。

肆：迅疾。

朝：早晨。

解读

我们今天来学习《大雅·大明》。

第一章，"明明在下，赫赫在上"，关于这两句的解释特别多，到底是谁"明明在下，赫赫在上"呢？根据主题，《大雅·大明》应该是祭祀文王和武王的诗歌。这个时候文王和武王都应该已经去世了，所以"明明在下"的东西一定不是王的神灵。那么"明明在下，赫赫在上"，一个是在下，一个是在上，这是指的什么东西呢？我们通常都知道"天"在上，或者"神明"在上，"文王的神灵"在上，都有可能。但是"在上"和"在下"联系在一起表述，我们似乎没有办法找到与之相对应的东西。联系儒学的政治思想，所谓"天视自我民视，天听自我民听"（《尚书·泰誓》），所以我们是否可以将这一句理解为——"明明在下"的是"民"，"赫赫在上"的是"天"。"天+民"体现了殷周变革中最为重要的"天命"。一个政权向上应该对天负责，向下应该对百姓负责。这样他的政权才具有合法性。所以"明明在上，赫赫在下"，其实强调了从商代到周代，这种历史变革中真正的决定性的力量到底是什么。

"天难忱（chén）斯"，"忱"是"倚仗""依靠"的意思。"天难忱斯"，上天是很难倚仗的，总是认为天命会永远眷顾于一家一姓是靠不住的。"不易维王"，"不"为发语词，没有意思。"易"改变。"不易维王"，意思是天命发生了改变，上天立了新王。"天位殷适（dí），使不挟四方"，"适（dí）"通"嫡"，嫡子的意思，殷商人的嫡子后代，应该指的是纣王。上天安排给殷商嫡子的位置是，不再让他统御四方。

师：在《大雅·文王》这一篇里也有一句诗表达了类似的意思，同学们知道是哪一句吗？

生甲："殷士肤敏，祼将于京"？

师：不是这一句，这一句指的是殷人已经臣服了周人之后，非常勤勉地来到京师参与祭祀。

生乙：我觉得是"上帝既命，侯于周服"。

师：对，就是这两句。上天已经有了命令，殷人要做周人的诸侯，要服从周人的统治了。"侯于周服"跟"使不挟四方"意思类似，都是说明殷人不再是天下之主，不能再统治四方了。

我们看一下《史记·周本纪》对这一段历史的记载：

（文王）明年，伐犬戎。明年，伐密须。明年，败耆国。殷之祖伊闻之，惧，以告帝纣。纣曰："不有天命乎？是何能为！"明年，伐邘（yú）。明年，伐崇侯虎。而作丰邑，自岐下而徙都丰。明年，西伯崩，太子发立，是为武王。

文王继位之后就开始了东征西讨。他的德行昭著，引起了商纣王臣子祖伊的注意。祖伊听说了文王的这些功业，非常惧怕，于是报告给了当时的天下共主商纣王。但是纣王特别傲慢，他说："（我）不有天命乎？是何能为！"我做天下的王难道不是有天命吗？西伯又能做什么事情呢？当然我们都知道最后的结局，武王伐纣，纣王身首异处，殷商的统治就此结束。从这段历史记述中，我们可以看出在殷周革命的过程中，双方对"天命"话语权的争夺。

第二章，"挚仲氏任，自彼殷商。来嫁于周，曰嫔（pín）于京"，有一个殷商的属国，国中有一位"任（rén）"姓的女子。"任"是多音字，做姓氏讲的时候，读第二声 rén。"仲"，意味着她在家里排行第二，比如孔子叫仲尼，就是排行第二。所以"挚仲氏任"就是挚国的任姓的二姑娘，"自彼殷商"，从殷商那边过来，做什么呢？"曰嫔（pín）于京"，"嫔（pín）"就是妇人，"京"是京城，这里指的是周京。这个姑娘要嫁给周人的首领。嫁给谁呢？"乃及王季"，这个姑娘嫁给了王季，就是文王的父亲。"维德之行"，她用德行辅佐她的丈夫王季。

我们在《大雅·思齐》这一篇里面讲过了"思齐大任，文王之母，思媚周姜"。"大任"就是这里的"挚仲氏任"，王季的妻子，文王的母亲。这里请同学们回忆一下我们之前讲过的周兴期间的三代贤母——第一代，古公亶父的妻子周姜；第二代，王季的妻子大任；第三代，文王的妻子大姒。

第三章，"大任有身"，大家把"身"圈起来，这里的"身"是怀孕的意思，现在有的地方说女性怀孕还是讲"有身子了"。"大任有身，生此文王"，原来大任怀的是后来的文王。"维此文王，小心翼翼"，"小心翼翼"是今天要学习的成语，就是小心谨慎的意思。文王做事非常谨慎、恭敬，不轻慢。作为领导者，"敬慎戒惧"是非常重要的品德。很多领导人狂傲自大，觉得天下唯我独尊。但是有德行的圣王一定是小心翼翼的。"昭事上帝"，文王小心翼翼地敬奉天地。

师：在这里，"昭事上帝"和前面的哪一句话呼应上了？

生：是不是"明明在下，赫赫在上"？

师：对。"赫赫在上"说的就是要对上天负责。而对上天负责，就是要对"明明在下"的百姓负责。

敬奉上帝，才能"聿怀多福"，"聿"是语气词，"怀"就是"招来"，"聿怀多福"就是说文王的德行为他招来了很多的福气。我们之前讲过"积善之家必有余庆"。文王的福气最后就落到他的后代子孙身上，周人代替商人统御了天下。"厥德不回，以受方国"。"厥"是"这个"的意思，"回"就是"曲折"。"厥德不回"就是说这个人的德行是光明磊落的，不斜曲的，直道而行的，所以他能受到各方诸侯的拥戴，"以受方国"。

师："以受方国"这一句跟前面的哪句诗是呼应的关系？

生："使不挟四方"。

师：很好，就是这一句。因为文王有德行，所以"以受方国"。而殷人失德，所以"使不挟四方"。"以受方国"和"使不挟四方"形成了强烈的对比，这是很重要的。

第四章，"天监在下"，又强调了上天的监察作用，赫赫在上之天，它监临着下方的百姓和执政者。"有命既集"，"既"是"已经"的意思。天命已经聚集在周人的身上，已经聚集在文王的身上。"文王初载，天作之合"。我们再把"天作之合"圈起来，这是我们今天学习的第二个成语。"天作之合"就是上天为他配了一个好夫人，就是刚才说的"大姒"。大任是文王的母亲，大姒是文王的妻子。"文王初载，天作之合"，文王刚刚继位，德行昭著，又娶了一个很好的夫人大姒，如虎添翼。婚礼在哪里举行的呢？"在洽（hé）之阳，在渭之涘。""洽（hé）"是一条当地的河流。"阳"指的是河的北面。这里有一个文化常识需要记住——山南水北为阳，山北水南为阴。所谓洛阳，就是这个城市在洛水的北面。华阴县，这个县城在华山的北面。江阴市的老城区应该在长江的南岸。"在洽（hé）之阳，在渭之涘"，在洽水的北岸，在渭水的岸边，"涘"就是"岸边"的意思。文王就在洽渭之交的地方迎娶了大姒。

这个新娘是谁？这就是第五章讲的内容。"文王嘉止"，"嘉"在这里指的是婚礼。我们学一下今天的文化常识，古人有所谓"五礼"，分别是：吉礼、凶礼、军礼、宾礼、嘉礼。吉礼指的是祭祀的礼仪，祭祀天地、祖先、神人，都是吉礼。凶礼就是丧礼；军礼就是军队当中的礼仪；宾礼是接待宾客的礼仪，比如《小雅·鹿鸣》就是接待宾客的时候应该唱的乐歌。嘉礼就是婚礼。这是古代著名的"五礼"。

"文王嘉止"就是说文王开始举行嘉礼，也就是婚礼。"止"就是说婚礼的日期已经到来。"大邦有子"，"大邦"就是大的邦国，看来新娘来自一个大的邦国，根据后文我们知道这是一位莘国的女子。诸侯之间的婚姻会考虑到政治地位的匹配。这个大邦来的姑娘怎么样呢？"俔（qiàn）天之妹"，长得像天上的仙女一样美丽。"文定厥祥"，古代在婚礼举行之前，要对新郎和新娘是否适合婚配进行占卜。"文定厥祥"就是说占卜之后是吉祥的征兆。然后就是举行婚礼，"亲迎于渭"。"亲迎于渭"的主语是谁？当然是新郎去接新娘。即使是文王，也要亲自迎接自己的新娘以示郑重。我们今天还保留着这个风俗，丈夫要去亲自迎接妻子。无论新郎是多么大的官，有多么高的地位，多么有钱，在婚礼上都必须到女方家里去"亲迎"，这是对女方的尊重。夫妻双方的地位其实是平等的，这是古来就有的礼仪。

到了渭水边怎么过来呢？"造舟为梁"，就是新郎把船捆在一起形成了一座在河上的临时桥梁，然后让新人过来。这样的解决方式，在古代的小说里面有很多，比如《三国演义》里面讲"火烧铁索连环船"，北方人到南方，不太适应水战非常容易晕船，就把船锁在一起，铺上木板，船就像平地或桥梁一样平稳。但是，这样一来船身不方便移动，对方一旦用火攻，结果就是大败。文王这里"造舟为梁"，是为了把这个姑娘接过来。"丕（pī）显其光"，走在河面上，新郎新娘显得特别光彩夺目。

第六章，"有命自天"，还是强调天命。"命此文王"，前后这几篇诗歌一直都在强调文王受命。"于周于京"，在周京——周人的都城这里，"缵（zuǎn）女维莘（shēn）"，"缵（zuǎn）"就是"美好"的意思。这个美好的姑娘是莘族的女子。古代的国君都会重视通过和其他的势力联姻来增强他的政治统治。那么莘国是哪个国家呢？文王为什么要娶莘国的女子呢？莘国应该是当时非常大的邦国。商汤——商人的开国始祖，娶的也是有莘氏女。所以莘国是与商人联盟的非常重要的一个国族，是商非常重要的一个诸侯。但是现在，文王娶的也是莘国的女子，那么周和莘也有了姻亲关系。"长子维行"，长子在这里指的是长女，"行"的意思就是"出嫁"。根据前面的学习，我们可以知道这位莘国的女子就是大姒，文王的妻子，武王的母亲。"笃生武王"，这样看来，武王就是莘国的外孙（或外甥）。所以武王伐纣的时候，莘国会帮谁呢？这就是姻亲关系的重要性，尤其是在贵族阶层里面，这是非常重要的。"保右命尔"，这个孩子（武王）受到了先祖上帝的庇佑，而且给了他一个特别大的任务就是"燮（xiè）伐大商"。"燮（xiè）伐大商"就是会齐其他诸侯，一起去讨伐殷商。"大商"的说法证明殷商当时是天下的共主，其势力范围是非常广大的。因此，武王必须联合其他诸侯去讨伐殷商。这就是第六章。从这一章开始，周人的历史就从文王进展到了武王身上。

下面第七章,"殷商之旅",大家把"旅"圈起来,这是生字生词。"旅"就是"军队"的意思。"殷商之旅,其会如林","会"指的是"旗子",就是军旗。周武王带领着各路诸侯去讨伐商纣王,这个时候两军对峙,哪一支军队都有其所引领的军旗,所以"其会如林",说明军队很多,一场大战一触即发。在这个时候,武王"矢于牧野,维予侯兴"。"矢"本义是箭,古人经常用箭来发誓,所以"矢"引申为"发誓""誓词"。"矢于牧野",是武王在牧野进行了一场军前誓师,以鼓舞士气。这一篇誓词被记录在《尚书·牧誓》这一篇文献中。当然在《大明》中也有简略的记载:"维予侯兴。上帝临女,无贰尔心。""维"发语词,"予"就是"我"的意思。"兴"就是说武王"兴兵",带领军队讨伐商纣王。"上帝临女,无贰尔心",上帝监督着你们,跟我在一起的诸侯们,你们不要有二心,言外之意就是要跟我一条心,共同讨伐商纣王。这就是第七章的内容,讨伐纣王的大战已经箭在弦上。

下面是第八章,"牧野洋洋",牧野这片土地特别平旷。"檀车煌煌",檀木木质坚硬,所以用檀木做的车特别结实,"檀车煌煌"就是说檀木做的战车威武漂亮。"驷騵彭彭",拉着战车的四匹马也特别健壮。"维师尚父","维"还是句首发语词,没有意思。"师"就是武王的老师,"尚父"是武王对姜尚(姜子牙)的尊称,如同父亲一样的人。其实,姜姓一直是周人重要的盟友。周人的始祖后稷的母亲就是姜族的姑娘。然后王季的母亲、古公亶父的妻子大姜,也是姜族的女儿。文王、武王最重要的辅佐大臣姜尚,也是姜族的人。姜尚的女儿嫁给了武王。并且此后基本上每隔一代,周王就会娶一位姜族的女子做王后,例如武王、康王、穆王、懿王、厉王、幽王的王后都是姜姓女子,形成了姬、姜二姓一直以来通过联姻达成的政治同盟关系。"维师尚父,时维鹰扬",姜尚作为太师指挥着军队,周人的军队就像天上的雄鹰一样勇猛。"凉彼武王,肆伐大商,会朝(zhāo)清明","凉"是"辅佐"的意思。姜尚辅佐武王"肆伐大商","肆"是"迅疾"的意思,很快就把商人的军队灭了。"会朝清明",在一个早晨完成了改朝换代的任务,从此天下清明,一个新的时代开始了。

最后这一章讲了战争及其结束。根据历史的记载,殷商的大军当时在讨伐其

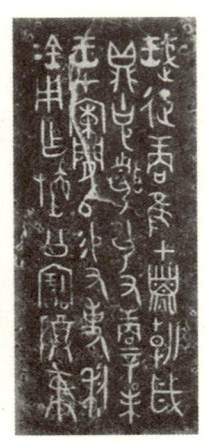

利簋

他部落，所以殷商国都内部的力量是很空虚的。于是纣王临时把几十万奴隶组织起来当作军队。但是由于纣王失德，百姓在纣王治理之下生活困苦，所以大家都愿意跟着武王来讨伐纣王。双方军队刚一接触，虽然纣王这边军队人数众多，但是他们跟纣王并不同心，结果就是奴隶们阵前倒戈。什么叫"阵前倒戈"？本来士卒拿着武器应该冲向敌人，跟敌人进行战斗。但是士卒在阵前却把武器的方向倒转过来，朝着自己的方向攻击，这就是"阵前倒戈"。

我们在很长一段时间里是不知道武王伐纣的具体时间。后来国家有一个考古学的重大科研项目，叫"夏商周断代工程"，试图利用多学科的方法确认这些古老的王朝世系的具体年代。1976 年，陕西省临潼县零口镇出土了一件非常重要的青铜器"利簋"，现收藏于中国国家博物馆。这件青铜器的底部铸有铭文 4 行 33 字，记载了甲子日清晨武王伐纣这一重大历史事件：

武王征商，唯甲子朝，岁鼎，克昏夙有商，辛未，王在阑师，赐有事利金，用作檀公宝尊彝。

考古工作者根据这个记录，按照天文历法的推算确定了武王伐纣牧野之战应该发生于公元前 1046 年 1 月 20 日这天。所以这件青铜器对于确定我国古代的历史事件非常重要，大家来北京国家博物馆参观一定不能错过这件重器。

家长课堂

《尚书·武成》篇记载了牧野之战的情景："会于牧野。罔有敌于我师，前徒倒戈，攻于后以北，血流漂杵。"杵，木棒也。血流漂杵，形容死伤众多，血流成河，把木棒都漂了起来。这段话记录了牧野之战的惨烈程度。但是孟子对这段记录却不屑一顾，他说："尽信书，则不如无书。吾于《武成》，取二三策而已矣。仁者无敌于天下，以至仁伐至不仁，而何其血之流杵也。"（《孟子·尽心下》）孟子认为武王伐纣是以"至仁"的武王讨伐"至不仁"的纣王，何至于"血流漂杵"呢？

其实，在儒学的思想史上，"武王伐纣"的正当性一直是聚讼不休的历史事件。支持武王的一方，当然以孟子为代表。《孟子》一书中曾反复讨论汤武的问题。《孟子·梁惠王下》记载了齐宣王问孟子的话，汤放桀，武王伐纣，有这样的事吗？臣可以弑君吗？孟子说："贼仁者谓之贼，贼义者谓之残，残贼之人，谓之一夫。闻诛一夫纣矣，未闻弑君也。"伤害了天下的仁德被称为贼，伤害了天下正义被称为残。残贼之人就是独夫民贼。我只听说过武王诛杀了独夫民贼纣，没有听说过弑君这回事。这是孟子的雄辩。

但是当武王伐纣的大军踏上征途的那一刻，就有一个反对的声音出现了。伯夷、叔齐扣马直谏："以臣弑君，可乎？以暴易暴，不知其非也。"而伯夷、叔齐在后世赢得的巨大名声也使得文武的圣王地位受到质疑。易姓受命、改朝换代在大一统的政治背景下会显得尤为敏感。《史记·儒林列传》就记载了汉景帝面前的一场争论。黄生认为"汤武非受命，乃弑也"，认为汤灭夏桀，武王伐纣，不是受命于天，而是以下犯上、以臣弑君。但是来自齐国的《诗经》学宗师辕固生却认为"夫桀纣虐乱，天下之心皆归汤武"，人心的归附体现了天命所在。桀纣失天命，汤武受天命。汤武革命是顺天的，是正义的。黄生不依不饶，他说，"冠虽敝，必加于首，履虽新，必关于足"，帽子再破旧也是戴在头上的，鞋再新也得穿在脚上。帽子和鞋的上下之分是不能够颠倒的,臣下本应该去匡正天子的过失,反过来却把犯错的天子杀了,取而代之,这不是篡弑还能是什么?辕固生被逼急了,只好说:"按照你的逻辑,高祖刘邦取代秦即天子位是错的吗?是以下犯上吗?"这时皇帝只好出来打圆场,说了一句似是而非的话。景帝说"食肉不食马肝,不为不知味",古人认为马肝是有毒的,吃了会死,你不吃马肝并不代表你没吃过东西,你不说话没人把你当哑巴。"言学者无言汤武受命,不为愚",你们讨论学术的人,不说汤武受命这样的敏感话题,没人把你们当傻子。于是,后来的学者再也不敢讨论汤武革命的问题了。这是经学价值与现实政治的交锋。

孔子曾经在《论语》中评价以禅让得位的舜时代的大乐"韶""尽美矣又尽善也",评价以武力得天下的武王之乐"大武""尽美矣未尽善也"。后世就以为孔子对武王伐纣也是有所保留。但是,程子的话却道尽各中情由。他说:"尧、舜、汤、武,其揆一也。征伐非其所欲,所遇之时然尔。"(王船山《礼记章句》)汤武之时,已经不能依靠"禅让"解决政治权力转移的问题,所以以暴易暴是符合时代需求的适当举措。

暴力是文明的产婆,人民应该保有反抗暴政的权利,这应该成为我们的共识。

习学

主旨:《大雅·大明》是一首颂美文王武王的诗。

生字生词:

1. 身:身孕。
2. 涘:水边。
3. 旅:军队。
4. 矢:誓也。
5. 临:监临。

名物：利簋

成语：

1. 小心翼翼：恭敬慎重的样子，也可以比喻做事情认真仔细。
2. 天作之合：上天成就的婚姻。

文化常识：古代五礼：吉、凶、军、宾、嘉

作业：

1. 诵读《大雅·大明》。
2. 阅读《诗经里的世界》020~026、033章。
3. 阅读《封神演义》第95~98回。
4. 参观国家博物馆"古代历史陈列"，找到"利簋"。

三十八、《周颂·清庙》

於(wū) 穆(mù) 清(qīng) 庙(miào),　　於：发语词。穆：庄严。
肃(sù) 雍(yōng) 显(xiǎn) 相(xiàng)。　　肃：敬肃。雍：雍容。相：助祭的人。
济(jǐ) 济(jǐ) 多(duō) 士(shì),　　济济：多。
秉(bǐng) 文(wén) 之(zhī) 德(dé)。　　秉：秉持，继承。
对(duì) 越(yuè) 在(zài) 天(tiān),　　越：颂扬。
骏(jùn) 奔(bēn) 走(zǒu) 在(zài) 庙(miào)。　　骏：小步快走。
不(pī) 显(xiǎn) 不(pī) 承(chéng),　　不：通"丕",大。显：光明。承：继承。
无(wú) 射(yì) 于(yú) 人(rén) 斯(sī)!　　射：厌倦。

解读

  我们上节课把"大雅"的部分讲完了，周族龙兴的历史也基本结束了。现在我们来回顾一下之前学习的这一系列内容。首先是《大雅·生民》，它讲的是周人的始祖"弃"的故事。其次是《大雅·公刘》，这一篇讲了公刘带着百姓来到豳地定居。接着是《大雅·绵》，讲的是古公亶父为了躲避戎狄的祸乱，带领百姓迁到了岐山脚下的周原定居，从此这支部族就被称为周人。古公亶父就是周文王的爷爷。再次我们讲了《大雅·思齐》，讲的是大姜、大任、大姒，在周人龙兴过程中的三代圣母。最后就到了《大雅·文王》《大雅·灵台》《大雅·大明》，主要讲了从文王的父亲王季开始，王季娶了大姜生了文王，文王娶了大姒生了武王，文王转换了天命，武王燮伐大商的历史过程。至此周人坐拥了天下，做了天下的王。当然这是一个特别漫长的历史过程，周人从一个很小的部落，到最后吞并了大邑商，成就了周人八百年的基业，所以这也是一个非常伟大的记述。

西方文学系统中有一种体裁就是"史诗"，最著名的就是《荷马史诗》。但是在汉族的文学系统中并没有这个品类。虽然我们可以把上述这些诗歌作品串联起来构成一组周人的史诗，但是我们会发现《诗经》的排序并不是按照历史的时间顺序展开的，而是突出强调了"文王"的重要性。这是我们的诗歌作品不同于西方文学作品的地方，这是以"史"为"经"的价值体现。这是我们在学习这些作品的时候应该注意的地方。

我们从今天开始进入"颂"的部分。我们就从第一首颂诗《周颂·清庙》开始。在讲这首诗之前，我们需要先理解一下"颂"的意义。《诗经》分为三个部分："风""雅""颂"。"风"为地方之音，"雅"是天子之乐，"颂"为祭祀用乐。《毛诗序》解释说："颂者，美盛德之形容，以其成功告于神明者也。"意思是，"颂"就是把先王伟大的德行表达出来，表达赞美，并且要以这些德行和武功的成就来诏告天地、神明、祖先，这就是"颂"的意义。

《周颂·清庙》是"颂"诗的第一篇。老师原来讲过《诗经》的"四始"。

师：还有同学记得"四始"是哪四篇吗？

生："风"的开篇是《关雎》；"小雅"的开篇是《鹿鸣》；"大雅"的开篇是《文王》；"颂"的开篇是《清庙》。

师：非常好。

所以，《周颂·清庙》是一首歌颂祭祀文王的诗歌作品。唐代的经学家孔颖达曾这样评价过《清庙》："祭宗庙之盛，歌文王之德，莫重于《清庙》，故为《周颂》之首。"祭祀周人的祖先，歌颂文王德行的乐歌，没有比《清庙》这首诗更重要的了，所以把它放在了"周颂"的开篇。

"於（wū）穆清庙"，"於（wū）"是感叹词，没有意思。我们把"穆"圈起来，这是这节课的生字生词，"穆"在这里的意思就是"庄严肃穆"。"於（wū）穆清庙"就是称赞清庙真是庄严肃穆啊！那为什么叫"清庙"呢？通常"清"字都是用来形容"天"的，"天德清明"。郑玄说："清庙者，祭有清明之德者之宫，谓祭文王也。天德清明，文王象焉，故祭之而歌此诗也。"清庙就是祭祀那些有清明之德如天的祖先的宫殿。那么谁是有清明之德如天的祖先呢？文王的德行足以配天，所以清庙就是祭祀文王的地方。后人评价德行足以配天的，除了文王还有孔子。大家如果去孔庙参观的话，几乎每一座孔庙（祭祀孔子的地方）都会在棂星门的柱子上镌刻一副对联，上联是"德配天地"，下联是"道通古今"。这就是说孔子的德行是可以配天地的，孔子所宣扬的大道可以贯通古今。

回到这首诗，"於（wū）穆清庙"就是说祭祀文王的清庙非常庄严肃穆。第二句，"肃雍（yōng）显相"。"相"就是辅助祭祀的人。祭祀典礼上各种礼节的完成要有主祭的人，还要有辅助祭祀的人。而祭祀文王只能是当时的天子——文王的嫡嗣来主祭，而辅助祭祀的人则是诸侯。《论语·八佾》里面有一条章句说："三家者以雍彻。子曰：'相维辟公，天子穆穆。奚取於三家之堂！'"意思是鲁国的臣子（三桓）在家里祭祀的时候，所用之配乐是《雍》这首诗。但是这首诗的意思是"助祭的是诸侯，天子严肃静穆地在那儿主祭"。所以孔子认为这是僭越的行为，与他们祭祀时候的实际情况是不符合的。

下一句，"济济多士，秉文之德"，"济济多士"就是说参与祭祀的人非常多，而且都是有才有德之士，之前我们学过一个成语"人才济济"。在周人的历史记述以及诗歌作品中，一直在强调周朝的人才之盛。文王就非常善于招贤纳士，"周公吐哺，天下归心"，正是因为得到了众多人才的帮助，周人才能最终得到天下，并稳固了政权，把天下治理好。这济济的人才，都"秉文之德"，"秉"就是"秉持""继承"的意思。"秉文之德"就是说这些人才都继承了文王的德行。这句就点题了，《清庙》是祭祀文王的诗歌，而"济济多士，秉文之德"就表明现在满堂的文武大臣都在秉承着文王的德行治理天下，这当然是对文王最大的颂美。

然后我们看最后四句，"对越在天"，谁在天上？是文王吗？这是一首祭祀文王的乐歌，歌唱的时候文王已经去世，所以这里"在天"的当然是文王的神灵。"对越"即颂扬的意思。我们要颂扬、祭祀文王的在天之灵。"骏奔走在庙"，"骏"的意思是"小步快走"，同于"趋"的意思，在典礼上这是合乎于礼的行动方式，大家可以参照日本女性，脚着木屐，身穿和服，往前小步快走时候的步态，这个就叫"趋"，也叫"骏"。各种助祭的礼官，他们小步快走地完成各项礼仪的工作。

"不（pī）显不（pī）承"，"不"通"丕"，读"pī"，"大"的意思。"不显不承"就是"大显大承"。文王的德行因此被大大地彰显出来，被大大地继承下来。最后一句，"无射（yì）于人斯"，"射"在这里的意思是"厌烦"，"无射"就是"不厌烦"。"无射（yì）于人斯"就是不被后人所厌烦，言外之意就是文王的德行"大显大承"，会被后人永远地继承下去，永远都不会被后人所厌弃。

我们想想是不是这样。我们今天距离《周颂·清庙》写作的时代，或者说距离文王的时代已经将近三千年了。但是到了今天，我们阅读《诗经》的时候，读到《大雅·文王》、读到《大雅·灵台》、读到《大雅·大明》、读到《周颂·清庙》的时候，仍然还是在颂美着文王的德行、追慕着文王的德行。这就叫"不显不承，无射（yì）于人斯"。老师想，即使再过一千年，只要我们民族还在，只要我们的文化还在，就还会有人学习《诗经》，还会有人不断地颂扬着、继承着文王的德行。"无射于人斯"就是这个道理。

这就是一共八句的《清庙》。这首诗非常简单，但是非常隽永，词浅言深。《礼记·乐记》（古代讲礼乐教化的文章）里说："清庙之瑟，朱弦而疏越，一唱而三叹，有遗音者矣。"什么意思呢？就是说在演奏《清庙》的时候会用到"瑟"这种乐器，而且是"朱弦而疏越"的瑟。这是什么意思呢？我们现在用的琴弦，里面往往装了钢丝，外面用蚕丝缠绕。但是古代没有这样的技术，古代的弦全部是用蚕丝缠出来的，所以音调就比较低沉。然后古人还要"练"一下朱弦，据说就是把弦放在水里煮一下，让它变得更加柔软，这样它弹奏起来的声音就会更加低沉迟缓。"越"指的是瑟底部的发声孔、共鸣箱。"疏越"就是把这个共鸣箱再扩大一些。大家如果有一点音乐知识的话就会知道，从小提琴，到中提琴，到大提琴到低音提琴，共鸣箱是越来越大，声音却是越来越低沉的。所以

"疏越"就是想通过把共鸣箱疏通扩大，以使得瑟的音调更加低沉。虽然现在没有留下《清庙》这首诗的曲谱、配乐和演唱方法，但是我们通过《礼记·乐记》的记录就可以知道，它的声音一定是非常低沉迟缓。然后我们再想，《周颂·清庙》这首诗就只有短短的八句，但是它要贯穿于整个祭祀文王的典礼。而祭祀文王的典礼一定是非常隆重，有很多礼仪、步骤的。所以八句诗一定会被演唱得缓慢庄严，"一唱而三叹"的。虽然《清庙》之音极为简朴质素，但是让人听了之后会觉得"有遗音者矣"。什么叫"遗音"？就是在音乐结束之后，总还觉得它在耳边萦绕，久留于心，有上古雅乐的美好。《论语》里面有一条章句记录了孔子当年聆听舜之乐《韶》乐之后，"三月不知肉味"的感受，并且感慨道："不图为乐之至于斯也。"哎呀，没想到聆听雅乐可以到达如此美妙的境地。大概这就是"有遗音者矣"的意思吧。

家长课堂

周人的政治制度被称为"封建宗法制度"。所谓"封建"指的是政治制度上的封土建邦，分封诸侯，作为周天子的藩属国，护卫周天子的统治。"封建制"不同于后来的"中央集权制度"，是一种"多中心治理"的政治模式。什么意思呢？比如这个地方有一个小的诸侯国齐国，那么齐侯在齐国里面具有完全的执政权，比如任免官职（政治权）、征税（经济权）、拥有军队（军事权）等，齐侯对他的封国具有全部行政的权力。这才是"封建"。"封建制"解决了超大规模的王国治理技术以及治理能力不完备的情况。封建制意味着在王国内部，以封国为单位，有很多个治理中心。

但是到了秦始皇统一六国之后，他就"废封建，行郡县"了，实行了中央集权的郡县制，这跟我们今天其实是非常类似的。各地的官员由中央任免，每个行政区的领导都受制于中央，中央政府还会决定各地的财税、军队调配等事务。这时的政治结构就变成了"中央集权"而不再是"多中心治理结构"的"封建制"。汉初因为考虑到秦二世而亡的悲惨结局，所以又"复封建"，恢复了封建制。一开始大封异姓王,但是又怕异姓王有二心,不断铲除异姓王,例如韩信的故事。后面又大封同姓王,最终"七国之乱"说明同姓王也不靠谱。此后的朝代,大多还是执行的中央集权的郡县制。所谓封侯只不过是一些名义上的,或者是短暂的权宜之计,而非整个国家制度上的"封建"。毛主席说:"百代都行秦政治。"就是说秦王朝所开创的"中央集权的郡县制"才是中国古代政治的主要形式。

而所谓"宗法"指的是基于血缘的亲族秩序。一个家族,从父亲开始算起的话,如果父亲是族长,他去世之后,他的嫡长子会继承他的地位,作为新任的族长,他嫡长子这一支也被称为"大宗"或"大宗子"。而他的其他儿子则属于小宗,居于从属地位。举例来说,周文王去世后,武王作为嫡子继位,武王在政治上是王,在宗法秩序中是大宗子。只有他才有祭祀文王以及周人其他先祖的权利。例如周公,虽然也是文王的儿子,但是作为支系不具有直接祭祀文王的权利,即使在鲁国内部也不可以。他只有作为配祭或者助祭的人,回到周天子的祖庙,参加由周天子主祭的祭祀典礼,才能参与祭祀文王以及周族的其他祖先。同样的道理,如果我们把宗族的范围限定在鲁国内部,那么这个时候,继位的鲁侯则是周公所开立的这个宗族的嫡子、周公的大宗子。他们在周天子那里算小宗,但是回到鲁国境内则是大宗。而其他姬姓的鲁国臣子,例如三桓的子孙,则属于鲁国小宗。同样地,三桓的子孙也不能够在他们自己的家庙里祭祀周公。他们也只能到鲁国的太庙里,参加由鲁侯主祭的祭祀典礼,才能参与祭祀周公以及其他的祖先。这就是封建宗法制度在祭祀典礼上的限制和要求。因此,在祭祀文王的典礼中,做"相"的一定是诸侯。

习学

主旨:《周颂·清庙》是一首祭祀文王的诗歌。

生字生词:

1. 穆:庄严肃穆。

2. 相：助祭的人。

3. 秉：秉承，继承。

4. 骏：快速的，在祭祀的时候以小步快走（驱）为合于礼的行动方式。

文化常识：封建宗法

作业：

1. 诵读《周颂·清庙》。
2. 阅读《诗经里的世界》019 篇。

三十九、《周颂·小毖》

予其惩，(yú qí chéng)
而毖后患。(ér bì hòu huàn)
莫予荓蜂，(mò yú píng fēng)
自求辛螫。(zì qiú xīn shì)
肇允彼桃虫，(zhào yǔn bǐ táo chóng)
拼飞维鸟。(fān fēi wéi niǎo)
未堪家多难，(wèi kān jiā duō nàn)
予又集于蓼。(yú yòu jí yú liǎo)

予：我。惩：警诫。

毖：警诫。患：患难。

莫：不。荓蜂：帮助。

辛螫：辛劳。

肇：开始。允：信。桃虫：小鸟。

拼：通"翻"。

堪：忍受。

蓼：草名，其味辛辣。

解读

我们今天来学习《周颂·小毖》。这首诗非常简单，一共八句。"予其惩"，"予"字我们遇到过很多次了，就是"我"的意思。

师：大家还知道其他表示"我"的古文词汇吗？

生：朕。

师：不错。是的，"朕"表示自己。还有吗？

生：还有"吾"也是"我"的意思。

师：非常好。还有"余"，天子诸侯自称还可以叫"寡人"，等等。

"予其惩"就是说我要有所警惕，"惩"就是警戒、警惕的意思。那么我为什么要警惕呢？警惕什么呢？"而毖后患"，"毖"也是警惕、谨慎的意思。"患"就是"祸患"。"予其惩，而毖后患"就是说我要非常小心谨慎，以戒慎后来再发生灾祸。言外之意就是说现在或者之前已经犯了一个错误，导致了一些灾祸。所以为了避免将来重蹈覆辙，现在要敬慎戒惧。这里就出来一个成语"惩前毖后"。

接着，"莫予荓（píng）蜂，自求辛螫（shì）"。"莫"就是"不"的意思。"予"还是"我"的意思。"荓蜂"就是说蜂之间会互相帮助，蜂群都是一群一群地进行工作。"莫予荓蜂"意思是没有帮助我的人，这是否定句宾语前置，正常的语序是"莫荓蜂予"。现在我正遭受祸患，但是没有人帮助我，"莫予荓蜂"。所以我只能"自求辛螫"，"螫"是"勤劳"的意思。蜂的尾巴上有一根尾针，尾针上面有毒。蜂受到外界的攻击或者感受到威胁的时候，就会用尾针去蜇对方，"辛螫"就是蜂用尾针刺人。"自求辛螫"就是说我只能自己非常辛劳地保护我自己，自己辛劳地做事。

生：蜜蜂叮人之后不是会死吗？

师：对的。这里只是一个比喻的意思，说它没法借助别人的力量，只能自己帮助自己，自我防卫。这确实是一个杀敌一千自损八百的方法，但是有的时候没有办法，你就只能"自求辛螫"。

接着发生了什么事情呢？"肇允彼桃虫，拼（fān）飞维鸟。"大家把"肇"圈起来，这个字经常出现的，它是"开始"的意思，比如"肇始"。"允"是"信任"的意思。"桃虫"是一种小鸟，叫做"鹪鹩"。"肇允彼桃虫"就是说我一开始是非常信任桃虫的。但是"拼（fān）飞维鸟"。"拼"，在这里通"翻"，结果小鸟飞着飞着，就变成了一只大鸟。古人讲"鹪鹩生雕"，开始看着只是很小的一只鹪鹩，稍不注意它就变成了一只特别大的具有伤害力量的雕。

最后怎么样呢？"未堪家多难，予又集于蓼"，"堪"就是忍受，"未堪"就是忍受不了。"未堪家多难"，没有想到我们家里有这么多的祸患，我实在是忍受不了。"予又集于蓼"，我最后只能停在蓼草之上稍作栖息。蓼草是一种辛辣的草，为"五辛"之一。五辛为葱、蒜、韭、蓼、芥。诗人自比小鸟，现在只能停留在非常辛辣的蓼草上，言外之意就是他现在非常悲观，境遇也非常艰难。整首诗其实表达了一个非常悲惨的状态。

"周颂"里面是诗歌作品，因为是要"以其成功告于神明"，所以都有比较明确的历史事件作支撑。那么，《周颂·小毖》这首诗的历史背景就非常清楚了，它针对的就是武庚之乱。

武庚是纣王的儿子，纣王是商朝最后一位王，非常暴虐。周武王伐纣成功之后灭了商朝，建立了周朝，天下就变成了周人的天下。纣王自杀身亡，武王并没有处罚纣王的儿子武庚（子姓，武氏，名庚，字禄父），而是允许他继续居住在原来商人的首都朝歌，只是派了他的几个哥哥管叔、蔡叔和霍叔监国。这三个人就被称为"三监"。还有一种说法是武王把殷商的都城——朝歌及其附近的地方，分为三个区域，就是我们在"风诗"里面学的邶、鄘、卫这三个地方。武王两年之后去世，儿子成王还十分年幼，于是周公摄政——暂代成王执政。但是周公的三个兄弟管叔、蔡叔和霍叔就非常不服气，他们认为周公可能想篡位，但是他们又认为篡位的话凭什么要让周公做天子呢？我们也是武王的弟弟，我们也可以做天子。所以，他们三个就伙同武庚，带领殷商的遗民发动了叛乱。也就是说天下刚刚安定下来两年，武王去世，周公摄政，然后"三监"和武庚就一起叛乱了。所以周公不得不再次发兵平叛。经过了一段时间，把他们三个人和武庚都镇压了。于是又第二次分封天下，朝歌这个地方被武力毁弃。现在考古发现在朝歌（现河南淇县附近）这个地方确实有特别厚的一层火烧的灰烬，而且青铜器也被砸碎了，埋在地下。所以，基本上可以印证历史上有这样一个阶段。武庚叛乱之后，朝歌被毁弃，周公把殷商的后代微子启迁到了宋这个地方，其他的殷商后代也被分散四方，从而分散了他们的势力。宋国是值得大家注意的一个诸侯国。宋是孔子的先祖所居住的地方，也就是说孔子实际上是商朝的后裔，而不是周人的后裔。《礼记·檀弓》里曾记载孔子梦到自己坐在两楹之间，于是预知自己将不久于人世的故事，就是因为人在去世之后，停尸于两楹之间是商人特有的丧俗。

历史上使用"鸱鸮生雏"就是特指武庚叛乱的故事。这次叛乱应该给当时刚刚成立的周王朝带来了不小的震动和威胁，"未堪家多难"。周公作为辅政大臣，也是压力巨大，他也曾作诗表达自己忧心愁闷、惴惴不安的心情，这就是《豳风·鸱鸮》：

> 豳风·鸱鸮（chī xiāo）
> 鸱鸮鸱鸮，既取我子，无毁我室。
> 恩斯勤斯，鬻（yù）子之闵斯。
> 迨（dài）天之未阴雨，彻彼桑土，绸缪（móu）牖户。
> 今女下民，或敢侮予？
> 予手拮据（jié jū），予所捋（luō）荼（tú）。
> 予所蓄租，予口卒瘏（cuì tú），曰予未有室家。
> 予羽谯谯（qiáo），予尾翛翛（xiāo），予室翘翘（qiáo）。
> 风雨所漂摇，予维音哓哓（xiāo）！

整首诗是一首禽言诗，借助于禽鸟之口，表达了自己的悲愤之情。"既取我子，无毁我室"，你都带走我的孩子了，就不要再毁坏我的巢穴了。"恩斯勤斯，鬻（yù）子之闵斯"，我养育孩子如此辛苦，可是都被你毁了。"迨（dài）天之未阴雨，彻彼桑土，绸缪（móu）牖户"，我们应该未雨绸缪。"或敢侮予"，谁敢侮辱我？"予手拮据（jié jū），予所捋（luō）荼（tú）。予所蓄租，予口卒（cuì）瘏（tú），曰予未有室家。"为了盖我的巢穴，我非常非常辛苦，爪子也破了，嘴衔树枝也累了。但是现在你们毁坏了它，我没有家了。"予羽谯谯（qiáo qiáo），予尾翛翛（xiāo xiāo），予室翘翘（qiáo qiáo）。风雨所漂摇，予维音哓哓（xiāo xiāo）！"我的尾羽都非常脏、非常憔悴了，但是鸟巢还在风雨当中飘摇。我没有办法啊，我只有悲怆地呼喊出来，"予维音哓哓"。整首诗读起来非常凄惨，小朋友可以和《小毖》这首诗对读一下。

家长课堂

可能有人会问,为什么武王当年不杀掉纣王的儿子武庚以绝后患呢?这就需要深入到中国历史与文化的深处去理解古人之所谓"革命"。

武王伐纣,改朝换代,就是儒家思想当中所谓的"革命","周革殷命""商革夏命"。所以"革命"这个词,其实在很古老的时代就有了。但是儒家所讲的"革命"跟我们今天讲的"革命"是不一样的。周革殷命只是天命的改换,所以只涉及到纣王一个人,因为纣王没有德行,所以就不让他再统治了。因此,在革命的过程中,杀掉纣王一个人就可以了。"普天之下,莫非王土。率土之滨,莫非王臣",剩下的都是上天的子民,不需要杀掉。

而且周人在文化上的态度是"兴灭继绝",与所谓要革除所有之前的文明传统的文化策略是非常不同的。《礼记·乐记》里记载:"武王克殷,反商。未及下车而封黄帝之后于蓟,封帝尧之后于祝,封帝舜之后于陈。下车而封夏后氏之后于杞,投殷之后于宋。"武王灭商之后,并没有独占天下,他把之前那些已经灭亡的王族世系都重新做了安排,给他们的后代一处封地。比如夏朝早就灭亡了,但是周人找出夏族的后代,并把他们封到了杞这个地方。把黄帝的后代封在了蓟;尧的后代封到了祝;舜的后代封到了陈。所以周人所谓"革命",只是革除了纣王一个人的生命,但是在文化上,周人强调的恰恰是对之前礼乐文明、文化传统的继承。而且,各个王朝世系在其诸侯国内部可以自行遵照自己族群的文化方式、礼仪服饰来生活。《论语·八佾》篇里孔子讲:

> 子曰:"殷因于夏礼,所损益,可知也。周因于殷礼,所损益,可知也。"

孔子认为,周代的礼乐文明继承自殷商之礼乐文明,在"因袭"的基础上有所增加(益)、有所减损(损)而来。同样地,商代的礼乐文明又是从夏代的礼乐文明有所因袭有所损益而来。所以,所谓周代的礼乐文明其实是之前历史文明的总和。这就难怪孔子一直赞美周代礼乐文明的美盛：

> 子曰："周监于二代。郁郁乎文哉，吾从周。"
>
> ——《论语·八佾》

周代的礼乐文明兼有前面两个王朝，相当于之前所有文明的总和。故而孔子愿服膺于周文。而孔子对周代礼乐文明的继承发扬，本质上也是对其之前的所有的中国文明总和的继承与发扬。关于这一点，陈来先生特别提醒我们注意的是：

> 在春秋末期，孔子和早期儒家思想中，它们所发展的那些思想文化内容，不是在与西周礼乐文化及其方向对抗断裂中产生的。因为西方讲轴心时代，特别强调是在与前轴心时代相对抗断裂而产生的。但是在中国轴心时代，最大的代表孔子和儒家思想，它与前轴心时代的西周礼乐文化有一脉相承的连接关系。这跟西方思想史的发展是不同的。
>
> ——陈来《周文化与儒家思想的根源》

所以老师强调周人特别重视文化的传承。他们所谓的"革命"只是革了纣王一个人的命而已，在文化上是不能革命的。毁弃传统，另起炉灶是不行的。因为文化是代代相传，在传承的基础之上才能往前演进。中华文明，千年一脉，不绝如缕，与周人"兴灭继绝"的文化策略以及与孔子所开创的儒学的文化取向，都具有莫大的关系。

习学

主旨：《周颂·小毖》是成王诛灭武庚之乱后，自我惩戒并求助群臣的诗。

生字生词：

1. 毖：戒慎。

2. 患：灾祸。

3. 允：信，如允恭克让。

名物： 蓼

蓼为"五辛"之一。"五辛"为葱、蒜、韭、蓼、芥。

成语：

惩前毖后：批判之前所犯的错误，吸取教训，使以后谨慎些，不再犯错。

文化常识： 兴灭继绝

作业：

1. 诵读《周颂·小毖》。

2. 阅读《诗经里的世界》029、039、040 篇。

四十、《周颂·烈文》

liè 烈	wén 文	bì 辟	gōng 公,		烈：有军功。文：有文德。辟公：诸侯。
xī 锡	zī 兹	zhǐ 祉	fú 福。		锡：通"赐"。祉：福气。
huì 惠	wǒ 我	wú 无	jiāng 疆,		惠：顺。
zǐ 子	sūn 孙	bǎo 保	zhī 之。		
wú 无	fēng 封	mǐ 靡	yú 于	ěr 尔	bāng, 封：大。靡：错误。 邦,
wéi 维	wáng 王	qí 其	chóng 崇	zhī 之。	崇：推崇。
niàn 念	zī 兹	róng 戎	gōng 功,		戎功：武功。
jì 继	xù 序	qí 其	huáng 皇	zhī 之。	皇：光大。
wú 无	jìng 竞	wéi 维	rén 人,		竞：竞争。人：人才。
sì 四	fāng 方	qí 其	xùn 训	zhī 之。	训：顺。
pī 不	xiǎn 显	wéi 维	dé 德,		不：通"丕",大。
bǎi 百	bì 辟	qí 其	xíng 刑	zhī 之。	百辟：诸侯。刑：以……为模范。
wū 於	hū 乎,	qián 前	wáng 王	bù 不	wàng! 忘!

解读

我们今天讲最后一首诗《周颂·烈文》。这首诗也比较短，老师下面就讲一下这首诗的意思。

首先第一句"烈文辟公"，"文"指的是有文德，那么相对应的"烈"就倾向于指的是"武力"方面的功业。"辟公"，在这里指的是"诸侯"。所以"烈文辟公"的意思就应该是"各位在座的有武功、有文德的诸侯"。周朝有很多诸侯。这些诸侯是靠什么得到封地、成为诸侯的呢？他们当中有的人是依靠的军功，比如说姜太公，他负责指挥军队讨伐了商纣王。武王伐纣成功之后，姜太公就被封到了齐国，他就是齐国的始封君，依靠武功成为诸侯。当然也有依靠文德成为诸侯的，比如周公一开始辅佐了武王，后来又辅佐了周成王。周公虽然也是文王的儿子，与周天子有血缘关系，但是他被分封到了鲁，主要还是依靠他在文德方面的贡献。因此他是鲁国的始封君。类似的情况还有召公封在了燕。所以第一句"烈文辟公"就是说各位有武功、有文德的诸侯。这就是第一句。

"锡兹祉福"，"锡"这个字是我们今天的一个重点，这里的"锡"通"赐予"的"赐"，它的意思就是"赐予"。"锡兹祉福"，就是我要赐给你们各种各样的祝福。"祉"和"福"都是福的意思。

师：大家想一下，能赐给诸侯福气的人，也就是这个说话的人是什么身份呢？

生：肯定是天子。因为如果不是天子的话，其他人可能就没有说这句话的权力。

师：很好。那你们知道在周人的政治秩序中，权利最高的是谁吗？

生：最高的就是天子。

老师在这里讲一下周人的政治秩序。在周人的政治秩序中，最高的是"天子"，"天子"下面就是各个"诸侯"，"诸侯"下面是"卿"（当然"天子"下面也有自己的卿士大臣），"卿"下面是"大夫"，"大夫"下面是"士"，"士"下面就是"民"，大概是这样一个结构。大部分时候，"卿""大夫""士"是放在一起的。所以主要就是四层结构：

天子
诸侯
大夫
民

在这个结构中，最高的就是"周天子"，然后就是"诸侯"，天子和诸侯都是统治者，然后从"卿"到"士"的中间部分都是做臣子的，最下面的一层是"民"，就是百姓。所以能赐福给诸侯的一定只能是天子。《论语·季氏》里有一条章句：

孔子曰："天下有道，则礼乐征伐自天子出；天下无道，则礼乐征伐自诸侯出。自诸侯出，盖十世希不失矣。自大夫出，五世希不失矣。陪臣执国命，三世希不失矣。天下有道，则政不在大夫。天下有道，则庶人不议。"

孔子说，礼乐征伐应该由天子掌控，这样才能政治清明有序。但是后世礼崩乐坏，礼乐征伐由诸侯掌控了，再后来诸侯也不能掌控了，改由诸侯国的权臣大夫掌控，后来权臣大夫也掌控不了了，礼乐征伐的权柄落到了这些臣子的家臣手里，例如鲁国权臣季氏的家臣阳虎手里。这就是天下的政治秩序逐渐败坏的过程。这条章句的具体意思我们到《论语》的阶段再学习，这里至少向我们提示了当时周人的政治秩序大致可以分为四个等级的事实。

回到这首诗，然后是"惠我无疆，子孙保之"，"惠"在这儿的意思就是"顺"，"惠我"就是顺从我的意思。"无疆"就是没有疆界，它的意思就是"永远"。"惠我无疆"就是说只要你们顺从我，永远听从周天子的命令，我就可以让你们"子孙保之"，让你们的子孙保有你们的地位和疆土。"锡兹祉福"是赐福的意思，但是"惠我无疆，子孙保之"就带有威胁、训诫的语气了。你们要永远顺从我的命令，这样你们的子孙才能永远地保有你们的疆土和权力，保有你们的地位。

"无封靡于尔邦，维王其崇之"，"封"是"大"的意思，"靡"的意思是"罪"。"无封靡于尔邦"，你们不要在你们的邦国内犯下大罪。言外之意就是说你们不但要永远顺从我，这是第一个要求；而且你们在你们的邦国之内也不要犯下大罪，这是第二个要求。你们如果犯了大罪，那我就要收回你们的权力和地位。"维王其崇之"，不犯错，这样你们才能得到王的尊敬和推崇。因为王（天子）把你们封为诸侯，是为了让你们代替王去治理你们封地的百姓。如果作为诸侯你们犯了大错，天子就没有办法再信任你们，当然就要收回对于你们的任命了。

"念兹戎功，继序其皇之"，"兹"是代词，在这里指的是诸位诸侯的祖先，尤其是"始封君"，作为各个诸侯国开国受封的国君，他们才是有"烈文"的诸侯。"戎功"就是"功业"。"念兹戎功"就是说你们一定要记住你们祖先的功业，而且不仅要记住，还要"继序其皇之"，还要把他们的功业和德行发扬光大。"继序其皇之"可以说是对诸侯提出的第三个要求。

怎样才能发扬光大呢？后面说，"无竞维人，四方其训之。不（pī）显维德，百辟（bì）其刑之"。首先"无竞维人"，"无竞"就是没有竞争者，没有人比你强。怎么才能做到"无竞"呢？就要"维人"，只能靠人才，只有尊重贤才，得到贤才的帮助，才能实现"无竞"。"四方其训之"，"训"也是"顺"的意思，这样你周围的诸侯才会顺从你。因为没有人能够跟你竞争，比你强大，所以你周围的诸侯才能顺从你。所以这两句诗强调的是要尊重贤才。

"不（pī）显维德，百辟（bì）其刑之"，"不（pī）"字我们遇到很多次了，通"丕"，意思是"大"。"不（pī）显维德"，什么才能使你的名声大彰于天下呢？"维德"，只能依靠你们的德行。只有"不显维德"，才能"百辟其刑之"，"百辟"和"辟公"是一个意思，"百辟"就是天下的众多的诸侯。"刑"是生字生词，意思是"以……为典范"。"百辟其刑之"就是说你能够做天下诸侯的典范，天下诸侯都尊重你。所以"不显维德，百辟其刑之"就是强调诸侯要修养

429

自身的德行，才能够成为其他诸侯的典范。

　　这四句诗在语义上还是各有偏重。"无竞"，没有竞争者，强调的更多的是国力的强大。你要让你的国家特别强大，让别人没有办法来跟你竞争。但是光强大是不够的，因为武力的强大是脆弱的状态，强大了也有可能逐渐变得不强大，而且如果只是依靠国力强大来让别人臣服，是不会心悦诚服的，别人只不过是打不过你。所以，紧接着就是"不显维德，百辟其刑之"，这就强调你不光要强大，还要有德行，你要通过德行让别人来服从你，这个时候别人对你的尊重才是心悦诚服的，所以是"百辟其刑之"，各个诸侯会以你为典范，而不是迫于你的武力不得已去服从。所以这四句诗是不能颠倒顺序的，首先要表层的国力的强大，然后是更深层次的德行的成功。

　　最后一句，"於（wū）乎，前王不忘"，"於（wū）乎"是一个语气词、感叹。"前王不忘"这一句是什么意思呢？刚才讲"念兹戎功"的"兹"指的是诸侯的祖先，是各个诸侯国的始封君，"念兹戎功"就是说这些始封君的功业和德行，你们作为继位的诸侯和后代是不应该忘记的。那么最后一句"前王不忘"，这一点其实讲的就是"尊祖"——尊重祖先，以及尊重祖先留下来的传统。后面这几句加起来就是"尊贤""修德""尊祖"。

　　这里讲一下"尊祖"的意义。如果你们读《史记·周本纪》的话，你们就会看到周人是一个非常尊重传统的民族，他们不断地在赞颂他们的祖先，追慕祖先的生活方式：

　　　　（后稷）及为成人，遂好耕农，相地之宜，宜穀者稼穑焉，民皆法则之。帝尧闻之，举弃为农师，天下得其利，有功。
　　　　公刘虽在戎狄之间，<u>复修后稷之业</u>，务耕种，行地宜，……民赖其庆。百姓怀之，多徙而保归焉。周道之兴自此始……
　　　　<u>古公亶父复修后稷、公刘之业</u>，积德行义，国人皆戴之。
　　　　<u>公季修古公遗道</u>，笃于行义，诸侯顺之。
　　　　西伯曰文王，<u>遵后稷、公刘之业，则古公、公季之法</u>……

而因德行改换了天命的文王也是周人不断追慕学习的对象。所以周人尊重祖先、尊重传统。在当今的中国，很多人并不能够理解传统的意义，这其实是特别可惜的。

传统是什么？传统其实就是对人行为的一个约束。举一个例子，比如说老师在大学里教书的时候，在教师节会收到学生送给我的祝福卡片，学生就说老师您对我们太好了。然后我就会跟他们说："我对你们的好，不及我的老师对我的好的万分之一。"我怎么知道如何带学生呢？因为我在当学生的时候，我的老师就是这么教育我的，所以我就从我的老师身上学到了为人师表的传统。所以当有一天我成为老师的时候，我就会知道我应该怎么对待我的学生。如果我做得不好，我就会觉得很羞愧，觉得对不起我的老师，给老师丢人了。我想未来如果我的学生会做老师，他们也会延续这种教育的传统，而这个传统就在约束着我的行为，这就是传统的意义。

再比如当我需要跟别人说我是北大毕业的时候，在无形当中北大毕业生的身份对我而言就形成了一种约束。我不能让别人说你怎么能做出这样的事情，对不起你北大毕业生的身份，说你真给你的学校丢人。我不能让这样的事情发生，所以我要非常在意我的言行，我至少不能给学校丢人。这也是一个传统，它对我也形成了一种约束。可能有很多人认为这不过是虚名，但是北大的名声是一代又一代学人积聚而成的，我作为北大的毕业生面对的是这些前辈留下的传统，因而对我具有约束的意义。

所以《烈文》讲"於乎，前王不忘"，你们不能忘记你们的祖先，你们的祖先都是有文德、有武功的人，英明神勇，因此才能获封为诸侯。所以你们这些后代一定不能做不肖子孙，一定不能堕了你们祖先的荣光，你一定要发扬光大，"继序其皇之"，这才叫"前王不忘"。

师：老师问一下，《周颂·烈文》这首诗的主题是什么？

生：我感觉这是一个教诸侯们怎么变得更好的诸侯教导手册。

《毛诗序》认为这首诗是"成王即政，诸侯助祭也"。什么意思呢？根据史书记载,武王伐纣成功之后两年即去世。他去世的时候,成王年幼,只能周公辅政。周公的几位哥哥,管叔、蔡叔以为周公想要篡位,就纠集了殷商的遗民发动了叛乱。周公带兵平叛,成功后又进行了二次分封。这之间还和成王产生了误会,据说还作了一首诗——《鸱鸮》表达自己的心意。周公辅政七年之后,周成王长大,周公就把天子的权柄归还给了成王。古人认为《周颂·烈文》这首诗应该是周成王开始执政的第一年,各地的诸侯都来到京都,作为助祭的人跟成王一起参加祭祀活动的时候,成王所作的一首诫勉诸侯的诗。

家长课堂

我们今天一说到"歌功颂德",似乎变成一个贬义的词汇,好像是下位者对上位者的无聊的吹捧。但是在儒学的思想系统中,强调的是:

> 王者功成作乐,治定制礼。其功大者其乐备。
> ——《礼记·乐记》

雅乐的颂歌是和王的德行相匹配的。而且"先王之功,由民所乐,故功成命而作乐"(孔颖达《礼记正义》)。圣王所作之乐,虽然是对其功业的歌颂,但这是因为这是"民之所乐"。而且,当后世的天子诸侯不断地在祭祀的典礼上颂唱这些雅乐的时候,这些雅乐中的教育意义、警示意义,指向的是当时的统治者、在上位者、治理者,希望他们"前王不忘",希望他们"秉文之德"。所以《诗经》当中的"雅""颂",虽然也都是歌功颂德之词,但是它们教育的对象是统治者,教育他们不要忘记祖先的荣光,不要到最后犯了大错,失去天下,所谓"殷鉴不远"是也。

《礼记·乐记》中说,雅乐之所以美好,是因为"君子于是语,于是道古,修身及家,平均天下。此古乐之发也"。我们在雅乐中体会到的是德行的意义。我们这个时代最大的悲哀就是不再相信德行。福柯说,现代社会最大的问题是将历史上的伟大转化为琐屑与平庸。我们不再相信这个世界上会有不被欲望沾染的正直，不被权力加持的德行。杨立华教授在《获麟绝笔之后》这篇文章里说：

> 自上世纪八十年代以来，汉语文学中"颂"的传统遭到了彻底的摈弃。在那种简单得近乎无知的头脑里，"颂"就意味着政治性的颂歌——某种政治的宣传，而"颂"的文学就必是为政治和统治者服务的。进而，真正有价值的艺术和文学创作就必须在根本上斩断与"颂"的关联。然而，就是这样一根筋式的观念，竟根植于二十年来文学革命的深处。历史地担负了人性解放重任的文学革命，带来的竟是今天这样一个人的缺席和性的解放的局面，对汉文学传统的误解至少是其中的一个重要原因。在今天的各类严肃写作中，"颂"声几成绝响，"雅"乐若存若亡，而郑卫之"风"则浸漫天下！

所以重新学习《诗经》，也许最大的意义在于让我们可以重新理解"德行"的意义与价值，重新相信"德行"。杨立华教授最后说："颂是对历史英雄的赞颂，从而也就意味着对未来的英雄的呼唤。颂在根本上是一种构想伟大的能力。"

习学

主旨：《周颂·烈文》是周成王祭祀祖先并劝勉助祭诸侯的诗。

生字生词：

1. 烈：功烈。
2. 辟公：诸侯。
3. 锡：通"赐"。
4. 祉：福。
5. 刑：通"型"，典范。

成语：

前王不忘：以前面的君主为榜样，通常会接一句"后事之师"，是后来人的老师。

文化常识：

王国维先生在《殷周制度论》中分析了周人制定嫡长子继承制的原因："古人非不知……立贤之利过于立嫡，人才之用优于资格，而终不以此易彼者，盖惧夫名之可藉而争之易生，其蔽将不可胜穷，而民将无时或息也。故衡利而取重，挈害而取轻，而定为立子立嫡之法，以利天下后世。"

我们前面讲过吴国"兄终弟及"制度所带来的危害。首先，"父死子继"是比"兄终弟及"更为合理的政权传承的制度设计。其次，根据王国维先生的理解，古人不会不知道在诸子中选一个贤德的儿子的好处会超过立嫡长子，选拔人才总好过以资历年齿来排队。但是却最终没有确立选贤的制度，而是确立了嫡长子继承制的原因是，害怕有人会借着"贤德"之"名"起争斗之心。如果真是这样，后患无穷。所以，衡量利害得失，最终还是觉得立嫡之法所带来的弊害最小，立嫡最有利于天下后世的治理。

作业：

1. 诵读《周颂·烈文》。
2. 阅读《诗经里的世界》043～045、047、048篇。

后记

2021年，我出版了《我教孩子学国学》这本书。编辑韩旭女士在邀约书稿的时候，除了签订了这本教育理念书的合同，还一下子签了"我教孩子学《诗经》"和"我教孩子学《山海经》"的书稿，要形成一个系列。这和我的想法不谋而合。我的目的是最终给孩子和家长呈现出一整套"儿童国学教育方案"，以便中国的儿童能在课堂教学之外，获得一种有体系的、有"温情和敬意"的国学养成。

几年前，另一个出版社的编辑来旁听我的"古神话课"。下课后，她感慨于这些三年级的孩子们古文阅读能力的强悍，但是也向我提出了她的困惑。"可是李老师，能上您线下课的孩子太有限了。您的课程如何能够惠及更多的家长和孩子呢？"这个问题引发了我很多思考，这也是一个教育者必须要面对，也必须回答，必须解决的问题。在此后的教学活动中，口耳相传，有一些外地的家长问怎么才能上课。当时我不喜欢线上课的形式，也就只能作罢。还有一些外地的朋友邀请我去当地开分部上课。可是限于师资问题无法解决，也都不了了之。虽然疫情期间，我不得不开了线上课，算是因祸得福，惠及了一些外地的家长和儿童。但是我想，要实现更大范围的普及，大概还是需要通过出版书籍来完成。

感念韩老师青眼有加，于是我也开始了艰难的写作。为什么说艰难呢？虽然在过去的七八年里，这些课程我已经开设了三四轮，自己亲身上课，积累了很多经验，但是实际落笔，却比讲课难上太多。加上本性疏懒，书稿的进度非常迟缓。

书稿写到一半的时候，偶然间让学生整理了一次我的课堂录音，发现录音稿更加活泼生动，比我写的那些充满学术气味的文字有灵性太多，难度也能更贴近孩子们的程度。给编辑韩老师看过之后，她亦有此感。于是下定决心，从头再来。先是麻烦我的两位学生，郑琦女士和邓孟潇女士对课堂录音进行初步整理。再由我重来一遍，删改修饰，加入一些需要补充的文化内容，等等。这才呈现出现在的书稿。由于学养有限，错谬之处，希望读者不吝赐教。实际授课，我选了60多首《诗经》作品，但是书稿篇幅有限，这里只收录了40首。不过，以此为基础，自学其他篇目，想也并非难事了。

　　书稿完成，颇多感慨。七八年前，大着胆子开始从事儿童国学的教育研究工作。虽然一开始是为了女儿的学习，但是也慢慢生出一种"舍我其谁"的使命感。虽然被身边人批评"大学老师不务正业"，但是孔子说"是亦为政，奚其为为政"（《论语·为政》）。一个人在世"立身行道"而已矣，选择什么形式，不过是末端小节。现在，我已界知天命之年。孔子说："文王既殁，文不在兹乎。"虽然不敢比肩圣贤，然而"匡人其如予何"的勇气还是有的。

李静

2024年5月于北京